谜中谜

MYSTERY OF MYSTERIES

林敏美 著

上海社会科学院出版社

目录

恋爱围城

003　　1. 没有任何问题
005　　2. 曹芸呢
008　　3. 谜一样的女人
010　　4. 各怀鬼胎
012　　5. 曹芸死了
014　　6. 斗智斗勇
016　　7. 生死相依
019　　8. 正义与罪恶
021　　9. 诡异的案发现场
022　　10. 询问和记录
026　　11. 他伤透了她的心
028　　12. 法网恢恢
031　　13. 放长线钓大鱼

036　　14. 迷雾重重
038　　15. 确系谋杀
040　　16. 推理开始
042　　17. 迷局
045　　18. 找凶器
048　　19. 新的问题出现了
051　　20. 内奸
054　　21. 曹芸的谜底
057　　22. 迷宫
059　　23. 坚定
060　　24. 进展飞快
063　　25. 尤熙梦
066　　26. 瓶装奶茶

069 ____	27.	迷雾
071 ____	28.	问题的关键点
074 ____	29.	危在旦夕
077 ____	30.	智勇双全
079 ____	31.	真面目
081 ____	32.	男人之间的战争
083 ____	33.	隐藏的凶手
085 ____	34.	刘子恒
087 ____	35.	幕后黑手
089 ____	36.	最不被怀疑的人
091 ____	37.	暗藏杀机
094 ____	38.	凶手到底是谁
096 ____	39.	接头暗号
100 ____	40.	复仇者
102 ____	41.	聊天记录
105 ____	42.	绿衣服
107 ____	43.	仇家
109 ____	44.	绿衣服是谁的
112 ____	45.	室外或室内
114 ____	46.	有新发现
116 ____	47.	十位数
118 ____	48.	银行密码
120 ____	49.	巧克力汉堡
122 ____	50.	人性
124 ____	51.	苹果手机
126 ____	52.	疑点重重
128 ____	53.	时间到
131 ____	54.	隐藏
133 ____	55.	最后的王牌
136 ____	56.	谜底揭晓1
138 ____	57.	谜底揭晓2
140 ____	58.	谜底揭晓3
142 ____	59.	谜底揭晓4
144 ____	60.	谜底揭晓5
146 ____	61.	谜底揭晓6
149 ____	62.	谜底揭晓7
151 ____	63.	谜底揭晓8
153 ____	64.	谜底揭晓9
156 ____	65.	谜底揭晓10
158 ____	66.	谜底揭晓11
160 ____	67.	谜底揭晓12
162 ____	68.	谜底揭晓13
165 ____	69.	谜底揭晓14
168 ____	70.	谜底揭晓15

171 ____ 71. 谜底揭晓16

173 ____ 72. 谜底揭晓17

176 ____ 73. 谜底揭晓18

生日会上的迷局

181 ____ 1. 富二代

183 ____ 2. 感情深厚

186 ____ 3. 一些琐事

189 ____ 4. 黑色星期六

191 ____ 5. 生日聚会

194 ____ 6. 宾客登场

196 ____ 7. 前奏

198 ____ 8. 不为人知的秘密

201 ____ 9. 表面现象

203 ____ 10. 好闺蜜

206 ____ 11. 嫁得好

208 ____ 12. 宴席散去

211 ____ 13. 幸福

215 ____ 14. 又死人了

218 ____ 15. 气球移位

220 ____ 16. 案发现场

222 ____ 17. 不在场证明

225 ____ 18. 时间线

227 ____ 19. 问询完毕

229 ____ 20. 四条时间线

231 ____ 21. 常远有危险

234 ____ 22. 着手调查

238 ____ 23. 旁敲侧击

241 ____ 24. 隐秘的男女关系

243 ____ 25. 快来救我

245 ____ 26. 生活中的徐逸

248 ____ 27. 侦讯

250 ____ 28. 反常情况

253 ____ 29. 冰冷的家

255 ____ 30. 不幸的母女

257 ____ 31. 伪装的外衣

260 ____ 32. 局外人

262 ____ 33. 高佳妮

265 ____ 34. 护花使者

267 ____ 35. 救命电话

269 ____ 36. "小三"斗正宫

272	37.	笑里藏刀
275	38.	密码
277	39.	破译密码
280	40.	吃火锅
283	41.	保护色
286	42.	气球的摆放
288	43.	矛盾
290	44.	取舍
293	45.	请客吃饭
296	46.	美人关
298	47.	隐藏的故事
300	48.	兄弟情深
303	49.	食肉之旅
305	50.	三位一体
307	51.	线索来了
310	52.	遗漏的细节
312	53.	女人心
314	54.	前后矛盾
317	55.	重述案发经过
319	56.	说谎的人
322	57.	关键词
324	58.	某种联系
326	59.	同样的时间
329	60.	阴影
331	61.	嫌疑被排除
334	62.	目击者
337	63.	备胎
339	64.	求证
342	65.	嫉妒
344	66.	浮出海面
346	67.	实情
349	68.	冷漠的人
351	69.	弄巧成拙
353	70.	人心
356	71.	四分之一的嫌疑
358	72.	请客吃饭
360	73.	赌本
363	74.	目的
365	75.	她死了
368	76.	嫌疑人
370	77.	分析
372	78.	最终受益人
375	79.	假设
377	80.	狗咬狗

379　81. 搭伙杀人
381　82. 伤心没用
383　83. 重点
385　84. 联系
387　85. 寻找线索
389　86. 黑科技
392　87. 推理
394　88. 一波三折

397　89. 凶手真容
399　90. 破解迷局1
401　91. 破解迷局2
404　92. 破解迷局3
406　93. 破解迷局4
408　94. 破解迷局5
410　95. 破解迷局6

最后的留言

415　1. 生活依旧
417　2. 世界名著
420　3. 潘多拉的魔盒
422　4. 死亡信息
425　5. 司汤达
428　6. 译名
431　7. 优盘
433　8. 了解情况
435　9. 调查

438　10. 捡垃圾
441　11. 兵不厌诈
444　12. 裙子
447　13. 收获
449　14. 单身狗
452　15. 常远神助攻
454　16. 解开谜团
457　17. 尾声

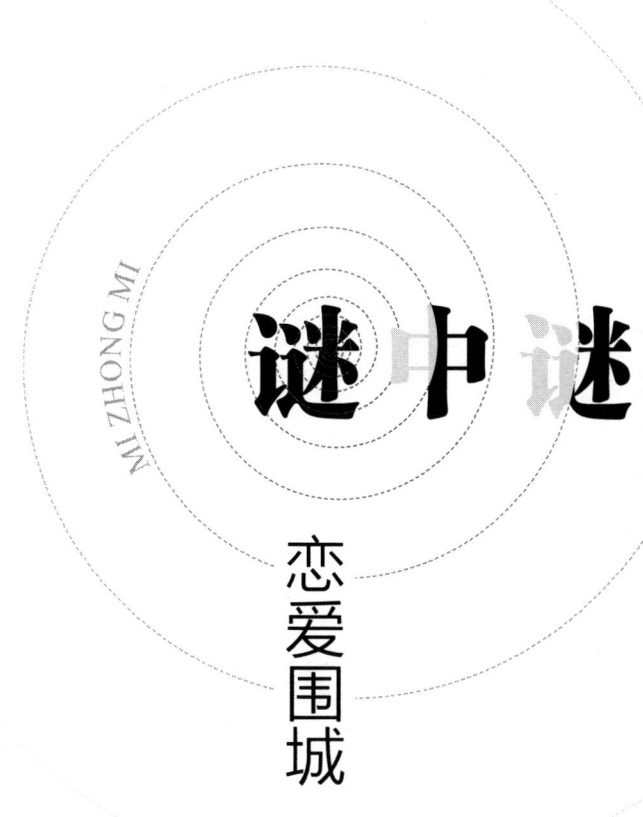

谜中谜

MI ZHONG MI

恋爱围城

1. 没有任何问题

S 城正式进入冬季。

今天是星期六，早晨温暖的阳光轻轻地泻了下来。徐逸懒洋洋地钻在被窝里，房门紧闭，窗帘深垂。他打了一个哈欠，把躺在旁边的女孩吵醒了，女孩翻了个身。

他睡眼惺忪，一个人发着呆，想着想着，掀开被子，起身穿衣服。

女孩用被子掩住身体，带着迷醉的笑容撒娇道。

"我们吃好早饭，去逛街怎么样？"

他穿好衣服，面无表情地回答她："我今天有事。"

"有什么事啊？"女孩生气地把枕头扔了过去。

他拉开卧室的门，一边往卫生间走，一边回答她，声音在房间里回荡。

"去参加一个朋友的生日聚会。"

女孩想了一会儿，也起床了。

他正好在卫生间里刷牙洗脸，女孩偷偷溜了过来，穿着睡袍从背后紧紧地搂住他，一脸小女人的幸福模样，表情醉人。

"我也想去，带我一起去吧。"

他刷牙的动作并没有停下："下次吧。"

"你不会是去找女人吧？"

女孩一脸不悦地质问他，在他背后狠狠地扭了一下，他居然没反应。

"真的是朋友聚会。"他的回答总是淡淡的。

女孩才放下心来，不再充满警惕。

洗漱完毕，挑选完合适的衣服，吃完早饭，徐逸准备动身离开。

女孩雀跃地飞了过来，想要他送她回家。

"我现在要出发了，你自己回去吧。"

女孩嘟起嘴，不太开心，想了半天才很不情愿地说："记得保持联系。"

他面无表情地"嗯"了一声。

汽车缓缓地从车位移动出来，他懒得和她摆手告别，女孩一脸期待的笑容，朝他激动地挥舞着手，他看都没看，车子就已经飞快地绝尘而去。

28岁的徐逸是家中独子，父母多少也有点积蓄，让他出国读本读硕，归国后在一家大型的贸易公司工作。英俊潇洒，风流倜傥。小圆脸，身高1.71米，体重60公斤左右。人聪明，事业有成，爱交际，朋友又多，热情洋溢，乐于助人。什么都好，唯独私生活里阅女无数，属于管不住自己的男人。他在外面租了一间一室一厅的房子，方便自己猎艳。

他皮下脂肪厚实，这么冷的天，穿了一件白色的衬衫，外面套着圆领的黑色针织衫，再外面是笔挺的黑色西装，下面是黑色西裤，擦得干净光亮的黑色皮鞋。

正开着车，好哥们儿常远打来电话，徐逸接了进来。

"你想害死我啊！"

"在路口啊？"

"在路口我就不接了。"

"晚上聚聚怎么样？"

"我倒是想啊，已经有约了。"

"你小子该不会是去赴女人的约吧？"

徐逸笑着说："还真被你说对了，不过不是你想的那样，是高中同学生日聚会。"

"哦，那等你有空我们再约吧。"

电话挂断了。

红灯，他停了下来，安全带已系好，也没打电话，没有任何问题，"老娘舅"不会找上自己。突然，他眼睛有些酸痛，去揉眼睛，却发现自己的右眼皮一直在跳；就在此时，一小拨电动自行车闯红灯，一辆大型货车正常行驶转弯，一个骑电动自行车的中年男子被卷入车底，当场死亡。目睹这一场车祸的徐逸顿时胆战心惊，死亡带来的恐惧压得他透不过气来，车子行驶在路上，死亡的阴影也一路相随。

车子缓缓驶入文安区的一幢商品房小区，他找到了空车位，把车停好，检查完车窗，拉了拉车门，确定没什么问题，径直走向1号楼道门。他没有发觉，此时也有一位漂亮的女孩，拎着东西，向1号楼道门移动。

他想，今天不知道到底怎么了，自己总是疑神疑鬼的，总感觉不安全，也说不上什么原因，不是眼皮跳，就是目睹车祸，总是感觉安全带没系好，车门没关好，希望接下来不要再发生什么事情。

2. 曹芸呢

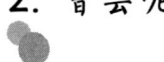

当他走向1号楼道的时候，眼睛的余光不经意地扫到了右边，一位长发飘飘的美丽女孩背着小双肩包，拎着一只购物袋，也正向1号楼移动。

他马上就来了兴趣。

女孩长得非常漂亮，还化着精致的妆，戴着白色的贝雷帽，穿着玫红色的大衣，黑色高领羊毛衫，裹着白色的丝巾，酒红色的伞裙，黑色连裤袜，黑色的皮靴。

女孩的气质很好，而且身材也不错，大概1.63米。

在门禁系统前,徐逸故意放慢动作,假装不小心看见她,对她笑笑,还非常客气地说:"你先请吧。"

没想到女孩也非常客气和礼貌,笑着对他说:"还是你先按吧。"

他按了"0701",门铃响了。

没想到女孩"啊"了一声。

"你也是 701?"

他笑笑:"是啊,这么巧?"

701 室里一共有五个人,大家都玩得聊得很开心。王智坐在阳台的电脑桌前上网。刘子恒、邓洁和陆文彦坐在沙发上,围着地柜啃零食吃,地柜上放满了巧克力、薯条片、话梅、蛋挞、小蛋糕、酸奶、果汁、蔬菜汁、绿茶等。他们一边吃,一边聊,一边看电视剧。

门铃声突然响起,刘子恒眼神非常紧张地望向门禁系统,邓洁去应门,从屏幕里看见了徐逸和魏瑾然。

"谁啊?"

他一听不是曹芸的声音。

"曹芸在吗?我是来参加生日聚会的。"

门放行的声音响了。

"谁啊?"陆文彦问。

"应该是曹芸的朋友,也是来参加生日聚会的。"邓洁回答。

刘子恒放下警惕。

徐逸心花怒放,终于有了接近她的机会,非常热情地把大门拉开,示意让她先进去,瑾然带着微笑感谢他,然后他轻轻地把门关好,门自动地发出关闭的声音,灯光变绿。

在电梯里他还不忘和她套近乎。

电梯到了七楼,门缓缓地打开,他还招呼着女孩往右边走,曹芸和702室的邻居在右侧过道装了一个总防盗门,邓洁把门打开,放他们进来,还往电梯和楼梯的方向张望了一下。

走进总门,往左边拐,是701室的大门。

打开门,走进去,映入眼帘的是一个放着大沙发、地柜和电视的会客厅和正对东面的阳台,王智朝他俩望了望。大门右手边是两间卧室。最靠近门的卧室空着,离门稍微远点的是曹芸的卧室。两间卧室朝南。大门左手边是餐厅,朝北,再过去是另一个阳台,也朝北。厨房紧挨着会客厅,朝北,在北面有一扇窗户。卫生间在大门左手边的下角,朝北,在北面有一扇窗户。餐厅的左手边是卫生间,上边是阳台,右手边是厨房。从卫生间出来,对面就有洗手的台盆,台盆的右边是一个放杂物的柜子。

一套98平方米的两室两厅的房子。

曹芸的父母挺有钱的,买了这套房子,她一个人住,偶尔回父母那里。

一进房间,扑面而来的就是热乎乎的暖气。

徐逸自我介绍:"我是曹芸的高中同学,来参加她的生日聚会,她人呢?"

房间里原先的四个人也朝他俩的方向望去。

"在睡觉。"刘子恒回答他。

魏瑾然拎着一只购物袋,里面有只毛绒熊玩具。

"我是曹芸的初中同学,这是送给她的礼物,放哪儿啊?"她面带着微笑。

徐逸朝魏瑾然笑笑。

到哪里都能和人打成一片的徐逸,自然也是不会放过任何交友的机会。

"你们……是曹芸的朋友?"

四个人朝他瞅了瞅。

"同事,朋友。"大概一起回答的,声音此起彼伏。

徐逸带着热情的笑容。

"能不能认识一下?"

能结交新的朋友,大家也非常高兴。

邓洁是四个人当中最为活跃的,她首先介绍自己。

"我叫邓洁,是曹芸的同事。"

"哦,幸会。我叫徐逸,林则徐的徐,安逸的逸。"

3. 谜一样的女人

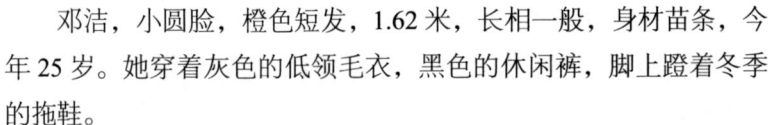

邓洁,小圆脸,橙色短发,1.62 米,长相一般,身材苗条,今年 25 岁。她穿着灰色的低领毛衣,黑色的休闲裤,脚上蹬着冬季的拖鞋。

刘子恒是个很内向的人,不善于交际,当徐逸的眼神望向他的时候,他犹犹豫豫。

"刘子恒。"想了半天,才脱口而出。

刘子恒,大圆脸,1.72 米,长相一般,是个戴眼镜的胖子,今年 28 岁。他穿着深蓝色牛仔衬衫,深蓝色牛仔裤,还有毛茸茸的拖鞋。

陆文彦走上前去。

"我是陆文彦。"

王智也凑上去。

"王智。"

陆文彦,小椭圆形脸,扎着黑色马尾,1.63 米,长相一般,身材苗条,27 岁。她穿着紫色低领的羊毛衫,红色格子长裙,黑色连裤袜,咖啡色的短靴上套着蓝色的鞋套。

王智,小椭圆形脸,1.74 米,长相英俊,体型一般,30 岁。他穿着淡蓝色的衬衫,深蓝色西裤,还有拖鞋。

"很高兴认识你们。"徐逸面带笑容。

魏瑾然也上前介绍自己。

"我叫魏瑾然。"

她面带着微笑,徐逸转过头来,对她笑笑。

介绍完毕后,那四个人也不管他们了,徐逸自然和魏瑾然凑在一起,他转过身去,从门边捡起蓝色的鞋套,套在鞋子上,又拿了一双给她,然后悄悄地对她说:"我们两个人一组吧,你想吃点什么?我去厨房弄点东西给你。"

魏瑾然非常客气地笑笑。

"不用,喝点水就行了。"

"好。"

徐逸起身去厨房,翻箱倒柜的,泡了两杯香醇的奶茶,把另一只白色的瓷杯递给瑾然,两个人坐在餐厅里闲聊,餐厅里的长桌上赫然放着一只12寸的大蛋糕,那一定就是曹芸的生日蛋糕。其他四个人仍旧在会客厅里有说有笑。

瑾然脱下大衣,黑色高领羊毛衫上挂着一只心形的毛衣链。徐逸静静地看着她,发现她不仅长相甜美可爱,而且黑色长卷发衬得她更有女人味。

"没想到你和曹芸是初中同学。"

"是啊,很多初中同学早就不联系了,除我以外还有一两个人和她保持联系。"

"太可惜了,我记得高中那会儿曹芸朋友不要太多哦,毕业后也只和少数人保持联系。"

徐逸的情绪消极了一会儿。

魏瑾然也跟着徐逸的情绪走,没有说话,眼神有点伤感。

"所幸我们这些人又能重聚,这是值得高兴的事情。"

徐逸又眉飞色舞起来。魏瑾然的眼神里也开始透着光芒。

"我们今天专程来看这个大寿星,她居然还在睡觉,太不给我们面子了。"

徐逸的眼神也投向曹芸的卧室，望着望着，内心又出现极其强烈的不安全感。

"她昨天晚上加班啊？"

曹芸的卧室里一片昏暗。

曹芸躺在床上睡觉。

房间里安静得无声无息，连人类的呼吸声都没有。

4. 各怀鬼胎

徐逸笑着问瑾然有什么兴趣爱好，她笑着回答说："上网、看书、逛街、美食、自拍，还有旅游。"

他随即回答她："好巧啊，我也喜欢。"

成功接近了她。

两个人都笑了起来。

房间里充满了欢快的气氛。

然而徐逸的眼睛并不只单单盯着魏瑾然，他也一直在观察着房间里其他四个人。也许这是天性，他天生观察能力强，喜欢通过分析别人的表情和动作，来窥探他们的内心。

王智有时安静地坐着，有时走来走去，一个人趴在阳台上，目光望着远方，像是一副心事重重的样子。

刘子恒时不时会望向门禁系统。

陆文彦总是问曹芸怎么还不起来。

而邓洁则有意无意地走到门禁系统跟前，按可视按钮，想看看楼下的情况。

这一切都被徐逸看在眼里。

他一方面和瑾然聊天，一方面想要窥探这四个人的内心，另一方面还要解决自己内心隐隐约约的不安全感。

尤熙梦和石磊从便利店里走了出来，石磊走在她的前面，拎着一包东西，熙梦看着他，神情若有所思。

"石磊。"

她轻轻地唤他，他没有任何反应，依旧走着，过了很久，才发现她没跟上他，于是往回走。

"怎么了？"

她的表情显得有点焦虑，一副欲言又止的样子，半晌，才勉强挤出几个字来。

"你……是不是不爱我了？"

石磊震惊了，愣了一会儿，然后笑了出来。

"你整天胡思乱想什么啊？"

她的表情呆呆的，不再说什么，两个人并排走着。

"熙梦，我是因为爱你才娶的你，所以不要疑神疑鬼。"

两个人的脚步停了下来，面对着面，熙梦像是吃了半粒定心丸，还有一半，连她自己也说不清楚。

尤熙梦，小椭圆形脸，黑色长直发，1.64米，长相清秀，身材苗条，25岁，耳朵上缀着钻石耳钉，穿着白色长大衣，裹着黑色的围巾，白色低领羊毛衫，黑色及膝冬裙，黑色连裤袜，黑色皮靴。

石磊，大长圆脸，1.70米，长相英俊，身材匀称，26岁。他穿着绿色格子衬衫，外面套着棕色的夹克，蓝色牛仔裤，球鞋。

这是他们婚后的第六个月。

尤熙梦家境富裕，父亲是国际大都市S城一家大公司的高层；而石磊则家境贫困，父母都是下岗职工。两个人看似并不般配。但是在一次聚会上，两个人相识了，随后石磊对尤熙梦展开猛烈的追求。虽然父母一再阻挠，也没能打消她想要嫁给他的决心。最后，父母终于妥协。两个相爱的人终成眷属。

然而就这几个月,她开始惴惴不安起来。

连她自己也说不出是什么原因。

也许是女人特有的第六感吧。

他俩也是曹芸的好朋友。刚刚在曹芸家里,熙梦说这里有点闷,想到附近逛逛,于是石磊陪她。

这边,徐逸和魏瑾然聊得火热。

"那个游戏很简单的,下次我教你。"

魏瑾然笑笑。

"好啊。"

王智站在阳台边往下俯视,看见熙梦和石磊回来了,马上紧张起来,在一边踱来踱去。

刘子恒会不时地看手机。

陆文彦说等熙梦和石磊回来,大家就吃午饭。

邓洁回答说小两口在外面不知道说什么甜蜜的情话,惹得刘子恒傻笑起来。

然而王智和陆文彦却笑不出来,反而若有所思。

5. 曹芸死了

徐逸和魏瑾然聊得火热。这时,门铃响了,邓洁去应门,看见石磊和尤熙梦,按了放行的按钮。外面过道的门锁着,邓洁出去开门。

大家的目光都望向石磊和尤熙梦。

尤其是徐逸，一直盯着尤熙梦，惊叹于她的美貌。他想，真是一个比一个美，魏瑾然已经很美了，又来了尤熙梦，活活地把魏瑾然比了下去。一身纯洁的白大衣，把她衬得更加清纯脱俗，真是清丽佳人！俨然是天上的女神。徐逸不禁感叹，可惜已经名花有主了。

石磊把鞋脱了，熙梦拿了一双鞋套套在靴子上。

王智盯着熙梦看，文彦的眼神则一直停留在石磊身上。

"这两位是？"石磊发现了两位"不速之客"，熙梦也随声望去。

"曹芸的初高中同学，也是来参加生日聚会的。"

"哦。"

"诶，曹芸还没醒啊？"石磊问。

"估计昨天上班太累了吧。"子恒回答。

石磊和熙梦把外衣给脱了，王智示意熙梦的外衣给他，熙梦把大衣递给他。徐逸看着眼馋，心想，身材真好，顿时浮想联翩。

"差不多可以吃午饭了吧，我去煮面，大排骨面，谁不合胃口，快点和我说。"

"没意见。"

"合胃口。"

声音此起彼伏。

徐逸和魏瑾然聊得那么久了，都没发觉肚子饿了。

熙梦坐在沙发一角，王智也跟过来坐在她身边，把薯片递在她面前，熙梦面无表情，心烦意乱，朝他摇了摇头。

刘子恒坐在沙发上一边玩手机，一边东张西望。

邓洁去厨房煮面，陆文彦前去帮忙。

石磊也在厨房。

徐逸一边看着瑾然，一边不时瞥着厨房里的三人，另一边也不忘注意着会客厅里的三人。

石磊找到了白色的瓷杯，好像要喝水，里面说话的声音窸窸窣窣的，他听得不是很清楚。过了一会儿，陆文彦从厨房里出来，径直去敲曹芸的房门。

徐逸紧紧地盯着她,折磨了自己半天的不安全感再度出现,而且越来越严重,死亡仿佛尽在眼前,自己也离危险越来越近。

文彦一边敲门,一边叫曹芸的名字,里面没应答,她旋开了门锁,推门而入,徐逸远远地望去,房间里有点暗,随后门轻轻地被关上了。

石磊笑得很大声,徐逸的目光随即又回到石磊和邓洁身上,看着他们聊得好像很开心。

瑾然喝了一口奶茶,问徐逸:"等曹芸醒了,我让她给你看看我们的初中毕业照。"

徐逸兴高采烈的,正要说"好"的时候,曹芸卧室的门猛地被拉开了,文彦站在门口,脸色苍白,嘴唇发抖,浑身打着哆嗦。

大家都盯着她。

气氛一度跌破冰点。

"文彦,怎么了?"石磊端着瓷杯,从厨房里出来,便看见文彦一副忐忑不安的表情。

文彦望着大家,表情惊恐。

"曹芸……曹芸……曹芸她死了……"

大家都惊呆了,面面相觑。

徐逸反应灵敏,马上站起身来,冲到房间里去,大伙也跟上。

6. 斗智斗勇

房间里还算明亮,窗外的阳光轻轻地洒了进来。

曹芸的房间以白色为主基调。床是白色的。靠东南角有扇窗户,南面放着一只白色的大衣柜。床头在东面,床架子也是白色的，左右是两个白色的床头柜。床正对着西面的白色梳妆台。

曹芸躺在床上，天蓝色的被子差不多盖过了她的头。

徐逸在床头边停了下来，他轻轻地掀开被子，大家都屏住呼吸，没敢出声。

只见曹芸的脸色煞白，她闭着眼睛，已经永远地离开了这个世界。

徐逸神情凝重地望着她，慢慢地伸出手，摸了摸她脖子那一块地方，然后更加焦虑地望向大家。

"已经没救了。"

一群人全都集中在曹芸的卧室里，不知所措。

死亡的阴影笼罩着大家。

大家的表情或恐惧，或难过，或难以名状。

"她睡觉前不是还好好的，怎么一转眼就死了？"

"是谋杀吗？"

"怎么办啊？报警吗？"

"到底是怎么死的？"

所有人都带着恐惧和不知所措的表情。此时，刘子恒一直愣在原地，完全不敢相信这个事实。他的嘴唇毫无血色，微微颤抖着，随后面部扭曲，痛哭起来。

邓洁完全不知道曹芸的噩耗，电磁炉和排风的声音有点响，她还在专心地为大家煮面，微波炉灯亮着，正在热大排骨。

徐逸完全没见过这种场面，他还在想到底该怎么办。瑾然站在他身边，被吓得不知所措，他才反应过来，赶忙去安慰她。

"没事的，别害怕。"他拍了拍她的胳膊。

"大家都出去说话吧。"徐逸大喊。

一大堆人簇拥在曹芸的房门口，石磊去叫邓洁，让她别煮面了，邓洁听闻噩耗，吓得脸色惨白。只有子恒还在房间里，一边哭，一边看着死去的曹芸，还抚摸着她的脸。

正当大家还在商议该怎么办时，门铃响了，却没人顾及，文彦留意到了，看也没看屏幕，直接按放行的按钮。

大家都心烦意乱。

此时，尤熙梦却想不通一个问题，她觉得这件事不能理解。

徐逸果断地提出应该报警，还叫子恒出来，不要破坏案发现场。

"是谋杀，自杀，还是意外？等警察和法医来了再说吧。我去报警。"

有敲门声。此时，已无人顾及。文彦离门最近，她打开了门。

陌生的三男一女横冲直撞地闯了进来，把门重重地关上。三个男人把文彦推了过去。

徐逸正要举起手机。

三个男人露出凶恶的表情，还拔出匕首。

"抢劫！全都不准动！谁动就捅死谁！"

大家还都没从悲痛中反应过来，又遇到有人来抢劫，全都乱了方寸。邓洁吓得发出尖叫，房间里一团乱。

那帮歹徒拿出匕首，顶着文彦的脖子。匕首闪着刺眼的寒光，让人不寒而栗。

徐逸，眼神警惕，慢慢地放下手机。此时此刻，他的脑海中，只浮现了几个字。

"看来要和他们'斗智斗勇'了。"

7. 生死相依

所有人都被面前的一切惊呆了，子恒也不例外。不过，他的表情显得格外惊恐。

那唯一的女歹徒手里提了一个蛇皮袋，带头的那个男的示意她把包给他，她递了过来。紧接着，他对身边的两个男人说，让他们把701室里所有的人都绑起来，嘴巴用胶带封住。

大家听闻后，惊恐万分。

曹芸到底是怎么死的，还未弄清楚。这边，又有人来抢劫，众人命悬一线。

徐逸偷偷溜到瑾然身边，牵住她的手。

"别害怕，我会保护你的。"

瑾然害怕极了，但这个仅仅和自己相处没多久的男人却要牵她的手，她本能地挣脱掉，可是他的手刚被脱开，他又紧紧地抓住她。

危急时刻，多一个男人保护自己也是好的。渐渐地，她也就不再反抗了，任由他紧紧攥着自己的手。

牵着她白皙娇嫩的手，徐逸淡淡地笑着，心里温暖极了。

歹徒控制着大家。为首的那个把蛇皮袋打开，里面都是麻绳、胶带、刀具等作案工具。他们熟练地拿出麻绳和胶带，把所有人都绑在餐厅的椅子上，正正好好八个位置，八个人的嘴巴都被封得死死的，有人还试图挣脱掉，发出含糊的挣扎声。

徐逸很淡定，他用眼神示意瑾然不要慌乱，要沉住气。瑾然心领神会。

此时有他在自己身边，她莫名感到安心。

歹徒头子叫周常顺，1.68米，长相凶狠。

两个小喽啰分别叫胡运来，1.70米，长得一般。吕征，1.66米，长得英俊。

那个唯一的女性叫章慧，1.56米，长得漂亮。

男的都穿着很普通，女的穿着天蓝色的大衣，扎着马尾。

周常顺对章慧说："你在这里看着他们，我们去房间和客厅里找钱。"

章慧点了点头。

三人兵分三路。

吕征负责搜查那个空着的房间。胡运来负责曹芸的房间。周常顺在会客厅、餐厅里翻找钱物，甚至不放过厨房、卫生间和两个阳台，连犄角旮旯，可能放钱的小地方也不放过。

没过多久，胡运来脸色慌张，急匆匆地从曹芸的房间里出来，吓得个半死，上气不接下气地跑过来对周常顺说："房间里有个死人，是个女的。"

周常顺听闻后，脸色大变，和他一起去房间里了解情况。

果不其然，一具女尸横陈在床上，吓得周常顺不知所措。

四个人在客厅里商量对策。

"我们只是要钱，这下麻烦了，那女人是不是被他们集体干掉的？等我们走了，他们会不会反咬我们一口，说是我们干的？"胡运来有点慌了。

"怕什么怕？"老大喝止住了胡运来。

"不如我们把他们八个人都……那个。"颇有心计的吕征出了一个狠毒的主意。

阴险狠毒的周常顺想了想，拔出匕首，慢慢地向那八个人逼近。大伙儿看着那把闪着寒光的匕首，吓得浑身直打哆嗦。

徐逸的座位离歹徒最近。

周常顺把匕首架在他脖子上，大伙儿都为他捏一把汗，瑾然更是着急。但徐逸却非常镇定，不慌不忙，也没乱了方寸，眼神始终坚定。

周常顺撕了他嘴上的胶带。

"说，你们是不是早知道我们要来，所以把那女的给杀了，好嫁祸给我们？"心狠手辣的周常顺眼神透着杀气。

徐逸就是徐逸，即使到了这种危急时刻，心理素质也非常好，他还幽默地打趣："哟，这话说的，好像我们在家里等着你来抢劫。"

他的脸上还闪着俏皮的微笑，但瑾然却在乎他的生死，心里一遍又一遍地为他祈祷。

8. 正义与罪恶

"喂，我手里有刀，可不是来和你开玩笑的。"周常顺在徐逸的脖子周围不停地晃动着匕首。

那把匕首明晃晃的，让人看了刺眼。

徐逸却不为所动，依旧镇定。

"我也没和你开玩笑。尸体也是刚发现的，我也不确定到底是怎么死的。要不，这样，我临时当一下刑警，把案子给破了，还你们清白？"

"别给我耍花样！"周常顺一脸的凶恶。

徐逸倒一副很无所谓的样子，镇定的同时，还饶有兴味地调侃一下歹徒。

大伙儿紧张地盯着徐逸。

"我的命还在你手上，怎么敢呢？"

"我为什么要相信你的话？"

"今天的情况，我也觉得很奇怪。我朋友莫名其妙死了，然后你们又突如其来，我的思路现在很乱，还得捋捋。"

吕征表情警惕而忧虑地对周常顺说："这人的话不能信，谁知道他等会儿会想什么办法脱身，然后找警察来抓我们！"

"那他们把杀人的罪名扣在我们头上怎么办？"胡运来非常着急。

"对，他的话不能信！"章慧也来插嘴。

"你们只是要钱，不是来要命的。等你们拿完钱走人后，我随便对警察胡说八道，说人是你们杀的，估计你们要在监狱里待很久喽。"徐逸玩世不恭地说道。

他刚说完，歹徒的怒气便上来了，大伙儿神色凝重地盯着他，瑾然怕他激怒了歹徒，对他造成伤害，非常担心。

周常顺猛地用刀尖对准了徐逸的脖子，杀气逼人。

房间里的气氛剑拔弩张。

此时此刻，徐逸倒显得很大无畏，反而是周常顺有点慌乱。他想了想，自己来这里的目的只是钱而已，也不想背上人命，况且那个女人并不是他们所杀，没必要替凶手背黑锅。既然有人提出临时充当一下警察的身份，他们又都被绑着，我们人多势众，他一个人玩不出什么花样。于是，周常顺同意放了徐逸让他破案。

"好，但他们的命都攥在我的手里，你别想给我耍花样。"

徐逸看着大伙儿，再看看魏瑾然。

"我不会有事的，放心。"

"我也请你们不要伤害他们任何一个人。"他再次眼神温柔地望向瑾然，瑾然朝他坚定地点了点头。

大伙儿觉得徐逸这人不仅有正义感，而且还非常善良，这种危急时刻，还惦记着大家。

徐逸起身朝曹芸的房间走去。周常顺对吕征使了一个眼色，机灵的吕征立刻明白了他的意思，他跟在他身后，手里拿着一把匕首。

徐逸轻轻推开了曹芸卧室的门。房间的温度不像客厅里那么温暖，有点偏冷。

他环顾四周。窗外温暖的阳光射了进来，窗帘安静地搁在一旁。他摸了摸窗台，有一层薄薄的灰，然后笑了笑，这里是七楼，而且正对着马路，不可能有人胆子这么大，爬到房间里杀了曹芸的，而且也爬不进来。左边的床头柜上除了一盏台灯外，还有曹芸摆放的人偶玩具、护手霜、纸巾和小镜子；右边的床头柜上也有台灯，此外只剩下她的苹果手机。他摁了摁手机，还开着。

9. 诡异的案发现场

两个床头柜下的抽屉放着一些生活上的杂物。

如果真被偷了什么东西,他也是不可能会知道的。只有曹芸知道。

曹芸黑色中长发,长相一般。他也不知道她今天穿了什么颜色和款式的衣服,因为今天他都没有见过活着的她。

曹芸的脸对着南面,即半边窗户和衣柜的方向,中长头发遮掩着她的表情,被褥盖得比较高,遮住了她的脖子,快盖过了她的耳朵。他瞧了瞧蓝色的被褥,把它掀开,看见曹芸穿着睡袍,身上很干净,他翻动着她的头和脖子,没发现有外伤,手和脚,所有裸露在外的皮肤也没有外伤,他把被褥重新再盖回去。曹芸的衣物都放在窗边的一个躺椅上。徐逸走过去看了看。黑色大衣、墨绿色低领羊毛裙、黑色连裤袜,还有一只黑色的链条包。

曹芸的表情看起来很安静,不像死得很痛苦的样子。

徐逸转了个身子,打开衣柜,发现里面的衣服和包包摆放整齐,他再打开抽屉,曹芸的内裤、胸罩、袜子、丝袜、丝巾、围巾都井然有序,不像有蓄意翻动过的痕迹。

梳妆台上放着曹芸的化妆品和护肤品。错落有致,摆放整齐。

抽屉里的首饰盒里还放着很多价格不菲的首饰,还有一些生活用品和杂物。

徐逸转了一圈,发现房间里不像有被人暴力翻动过的痕迹。

但是曹芸确实死了。

她是怎么死的呢?

她的身上没有任何血迹,她死的时候很安静。

如果在自己之前来的六个人里有人在房间里和她吵架,然后用刀子杀了她,外面的人不会没发觉,而且一个身上沾有血迹的人走出曹芸的房间,也不会有人坐视不管,怎容得他和瑾然来时气氛如此祥和？

徐逸内心非常不安。太诡异的案发现场了。房间里一片安静，曹芸就这样静悄悄地在人眼皮子底下死去。

是谋杀吗？

那凶手是怎么杀死她的？

是自杀吗？

她如何自杀？用的是什么方法？

是意外吗？

房间内外温差有点大，心脏受到刺激？

徐逸的内心充满了深深的疑惑。

正在这时，他抬眼望见一脸坏意的吕征，然后瞧了瞧他的鞋子。

"哎呀，你就穿着鞋子进来啊，不会套个鞋套吗？你这样会破坏案发现场的。"

哦，徐逸想了想，忘记看地板上有没有什么凌乱的脚印了。

他认真地低头查看，发现地板上，尤其是靠近窗户边床头柜这里，地板还是比较干净的。

徐逸，又头疼了。

10. 询问和记录

徐逸从曹芸的房间里出来，一脸的颓丧。

周常顺问他："她到底是不是被杀的？"

徐逸愁眉不展，始终三缄其口，而歹徒却早已不耐烦了。

胡运来说："别废话啦，把他们都绑了，也别管那死人了，我们还是找钱吧。"

章慧在旁边附和着。

吕征一脸的坏意，问周常顺："会不会是那个人故意设圈套引我们钻啊？"

周常顺也百思不得其解。

"应该不会吧，毕竟我们和他没有任何瓜葛。"

徐逸开始烦恼起来。

目前为止，似乎也只有谋杀能说得过去。

如果是意外，比如心脏猝死，她的表情应该会很痛苦，而且肯定会留下挣扎的痕迹。床铺比较整齐，没有什么褶皱。曹芸一定是安安静静地躺在床上后才死的。也没有迹象表明，有任何外来人员进入房间。

首先，意外可以排除。

然后，自杀。

凭徐逸对曹芸的理解，她不像是会自杀的人。然而，每个人的情绪都是会有波动的。她到底会不会自杀，还要先问一问他面前的这帮人。

曹芸虽然是他的高中同学和好朋友，但他们每个月最多也就见一两次面。在高中的时候，曹芸和他的关系非常好。现在之所以还有往来，也完全是凭借着以前的基础。

她的私生活，她有什么烦恼，对于他而言，显然是个未知数。

坐在他面前的七个人，包括魏瑾然，也许，说不定会比自己更了解她。

他想听听他们的意见，顺便再观察一下他们的反应。

"我说，大家就这么绑着，不太好吧。我们本来准备吃午饭的，大家肯定都饿了。"

没想到周常顺却丝毫不理会他。

"难不成我们把他们都松绑了，让你们合起伙来对付我们吗？谁这么傻？"

吕征问周常顺："那个人会不会是他？"

周常顺说应该不会吧，看起来不太像。

嗜钱如命的胡运来显得很不耐烦。

"跟他废那么多话干吗？我们还是找钱吧！"

"现在，我有很多问题想不通，想问问他们，听听他们的意见。"

徐逸盯着大伙儿，被绑着的大伙儿都盯着徐逸看。

"你最好别给我动歪脑筋。我再和你说一遍，别想和我耍花样；否则，小心我手里的匕首。"

周常顺说着，晃了晃手里闪着寒气逼人的光的匕首。

"我没想针对你，我只是想尽快把案子搞清楚。我现在脑子里一头雾水，有些事情，我想问问他们。我们又不会逃跑，而且还有四个女孩子，根本不会对你们构成威胁。厨房里的面还热腾腾的。你们只是求财，不是害命！"

几个歹徒想了想，觉得他说得挺有道理的，希望他快点把这里的残局给收拾干净。

徐逸去煮面，热大排骨，吕征盯着他。

吃完面，他从阳台上电脑桌里的抽屉里取出一张纸，笔筒里拿了一支蓝色的圆珠笔，开始记录他们每个人的口供。

一个一个来。先从陆文彦开始。

陆文彦一边吃面，一边回答他。

"你和曹芸关系好吗？"

"还可以吧，曹芸这人和谁都很好，她为人很热情，朋友要是有什么事情，她也愿意帮忙。"

文彦娓娓道来，她的表情谨小慎微。

徐逸一边观察着文彦的表情，一边将谈话记录下来。

"你喜欢曹芸吗？"

所有的人都盯着徐逸，大伙儿都很不解这个问题。

文彦的表情很吃惊。

"不是同性恋的那种喜欢，是友谊的那种喜欢。"

文彦变得沉默起来，眼神躲躲闪闪，回答吞吞吐吐。徐逸犀利的眼神一直紧盯着她。

"还好吧。"

"评价一下曹芸这个人。"

"挺好的。她家里很有钱,出手很阔绰,对朋友也很慷慨。"文彦的眼神暗淡无光。

徐逸一边观察着,一边做记录。

"最后一个问题。你觉得曹芸像是会自杀的人吗?"

文彦的表情有些怀疑。

"她根本就不是那种会自杀的人。"她非常肯定地回答他。

徐逸盯着文彦看了一会儿,然后在纸上唰唰记录着。

文彦吃完面,歹徒又把她给绑回去了,胶带也贴好。

此时,邓洁发出含糊的嚷嚷声,歹徒前去查看。

"她干吗啊?"

徐逸说:"把胶带撕开直接问她不就好了吗!她一个女孩子能对你们怎么样!"

胡运来把她的胶带撕开。

邓洁憋坏了。

"我要去卫生间!"

周常顺和吕征非常有默契地对视。

"你要去卫生间干吗啊?坐着吧!"胡运来正准备再把胶带贴回去。

"我内急啊!你不会让我在这里就地解决吧?"邓洁愤怒地盯着胡运来,怒火中烧。

周常顺又看了吕征一眼。

徐逸显得非常关切。

"麻烦你们近点人情好吧!"

周常顺让章慧盯着邓洁。

徐逸一边看着陆文彦的口供,一边整理着脑中的思绪。

过了一会儿,邓洁从卫生间里出来,然后洗手。章慧对着周常顺摇了摇头，周常顺显得有点疑惑。

徐逸心想，自杀，除了要有自杀的动机外，还要有自杀的工具。到目前为止，他都不知道她用什么工具自杀的。

但是，还是应该先把她是否有自杀动机给搞清楚。

11. 他伤透了她的心

徐逸看着大家，心想，至少先逐个了解一下。

询问的顺序，也是随机的。

看着满脸泪痕的刘子恒，徐逸心里有了主意。

他把一碗热腾腾的排骨面端到他的面前，让人撕开胶带，也给他解了绑。

"趁热快点吃吧。"

子恒什么话也没说，低着头，慢吞吞地吃着面，脸上带着无限的哀伤。

"本来不想问你的，但是……曹芸死得不明不白的。"

子恒动作停了下来。

"你喜欢曹芸对吗？"

子恒脸上的表情开始变得痛苦起来。

"连我这个刚刚认识你的人，都能看出来。我本来不想刺激你，但是你知道的，曹芸不能死得这么不明不白，我一定会替她找出真相。所以，我需要你帮助我。"

子恒用手捂住头，表情很痛苦。徐逸也不再说什么，一直认真地盯着他看，过了一会儿，子恒说话了。

"我喜欢曹芸，这事大家都知道。"

徐逸望了望大家，大家的目光也落在子恒的身上。

"曹芸她知道吗?"

"她知道。"

"她对你有什么表示吗?"

"她没有任何表示,她根本不喜欢我。"

"她有喜欢的人吗?"

说到这里,子恒把头抬了起来,直盯着王智,大家的目光随即望向王智。徐逸也随目光望向他。

"她喜欢王智。"

王智的表情开始变得不自然了。

"那王智喜欢她吗?"

王智开始觉得被人绑着,受到限制,手脚不能活动,非常地压抑。

"他不喜欢她,她向他表白过,但是被拒绝了。王智有喜欢的女孩。"

王智、尤熙梦和石磊的表情显得很紧张。

"曹芸和谁有过节吗?"

子恒一头雾水。

"大家都相处得很好,没听说过谁和她有过节儿。"

"也是,真要有过节儿,也不会做朋友了。"徐逸紧接着问:"你觉得曹芸会自杀吗?"

"她那么开朗,怎么会自杀?她向王智表白受挫,都恢复过来了,她怎么可能会自杀?"

徐逸盯着刘子恒。

"曹芸有什么不为人知的秘密吗?"

说到这里,大家都屏住呼吸。

子恒想了想。

"没有啊,大家都是朋友,有什么事,都会拿出来说,没听见她有什么事不能公开。"

"如果曹芸是被谋杀的,这些人当中谁最可能是凶手?"

子恒被问傻了。

大家的表情显得异常凝重，都等着刘子恒的答案。

"你要我相信我们当中有人杀了曹芸，我是铁定不信的。大家都相处得那么好，多年来的友谊，说杀就杀了，怎么也下得了手？"

"你必须说一个。"

"这不是得罪人吗？"

"你心爱的女人都死了，你还在护着凶手！"

子恒听完徐逸的话后，为之一怔，他开始低头沉思。

"如果硬要说一个人，我觉得是王智。"

王智的表情很尴尬。大家也朝王智投去目光。

"为什么是王智？"

"曹芸向他表白被拒之后，整个人好像受到了什么刺激一样，情绪上有点不稳定，之后经过我们的劝说，她自己慢慢也想通了，但是我知道，在她内心深处早已留下了阴影。每次只要我们聚会，她看王智的眼神就显得特别奇怪，我们都不敢吭声。"

"王智是你的情敌，你怨恨他，说他是凶手也不奇怪。"

子恒一个人嘀嘀咕咕。

"要不是他，曹芸依然乐观开朗；就是因为他，曹芸伤透了心。"

王智显得有点过意不去。

徐逸观察着大家的表情，在纸上唰唰地记录着。

12. 法网恢恢

徐逸问周常顺："能不能让他们三个人同时吃面？"他指了指王智、尤熙梦和石磊。

周常顺阴笑了一下。

"想死是吧？"

他把匕首架他脖子上。

徐逸淡淡定定地回答他："和案件有关。"

周常顺看了他一眼，对胡运来使了一个眼色，他过去解开他们三人手上的绳子，把胶带也给撕了。周常顺凑近吕征，对他使了一个眼色。

"看着他们，别让他耍花样。"

吕征点了点头。

徐逸看着这三个人吃面，他的眼神里充满了对未知的疑惑和不安。

"知道我为什么要同时问你们三个吗？"

三个人你看看我，我看看你，心知肚明，表面上却装作什么都不知道。

"你们三个人的表情既互相一致，又互相矛盾。"

三个人都默不作声。

徐逸紧盯着王智。

"先从你开始吧。"

王智略微显得有点紧张。

徐逸慢悠悠地发问，突然之间，他的眼神变得充满杀气。

"是不是你杀了曹芸？"

话音刚落，王智显得非常惊恐。

"我为什么要杀她？"

"要是我是一个有女朋友的人，身边还总有一个我不喜欢的女人，整天纠缠着我，我会不会觉得很烦啊？突然哪一天，有个机会，就把她给杀了？"

王智突然笑了起来。

"你觉不觉得这很荒唐啊？我有什么必要非杀了她？"

徐逸不响了。

"你喜欢的女孩是谁啊？"

王智开始心神不定。然后徐逸再看看尤熙梦,她的表情也有点不自然。石磊在她的旁边,他的眼神有点奇怪。

徐逸笑了笑。

"你不说,我也知道。行了,下一个问题。"

"你觉得谁最有可能杀了曹芸?"

"这种话不能乱说的。"

"我只是询问而已,又不是让你真指认谁。"

王智想了想。

"我觉得是石磊。"

没想到石磊脸色大变。

"喂,喂,你别冤枉我啊,我和曹芸关系很好的!"

徐逸仔细观察了他们的表情,然后笑了出来。

"你这完全是报复我!我知道你为什么指认我,你夹带私人恩怨。"

石磊在那边吵吵嚷嚷,徐逸却笑了出来。尤熙梦的表情则显得非常烦恼。

"现在开始狗咬狗了!"

石磊转过头来对着徐逸嚷嚷。

"曹芸死了,你也是嫌犯之一,当时你也在场,怎么你倒变成好人了?"

"我和魏瑾然在你们之后来,而且从进入房间开始,一直都在餐厅里谈话,根本没有进入过曹芸的房间,而且我们来的时候,曹芸已经在房间里睡觉了,我今天根本没见过她,刚才进去房间'验尸'的时候才看过。"

石磊不依不饶。

"既然你会'验尸',那就快验啊,快点还我清白!"

徐逸有点自嘲地笑了笑。

"可惜的是,我并不会验尸。"

在场的人,包括歹徒都呆住了。

周常顺面露凶恶的表情,手中的匕首晃来晃去。

"居然敢骗我？信不信我宰了你？"

另外三个歹徒也十分激愤的样子，反倒是徐逸显得淡然自若。

"我又不是法医，当然不会验尸，但是医学常识还是有的。"

周常顺急了。

"你这说的不是废话吗？就冲你会验尸，我才放了你！你不是说会解决这个案子的吗？"

"我是说我会解决案子，但是也可以不通过验尸，来找出凶手。"

大家都觉得他说的话悬乎乎的。

周常顺好奇地把头伸过去问："怎么找？"

徐逸神秘莫测地笑了笑。

"我现在不正在找吗？你却要宰了我！"

周常顺也觉得没劲，把头缩了回来，徐逸笑得更加得意。

徐逸心想，可以先从人证入手，观察他们的表情，揣摩他们的心思，分析他们之间的关系，还有作案动机和作案时间。

顺便再问问，曹芸是否有自杀动机。如果真能把曹芸自杀给排除掉，接下来就真的是一场硬仗了。

徐逸若有所思，眼神中充满了疑虑。

但是他坚信，光明必然战胜邪恶。天网恢恢疏而不漏。

13. 放长线钓大鱼

"石磊，也许真的是王智把曹芸给杀了。"

石磊非常不屑地瞥了一眼王智。

"他很装的。"

尤熙梦有点无可奈何。

"我真的没杀曹芸，我杀她干吗？谁会因为一个女孩整天黏着自己就把她杀掉？再说曹芸也没黏着我。只是每次她和我说话的语气都很奇怪，眼神直瞪着我，看着挺可怕的。"

王智也显得挺无奈的。

徐逸紧盯着他们三个人。

"小姐，你觉得在王智和石磊之间，谁最可能是凶手？"

尤熙梦显得有点慌乱，吞吞吐吐，就是不肯说。

"我不知道，你别问我。"

她一直不想正面回答这个问题。

但是徐逸却不想放过她。

"我又不是警察，也没逼你什么，随便聊聊。这两个人，你只能选一个，你选谁？"

尤熙梦内心正在激烈地斗争。

"我选王智。"

听到答案后，石磊扬扬得意，而王智仿佛虽也觉得是在意料之中，但不免仍觉伤感。

"2∶1。王智，你怎么说？"

王智好像显得有点伤心。

"就凭这些揣测，就说我杀人？不荒唐吗？"

徐逸笑笑。

"当然不是。"

大家都盯着徐逸看，徐逸则显得气定神闲。他在钓鱼，静静地等待着猎物上钩。

四个歹徒在旁边看着，也觉得有点摸不着头脑。而此时的徐逸，正准备开始放长线了。

"你们这些人当中，有人对曹芸不满吗？"

大家都东看看，西看看。

"小矛盾肯定是有的，但是没过几天又会和好，不然也不会做了那么久朋友了。"王智回答。

徐逸盯着尤熙梦和石磊看。

"麻烦你们二位多说点话，行吗？"

尤熙梦不响，石磊显得有点扭扭捏捏。

"都说了，人又不是我杀的，我给不了你线索。"

徐逸在纸上唰唰写着，突然眼神紧紧盯着尤熙梦和石磊。

"曹芸是被你们两个杀掉的，对吗？"

尤熙梦无可奈何，但还算镇定自若；而石磊却气得仿佛要狗急跳墙。

"哎，你这个人是不是有病啊？你干什么老针对我？"

徐逸面无表情。

"我随便问问，你也可以随便回答。"

石磊的眼神变得有点凶狠。

"你这是诽谤知道吗？我可以告你的！"

"哦，是吗？随意。"徐逸无所谓地笑笑。

"你别太过分了。我们本来觉得你人挺好的，你把我们一个一个揪出来，老是问些怪问题，我的忍耐是有限度的。"

"我都说了，我随便问问，你也可以随便说说。"

石磊觉得无可奈何，本来想要爆发的脾气也压了下去。

"你们觉得曹芸像是会自杀的人吗？"

"不像。"王智回答。

"她不是会自杀的人。"尤熙梦回答。

"性格开朗的人应该不会做这种事情吧。"石磊回答。

"石磊，"徐逸指指陆文彦："你说她会把曹芸杀了吗？"

石磊的表情很尴尬，回答地慢慢吞吞。

"她应该不会的吧。"

文彦的表情有点难以捉摸。

徐逸指着邓洁问尤熙梦："是她把曹芸杀了吧？"

邓洁的表情既惊恐又愤怒。

尤熙梦看看邓洁。

"不可能，她不会干这事。"

"王智,你觉得刘子恒会不会因爱生恨?"

王智看了看刘子恒。此时,刘子恒显得无可奈何,内心感慨万千。

"应该不会的吧,子恒是真的很爱曹芸,而且他胆子那么小,不会干那种事的。"

此时的徐逸,变得异常严肃。

邓洁的胶带被撕开。

徐逸问邓洁:"你觉得凶手是男的还是女的?"

邓洁的表情很为难。

"你要我相信我们六个人当中有人杀了曹芸,我是肯定不信的。但是……你要我猜凶手是男的还是女的……"

徐逸笑笑,认真地盯着她看。

"没关系,随便说吧。"

只见邓洁的表情有点迟疑。

"我觉得是男的。"

此时,刘子恒、王智和石磊的表情很复杂。

"理由。"

"说不清楚,直觉。"

"会不会是王智?"

王智的表情立马大变。

邓洁看看王智。

"似乎也只有王智和她有过节儿。我们都知道,曹芸是很爱他的,之前暗恋了很久,那时候王智有女朋友,后来分手了,她鼓起勇气向他表白,但是很可惜被拒绝了。其实,王智心里一直有个人,不管他有没有女朋友,曹芸都不可能得到他的心。"

王智、尤熙梦、石磊的表情有点细小的波动。

"照理说,整天嘻嘻哈哈的人,遇到烦心事,也懂得向朋友倾诉,排遣一下。她有向你表示过她想自杀吗?"

"没有啊，要是失个恋都能自杀，那满大街就都是尸体了。"
"除了王智以外，还有谁有可能？"
邓洁想了想。
"还真想不出来。"
"刘子恒喜欢曹芸，是不是演的？"徐逸笑着问邓洁。
邓洁的表情很尴尬，而刘子恒已经感到绝望了。
"不是吧，子恒是真的很喜欢曹芸，一直默默地爱着她，但是曹芸，就是铁了心向着王智。"
说完，她的脸上还流露出惋惜的表情。
子恒的表情很复杂，而王智则面带愧色。
徐逸不说话了，让邓洁赶快把面吃完。
记录完毕。
"好了，大功告成。"
这七个人的人物关系图已经新鲜出炉。
"你瞎鼓捣什么啊？东问西问的！"石磊朝着徐逸嚷嚷。
"总归有原因才问的，没原因我问什么？"
徐逸转过去对周常顺说："麻烦你把他们胶带再贴回去。"
"哎，哎，还贴回去啊？"石磊嚷嚷。
"放心吧，你们不会有事的，暂时先委屈一下。"
大家才平息下来。

徐逸转而望向魏瑾然，此时，她正温柔地望着他，而他也同样温柔地望着她。
"歹徒同志，这位小姐也还没吃呢。"
周常顺对胡运来使了一个眼色。

14. 迷雾重重

徐逸给魏瑾然端来一碗热腾腾的大排骨面，带着甜蜜的微笑说："吃吧。"

瑾然也甜蜜地回应着他。

徐逸左右张望了一下，偷偷凑近她对她说："我现在一头雾水，需要灵感，你能当我的助手吗？"

"我？"瑾然显得很惊讶。

"是啊！"

"我不会啊！"

"不需要你会，你在旁边协助我就可以了。"

瑾然显然对自己的能力充满怀疑。

徐逸对周常顺笑笑说："能不能把她放了？"

周常顺笑得更加阴险了。

"你想要什么花样啊？"

手中的匕首又晃来晃去。

"她是个女生，对你们没有威胁。我现在呢，需要灵感，把她带在身边，我才能发挥，你懂的。"

徐逸说得油腔滑调的，对着歹徒笑笑。

周常顺觉得他这个人真的挺有意思的，想想也对，他加上魏瑾然也打不过他们四个，于是就将她松绑，想看看他会耍什么花样。

"看到尸体会害怕吗？"徐逸温柔地看着魏瑾然。

瑾然的表情有点害怕。

"我也不想让你看尸体，但是我需要你启发我的思维，让我的脑子动起来。"

徐逸抚摸着魏瑾然白皙柔嫩的手，魏瑾然也不避讳，两个人在进行情感上的交流。

"我试试吧。"

徐逸点了点头,牵着她的手,站了起来,瑾然心里甜甜的。

"我们想再看一看尸体,你跟着吧。"徐逸对吕征说。

"还看?你也不嫌恶心?"胡运来对徐逸嗤之以鼻。

"当脑子走进死胡同的时候,最好的办法就是再去案发现场看一看,或许会有不一样的想法。"

徐逸得意地朝胡运来笑笑。

徐逸轻轻地推开曹芸的房门,死亡的气息依旧。他小心翼翼地走进去,还叮嘱魏瑾然别害怕,确定她不害怕后,他把曹芸的被子掀开,她把头别过去不敢看。

"有什么想法吗?"徐逸问魏瑾然。

"不敢看,除了恐怖,还是恐怖。"

"她又不会吃了你。"

"我觉得这里很阴森啊。"魏瑾然的眼神很害怕,东张西望的。

"那我们出去再说吧。"

吕征也跟着他们出去。

两个人坐在会客厅里的沙发上你一言我一语地小声讨论着。被绑着的六个人就这么看着他俩。四个歹徒也等着他们的消息。

"现在能确定是谋杀吗?"瑾然问徐逸。

"你觉得是谋杀还是自杀?"

"肯定是谋杀啊,这还用问吗?"

"理由呢?"

"没人会在自己的生日那天,请一帮子人来自己家做客,然后躺床上自杀。"

"这个逻辑关系成立。问题是如果是谋杀,怎么杀的她?凶器呢?曹芸身上连个伤口都没有,她怎么死的,这点,我真的百思不得其解。"

"哎，我也不知道啊，是很奇怪，死得莫名其妙的。"

两个人都陷入沉思中，半天，都没说话。

徐逸很焦急，眼看时间就这么一点一滴过去了，还有四个不知道从哪冒出的歹徒，留给自己的时间真的已经不多了。

迷雾重重，徐逸陷入了思维的沼泽，眼前一片漆黑，伸手不见五指。他什么都不知道，什么都不清楚，什么都不明白。然后他恨自己，什么都不知道，什么都不清楚，什么都不明白。

98平方米的房间，九个人，曹芸死了。表情各异，各怀鬼胎的六个人。说不清道不明的人际关系。

15. 确系谋杀

这其中一定有问题。

究竟是什么呢？

究竟是什么呢？

徐逸一遍又一遍地问自己。

真相到底是什么？

他觉得总会找到那个结，把它解开，所有的问题都会迎刃而解。

徐逸心想，千万不要急，一定要沉住气。慢慢来，一定会有的，一定有什么蛛丝马迹是我没有注意到的，一定。

此时，魏瑾然也和他一起思考，虽然她也一头雾水，但是他那么信任自己，她不想让他失望。

"你说，会不会曹芸没伤口就死了？"

她这么说，真的把他吓了一跳。

"没伤口怎么死的?"

她也觉得自己提的问题很荒唐,于是就不响了。

"她会不会睡觉做噩梦了,于是就把自己吓死了?"

魏瑾然越说越玄,徐逸头痛得厉害。

两个人又陷入了思考。

"会不会有一些东西我们没发现?"

"肯定的,不然也不会毫无进展。"

魏瑾然的表情很天真。

"会不会没有伤口也能把人杀死?"

"不可能,她的身体我都检查过了。"

"啊?"魏瑾然吃惊地看着他。

"我检查了她露在外面的,里面的,没检查。"

魏瑾然马上跳了起来。

"问题就在这里,也许伤口在里面呢。"

"不行。警察没来,我不能随便破坏案发现场。"

"这也不行,那也不行,到底怎么办?"魏瑾然伤神。

"这事本来是交给警方的,谁知道刚要报警,就遇到那四个家伙,我现在都不知道如果找到了凶手,是否有命活下去?"

两个人朝四个歹徒的方向望去,魏瑾然感到不寒而栗。

"你确定你检查仔细了吗?"

"确定啊!"

"会不会漏掉什么啊?"

"没啊!"

"说不定伤口很小,你根本没注意到。"

"不可能啊,我看得很仔细啊。"

两个人再度陷入痛苦的沉思中。

徐逸搜索枯肠,突然脑子闪过一道灵光。

"说不定伤口很小,你根本没注意到。"

对,就是这句话,魏瑾然的这句话,他仿佛想到了什么,站起身来，急忙冲到曹芸的房间里。

站在尸体面前，他轻轻地掀开被子，在曹芸的身体上逐个翻找，翻找他想要找到的那个东西。

终于，在曹芸的右手臂静脉处，找到了一个针孔的痕迹。

徐逸不禁得意地笑了起来，所有的谜团，终于解开了。

他轻轻地走出房间，慢悠悠地走向那被绑着的六个人面前。

"曹芸最近生过病，抽过血吗？"

大家你看我，我看你，都在摇头。

徐逸也不管他们想要表达的意思是我们不知道，还是曹芸最近根本没生过病。他都当这个针孔是今天被凶手扎上去的。

对于突如其来的转机，徐逸显得非常兴奋，已经顾不得去想其他的了。

他走到魏瑾然身边，坐了下来，偷偷凑近她，她也正看着他，想要分享他的发现。

徐逸眼神坚定地对魏瑾然说："确系谋杀。"

魏瑾然对着徐逸苦笑。

"接下来我对你说的话，你千万不要说漏了嘴，谁都不能说。"

"明白。"

被绑着的六个人和不明真相的四个歹徒望向他们两个。

16. 推理开始

徐逸走过去对周常顺说："我已经有线索了，麻烦你把他们的胶带撕开，我要问话。"

周常顺看他一副严肃的样子，只能照做。

徐逸走到他们六个人面前，坐了下来，眼神直盯着他们。

"我有两个问题要问，需要你们配合我才行。"

大家都盯着他看。

"第一，请你们仔细地回忆一下，今天曹芸的所有活动轨迹。从你们到曹芸家一直到曹芸进卧室睡觉，这一段，务必回忆仔细，然后告诉我。

第二，曹芸进入房间后，有谁进去过？"

大家都在努力思考，徐逸一直盯着他们看。魏瑾然跟了过来。

"曹芸今天让我们早点来，所以我们大约9点40就到了，我们四个人一起来的，石磊和尤熙梦他们开车来的，比我们晚到大概半小时。"王智回忆道。

"我们四个人今天说好的，在附近一家超市门口会合，刚到附近一个路口的时候，突然就下起雨来了。天气预报说今天没雨的，我们就都没带伞，所以王智先奔到曹芸家借伞，没过多久，雨就停了。我们四个人到曹芸家的时候，曹芸一个人在家，石磊和尤熙梦还没来，我用她家的 Wi-Fi 上网，差不多这点时间吧。后来石磊和尤熙梦来了，也就10点多吧。"邓洁说道。

"是，我和熙梦比他们晚到。"石磊补充道："但和这个案子有什么关系？"

"今天曹芸挺好的，没发现什么异常。"文彦想到。

"徐逸，这和曹芸的死有关吗？"子恒问道。

尤熙梦一直眼神低沉，若有所思。

听到子恒这么问，徐逸回答他："有关，我在推测曹芸大概是什么时候遇害的。"

邓洁仿佛想到了什么。

"子恒进过曹芸房间。"

子恒听后，大惊失色。

"是，我是进过曹芸房间，但我没杀她，我真的没杀她！"

"子恒好像是进过曹芸房间。"文彦附和道。

大家都盯着刘子恒看。

"大概什么时候？"徐逸问邓洁。

"曹芸进去睡觉后，大概过了一会儿，我看见子恒在敲房门，但是没人应，后来他就进去了。"

子恒觉得自己好像洗不清嫌疑了，满脸恐惧。

"我完全是关心她，想进去问问她是不是很累。"子恒说道。

"他多久之后出来的？"

邓洁努力思考着。

"多久之后出来？我记不清了。当时大家玩手机的玩手机，看电视的看电视，吃东西的吃东西，一直在说话，房间里这么多人，我也没留意。"

"我们来了之后，曹芸一直和我们说说笑笑，后来石磊他们来了，她一边吃零食，一边和我们聊喜欢的明星，然后她说有点困，想去房间休息，最后就是现在这样了。"

王智认真地说道。

徐逸皱着眉头，一副忧虑重重的样子。

"哦，我想起来了，邓洁好像也进过曹芸房间。"王智若有所思。

这下，所有人的眼睛都盯着邓洁看。

邓洁仿佛一副无所谓的样子。

17. 迷局

"我是进去问她午饭谁来做，看她睡得那么熟，就没打搅她。"

"你什么时候出来的？有人证明吗？"徐逸问。

大家都你看我，我看你。

"她出来之后,就去了厨房,我想吃三文鱼,正巧看见她在喝柠檬水。"石磊补充。

线索又断了。

徐逸转而问子恒:"你进去的时候,曹芸还活着吗?"

子恒想想。

"活着,房间里很安静,她有很微弱的呼吸声,我本来想问问她是不是太累了,但是她睡得很沉,完全没反应。"

徐逸迷茫了,他的眉头皱得更紧了。

"邓洁,你有和曹芸说过话吗?"

"没有,我看她睡得很熟,心想,算了,还是我来煮面吧。"

线索又打结了,好不容易看到了一丝黎明前的曙光,现在一下子又被打入黑暗,徐逸为此伤神烦恼。

"那第三个进入房间的就是陆文彦了,正是她第一个发现了曹芸死亡?"徐逸问。

大家对此没有什么异议。徐逸开始询问陆文彦。

"你怎么想起来去曹芸房间?"

徐逸紧紧盯着这个第一个发现尸体的人,他的目光敏锐而深沉,正洞悉着所有的一切。

"邓洁说要吃面了,曹芸怎么还在睡,让我去把她叫醒。"

徐逸唰唰记录着。

"进入房间后,有没有发现什么异常的地方?"

"异常的地方?"文彦想了想:"我进去之后叫她,她没反应,后来走到她面前,发现被子盖得有点高,我觉得有点奇怪,我就掀开被子,看见她面色苍白地躺在那,然后我一边叫她,一边还推了推她,她还是没动静,我吓了一跳,感觉不太对劲,伸出手指放在她鼻子底下,才发现她没气了。"

文彦一边说,一边快要哭出来了。

"你第一次进房间和我们大伙儿一起进前后,房间里有变化吗?比如有没有少什么东西?"

文彦仔细地想着，尤熙梦有点坐不住了。

"好像没有，没什么变化。"

"你有没有动过尸体？"

"没有，看见这种情况，我吓死了，赶紧出来找你们。"

徐逸开始在纸上东画西画的，瑾然凑到他旁边。

"你觉得她到底是怎么死的？"她轻轻地问他。

徐逸非常警惕，不让别人偷听到他们的谈话。

"应该是针筒注射，因为她手臂上有针孔。"

"哦，那到底谁才是凶手？"

"我也不知道，我现在完全迷惘了，一点头绪都理不出来。"

此时，周常顺和吕征正眼神警惕地望向他俩。

"他俩老是嘀嘀咕咕的，会不会在玩什么花样？"吕征阴险地说道。

"砧板上的肉了，要是耍花样，我要他们变成死肉。"

随后，两个人对视，无耻地笑了起来。

"照目前来看，最有嫌疑是刘子恒、邓洁和陆文彦，但是他们的口供看不出有什么问题。"

"也许是掩饰得比较好吧。"

徐逸看看瑾然，想了想。

"对了，刘子恒和邓洁谁先进去的？"

"子恒在前面吧。曹芸刚进去那会儿，我们正准备看《芈月传》，看了一会儿，熙梦说想看《伪装者》，但是他们都没理她，我就和她在阳光台上聊天，看见石磊好像去了厨房，后来他把三文鱼刺身拿出来，还问我们吃不吃。熙梦说，最近老是睡不好觉，我还安慰她，她说她很烦。接着石磊过来，问她是不是不舒服，她说房间里有点闷，想出去逛逛透透气，于是他们就出去了。"

王智娓娓道来。

"后面的，我就知道了。接着我和魏瑾然来了，然后石磊他们回来了，最后大家发现了尸体。"

差不多这条时间线，徐逸心想。

这些人的行为表面上看似乎合情合理，可是曹芸就在这样的表面现象下被杀害，而凶手至今逍遥法外。

瑾然悄悄走到他旁边。

"或者，我们可以先找凶器。"

"凶器？你说的是那个针筒吗？"

"嗯，或者可以从上面找到突破口。"

18. 找凶器

周常顺和吕征嘀嘀咕咕的。

"你说，那个人为什么到现在都没有出现？他不是请我们帮忙吗？"

"谁知道啊？也许他改主意了吧。"

"那我们现在绑着他们，他也不出现表明身份？"

"他傻啊，那不就等于告诉别人这一切都是他安排的吗？"

"也对。"

周常顺瞅瞅徐逸。

"你说，会不会是那个人啊？"

吕征也跟随着周常顺的眼神望向徐逸。

"不可能。那人看着就不像。而且你不是说那个人……"

吕征的声音突然轻了下来。

"那我们就由那个人摆布啊？"

"先让他把凶手找到，等会儿我们再搞钱。"

徐逸走到周常顺身边说："我现在要满屋子找一样东西。"

"什么东西啊？"

"一会儿你就会知道了。"

"卖什么关子？"

"现在还不方便告诉你。"

"别耍诈！"

"我的命都在你的手里，能耍吗？"

徐逸开始在曹芸的房间里翻箱倒柜。

床柜，没有。

床头柜，没有。

衣柜，没有。

化妆台，没有。

他站着，东张西望的，突然看到了窗户，想了想，于是走近，眼睛向外四处张望，什么都看不到。

一个人心烦意乱地从房间里出来，瑾然觉得他有点不对劲，走过去问他："怎么样？找到了吗？"

他摇了摇头，垂头丧气的样子。

"针筒为什么不在房间里？不会是已经被带出去扔掉了吧？"

"被谁带出去扔了？"

"不是那三个人吗？"瑾然看看那三个人："刘子恒、邓洁和陆文彦。"

"这就是问题所在。你看到过他们三个人出过门吗？"

瑾然也有疑惑。

"没有。他们三个人一直都在房间里。"

"是啊，如果他们是凶手，那凶器应该还留在房间里。不管了，先找了再说。"

四个歹徒和六个当事人看着他满屋子翻找东西。

"他在找什么啊?"石磊不能理解地问道。

"谁知道啊?"王智回答。

"他是不是知道谁是凶手了?"刘子恒问。

"应该不会吧,看样子,应该有线索了吧。"邓洁答。

尤熙梦和陆文彦没说话,一直看着徐逸,沉默不语。

徐逸正准备把厨房门口的垃圾桶倒下来翻弄时,遇到了上前阻挠的吕征。

"你到底要干什么啊?"吕征不耐烦地问道。

徐逸头都没抬。

"找东西啊!"

"找什么东西啊?"

"找有价值的东西。"

"和案子有关吗?"

"当然有关。"

说着,徐逸朝那六个人望去。他看到了六个迥然不同的表情,内心扬扬得意。

"我有种不祥的预感。"胡运来说。

"什么预感?"章慧问他。

"说不上来,我觉得那人特会搞事。"

"谁知道他神经兮兮的,搞什么鬼?"

"对不起,我能上个厕所吗?"王智问。

歹徒朝他望了望。

"哎,老大,有人要上厕所啦!"吕征朝周常顺挤眉弄眼。

周常顺打量了一下王智,若有所思。

"你和他一起进去,盯着他。"周常顺嘱咐胡运来。

胡运来把王智解绑,然后跟着他去了卫生间。

魏瑾然待在沙发那边也没事可干，走过来问徐逸有什么要帮忙的。

19. 新的问题出现了

徐逸在仔细地翻垃圾桶，手上弄得脏兮兮的。
"要不要这样啊？"石磊看见徐逸这样，满脸的嫌恶。
"他找什么东西啊，找得这么积极？"邓洁问。
"什么东西非得放在垃圾桶啊？"子恒问。
"不知道。"文彦回。
熙梦非常地不安。

卫生间里抽水马桶的声音响了，王智走了出来，在洗水池里洗手，胡运来跟了出来。
"都是垃圾啊，什么都没有。"徐逸腰都直不起来，满脸颓丧。
"这里面本来就都是垃圾啊，谁叫你找得那么起劲，别人还以为找黄金呢！"石磊不屑地说道。
"这个东西可比黄金值钱！"徐逸看着石磊，回答说。
这时，周常顺和胡运来眼神交汇。胡运来朝周常顺摇了摇头。
这一幕，恰被徐逸捕捉到了。他的内心泛起了涟漪。
这到底是怎么一回事？
徐逸百思不得其解。
难道这里面还有什么文章可做？
这边，凶器的事，还没有着落；歹徒那边又出现新的问题。
先不管这些了。现在最重要的任务就是先把凶器找到。
"找到了吗？"瑾然问他。

"没啊!"

"怎么办?"

"我去卫生间看看。"

"啊?"

"我到卫生间里找找。"徐逸对周常顺说。

"这人是不是有病啊?"章慧一脸嫌恶地看着徐逸。

"他是不是以为我们给他免死金牌啦?怎么那么肆无忌惮啊?当我们不存在啊?"胡运来不能理解。

"让他去吧,反正他不是我们要找的那个人。"周常顺说。

吕征早已知晓。而胡运来和章慧才刚刚反应过来。

"那……那个人呢?"胡运来问。

"谁知道啊!"周常顺说。

"也许临时有变吧,他改主意了吧。"吕征说。

"哎,哎,我们今天可不能空着手回去啊!怎么没人管管那个人?"章慧朝卫生间的方向望去。

而此时,徐逸正在卫生间里的垃圾桶里翻找。

"你是不是看上那男人啦?"胡运来吃醋了。

"谁啊?"

"肆无忌惮的那个!"胡运来说。

"有病吧!那小白脸谁稀罕啊?"章慧不屑地说道。

"不然你干吗老盯着他问?"胡运来不解地问道。

"我发觉你们也挺有意思的,不找钱,傻站着干吗啊?我有说错吗?找到钱赶紧走,干吗要横生枝节?"章慧有点生气。

"把他放了让他找凶手,至少我们杀人的罪名就洗清了。"周常顺说。

"任由他在我们面前走来走去的,我总是不太放心。"章慧非常担心。

"你担心个什么劲啊?不是有我们吗?"胡运来朝她笑笑,使了个眼色。

章慧朝胡运来白了一眼。
"就你们？什么事都干不成，还得我亲自出马。"
"呦，呦，还你亲自出马？"胡运来调侃章慧。

徐逸带着心事，从卫生间里走了出来，精神恍惚地在洗手池里洗手。
章慧不经意地打量着他。
长相英俊，身材好，风度翩翩，又会破案。
她不由得对徐逸产生了好感。

徐逸神情索寞地经过他们身边，走到魏瑾然身边。
"一无所获。"
瑾然也垂头丧气的。
"哎，别灰心，慢慢找。"
章慧一直盯着他看。
周常顺不经意看见章慧盯着徐逸看个不停。
"喂，我说，你不会真看上那小子了吧？"
章慧皱着眉头。
"瞎说什么呢？"
周常顺醋意大发。
"我可告诉你了，你和我们才是一伙的。"
"不就是长得帅，又有钱吗？嘚瑟个什么劲啊？"胡运来非常不屑。
"这年头，颜值就是能当饭吃。"吕征说。
"去，去，谁要是敢和我抢女人，我非废了他！"周常顺眼神充满了凶光。
"赶紧的，把那小白脸废了吧，我看着他老在我面前晃来晃去，心烦！"胡运来说。
"呵呵，现在还不是时候。"周常顺阴笑了下。

"我不管,随便你们废谁,但是一定要给我钱。"章慧自我膨胀起来。

"那肯定的,委屈谁,也不能委屈你啊!"周常顺对着章慧笑笑。

"那是。"章慧白了周常顺一眼。

"关键是那小白脸现在还有用。"吕征说。

"有什么用啊?我都等得不耐烦了。"

四个歹徒吵吵嚷嚷的,六个人也窸窸窣窣说着话。

徐逸和魏瑾然或多或少听到他们的谈话。

但是目前困扰着徐逸的,依然还有很多问题。

20. 内奸

"瑾然,"徐逸想了想,看着她。

"嗯?"

徐逸抓了抓脑袋。

"麻烦你去摸摸邓洁和陆文彦的全身。"

"啊?为啥?"

"看看她们身上有针筒吗?"

"针筒不可能现在还留在她们身上吧。"

"摸摸看吗,我去搜刘子恒。"

两个人站在他们面前,徐逸的表情很凝重。

"不好意思啊,搜一下身。"

"喂,喂,你干什么?你知道这是侵犯人身权吗?"邓洁嚷道。

魏瑾然厚着脸皮,只因听徐逸的话。

"不是这样的,"徐逸看着瑾然,她在翻邓洁的裤子口袋,"她身体的每个部位，从上摸到下，没有感觉到她身上有硬物就可以。"

"姓徐的，你干吗啊？我又不是凶手，你盯着我干吗？"邓洁一直在抗拒着瑾然搜她的身。

"没有。"瑾然对徐逸说。

徐逸差不多也预感到了。

"下一个。"

"你别这样好吗？我怎么也成了犯罪嫌疑人了？我不会杀曹芸的。"刘子恒有点抱怨。

徐逸从上摸到下，没有发现凶器。

陆文彦倒没有抱怨和不满，而是非常合作。

"没有。"

其实，徐逸心里大概有数。没有哪一个凶手杀了人，还任由凶器带在身上。

"会不会凶器不是针筒啊？"

"那是什么？"

两个人又陷入沉思。

"一定要找到针筒吗？找不到就破不了案吗？"

"我现在烦恼的是，所有能想到的线索全都断了，没办法连上，让它们连贯啊，一旦连贯了，谜底就能解开了。"

徐逸一副伤神的样子。

"他在搞什么鬼？"邓洁问。

"哼，看他的样子，也不像能搞出东西的样子。"石磊讽刺道。

"他应该在破案吧。"王智说。

尤熙梦的眼神很忧虑。

王智看见她这样，非常关切地问她："没事吧？是不是绑着不舒服啊？"

熙梦摇了摇头。

"没事。"

石磊非常不爽。

"和你有关系吗?"他恶狠狠地瞪着他。

"你怎么也不关心她一下?"

"她不是挺好的吗?有我在,没你什么事。"石磊非常不客气地回敬王智。

差不多曹芸死后,尤熙梦就这么沉闷了半天,也不怎么说话,心事重重的样子。

他们的谈话惊动了歹徒。

周常顺仔细打量着尤熙梦。刚进来时就发现她最亮眼。长发飘飘,清纯脱俗。如今一副忧愁的模样,显得更加楚楚动人。

周常顺不禁动了邪念。

"我们就一直被绑着吗?他们会不会杀了我们?"邓洁越想越害怕。

"谁知道啊?我们应该没那么倒霉吧。"王智回答。

刘子恒表情恐惧,他不敢再往下想。

"怎么会有人来抢劫?而且一来还是四个?"

"我也很纳闷,他们为什么会到曹芸家抢劫?我们这里那么多人,他们难道不怕吗?"王智问。

"肯定事先踩过点的。"石磊很肯定地说。

王智看着石磊。

"你是说,里应外合?"

"我不知道啊,我也很奇怪为什么偏偏只抢我们?"

"肯定是里应外合,你看他们工具早就准备好了,有备而来。"邓洁说道。

"那……那个内奸是谁啊?"子恒内心恐惧,说话的时候嘴唇都在颤抖。

"谁知道?"邓洁回道。

"那个人到底是怎么想的?"吕征问周常顺。

"也许他现在正急得像热锅上的蚂蚁吧。"周常顺阴笑了下。

"哼,他绝没有想到会是这样的结果吧。"吕征附和道。

"呵呵,说不定他现在都自身难保,我们可不会乖乖听他的话。"周常顺和吕征两人露出恶魔般的笑容。

"邪门了。垃圾桶都没有,凶器会自己长翅膀飞啦?"

"会不会凶器不是针筒啊?"瑾然问他。

"是!一定是!不会有错!"徐逸眼神坚定。

"是挺奇怪的。"瑾然也不懂。

"我本来想,凶手会不会注射好之后,将针筒直接扔到楼下了?但我转念一想,哪有那么蠢的凶手,警察一到草坪里搜索就全部露馅了。"

"你这么说,也不无道理。"瑾然点头道。

"如果凶器还在房间里,房间这么大,可以藏东西的地方那么多,我到哪里去找?"徐逸很头痛。

"找到那个针筒就真的那么重要吗?"

"我想搏一下,看看那个凶器上面是不是有什么线索可以查。"

21. 曹芸的谜底

"我们就这样在这里等吗?我可不想死。"子恒越想越害怕。

"他们要的是钱,应该不会要我们的命吧。"文彦回答。

"不会真的是你杀了曹芸吧?"子恒疑惑地看着文彦。

"你胡说什么啊?我干吗要杀她?"

"我知道的,你和曹芸之间有矛盾。"子恒斩钉截铁地说。

"朋友之间难免会有摩擦,就这么点小事我就把她杀了?"

文彦心里挺气的。她和曹芸是有过节儿的,但不是她招惹曹芸,而是曹芸招惹她。曹芸老是仗着自己有钱,瞧不起这个,瞧不起那个,一会儿讥笑她打扮土,一会儿又嘲笑她家境不好。但是朋友一场,她都忍了。

另外四个人都看着他们两个。

"哼,这里的人,哪一个和她没过节儿?哦,不是,应该是她和哪一个人没过节。"邓洁揭开谜底。

大家都看着邓洁。

"要说杀人动机,子恒,你也有啊,你还不是整天被曹芸讥笑癞蛤蟆想吃天鹅肉?"

子恒眼睛瞪得大大的,一时语塞,说不出话来。

"你们这样,好伤感情!"石磊也不知道该说什么才好。

"还说和曹芸关系很好,也不知道谁上次被骂得狗血淋头?"子恒瞧了一眼石磊。

石磊气急败坏。

"你非要这么损我吗?"

"不是我说你,有钱人家的小姐是这么容易娶的吗?"邓洁看着石磊,又瞥了一眼尤熙梦。

尤熙梦一直沉默不语。

"你们干啥都盯着我?王智难道就没有嫌疑了吗?这小子是个滑头,没准曹芸就是他杀的。"

"喂,喂,你别什么事都把我扯进来好吗?"王智很不开心。

其实,当他们聊天的时候,徐逸就一直密切注意着他们,希望能从中有所收获。他就等着他们之中有谁按捺不住了,把所有的秘密都抖出来。他们每个人都说和曹芸关系很好,他才不信呢。

他和常远关系那么好,还不是经常闹矛盾。有时候,也会为女人,关系搞得很僵。

扯远了。

徐逸心想,动静搞得越大越好。这样,我的信息量也就越来越大，对破案大有助益。

"你不是什么事都喜欢插一脚吗？"石磊斜着眼瞥王智，一脸的不屑与嘲讽。

"就是，你不就是因为熙梦而拒绝曹芸的吗？可惜襄王有梦，神女无心。"邓洁很随意地一说。

"说得太对了，我什么东西，他都想占便宜。"石磊补充。

尤熙梦觉得很无奈。王智已经无法应付。

"我为什么老成众矢之的？你别老说我，你难道就没有杀人动机吗？"王智一本正经地盯着邓洁。

"别冤枉我，我和曹芸什么事都没有。"邓洁一副理直气壮的样子。

"女孩子家的那点事，整天攀比来攀比去，互相看不上。"王智慢慢地说。

邓洁不响了。

"闺蜜之间，有点小矛盾是很正常的。"她还非常不服气。

徐逸的眼神一直紧盯着他们。

左一眼，右一眼。

他的眼神愈发犀利，极具洞察力。

"别再吵了，我们每个人都有足够的杀人动机。"王智释然。

"对哦，当然也包括熙梦。"邓洁饶有趣味地说。

熙梦一直闷声不响，谁也不知道她的内心是有多纠结。

王智和石磊也不再说什么。大家瞬间都安静了。

只有一旁的徐逸觉得最有意思。刚才这么一闹，把他们的老底都给抖出来了。

徐逸坚定地认为，自己离真相已经越来越近了。

徐逸的眼神透露出坚定的意志。

必定一往无前，所向披靡。

无人可阻挡自己探索真相的决心。

无人。

正义与邪恶。

天平的两端。

永远闪着正义的光芒。

正义终将战胜邪恶。

22. 迷宫

"子恒，你为什么发抖啊？"邓洁问刘子恒。

"这人就这样！"石磊斜着眼瞥了一眼刘子恒。

"没事，只是有点害怕。"子恒慢吞吞地回答他们。

"你一个大男人，你怕什么啊？"石磊不满。

"再忍忍吧，等他们找到钱，大概就会放了我们吧。"王智抱有一线希望。

"不会有事的，我们这里那么多人，他们不敢的。"文彦安慰子恒。

"省省吧，匕首都拔出来了，还会再收回？凶多吉少。"邓洁并不看好。

"你废话怎么那么多啊？这么想死啊？咬舌自尽算了。"石磊一肚子火。

石磊也不知道自己能不能活着看见明天的太阳。但是邓洁太消极，而其他人则想得太好。

这几个人凶神恶煞的，而且似乎有备而来，应该对这个家的底细很是了解，又有利器。和他们硬拼肯定是不行，但是如果任由他们这样胡来，他们这群人生死难料。

眼下，也只有依靠那个姓徐的，能够帮他们，但是……

"徐逸，对不起啊，帮不了你。"瑾然失望地说道。

"没关系。"

"我知道我很笨。"

"没啊，你那么可爱，怎么会笨呢？"徐逸对瑾然笑笑。

徐逸笑笑，接着说："你长得那么漂亮，性格又那么开朗，和你在一起，我很开心啊。"

瑾然脸颊微微泛红，感觉爱情在慢慢发生。

"那两个人为什么老盯着我们看？"

徐逸也朝瑾然的目光望去，发现周常顺和吕征一边看着自己，一边窃窃私语，行为诡秘，煞有介事。

"哼，这两个人从刚才就一直鬼鬼祟祟地往我们这里张望！"

"不会是想杀了我们吧？"想到这里，瑾然有点害怕。

"不会，别害怕。"他安慰着她。

说到歹徒，他也有一些疑惑。

他们四个显然是有备而来的。带来的粗绳，不多不少，够把他们八个人都绑起来。曹芸也的确有钱，但这个小区那么多住户，为什么偏偏只抢他们这一家？他们今天来抢劫，到底事先知不知道曹芸家有五个女人，四个男人？如果知道，为什么还敢来？如果不知道，他们凭什么那么笃定能抢到钱？从他们四个人刚闯进房间的那气势，看见我们这里那么多人，居然眼睛都不眨一下，应该是知道我们这里有这么多人，也许也知道我们今天是来干嘛的。

徐逸越想越怀疑。

还有周常顺和胡运来那诡异的眼神交汇，到底透露了什么信息呢？

徐逸仿佛站在迷宫的进口，往尽头探望，但是脚一滑，等人站直后，四下观望，才发现身边出现了无数出口。

但是出口却只有一条。

所以他迷惘。

真相到底是什么呢？

23. 坚定

徐逸想了想，暂时把歹徒的问题放一边，先解决曹芸的问题。

他摁了摁手机，下午一点多了。

案子迫在眉睫，但是他又没灵感了。

灵感总是稍纵即逝。

他又想起了，不知道是谁说的那句话。

如果思维陷入停滞，不如回到原点，再去思考，或许会有不一样的发现。

于是，他决定再到曹芸的房间里看一看。

他站起身来，径直走向曹芸房间，小心翼翼地不要碰到门把手。

"我再去看看尸体。"他看也不看他们便说道。

"真当我们是空气啊？"胡运来觉得他根本没把他们当回事。

周常顺看着徐逸，一脸贼笑。

房间里家具和东西的摆放也没存在什么问题。曹芸就这样悄无声息地死了。

徐逸站在右床头柜边，东张西望，检查完窗户，又去翻曹芸脱下的衣服，把之前检查过的抽屉又检查了一遍，还一直盯着地板，看看是不是有什么比较可疑的足迹和东西，刚才给漏掉了，最后，掀开被子，再一次检查曹芸裸露在外的皮肤上有没有什么伤口，以及再次确认那个针孔的痕迹，折腾了很久，依然没有任何收获。

徐逸一个人神情颓丧地从房间里走出来，不太开心，重新坐回沙发。

瑾然兴奋地问他："有新的发现吗？"

"没有，一无所获。"

瑾然也颓丧着脸。

"哎……"

过了一会儿。

"看来我们真要做砧板上的肉了，任他们宰割。"

"放心吧，怎么样也得挣扎一下吧，我不是一个容易绝望的人，我相信人定胜天。"

徐逸说完这句话后，他的眼神散发出坚定的光芒，瑾然向他投去崇拜的目光。

"不管怎么说，我永远支持你。"她朝他微笑。

徐逸也笑了。

虽然目前一团乱，但他还是坚信自己离真相已经不远了。

"我们这样大眼瞪小眼，也不是办法。"瑾然说。

"你怎么知道我是大小眼？"徐逸笑了出来。

"你居然还有心情开玩笑？我们都快变成肉干了。"

"肉干就肉干吧，十八年后又是一条好汉。"

两个人静静地想着问题，不再说话。

徐逸心里也着急了起来，想现在他手上还有筹码，时间越往后拖，依旧没什么进展的话，是非常不利的，而且也不能让他们看出来他现在正焦头烂额，一筹莫展。

24. 进展飞快

"我一直怀疑是不是我的侦查方向有问题？"徐逸自言自语道。

"应该不会吧，你那么聪明。"

"那为什么迟迟没进展?"

两个人陷入沉思中。

徐逸左思右想,瑾然则托着下巴陪在他身边。

他想着想着,时不时会看看她,发觉她真的很漂亮,而且非常可爱,想靠她近点,于是往她那挪了挪位置,坐下来的时候,左手不小心压在她同样搁在沙发的右手上,太用力了,瑾然"啊"的一声,痛苦极了。好在没什么大碍。

"不好意思,弄疼了吧。"徐逸心疼,不停地抚摸着她的手。

"还好,现在没事了。"

瑾然一直摇晃着手,活动着手指关节。

徐逸无意中看见她做这样的动作,再加上她被压疼了,脸上出现的痛苦表情,徐逸隐约想到了什么。

他猛地站起身来,往曹芸的房间横冲直撞。

四个歹徒盯着他看。

"我觉得我们好没存在感啊!"胡运来就是看不惯徐逸那嘚瑟样。

在曹芸的房间,徐逸神情严肃地站在曹芸的尸体面前。

他掀开被子,把曹芸的衣袖拉上去,看见了那个醒目的针孔痕迹,然后他一遍又一遍地模拟当时现场的情况。

当时曹芸已经睡着,凶手静悄悄地溜到了她的身边,他卷起她的衣袖,将针筒里的毒液注射到她体内。

一气呵成。

徐逸反复模仿着这些动作,心里想着这所有的环节里是不是漏掉了一个最关键的环节。

对,他一直忽略了一个问题。

此时,徐逸心里得意起来,嘴角微微翘起,眼神也愈发坚定。

他终于可以扬眉吐气地走出曹芸的房间了。

胡运来看见徐逸从曹芸房间走出来,面带笑容,心里特别恨。

"切,一下子存在感又爆棚了!"

周常顺和吕征窃窃私语，听见他说完这句话，觉得很好笑。

"怎么样？怎么样？"瑾然依旧兴奋。

"幸不辱命。"徐逸笑了起来。

瑾然听见这话之后，非常开心。

"快点告诉我！"

两个人交头接耳，惹得周常顺和吕征十分关注他俩。

"曹芸在死之前，被人下了安眠药之类的东西。"

"啊？不会吧？她都睡着了，有这个必要吗？"

"这就是问题的关键。"

瑾然越听越玄，感觉一头雾水。

"我怎么一句也听不懂啊？"

"我慢点给你捋捋。"

于是徐逸开始慢慢给瑾然分析。

"我们都知道，曹芸是死在床上的。这点，没问题吧？"

"没问题。"

"好。然后凶手，也许就是刘、邓、陆其中一人，偷偷溜到房间里，将毒液注射到她体内。这有问题吗？"

"没问题，凶手肯定是他们三人其中之一。"

"那么问题来了！即使一个人睡得再沉，有人用那么尖的针扎在自己身上，换作是你，你会没有任何反应吗？"

瑾然想了几秒。

"对啊，不可能不被痛醒的啊！"

"对啊，关键就在这里。我刚才不小心压到你的手，你脸上闪过痛苦的表情，那是因为压到手了，会痛的。曹芸睡得再沉，她也会痛醒的，可是她没有啊！"

"是啊，"瑾然想了想："不过，会不会是她昨晚加班实在太累了，真的睡得太沉了呢？"

"凶手用什么来保证曹芸一定睡得很沉呢？万一他给她注射的时候，她被惊醒了，然后出去对外面的人说有人要杀她怎么办？你真以为凶手胆子大到那种程度？给她下安眠药，只是为了确保注射的时候万无一失。"

瑾然想了想，她也在理自己的思路，觉得按照徐逸的思路，这点确实说得通。

"那接下去该怎么办？"

"找安眠药。"

"到哪里找？"

"肯定是下在她吃过的东西里面。"

"怎么找？"

"喏，"徐逸看看那绑着的六个人，"当然是要问他们！"

那六个人神情各异，他知道，他们一定是在心里盘算着自己的"惊天阴谋"。

25. 尤熙梦

徐逸走到餐厅里，瑾然也跟过去。

"我想问你们一些问题。"

"真把自己当警察了？"石磊非常不屑。

"问吧。"王智。

"有人注意到曹芸死前吃过什么东西吗？"

六个人面面相觑。

"她和我们吃的是一样的东西啊。"王智的眼神望向会客厅的地柜。

"我没注意啊，当时大家把带来的东西就放在那儿，曹芸也拿出来一些东西招待我们，我们就一直坐在那里吃。"子恒仔细回忆道。

"曹芸的死和这有关吗？"文彦小心地求证。

"是不是曹芸吃的东西里面有问题啊？可是我们也都吃过啊，怎么没问题？"邓洁狐疑。

徐逸开始思考起来。

是啊，曹芸和他们吃的是一样的东西，为什么偏偏只有曹芸吃了掺有安眠药的东西？

凶手是随机杀人吗？

不，显然不是。

如果是随机杀人，就不会给曹芸注射毒液了。

对，他的目标很明确。

就是曹芸。

他要杀的就是曹芸。

可是，大家吃的差不多都是一样的东西，凶手何以在命中率如此低的情况下准确无误地命中曹芸呢？

这个凶手，他到底是怎么做到的？

徐逸依然困惑，依然百思不得其解。他正在思考的时候，却瞧见尤熙梦一脸的心事重重。她打进门后，就一直忧虑重重。曹芸死后，更是陷入无边无际的焦虑和恐惧中。

他很想问问她，她到底是怎么了？

说不定，会和这个案子有关。

"小姐，是不是身体不舒服？"徐逸关切地问她。

她仿佛如梦初醒。

"没事，谢谢。"

另外的人都盯着她看。

徐逸看着她紧张不安的表情，有种说不上来的感觉。

"别害怕，有我呢。"王智温柔地望着尤熙梦。

石磊怒火中烧。

"我的老婆，你关心个什么劲啊？"

"你有关心她吗?她那么不开心,你也不安慰一下?"

王智也冲他发火。

两个男人开始开战。

"你怎么知道我没关心她?你以为我们俩像你那么无聊,整天秀恩爱啊?"

石磊冲他嚷嚷。

"傻子都看得出来,你对她不好。"

"我怎么对她不好啦?你说啊,你说啊,我比你更爱她。"

"无耻的人,什么都说得出口!"

王智不屑。

"我无耻,还是你无耻啊?结婚前,你就盯着她;现在结了婚,你还是盯着她。王智,你别那么恶心好吗?天底下的女人就应该全归你啊?"

"我只要熙梦,可是她喜欢的是你。我知道我无权过问你们的事,但是熙梦她过得不快乐。"

"她哪里过得不快乐啦?吃得好,用得好。"

"你对她不好!"

"我有对她不好吗?"石磊转过脸问尤熙梦:"我对你不好吗?"

大家都等着她的答案,徐逸也看着。

尤熙梦的眼神十分暗淡,挣扎了半天,才脱口而出。

"他对我挺好的。"

"听见没有?她都亲口说了,我对她好。你一个外人知道什么啊?"

石磊扬扬得意。

王智彻底没辙。即使石磊对她不好,他知道,凭她那么爱他,她一定会说他对她好。

王智也不知道应该说什么了。

他想帮她,可是好像帮不了。

他恨自己,恨自己为什么那么无能。

如果熙梦喜欢的是自己,他完全有能力让她幸福。

可是……

石磊，那个恶魔般的男人，不仅控制了她的身体，也控制了她的灵魂。

他实在拿他没办法。

只有任凭他控制着她的身体和她的灵魂。

26. 瓶装奶茶

徐逸看着尤熙梦惴惴不安的表情，他始终觉得这是一个谜团，但他也充满了不确定性，他无法在曹芸的死和她的表情上架起一座桥梁，以此来证明两者之间有某种联系。

目前的问题还是安眠药下在了哪里。

那四个歹徒也不管他们了，觉得他们叽叽喳喳很烦。

他们只想徐逸快点把这里打理干净，找到钱就走人。

既然他们都说，曹芸和他们吃的是一样的东西。徐逸还是需要亲自查看一下。

他走到大客厅里，瑾然也跟过去。

他站着，看着地柜上琳琅满目的食品。

喝完的热饮杯，喝光没喝光的饮料瓶，堆得乱七八糟的零食。

这可给自己出难题了。

难不成他还一杯一杯、一瓶一瓶、一包一包，拿去化验？

但显然，他对热饮和饮料感兴趣。

如果要下安眠药，一般都是下在液体里。

因为安眠药是固体，即使把它磨成粉，也很容易让人发觉，下在液体里，加速溶解，无影无踪，味道也容易被饮料本身的味道所掩盖。如果是类似迷幻药的液体，同理。

凶手肯定用的是这种方法。

两杯热饮、一瓶绿茶、一瓶红茶、一瓶可乐。

徐逸终于可以坐在沙发上，好好想问题了。瑾然在一旁看着他。

两杯热饮，全部喝完。杯底分别有巧克力色和淡咖啡色的液体残留，他猜可能是珍珠奶茶系列。

一瓶绿茶，喝了一点点。

一瓶红茶，全部喝完。

一瓶可乐，喝了一半左右。

徐逸不敢碰它们，怕沾上指纹。

他想了想，他知道曹芸的口味。

曹芸喜欢喝奶茶。

这些热饮和饮料，她可能会买来喝，但喝得一定不会勤。

曹芸是出了名、变态地喜欢喝瓶装奶茶，这点他是知道的。每次聚会，她一定会捎上一瓶，KTV里唱得那么嗨，她不停地喝奶茶，润嗓子。

每次吃烤肉和火锅的时候，她的桌前必放着一瓶奶茶。

可是这里没有瓶装奶茶啊。

他想知道这里的五个杯杯瓶瓶的主人是谁。

他起身。

"我问几个问题啊。两杯热饮分别是谁的？"

"我的。"文彦回答。

"是我的。"邓洁回答。

"分别是什么？"

"我喝的是巧克力珍珠奶茶。"文彦回答。

"我的是椰果珍珠奶茶。"邓洁回答。

"绿茶是谁的？"

"我的。"王智回答。

"红茶呢？"

"是我的。"刘子恒回答。

"可乐是谁的？"

"我的。"石磊回答。

好了。五个杯杯瓶瓶的主人搞清楚了。

的确不是曹芸买的。

那么曹芸喝的是什么？

这些杯子瓶子都已有主人，独独不见曹芸最喜欢的瓶装奶茶。安眠药必定是下在液体里的，可是找不到曹芸喝过的东西。

凶手是怎么下安眠药的？

徐逸又疑惑了。

他想了想，赶紧去垃圾桶里翻找。

"你怎么又翻垃圾桶啦？真恶心。"石磊很反感。

"应该在找证物吧。"王智说。

徐逸翻得既仔细又认真。

垃圾不是很多。

一般第一天的垃圾，第一天晚上就清理掉了。即使不清理，第二天早上也会清理掉。

他看见了牛奶瓶的包装膜、蛋壳，石磊从厨房里拿出来的三文鱼包装薄膜和包装盒、酱油包、芥末包，一些零食的包装袋，大家吃完的大排骨、餐巾纸、湿面巾。

一些生活垃圾。

他仔细检查了一些东西，确实没有什么问题。

没有发现瓶装奶茶。

曹芸没喝瓶装奶茶吗？那她是怎么喝到安眠药的？

27. 迷雾

徐逸坐回会客厅的沙发。

他用右手抵住额头,不停地抚摸。看得出来,他心烦意乱。

徐逸正眼神呆滞地望着地柜上堆着的东西,突然扫到果汁、蔬菜汁和酸奶,他的眼里开始有了光芒。

一瓶葡萄汁,喝了一点点。

一瓶胡萝卜汁,已喝完。

三瓶乳酸菌饮品,全喝完。

两瓶高端酸奶,完好无损。

加起来,正好七瓶。

正正好好可以供给七个人。

徐逸起身,开始到厨房里翻冰箱。他打开冰箱的门,看见冷藏室里放着杂七杂八的东西,里面有一瓶葡萄汁,两排蓝色低糖乳酸菌饮品,其中一排已经拆封,还剩两瓶,看得很清楚,然后他走出厨房,到阳台上电脑桌对面的一个柜子下翻找东西。

他打开柜子,看见一箱蓝色的高端酸奶,翻开纸盒子,里面还有几瓶酸奶。

这就对了,对得上号了。

这些不是外来食物,是曹芸从家里拿出来招待这些朋友的。

现在,他想知道几点。

"果蔬汁、乳酸菌饮品和酸奶是你们带来的?"

他明明知道真相,却还要问他们,他想知道他们会不会对他撒谎。

"这些东西都是曹芸拿出来招待我们的。"

声音此起彼伏。

好，这一关算是过了。

接着还有第二关。

"曹芸喝过这些东西吗？"

"好像喝过。"子恒回答。

"喝过什么？"

"我没怎么注意，但是我看见她喝过小蓝瓶。"

"你们喝过吗？"徐逸的眼神愈发深邃。

"我喝过小蓝瓶。"子恒回答。

徐逸想了想。

"有人喝过果蔬汁吗？"

只见尤熙梦战战兢兢的样子。

"那瓶胡萝卜汁是我喝的。"

徐逸想了想，每个人都带了饮料来，唯有她没带，来了那么久，一直不喝水，也不现实。

"曹芸还抱怨自己本来想喝胡萝卜汁的，没想到被熙梦喝了。"

邓洁随口一说。

"葡萄汁是谁喝的？"

无人回应。

顿时，徐逸的脑海里闪过一道灵光。

那瓶葡萄汁很有可能是曹芸喝的。

"另外一瓶小蓝瓶是谁喝的？"

"我喝了两瓶。"子恒回答。

徐逸心想，原来刘子恒一人喝了两瓶。

"当时有发现谁有什么反常的行为吗？"

大家你看我，我看你。

"没啊，大家都很正常。"王智回答。

"是啊，大家有说有笑地在聊天看电视。"邓洁回答。

徐逸又烦恼了。

他本来想问问大家，是否看见有人鬼鬼祟祟地往曹芸吃过的饮料里倒过什么东西。可是，似乎没有人有这个印象。

大家都聚在一起，如果有人有这个动作，是非常容易被人发觉的。

可是，没有，没有任何人有任何反常的举动。

这就奇了怪了。

那凶手是怎么下的药？

徐逸心里开始浮躁起来。

凶手是如何躲过那么多双眼睛的？

曹芸不会对自己下药，饮料都是她自己从冰箱里柜子里拿出来的。她本来准备喝胡萝卜汁，就算凶手提前知道她要喝胡萝卜汁，那位大美女把那瓶曹芸本来想喝的胡萝卜汁全喝完了，她怎么还好好的，没有一丝睡意？

两瓶酸奶没动过，就不说了。

再退一步，凶手要把安眠药下在小瓶瓶里。可是刘子恒喝了两瓶，至今神志清醒，为什么偏偏曹芸中招？

他的思维开始僵化。

28. 问题的关键点

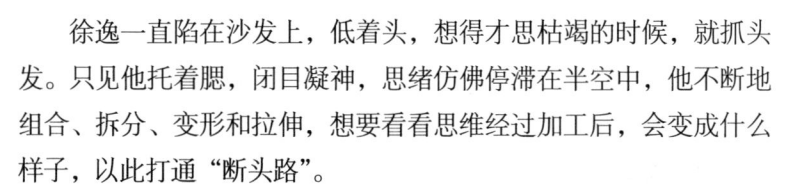

徐逸一直陷在沙发上，低着头，想得才思枯竭的时候，就抓头发。只见他托着腮，闭目凝神，思绪仿佛停滞在半空中，他不断地组合、拆分、变形和拉伸，想要看看思维经过加工后，会变成什么样子，以此打通"断头路"。

他的脑海中不断地重复今天曹芸家发生的一切，试图将所有的线索连在一起，将思路打通。

问题的关键点到底在什么地方？

我肯定是把重要的一点给遗漏了，所以线索才接不上去。

徐逸心想。

那么，问题的关键在哪里呢？

周常顺依然和吕征嘀嘀咕咕。那六个人也时不时交头接耳。过了一会儿，周常顺走了过来，吕征也跟了过来。

"那具女尸是谁啊？"周常顺问徐逸。

徐逸已经焦头烂额了，却依旧还是回答这类无聊的问题。

"这个家的女主人。"

周常顺看看吕征。

"她真的被你们集体干掉啦？"

"胡说八道什么呢？肯定不是我和身边的这位小姐，一定是那边六个人其中之一，具体是谁，我也不得而知。"

"这家人看起来还蛮有钱的，你知道她的钱都放在哪儿吗？"

"我哪知道啊？"

"你对她家的状况很熟悉，肯定来过很多次了。"

"是来过很多次，但是有谁会那么傻告诉你她的钱藏在哪儿吗？"

"银行卡密码是她的生日吗？她生日几号？"

"大哥，我真的不想骗你，但是我真的什么都不知道啊。"

"真的假的？别骗人了！你对她家的情况非常了解，什么东西放什么地方，你清楚得很啊。"

吕征恶狠狠地瞪着他。

"我是来过几次，和她关系也不错，但是还不至于关系好到她会主动告诉我银行卡放哪儿吧。"

两个人也无计可施。

但是，徐逸有徐逸的打算。

他的确知道她的钱放在哪儿。

是那次，他不小心……

两个人也不再追问他了，又回去了。

徐逸继续想问题的关键所在。

问题的关键点，问题的关键点。

徐逸的脑海中反反复复出现这几个词。

问题的关键是在曹芸身上。

今天所有的问题都是围绕着她。

他不禁想起从认识她那天开始，所有发生的事情……

时间回到高中时代……

是啊，案子是围绕着她开始的，理应聊聊这位死者，她的生平事迹。

曹芸，可以算得上是班级里的风云人物。虽然她姿色一般，但善于交际，在班里也是呼风唤雨的角色，成绩好，和老师同学的关系也好，为人热情大方，每天都可以看到她眉飞色舞的样子。

一切看上去似乎都很不错。

但是有一些事情，有点破坏她在徐逸心目中的形象。

她曾喜欢上班里的一位男同学，对他非常主动，可是人家不喜欢她，拒绝了她。之后，曹芸就开始在很多朋友面前说他的坏话。

对班里公认的一些班花，她也曾多次在徐逸面前抱怨不满，说她们名不副实，书不好好读。

就连一些长相平庸，但读书成绩非常优异的女孩子，她也要说上一嘴，说她们的父母利用关系，请的都是重点高中的老师帮她们补习功课。

是啊。

多年前的事情了,差不多都忘了,忘了有这么一回事了。

高中毕业之后,很多人都不再和她联系,感情也越来越淡。

他惊诧于交际高手曹芸,她的高中好友怎么会越来越少。

人品有问题?得罪的人太多?

也许,她今天被杀,也是因为不知不觉得罪了六个人里的其中一位。

从这一刻开始,徐逸对曹芸有了更清晰的认识。

29. 危在旦夕

正在徐逸焦头烂额之际,尤熙梦憋了半天也不敢出声,只能偷偷对石磊说。

"我想上厕所。"

"那你上啊。"

"那个女的会跟进去,怪怪的。"

"没事,我们都在呢。"

尤熙梦不太放心,但还是硬着头皮听他的。

"对不起,我想上个厕所,麻烦你们帮我松开。"

四个歹徒寻声望去。

周常顺看见尤熙梦美丽动人的脸,笑得非常阴险。

"你看着她。"

章慧帮她解绑,还陪着她上厕所。

徐逸还是一副很潦倒的样子,努力思考问题。

"那女孩漂亮吗?"周常顺问吕征。

"谁啊？白衣服那个啊？"吕征的目光望向卫生间。

"是挺漂亮的。"

周常顺露出邪恶的笑容。

"你干什么啊？你放手！"

待尤熙梦从卫生间里出来洗好手，准备再被绑回去的时候，周常顺走过来，一把抓住她的手，笑得很无耻。

随后，众人惊呆。

王智厉声呵斥周常顺："你别碰她！离她远点！"

三个男歹徒笑得很无耻，而尤熙梦感觉自己马上要成为砧板上的肉了。章慧在一旁说风凉话。

"你们就这么饥不择食啊？啥女人都要！"她一脸的不屑。

"看见个漂亮女人，怎么也要弄到手。"

房间里声音开始大起来。

徐逸站起身来，看着他们。

"人家爸爸可是高管，小心你们怎么死的都不知道！"邓洁说。

"我劝你们别乱来，她爸爸有的是钱，买你们的命绰绰有余。"石磊说。

"我要的就是富家女。"

周常顺无耻地笑着，旁边的两个打手也笑了起来。

"你别那么无耻，有什么事情冲我来！是个男人，就别拿女人来说事！"

王智一怒冲冠为红颜，气得他脖子都粗了。他一直都在想，这该死的绳子怎么就是解不下来。眼看心爱的女人危在旦夕，而自己却无能为力。

房间里吵吵嚷嚷。刘子恒和陆文彦也出声制止。

"你们看着他们，我拉她进屋，嘿嘿。"

周常顺喊着就要把尤熙梦往曹芸隔壁的房间里拉。两个打手也默许这一做法。反倒是章慧显得非常不开心。

"你们这些男人整天满脑子想的都是什么啊？一见到女人，就管不住自己。"

"你是女的，你不懂的。"胡运来笑着对章慧说。

"有什么不懂啊？你们男人，成天就想着和不同女人那点事。"章慧讽刺他们。

她的话，惹得两个歹徒哈哈大笑。

"你这个畜生，别碰她，听见没有？否则我不会放过你！"王智急红了眼，朝他大吼。

但是他们根本不理会他的大喊大叫。

房间里的形势一触即发，尤熙梦危在旦夕。

徐逸快步走过去："这样不太好吧。"

尤熙梦被他拉扯着，吓得不知所措。她脸色苍白，嘴唇颤抖。

周常顺一脸的不悦。

"和你有什么关系？"

吕征和胡运来走过来。

"这件事和你没关系。"

"怎么没关系？她是凶杀案的当事人，你们这样做，不太好吧。"

徐逸和颜悦色，希望歹徒收手。

"别说，我还真没试过……"

三个歹徒都笑了。

"你们要是乱来，那我只好对警察说，那个女的是你们杀的！"

话刚落音，三个歹徒脸色都变了。

吕征很不客气地走到徐逸身边，猛地推了他一下。

"想找死啊？"

30. 智勇双全

三个歹徒露出凶恶的表情,吓得瑾然躲到徐逸身后。可是徐逸不害怕,他还伸出手,示意歹徒别轻举妄动,同时关心尤熙梦的安危,紧紧攥着瑾然颤抖的手。

"这里死了人。你们老家应该有这样的风俗吧,在凶杀案现场欲行不轨之事,要倒一辈子霉的。"

这句话是他编出来的。因为他听出来,他们有口音,不知道会不会很忌讳那些东西,希望能吓倒他们,放弃尤熙梦。

他们先是愣了一下,随即又无耻地笑了。

"别吓唬我,我可不是被吓大的。"

徐逸灵机一动。

"你们中了别人的圈套了,还自以为聪明。今天的一切都是别人设计好的,引你们往里面钻。"

三个人傻掉了。你看我,我看你。

"谁要害我们啊?"周常顺一脸迷茫。

"你说呢?"徐逸成竹在胸。

三个人又你看我,我看你。

"我就说嘛,怎么不按说好的办。"

徐逸心里得意。

周常顺骂骂咧咧,甩开了尤熙梦的手。徐逸赶快把她拉到自己的身边。两个女孩,一左一右,徐逸小心呵护着。

三个男歹徒在那边商量事情。

徐逸安抚着她俩,小心地察言观色。

没想到,周常顺打了一个回马枪。

"你搂着两个大美人,你不让我碰这个,右手边那个总是可以的吧。"

这句话刚说完，吓得魏瑾然瑟瑟发抖。徐逸抓着她，抓得更紧了。

"别害怕，有我呢。"他在一边安抚她。

"你做的事，不合道上的规矩。偷钱的，就不能抢。抢完后，就不能杀。盗亦有道，否则道上的人都指着鼻子骂你们。"

"你懂什么啊？"周常顺一脸不屑。

"以前火车和公交上的扒手都分帮派的。谁侵犯了谁的地盘，都会发生非常严重的群殴事件。这件事情就是告诉我们，做人界限要分明。是你该做的，你就做；不该你做的，你做了，如果以后发生什么事情，千万不要怪我没有提醒你们。"

周常顺又怔住了。他的眼珠子咕噜咕噜穷转，心里想想，这人说的也有几分道理。今天发生的事情，的确出乎他的意料。而且这里死了人，的确忌讳。他想了想，色胆被压了下去。

徐逸顺势给了个台阶下，对他们一顿褒扬。

周常顺被捧得合不拢嘴，而章慧一听溢美之词，得意扬扬。吕征却不敢苟同，胡运来一脸不屑。

四个人都放松了警惕。

"我把她绑回去。"

徐逸示意尤熙梦坐回位子。

王智差点都要哭了，看着徐逸把熙梦平安地救下来，心存感激。

"徐逸，谢谢你。"他几乎快要哭出来对徐逸说。

"没事，应该的。"

"别害怕，有什么事就叫我。"徐逸柔情地对尤熙梦说。

熙梦心有余悸，连连对他表示感谢。

"真是谢谢你了，要不是你，我就惨了。"

"没事，不要激怒他们就行了。"他小心地告诫她。

大家都向徐逸投射出敬佩和感激的目光。

他把瑾然小心地拉到自己身边，让她紧贴着自己。

31. 真面目

"你是不是死人啊？看着自己老婆被别人欺负，怎么吭都不吭一声？"王智恶狠狠地瞪着石磊。

"我哪里不管她？我自己都被绑着，大喊大叫他们也不理，你以为我不想冲上去救她啊？"

"我早就看出来了，你对熙梦根本就没有感情，你只是一直在利用她而已。"

尤熙梦看着石磊。

"你在胡说什么啊？我不喜欢她，我干吗要娶她？"

"是人都看得出来，是为了钱。以你的身份地位，如果不是熙梦单纯，你会这么容易骗到她？为了上位，你什么事情做不出来！"

谁知石磊完全被激怒了。

"我警告你，你再胡说八道，我对你不客气了。"

"我有胡说吗？这里的人谁不清楚啊？大家只是给你面子而已。"

大伙儿都看着他，他恼羞成怒。

"你们都盯着我看干吗？"

大伙儿都不说话。文彦的表情有点落寞。

"你们都是这么看我的？"

熙梦也不响，眼神呆呆的。

石磊咬了咬牙齿，一脸的凶相。

"好，很好，非常好。真是人心隔肚皮，知人知面不知心。原来你们一直都是这么看我的。我把你们当朋友，而你们骨子里却瞧不起我？行，可以，大不了一拍两散，以后别再来往了。"

大伙儿都不作声。

徐逸和瑾然在旁边一直看着他们。

"你真的太偏激了，大家根本没有瞧不起你，是你自己想多了。"

徐逸走过去淡定地对石磊说。

石磊看看他，不理会他，继续生气。

某些底层男人有一些习气，自卑、脆弱、敏感、多疑、偏激、报复心强，一旦搭上一个富家女，都会被别人说成是不择手段，处心积虑地往上爬，终日陷入那种境地，情绪也不会好到哪里，但是自己又不甘心永远待在底层，所以形成恶性循环。

没钱，不开心。

有钱，也不开心。

一个男人，肯定是要面子的，被别的男人说成那样，肯定是下不了台。况且，这么多人都看着。

路是自己走的。

他到底要什么，他自己心里清楚。

尤熙梦的路也是她自己走的。

王智总说石磊不爱她，可是她还是一直帮着石磊。

"你不知道，这家伙是有预谋的。"王智对徐逸说。

徐逸听着，石磊气不打一处来。

"他追熙梦，是早有预谋。他事先听别人说起她爸爸，然后再追的她。你把前后顺序搞清楚了，你就全都明白了。"

徐逸似乎对石磊这个人的情况越来越了解了。刚开始，只是觉得他人不太友好，而且脾气很急，没想到还有这一手。

"你说够了没有？"石磊凶恶地盯着王智。

"没有，我只是让大家知道你的真面目。"

石磊恨得牙痒痒的。

"你别太过分了。否则，我会让你付出代价。"

石磊的脸上闪过一丝凶光。

王智很随意地笑了笑。

"放马过来,我倒要看看,你能把我怎么样。"

"你们听听,他说的话是人说出来的吗?"石磊很气愤。

"好了,好了,大家都少说一句。"

王智也在气头上,但被徐逸这么一说,怒气暂时被压下去。

然而石磊依旧不依不饶。

"我知道我把熙梦抢走了,你心里恨我,但你不能这么污蔑我!心理得有多扭曲啊!"

石磊一脸的愤恨与不屑。

32. 男人之间的战争

"那个石磊怎么像条疯狗一样啊,见谁都咬。"瑾然看见石磊那样,觉得很无奈。

"别去惹他就好了,这人以前肯定受过刺激。"徐逸跟着说。

"熙梦,要是我们得救了,你能不能跟我?"王智温情脉脉地凝视着熙梦。

"哇,真是恬不知耻啊。熙梦是我老婆,我们还没离婚呢!"石磊厌恶地看着王智。

"就在刚才,我已经决定了,我要把她带走。她跟着你,迟早被你害死。"

"你真是不知羞耻。你要带她走。你即使不问问我,你也要问问她,她愿意吗?如果她肯跟你,我马上就放人。"

石磊一副小人得志的样子,他知道熙梦不会离开她。他早已摸透了她,她一辈子都跟定了自己。

王智用恳求的眼神望着熙梦。

"你愿意吗?"

熙梦的眼神躲躲闪闪。

"说啊,告诉他,让他死心。"

石磊一副得意的样子,他就是要打败他,在熙梦的面前,无数次地打败他,让他无法再在自己面前逞威风,让他也体会一下在这么多人面前,被人剥皮羞辱的感觉。

他越想越恨,心里带有满满的恶意。

大家都看着熙梦,只见她欲言又止的样子。

"对不起。"

话刚说完,石磊更加得意,而王智变得非常消极和颓丧。

"听我说,你必须、马上、立刻离开他,否则你迟早被他害死。"

王智看着石磊那恶毒阴险的样子,他非常不放心熙梦,要让这样一个禽兽般的男人和她同床共枕,他始终有一种不祥的预感。

"你到底要不要脸啊?熙梦都拒绝你了,你还穷追猛打,有你这种厚脸皮的人吗?"

王智左右为难。如果这事他撒手不管,他真的不敢相信熙梦会被他糟蹋成什么样。他真的很痛心,痛心自己的无能为力,救不了她。

为什么熙梦偏偏不爱他?为什么?

如果她爱他,他会全心全意爱她,照顾她一生一世。

为什么?

为什么她偏偏对石磊这个恶魔般的男人情有独钟?

为什么?

王智想不通,但是他仍想要解救熙梦,解救自己心目中的女神,不会让石磊那个恶魔继续伤害她。

徐逸在旁边听着,着实也为王智捏一把汗。

他在感叹,他真的好痴情啊,看着他,仿佛想起了那个内心隐藏起来的自己，也曾有这么真实、真诚、真挚的一面，幻想能和一个美丽的女孩共度一生，但是梦醒后，徒留无限伤感。

精诚所至，金石为开。

他希望王智能够美梦成真。

至于自己，他转过头看看魏瑾然，笑了笑。

也许她能给他希望。

33. 隐藏的凶手

"我不会就此放弃。"王智斩钉截铁地说。

徐逸为之动容。

"这样盯着，只会丢人现眼。"

"我无所谓，随便你怎么说。"

接着，石磊带着得意的笑容，滔滔不绝地说起来。

"你说我不爱熙梦，你拿什么来证明你爱熙梦？没证据对吧。我告诉你们吧。杀害曹芸的凶手就是王智！为什么要杀曹芸？因为曹芸妨碍了他追求熙梦。现在他还对熙梦不死心。如果我就这么轻易地把她让给他，以后熙梦有什么事，你们谁来负责？"

徐逸眼神警惕，显得很紧张。他试图跟着石磊的思路，慢慢往下分析。

"你别栽赃我！我杀曹芸干吗？"

石磊一副很嚣张的样子。

"别以为我不知道。曹芸是你追求熙梦路上的最大绊脚石。你把她除了，自然更加容易得手。"

"荒唐！我又不喜欢曹芸，也拒绝了她，何来绊脚石一说？"

石磊得意一笑。

"你以前还和杜雯在一起的时候,曹芸就看你俩不顺眼,整天在我们面前抱怨。杜雯什么都不如自己,为什么你会看上她?然后开始带着恨意数落你。你不会不知道吧?估计曹芸说熙梦坏话也没少说吧。你那么爱她,当然受不了了,于是就把曹芸杀了。"

"等等,杜雯是王智的前女友吗?"徐逸问。

"前女友,已经分了。王智的心思一直在熙梦身上,和谁谈都成不了。"邓洁告诉徐逸。

"我们和曹芸在一起那么久了,她是什么人,你又不是不知道。她就是这种人。谁会为了这个可笑的理由就杀了她?"

"你会啊!而且你蓄谋已久。"石磊的眼神一下子变得非常可怕。

"小人!"王智愤恨地吐出这个词。

石磊脸皮厚,小人得志,也不觉得自己有多卑鄙。

徐逸想,王智和石磊的结是永远也解不开的。估计他和曹芸的结也解不开,尤熙梦的结也解不开,别看这几个人似乎关系很好,暗地里复杂得很,要破解谜题,先得把这些人的关系梳理清楚。

徐逸坐回沙发上。

"我问你,你觉得谁是杀曹芸的凶手?"

"本来怀疑刘、陆、邓,现在看谁都像。石磊一副凶巴巴得理不饶人的样子,最符合凶手的样子,但是她和曹芸又没过节。王智很像那种最不被别人怀疑的人,曹芸喜欢他,但他拒绝了她。谁也不会因为碍手碍脚这个理由就去杀人。尤熙梦,从曹芸死后,就一直怪怪的。所有人都差不多被怀疑了一遍,可是好像没人怀疑她。"

徐逸仿佛如梦初醒。

"你说得很对。如果从表面性格来分析,石磊的确很符合凶手的特点。恶狠狠的,冷酷无情。王智,有曹芸这层关系在里面,他的身份倒是能小心地被保护起来。"徐逸的眼神略有深意。"至于尤熙梦,她的确可疑,说不上的感觉。她的眼神的确怪怪的。别人可能由于她美丽温柔,不太爱说话,觉得她弱不禁风,从而忽略了她。"

徐逸陷入深思中。

34. 刘子恒

"等我们得救了,我一定会和你争到底。"王智很不客气地说。

"丢脸丢到家了。"石磊说。

"杀曹芸的凶手还没查出来,你们俩还有心情吵来吵去?"刘子恒心里难过。

"放心吧,不是有徐逸吗?"邓洁安慰刘子恒。

"他有十足的把握吗?"陆文彦问。

"看他好像信心满满的样子。"邓洁回答。

"都说了,是王智杀的,把他抓起来!"石磊声音变响。

没人理他,石磊又气又恨。

"太可恨了,居然没人帮我?"

"你说我是凶手,证据呢?"王智很气愤。

"这还需要证据啊?"

"我昏过去了,没有证据就定'故意杀人'啊?"

"这不是明摆着吗?证据肯定已经被你给毁了,所以现在敢在我面前耀武扬威了。"

尤熙梦一直在旁边听着,默不作声。陆文彦偷偷瞥了她一眼,内心久久不宁。邓洁看着他俩狗咬狗,觉得场面只会越来越乱。刘子恒一边惴惴不安,一边还沉浸在失去曹芸的痛苦中。

"你在想什么?"瑾然看着徐逸若有所思的样子。

"在想一些觉得不对劲的事情。"

"哪里不对劲啊？"

"你让我整理一下思路，等理顺了，我再告诉你。"

"你干吗老是一副很害怕的样子？胆子怎么那么小？"邓洁一脸嫌弃地看着刘子恒。

"没，我没害怕。"

"明明就有，从刚才到现在，一直都是这样。"

"你别说他了，他一直都是这样。"陆文彦帮刘子恒说话。

"是啊，他一直都很胆小的，你千万不要吓到他。"王智安慰。

"受不了，一个大男人，像个女人一样！"石磊很刻薄地说。

尤熙梦看看石磊，闷声不响。

"我真受不了这帮人，把我惹毛了，我把他们都捅死！"周常顺一副忍无可忍的样子。

"他们杀了人，迟早是个死！"胡运来得意扬扬。

"就是，那个女人就是他们杀的！现在还赖我们身上！"章慧附和。

吕征眼睛转来转去，在动坏脑筋。

"你说，会不会真是那个人给我们设套？"

周常顺绞尽脑汁地想。

"如果真是，老子和他们拼个鱼死网破！"

"他们现在都是待宰的羊了，神气不了。"吕征说。

"在这里待了这么久，看着美人又不能享用，憋死我了。"

"呵呵，你可以去享用房间里那具尸体啊！"

"去你的，晦气！"

最后一句话声音特别响，几乎所有的人都听到了，当然也包括刘子恒。

胆小怯弱的他，听见歹徒侮辱曹芸，立刻大怒，气急败坏，用尽全身力气，把平日里所受的白眼和委屈，一股脑儿地抛了出来。

"不许你们侮辱曹芸！你们积点口德吧，别尽干些丧尽天良的事！"

歹徒们听到刘子恒的怒吼后，为之一震。周常顺更是被他惹急了。

"想死是吧？"周常顺骂骂咧咧地冲到刘子恒身边，拔出匕首，架他脖子上。

大家都吓死了。徐逸赶紧跑过去。

刘子恒也就是逞匹夫之勇，毫无智谋，看见歹徒一副穷凶极恶的样子，吓得马上就败下阵来。

匕首顶在刘子恒的脖子上，冲突一触即发。

刘子恒装出一副很有气势的样子，但是骨子里害怕到了极点。歹徒侮辱曹芸，又那么看不起自己，他心里是很憋屈的，总想干出一番事来，让大家对他刮目相看。

"谁怕谁啊？你来啊！杀啊！"刘子恒赔上最后的一丝尊严。

徐逸赶紧冲上前去安抚。

"别再说了，命都快没了！"

"你大概没尝过鲜血瞬间喷涌出来的快感吧？我今天让你尝尝。"

徐逸一把拉住他的手。

"消消气，你们今天不是来要人命的！你们求财不求气！"

35. 幕后黑手

"你别当和事佬，我今天倒要看看，你的皮是不是比我的刀还要厚？"周常顺一副怒不可遏的样子，眼珠子都快要瞪出来了，脸红脖子粗。

子恒见歹徒一副咄咄逼人的气势,吓得不知所措,慢慢有点服软了。

"你……别这样顶着我。"

"哈哈,你不是很狠吗?不是不怕死吗?怎么一下子变怂包了?"周常顺的眼神凶狠而轻蔑。

刘子恒不说话了,嘴唇干干的,颤抖着,手心里都是汗。

徐逸一看他有意服软,就在旁边继续劝和。

周常顺怒气有点消退,但是仍不解恨。刘子恒那么看扁他,他一定要给他一点颜色看看。

"我今天把你切成片,看你还敢在我面前嚣张吗?"

他气得眼珠子都快要瞪了出来。

眼看形势一再恶化,刘子恒终于道出了令所有人吃惊的真相。

"是我让你来的!你不能杀我!"

在场的所有人都惊呆了。徐逸还来不及缓过神来。

"你让我来的?"周常顺神思恍惚地重复了一遍。

"是,我在网上联系的你,然后让你今天装作抢劫。"

这真相令所有人呆若木鸡。

"你是不是傻啊?"邓洁简直不敢相信这事是刘子恒干的,彻底无语。

"你搞什么啊?我真是输给你了。"王智也觉得非常荒唐,对刘子恒非常失望。

"真的是你啊?你怎么能做这种事呢?"陆文彦也很失望。

"这人什么事都做得出来。你要死就去死,不要把我们也拖下水。"石磊一脸轻蔑。

尤熙梦也觉得很吃惊,但还是什么话都没有说。

徐逸觉得脑子快不够用了,怎么一下子又蹦跶出一个刘子恒是幕后黑手的事情。

"那你刚才为什么不说啊?"周常顺的语气有所缓和。

"我看见你们一副气势汹汹的样子,还没来得及说,就被你们绑了。"

"你傻啊?为什么做这种事啊?"徐逸不能理解。

"我向曹芸告白失败,被她嫌弃,内心很痛苦,想借他们的手,假装杀她,然后英雄救美,希望能挽回她的心。"

"你糊涂啊!"徐逸苦口婆心。

大家都开始数落起刘子恒来。本来想做成功这件事,曹芸一定会对他刮目相看。没想到,事情全被他搞砸了,朋友们更加瞧不起他,他的内心更加悲苦。真是从出生到现在,没有一件事情做成功,失败透顶的人生,刘子恒顿时心灰意冷。

36. 最不被怀疑的人

"我没想到,事情会发展到这种地步。"刘子恒懊悔不已。

"银行卡在哪儿?家里的钱都放在哪儿?"周常顺财迷心窍,还是不放过任何可以抢到钱的机会。

"我怎么知道?你问我,我也不知道啊!"刘子恒觉得很委屈。

周常顺也不想理他了。

"有一件事,我要向你确认,曹芸是你杀的吗?"徐逸认真而严肃地凝视着刘子恒。

大家也才恍然大悟,直盯着刘子恒。

"不……不……我没有,我那么爱她,怎么可能会干出这种事?不是我,真的不是我。"

"难不成真是因爱生恨?"石磊一脸的无耻。

经石磊这么一说,徐逸觉得也不无道理。刘子恒的确可疑,而且他在曹芸睡觉后,确实进过房间。

最可疑的人，往往都是那些最不被怀疑的人。

大家都会因为刘子恒深爱着曹芸这一事实，从而忽略了他身上的某些东西。

他是真的爱曹芸吗？会不会是装的？或者其他什么原因？或者他平日里被欺负惯了，又被曹芸嫌弃，恼羞成怒之下杀了她？

这些都是可能的。

胆小怯弱的人，他的怨气一旦积累到一定程度，爆发出来的破坏力是很大的。

刘子恒，确实可疑。不能因为他胆小和深爱曹芸，就忽视了他。

更何况，歹徒还是他叫来的。是不是里面还有什么文章，他还没交代？

徐逸陷入深思熟虑中。

"真的不是你啊？"王智怀疑地盯着他看。

刘子恒被这么多人怀疑，心里很难过，想要辩解。但眼前所有的人都以为曹芸是自己杀的，他真的百口莫辩，心里极度委屈。

"子恒不会干这种事的。"陆文彦关键时候挺身而出，帮他说话。

"他胆子这么小，杀只鸡都很困难。"邓洁有点鄙夷。

徐逸也在观察大家的反应。

他开始仔细回忆刘子恒今天所有的活动轨迹，发现他今天的确有点心神不定。歹徒是他叫来的，这事肯定不假。但除了这事之外，难道就没有别的事情了吗？他会不会还有别的什么事情，一直瞒着我们？

徐逸笑着对周常顺说："既然是他叫你来的，那你就把我们放了吧。大家也算相识一场。"

谁料周常顺瞪了一眼徐逸。

"开什么玩笑？我有什么必要听他的？"

"不是他叫你来的吗?"

没想到周常顺阴险地皮笑肉不笑。

"进了房间了,一切都得听我们的。"

"你快点招了吧。是不是王智指使你杀了曹芸?"石磊阴险地笑着。

刘子恒的表情很奇怪,而王智却被石磊的话气得只想给他一拳。

"准备开战了,是吧?"王智也不甘示弱。

"是啊,怎么样?"

"好啊,我应战。鹿死谁手,还未可知呢。"他露出强硬的表情。

"不必开战,你就会输。现在认输,还来得及。"石磊更加得意。

"你别太得意,输的未必会是我。"

"好啊,我倒要看看,你如何翻盘?"

这梁子,两个人算是结上了。

37. 暗藏杀机

"最不被怀疑的人。"

徐逸反反复复念叨着。

如果按照这个思路,最不被怀疑的人,又岂止刘子恒?

比如邓洁和陆文彦。

这两个人看似和曹芸没什么深仇大恨,但她俩都进过房间,有可能针筒是她俩其中之一注射的。

虽然就目前而言，她们没有任何疑点。

但这恰恰就是疑点。

所有的人都有疑点，为什么偏偏她俩就没有？

王智可能因为曹芸嫉妒他对尤熙梦的爱而杀了她。

石磊一副凶神恶煞的样子，也有可能曹芸得罪了他，他恼羞成怒之下杀了她。

刘子恒因爱生恨，经常被曹芸嫌弃。

尤熙梦杀人动机不明，但在她文弱外表的掩护下，还有今天反常的忧虑模样，她也有嫌疑。

是啊。

几乎所有人都有嫌疑。

每一个人都很可疑。

如果按作案时间，显然是刘子恒、邓洁和陆文彦嫌疑最大。

只有他们三人进过房间，接近过曹芸。

杀人动机这东西。

看得见的，也许不是。

看不见的，也许就是。

很多东西，只是表面现象而已。

如果让他凭性格选择杀人凶手，他肯定选石磊。任何人都会选石磊。石磊的性格最符合杀人犯的性格。

可是，这件案子，绝不可能如此简单。

不能仅仅凭借表面现象，就能火速破案。

而且一环套着一环，谜中还藏着谜。

徐逸坐回沙发上，努力地思考问题，摁了摁手机，下午三点多了。歹徒肯定要等不及了。

徐逸思绪万千，眉头紧锁。瑾然在一旁安慰他。

吕征对周常顺说:"你看那傻子,像是那个人吗?也许他只是个替身,来试探我们的。"

"管那么多干啥?反正现在我们已经控制住局面了。"

"到底要拖多久啊?我们不能再等了。得赶紧找钱,然后走人。"

"再给他一段时间。如果还没有任何进展,我们管我们找钱,找到后,直接走人。"

"那这边的烂摊子呢?"

"人又不是我们杀的,赖不到我们头上。"

"你就承认了吧,是你杀了曹芸。我知道那不是你的本意,是王智指使你干的。放心,等警察来了,我会和他们说清楚的,说曹芸是王智杀的。"石磊得意扬扬。

王智根本就不想理他,觉得他脑子不清楚。

"我真的没杀曹芸。我知道你们都不信,可我真的没干。我怎么可能会杀我心爱的女人呢?"

刘子恒一脸的无奈和委屈,他知道自己的嫌疑已经无法洗清,心里痛苦极了。

徐逸看着他们几个人,你一言,我一语,他开始揣摩起每个人的心理了。

王智怎么会和刘子恒搞在一起?

刘子恒深爱着曹芸,曹芸深爱着王智,而王智不爱曹芸。

三个人像一个圆上的三个点。

但刘子恒和王智互相排斥,怎么都不可能是一条线上的。

所以,刘子恒绝对不可能和王智沆瀣一气。

刘子恒没道理杀曹芸,更不可能是王智指使,因为王智也没有动机要杀曹芸。

石磊胡说八道无疑。他和王智是情敌关系,加上王智又一度让他下不了台,他恼恨他也是自然。

人物关系错综复杂。

但是有一点，是绝对没有错的。

凶手肯定身在其中。

第一，一定有什么线索是自己没有注意到的。

第二，这些人当中，有人没说实话，隐瞒了一些东西。

第三，作案动机和作案时间一定要对上。如果指作案时间，刘子恒、邓洁、陆文彦无疑最值得怀疑。只有他们三个接近过曹芸，有机会杀掉她。至于作案动机，暂时还没发觉有谁憎恨曹芸，欲除之而后快。

徐逸想着想着，突然抬起头望向阳台，天空好蔚蓝啊，而这里却迷雾重重。

38. 凶手到底是谁

见阳台外天空色彩明亮，仿佛点燃了徐逸的希望。但此刻，他的心境颇为不宁。

刘子恒，策划了这一起入室抢劫案，并杀害了曹芸。

作案动机，只是可笑地想要博美人一笑，让她对自己青睐有加。而且他的确进入过曹芸房间，有足够的机会杀她。

作案动机和作案时间，他全都对得上。

因为无法得知曹芸真实的死亡时间，暂时只能认为曹芸是死在进入房间后。

徐逸站在阳台上，视线望向远方。

天空一望无际，远处的房屋错落有致。马路上车流涌动，行人缓慢地移动。

如此栩栩如生的生活风景，而自己却陷入忧愁中，无法自拔。

是，似乎所有的人都认定刘子恒就是杀害曹芸的凶手。

可是自己始终狐疑。

且不说刘子恒胆小懦弱，这种杀人放火的事，他做不了。就算他积聚多年的怨气，在今天一股脑儿全爆发了，他依然没有动机杀曹芸，面对着曹芸的尸体，哭得那么伤心。那种真情流露，奥斯卡影帝也不可能做到。

真正的凶手，此时，应该暗自窃喜吧。

有人替他顶罪了。

徐逸不太相信刘子恒是凶手。说刘子恒策划了这起入室抢劫案，他信。说刘子恒杀害曹芸，他不信。

凶手，一定另有其人。

那到底是谁呢？

是惴惴不安的尤熙梦？是歇斯底里的石磊？还是正人君子王智？看似好人的陆文彦？和谁都没有利害关系的邓洁？还是表面上被认定为凶手的刘子恒？

是啊，人物关系错综复杂。我们只看到浮在海面上的东西，却忽视了海底隐藏起来的东西。

"我看你想得很焦虑啊！"瑾然靠近他，心疼他。

徐逸叹了一口气，心烦意乱的样子。因为这个案子，他显得有点疲惫和潦倒。

他的眼神显得黯淡无光。

"要是他们不对我们怎么样，只怕等警察那会儿，凶手要开始毁尸灭迹了。"

"啊？他怎么毁啊？曹芸不都死了吗？"

"他会趁我们不注意，把遗留在现场的证据全都清理掉，如果有的话。"

"那你要盯住他啊。"

"我怎么盯啊？我都不知道谁是凶手。"

"那怎么办？"

"等他们走了之后，我们不要给他们松绑，一直等到警察来为止。"

"万一他们吵起来怎么办？"

"别理他们。他的目的就是希望场面越来越乱，好趁机消灭证据。我们千万不能大意啊。所以你一定要顶住啊，千万不能被他们攻破。"

"没问题，我全都听你的。"瑾然朝他笑笑。

"不早了。那个人好像还没头绪。"吕征看着徐逸的背影，忧虑地对周常顺说。

"不是那个胖子干的吗？"

"但是他好像不怎么相信，还是自己一个劲地想问题。"

"今天出门之前，我的眼皮就一直跳个不停。本来我不信，现在我还真信了。第一次干大事，却碰了一身的晦气。"

"今天很多事情都出乎我们的意料。那胖子别是装的吧？"

"他满脸横肉，装得出来？"

"要是真能那么容易看穿一个人反倒好了！"

"你是说，那个胖子不是凶手？"

"我可没那么说！这也不是我们能弄明白的。"

周常顺看着徐逸的背影，若有所思。他摁了摁手机，时间真的已经不早了。

"我去催催他。"

说完，他朝阳台方向走去。

39. 接头暗号

瑾然看见周常顺往这边走过来，吓得直往徐逸身上靠，徐逸才惊觉歹徒走了过来，他带着微笑望着瑾然，示意她往阳台里面靠，瑾然心领神会。

"我说，你的速度是不是有点慢啊？"周常顺笑得有点瘆人。

"已经很快了，你看过几个小时就破案的吗？"

"那个胖子真不是凶手啊？"周常顺半信半疑地问。

"说不准。"

"什么叫说不准？是就是是，不是就是不是。"周常顺一脸鄙夷。

"我只能说，他的确有嫌疑。但要是说，他的嫌疑有多大，我还吃不准。"

"我们不能再等了。我本来不想给你看的，但是你一直这么拖着，也不是办法。"

徐逸没听懂他的意思，呆呆地望着他。而周常顺则掏出手机，登录手机QQ，点击了一下。

"这个就是我和那个胖子这几个月的消息记录。你看一下，快点把案子破了吧，拖了这么久，烦也烦死了。"

周常顺把手机递过去给他看，徐逸一直翻看着从他们接上头到今天来抢劫所有的消息记录。

"你们怎么联系上的？"

"网上啊。我随便发了一个帖子说赌博赌输了缺钱。如果有人肯给我钱，随便要我干什么都行。结果就有一个人找上我了，然后他加了我的QQ。"

徐逸点击，看了看那个人的QQ号，十位数，网名为复仇者。所有能不填写的资料都没有填写。性别填的是男的。头像是公司标准的企鹅头像。

看来幕后黑手是有备而来。

"怎么你们第一次接头的消息找不到了？"徐逸一直往前翻找，但是找不到头。

"很多消息都清理掉了。但是这几天的还在。"

11-27　22:14

　　复仇者：3号那天有个聚会，我会去做客，找机会把你们放进来，你们假装抢劫，到时候我会假装上厕所，然后和你们接头，告诉你们要杀谁。

　　杀手：地址呢？

　　复仇者：文安区×××。

　　杀手：好，如果到时候有意外发生怎么办？

　　复仇者：见机行事。千万别把我供出来。如果你们敢说出是有人指认你们干的，我一个子都不会付。

　　杀手：放心，你是我们的财神爷，我懂规矩。

　　复仇者：你们准备准备，事先踩踩点。还有什么情况，再问我。

　　杀手：这家人家有钱吗？

　　复仇者：废话，没钱住那里？

　　杀手：能不能先预付我一点钱，我等着急用。

　　复仇者：一手交钱，一手交货。如果我现在就把钱打给你，到时候你们拿了钱溜了，我有那么傻吗？

　　杀手：呵呵，不愧是厉害人物啊。

　　复仇者：知道自己的职责就可以了。你就是帮我杀人的，其他什么事不要瞎打听。

　　杀手：我懂。

　　复仇者：杀完人，你们就逃回老家吧。你去银行开张卡，完事后，我把钱打到你卡里，我们就两清了。

　　杀手：你肯出多少钱？

　　复仇者：两万。

　　杀手：才两万？是不是有点少啊？

　　复仇者：已经不少了。整件事都是我在策划，你们只是执行者而已。

　　杀手是周常顺的QQ名。他本来就不打算帮他杀人，再一听，杀个人只有两万的酬劳，当场就不想干了，但是表面上还要再应付一下他，只想把他的钱骗到手再说。

徐逸看了这则消息，心里疑窦丛生。

"你不是说你们接上头已经几个月了吗？为什么他 11 月 27 日才和你提要你帮他杀人的事？"

"我也觉得很奇怪。之前，他说要我帮个忙，问我肯不肯帮，但是又吞吞吐吐，不肯和我说明白到底是帮什么忙。我觉得这个人心机挺深的，快到行动日期了，才告诉我。"

徐逸内心又开始翻江倒海了，寻思着这个幕后黑手真是狡猾，准是个老手。

遇到对手了。

"你真会帮他杀那个人？"徐逸问周常顺。

"我傻啊？我只想要钱，谁会帮他杀人啊？"

徐逸慢慢整理着思路。

难怪歹徒那诡异的眼神交汇。

原来他们是在等和上厕所的人接头。

一共有三个人上过厕所。

分别是邓洁、王智和尤熙梦。

但是他们都没有和歹徒接过头。

那个人？幕后黑手指使歹徒要杀的那个人。

但是自从歹徒来了之后，并没有人死，歹徒本就不打算听幕后黑手的话帮他杀人。

令人蹊跷的是，曹芸死了，而且是死在歹徒来之前。

如果幕后黑手是刘子恒，他不可能会杀自己心爱的女人。

那到底幕后黑手是谁呢？

他自己等不及了？

他要杀的人是曹芸？临时改变了主意，先下手为强？

40. 复仇者

接着往下看。

11-28　13:06

杀手：我们已经踩过点了。你们这小区里住的都是有钱人啊。

11-28　13:53

复仇者：晚上详谈。

11-28　21:43

复仇者：在吗？

杀手：说。

复仇者：账户开好了吗？

杀手：开好了，账户是××××××。

复仇者：你还有什么不清楚的，快点问。

杀手：我到现在都不知道你是男是女，过几天就要干了，怎么也露点底吧。

复仇者：到时候你就知道了。

杀手：干吗神神秘秘的？好歹透露一点，万一接头那天发生意外怎么办？

复仇者：放心，不会有意外。

杀手：你好谨慎啊。

复仇者：呵呵，小心驶得万年船。

杀手：呵呵。

复仇者：工具带带好。胶带，封口的。麻绳，把他们绑起来的。当然还有刀具。全都塞蛇皮袋里。进小区，过门卫的时候，表情自然一点。那天聚会算上我，一共七个人，你多带点，十几根麻绳，以备不时之需。胶带、刀，作案工具也都准备齐全。

杀手：嗯。

复仇者：我忘记告诉你，那天来抢劫的时间了。

杀手：听着。

复仇者：中午 12 点整。

杀手：好。

复仇者：出发，途中，到了，发消息给我，我好提前准备。

杀手：没问题。

复仇者：到时候我在厕所里告诉你们要杀的人衣服的颜色，你们假装认为那个人有钱，想抢那个人的钱，如果那个人反抗，你就趁机杀死那个人，畏罪潜逃，赶快逃回老家。这里的事就交给我来处理。之后，如果事情顺利，我就把两万元钱打进你的账户里，大家两清了。

杀手：我一直不明白，你和"那个人"到底有多大的仇啊？非要弄死他？

杀手：是"他"还是"她"？

复仇者：这不是你该过问的。

杀手：能聚在一起，肯定都是平时来往的好朋友。人心隔肚皮啊。

复仇者：你说得很对。明枪易躲暗箭难防，我没想到我被暗算了。

杀手：你那么厉害，也有人敢暗算你？

复仇者：所以才说人心隔肚皮吗。呵呵。

杀手：哦。我们三男一女。

杀手：万一你是女的，我也好放我的女朋友进去，保护一下你的隐私。

复仇者：呵呵。

　　徐逸小心地翻看着，努力通过"复仇者"留下的痕迹拼出他的原型来。他到底是谁呢？看得出来，此人心机很深，他非常小心，尽管周常顺一再追问他的身份，他都没有露底，而且说的一些似是而非的话，也有可能是故意迷惑别人，让别人对他的身份产生误判。

但有一点是可以肯定的。

此人狡猾，诡计多端，绝对不可能是老实木讷的刘子恒。

那到底是谁呢？

徐逸转过头，望了望那边坐着的六个人。

哪个人符合狡猾且诡计多端这一特征呢？

都不太像啊。

三个女的，排除。

刘子恒，排除。

王智，排除。

石磊……

性格倒是符合。但是他也就是喜欢逞口舌之勇，没什么谋略。

全都排除。

那"复仇者"到底是谁啊？

也许"复仇者"把真实的性格隐藏了起来，况且自己才刚刚认识那六人，不了解也是正常。

复仇者？

这个名字耐人寻味。

是谁得罪了你，你要复仇啊？

徐逸仔细地想了想，还是希望知道那六个人之间有什么过节。而且是那种隐藏起来，不被其他人所知的。

41. 聊天记录

接着往下看。

11-29　22:01

复仇者：这几天，把计划再温习一下，到时候别出什么纰漏。

杀手：放心，包在我们身上。

11-30　23:48

复仇者：你们四个人好好商量，每个人的分工，别到时候乱了。

杀手：拿人钱财，替人消灾，这点职业道德我还是有的。

复仇者：那我就放心了。可是我最近却很不安啊。

杀手：什么事啊？

复仇者：眼皮一直跳，感觉要倒大霉了。

杀手：不会吧，那我们还干不干啊？

复仇者：废话吗，当然干啦。迷信的东西你也信啊。

杀手：当然不是，我就说说而已。

12-01　22:17

复仇者：倒计时了。到时候别慌啊，心理素质拿出来。

杀手：看你说的，我们可不是怂包。

杀手：呵呵。钱可是个好东西啊。

复仇者：看在钱的面子上，这事一定得办得漂漂亮亮的。

杀手：肯定的，马上就有钱花咧。

12-02　23:50

复仇者：脑子要长好啊。明天的每一个步骤一定要记记清楚，成败在此一举啊。

杀手：你老是不放心。我们早就已经安排好了。

复仇者：我是提醒你们。记得啊，出发，路途中，还有到了，发三次消息给我，我好早做安排。

杀手：没问题。

复仇者：明天，只许成功，不许失败。

杀手：钱要到手喽。

复仇者：能不得意忘形吗？明天可是一场硬仗。

杀手：有那么严重吗？小菜一碟。

复仇者：千万不要大意啊。

杀手：想那么多干吗？

复仇者：想得能不多吗？麻烦事一大堆。

杀手：你那是杞人忧天。

复仇者：别总把事情想得很顺利，要未雨绸缪。

杀手：不明白你这种人为什么老是把问题想得那么复杂，整天庸人自扰。

复仇者：和你说，你也不懂。你只要心里熟记明天的步骤，按计划行事，别出错就可以了。

杀手：没什么可担心的。兵来将挡水来土掩。散了吧。

12-03　09:15

复仇者：起床了吗？我可以提前告诉你，那个人穿绿衣服。

杀手：收到，已经起床了，准备出发。

复仇者：好。

12-03　09:32

杀手：我们出发了。

复仇者：嗯。

12-03　11:09

杀手：我们还在路上。

12-03　11:41

杀手：我们到了，已经在楼下，你记得接应。

至此，所有的聊天记录都在这儿。

徐逸根据复仇者留下的线索推断：第一，此人很谨慎；第二，绿衣服这个线索很关键。

现在还是想想在这里的人，谁穿绿衣服。

徐逸转过身，来到会客厅里盯着他们六个看。
邓洁，灰色低领毛衣。
陆文彦，紫色低领羊毛衫。
刘子恒，深蓝色牛仔衬衫。
尤熙梦，白色低领羊毛衫。
王智，淡蓝色衬衫。
石磊，绿色格子衬衫。
石磊！
石磊，这个男人，仿佛就是一切事物的中心点啊。
任何事情似乎都和他有关。

42. 绿衣服

徐逸盯着石磊看，想得很出神。
"你盯着我看干吗？"石磊很厌恶地问。
徐逸笑笑。
"你今天怎么想起穿绿色格子衬衫？"
"真是奇了怪了，我穿什么衣服还得你过问？"
他依旧笑了笑。
"你是不是喜欢绿颜色啊？"

"我喜欢黑色。"

大家都盯着徐逸看。

"什么事啊？"王智问。

"没什么事，随便问问。"

徐逸又回到了阳台，这时候周常顺已经离开了。瑾然好奇地四下张望。

"怎么了？是不是有最新动态啊？"

"是啊，绿衣服。"

"绿衣服？绿衣服是什么意思啊？"

"有一个所谓的幕后黑手，叫来这四个歹徒，装作抢劫，实则杀人，要杀的那个人今天穿绿衣服。"

"哦，我明白了。但是刘子恒不就是幕后黑手吗？歹徒是他叫来的。"

"应该不是，我的直觉告诉我，他不是幕后黑手，真正的幕后黑手另有其人。"

"那到底是谁啊？"瑾然显得有点害怕，脸上半露出惊恐的表情来。

"幕后黑手杀石磊干吗？"徐逸自言自语。

"啊？杀石磊？"

"那男人挺招人讨厌的，说不定真有人恨他。"徐逸继续自言自语。

"所以说幕后黑手肯定不是刘子恒。因为如果是刘子恒，他没理由要杀石磊。实在是没理由。从他看石磊的表情上，就不像有仇有怨的人。"

"那是谁啊？"

"等等，与其漫无目的地空想幕后黑手，不如转换思路，想想谁和石磊有仇，欲除之而后快。从这个点切入，估计会比我们预想的快。"

"对啊，谁和石磊有仇啊？"瑾然绞尽脑汁地想："对啊，王智。"

她灵光乍现，一下子雀跃起来。

"轻点，轻点。"

歹徒不怀好意地盯着他俩，不知道他俩究竟在嘀嘀咕咕什么。

"你没说错，就现在看来，的确是王智最恨石磊。"

"那幕后黑手就是王智喽？"

"这个……我也说不好。"

两个人站在阳台上，苦思冥想。

"我觉得是王智，因为他有动机杀曹芸。"

"什么动机？"

"曹芸的确妨碍了他追求尤熙梦。"

"就为了这个可笑的理由？"

"那什么理由啊？反正我想不出来。"

瑾然又补了一句。

"曹芸的的确确死了，这是事实吧。那曹芸又是谁杀死的？"

徐逸继续说："假设幕后黑手今天要杀的人是石磊，那曹芸又是怎么一回事？"

43. 仇家

徐逸觉得一切是那么的不可思议，绕来绕去，还是在一个圆上，一环扣一环，而每个环到了连接点，居然全都断了。

歹徒已经不耐烦了。如果他们抢到钱就走了，那六个人，他是放，还是不放？如果放了，他去毁灭证据了怎么办？如果不放，自己是以什么理由截住他们呢？

绿衣服。绿衣服。绿衣服。

今天唯一穿绿衣服的就是石磊啊。

谁要杀他啊？为什么要杀他啊？

这一切像一团迷雾一样，困扰着他，使他窒息。

徐逸心烦意乱。

目前为止，还是应该先去问问石磊。问问他，有没有什么人痛恨他。

他走了过去，盯着石磊看。

"我想问你一个问题，你有仇家吗？"

石磊觉得很可笑。

"我怎么知道？也许有吧。"

然后他瞥了王智一眼。

徐逸也看了王智，王智的表情很无奈。尤熙梦闷声不响。

"为什么你会这么问？"陆文彦担心地问徐逸。

"我随便问问。"

然而他并不想把自己知道的一切都告诉他们。

"是不是有什么事啊？"邓洁好奇地问。

"没什么，你们不必担心。"

徐逸笑了笑。

"你是不是很希望石磊死？"他盯着王智，问他。

王智的脸色大变，露出嘲弄的表情。

"嘿，就他？"

石磊一下子就被激怒了。

"你什么意思啊？看我不顺眼，我们干一架！"

谁知王智却很不屑。

两个人一直对峙着，形势又开始剑拔弩张了。

徐逸一直盯着他俩看，企图调停，从中平衡。

此时，尤熙梦却有点魂不守舍。

徐逸看出了她的不安，但他没有质问她原因。

他一个人想得头痛欲裂，两只手插入裤子口袋，一个人静静地站在阳台上，眺望远方的景色。

"怎么说啊？"瑾然问他。

徐逸眼神坚定地回答："不能让他逍遥法外。"

绿衣服。绿衣服。绿衣服。

房间里唯一穿绿衣服的人就是石磊。那小子人骄横，得罪的人肯定不少。王智确实有动机要杀他。然而，王智对他那不屑的表情，又不像是会出手的人。而且，据自己观察，王智并不是那种穷凶极恶、有仇必报的人。反倒是石磊，也许会。

歹徒在那一边不耐烦地等待，时间紧迫，徐逸开始有了危机感。

幕后黑手为什么改变计划，不杀石磊，而改杀曹芸呢？

这件案子为什么会这么复杂？

当他正在思忖的时候，忽然之间，看见旁边的衣帽架。

大家的外衣都挂在这里。

外衣？

是啊，他怎么早没想到。

因为房间里开着暖气，所以大家都把外衣脱了。

所以绿衣服，应该指的是外衣吧。

徐逸眼睛一亮，顿时有了眉目。

44. 绿衣服是谁的

棕色外套是石磊的。白色大衣是尤熙梦的。

深蓝色西装应该是王智的，因为他穿着深蓝色的西裤。

灰色大衣……黑色大衣……绿色休闲服！

真是踏破铁鞋无觅处，得来全不费工夫。

徐逸赶紧把绿色休闲服拿下来，紧紧攥在手心里。

徐逸攥着这身绿衣服，走到他们六个人跟前，脸上带着淡淡的笑容。

"问一下，衣帽架那边挂着的黑色大衣和灰色大衣分别是谁的？"

"黑色大衣是我的。"邓洁回答。

"灰色的，是我的。"陆文彦回答。

"你拿我的衣服干吗？"刘子恒问徐逸。

徐逸差点就笑出声来了。

"这绿衣服是你的？"

"是啊，有问题吗？"

徐逸干笑了两声。

"没问题，什么问题都没有。"

"有病吧。"石磊不屑地看了一眼徐逸。

他又把绿衣服拿回去，挂回衣架上。

瑾然继续在他身边追问。

"是不是有重大发现？"

"本来挺惊喜的，后来就又没了。"

"啊？刚才看着你好像挺高兴的。"

"我也以为有什么重大的发现，然而绿衣服是刘子恒的，那就没了。"

"为什么啊？为什么绿衣服是刘子恒的，就没重大发现了？"

"所有的人都怀疑刘子恒是幕后黑手，然而他今天穿的绿色的外套，我们都知道，幕后黑手今天要杀的人就是穿绿衣服的。所以据此推断，刘子恒根本不可能是幕后黑手。他不可能把那四个歹徒叫过来，就为了把自己杀了。"

"对哦，他自己穿绿衣服，又怎么可能杀穿绿衣服的人呢？"

"所以我才说呀，空欢喜一场。"

瑾然也开始垂头丧气起来。

两个人又都开始沉默起来，对着窗外的景色发起呆来。

"那至少，刘子恒是幕后黑手这个嫌疑可以排除了。"

"嗯，基本上可以排除。"

"排除就排除，为什么还要加个'基本上'？"

"因为歹徒的确是他叫来的，这点没错吧，所以还是不能对他太大意。"

"哦，还是你考虑得周全。"

"我还是觉得幕后黑手要杀的人是石磊。"瑾然继续说。

"这家伙的确很招人讨厌，有人恨他也不奇怪。"

"那就是王智喽？"

"他看着不像。我觉得王智还挺像正人君子的。"

"是啊，他挺痴情的，感觉是好男人。"

"所以我觉得他做不出这种事情，如果单以性格来判断的话。"

"那这里的人也没有一个性格像坏蛋的呀。"

"石磊不就是吗。"

"哎呀，他除外。"

"是啊，的确没有除了石磊之外更加像坏蛋的人了。这可怎么是好啊？头痛啊。"

"我们的侦查方向应该没有问题啊，怎么会？"徐逸的思维陷入胶着状态。

"我也觉得你想得没问题，可能某些地方卡住了。"

"那到底是什么问题啊？"

两个人又再度陷入沉思中。

实在想不出幕后黑手是谁。

刘子恒基本被排除。

如果幕后黑手要杀的人是石磊，那王智最有嫌疑，然而他并不像那种穷凶极恶的人。

剩下的人也不像是那种工于心计要置人于死地的人。

那到底是谁?

胡运来站在那里,直跺脚。
"到底还要等多久啊?看他的样子,好像搞不出来啊!"
吕征上前:"他看起来不行啊,不如我们先动手吧。"
"我不管啊,你们要给我买名牌包,还要穿金戴银。"章慧也在旁边插嘴。
周常顺眼神焦虑地望着徐逸的背影。他摁了摁手机。
不能再这么耗着了。

45. 室外或室内

"现在唯一的问题是,绿衣服,到底是穿在里面的绿衣服,还是穿在外面的绿衣服,幕后黑手并没有说明,他只说绿衣服。所以我不知道他指的是石磊穿在里面的绿格子衬衫,还是刘子恒穿在外面的绿色休闲服。"徐逸仔细地分析。

"我们不如查查有没有什么人恨刘子恒。"瑾然很认真地分析。

"他一直都不是朋友里面受欢迎的人,也许因为他太懦弱,没什么本事吧,大家有点瞧不起他。像他这样的人,应该没人会杀他吧,因为实在是太弱了,根本没人瞧得上,自然不屑。"徐逸继续分析道。

"而且看得出来,他好像和陆文彦关系比较好。两个人有点同病相怜,都是属于在朋友圈里,没什么分量的人。人缘最好的是王智,邓洁也不错。石磊不招人待见,尤熙梦性格太闷了。"

"你好厉害啊!"瑾然向徐逸投去崇拜的目光。

他转过头,朝她笑笑。

刘子恒的绿衣服是穿在外面的，石磊的绿衣服是穿在里面的。

看似没什么区别，实则文章就在里面。

现在是冬天。室外寒冷，室内都会开暖气。

穿着绿外套的刘子恒走在大街上，是个人都看得出来，他穿着绿色的外套。但是他一到室内，就会把绿外套给脱了，穿着现在的深蓝色牛仔衬衫。

所以，幕后黑手看见刘子恒的时候，他一定穿着绿外套在室外，否则他看到的将是在室内穿着深蓝色牛仔衬衫的刘子恒。

同理可证，石磊也是如此。

所以，幕后黑手看见石磊的时候，他一定是穿着绿色格子衬衫在室内，否则他看到的将是在室外穿棕色外套的石磊。

这样，要搞清楚"绿衣服"到底指的是谁，首先要搞清楚幕后黑手是在哪里看到的他，即室外或者室内。

但是根据幕后黑手的聊天记录，根本无法得知他身处何处，更不能得知他是在哪里目睹了"绿衣服"。

本来推到这里，已经算是极大的惊喜了，可惜，线索又断了，接不上去。

"怎么了？"她见他一副潦倒的样子，心里也很不舒服。

"你知道什么是推理吗？"

"就是根据已知推断未知呗。"

"对于我来说，推理就是把一块完整的拼图，打乱了次序，然后你根据每块碎拼图上面的图案，按照各自对应的逻辑关系，拼出原来的样子。"

"嗯。"

"问题是每块碎拼图和周围无法衔接，这就是令我头痛的。我需要把所有的线索按次序排好，然后像多米诺骨牌一样，由第一个线索，推到最后倒下的真相。而现在的问题是，我发现所有的线索都是断的，线索与线索之间无法衔接。"

"别灰心，慢慢来。"她心疼他，安慰他，看着他的不安，一直责怪自己无能，她心碎。

"我需要一气呵成，一气呵成，连贯，连贯啊。"他很烦恼，一直自言自语。

46. 有新发现

"哎呀，房间里也没有其他穿绿衣服的人啊，所以不是刘子恒就是石磊，但是你又说刘子恒不是，那只能是石磊啦。然而只有王智有动机杀石磊啊，但他也不像凶手啊。是啊，是挺复杂的，我也绕晕了。"瑾然自顾自说话。

他的眼神略有深意。

她的话仿佛提醒了他什么。信息点若隐若现，仿佛和自己在捉迷藏，就看他如何捕捉。他反反复复揣摩着她的这句话，似乎有什么新发现。

窗外景色依旧，他的眼神望向远方，静静地思考着问题。

"我还是应该去曹芸的房间里看看，可能会有不一样的发现。"

她却很害怕。他不解地盯着她看。

"怎么了？"

"你还是带我一起去吧。我看着那几个歹徒挺害怕的。"

看着她吓成那样，他淡淡地笑了笑，把手伸了出来，她腼腆地笑了笑，同样伸出了手。

他用手背把门推开，两个人走了进去，一股阴森骇人的气氛笼罩着大家。

她有点害怕，一直不敢走在前面。他小心地照看着她。

房间里一直很诡异,她听见了自己骤然加速的心跳声。

他还是像之前一样,环顾四周,看看有没有自己遗留掉的重要线索。

"别怕,有我呢。"他温柔地安慰她。

她听见他柔和的声音,心里非常安定。

两个人都一直不停地四下张望。

看见曹芸那具冰冷的尸体,她吓得不轻,身体微微发抖,手心黏黏的。

房间的摆设还是和之前一样,该检查的都已经检查过了,没什么遗留的发现。他叹了口气,眼神无意间落到了窗户上。

"走吧。"

"嗯,没啦?"

"嗯,没啦,什么都没有。"

她略有些失望。

两个人正要转身离开房间。不料,他仿佛想到了什么,又转过身来,在窗边的椅子前停了下来。她本来正要走出房间,却发现他没跟上,转身去找他,发现他正对着椅子发着呆。

"怎么了?"她疑惑地问他。

他仿佛想到了什么,轻轻地拨弄着曹芸睡觉前脱下的衣物。

一件绿色羊毛长裙赫然展现在两人的眼前。

她惊呆了,倒吸了一口气。

"我的天哪,曹芸也是绿衣服。"

他倒不是很惊讶。

"我就说吗,总觉得哪里不对劲。"

"既然幕后黑手亲自解决了曹芸,那还叫那四个人来干什么啊?原来他也有失策的时候。"

"我不知道他到底是不是失策,也许计划有变吧。"

47. 十位数

他依旧牵着她的手,两个人从房间里走了出来,又回到了阳台上。

"那他为什么迟迟不出来和歹徒接头?"她问。

关于这点,他也是非常疑惑。

"也许他临时改变了计划,不想节外生枝吧。"

"怎么办?他一直不肯出来,我们也拿他没办法啊。"

"是很讨厌。"

"再说歹徒肯定也没见过他,他现在肯定偷笑了,只要往那六个人里一藏,神不知鬼不觉,就可以隐藏起来了。"

"是啊,反正也没证据,肯定蒙混过关。"

他的眼神很忧虑。

"哎,等等。"

他仿佛想到了什么。

"怎么了?"

"也许可以垂死挣扎一下。"

他明明知道希望渺茫,但还想再试一试。

他走到餐厅里去,盘问那六个人。

"你们中间,有谁QQ号是十位数的吗?"

幕后黑手QQ号是十位数。

大家你看我,我看你。

"没啊,除了王智是七位数以外,我们都是九位数。"邓洁回答。

"是啊,我上网上得比较早。"王智回答。

王智是他们当中年龄最大的。

"你上网上得挺早的?"徐逸问。

"嗯，十几岁就上网了，读书的时候，父母就买了电脑。"王智回答。

徐逸想了想，自己也是中学就上网了，QQ号也是九位数。

"你问这些干吗？"石磊不耐烦地问。

"我随便问问。"

"你哪一次不是神经兮兮地问我们，然后总说随便问问。是不是和案子有关啊？"

"暂时还不方便公布。"

"切，装什么神秘，说得好像只有你会破案一样。"石磊不屑一顾。

"真的和案子有关啊？说出来，我们也好帮你。"王智一脸的诚恳。

徐逸仔细打量着他，还是没松口。

大伙儿都盯着徐逸看，神情充满了期待和疑惑。

他听见石磊奚落自己，也不生气，依旧故我。

他重回到瑾然的身边。

他知道幕后黑手不会蠢到用自己真实的QQ号去和歹徒聊天，肯定会重新注册一个或者用他本来已有的另一个号。而他也不可能去查他们的手机，看看有没有那个幕后黑手的QQ号，因为他们肯定不会给他看。即使他想看，他们也不会告诉他开机密码。

怎么办？怎么办？

线索到这里，又断了。

剩下的时间，他是否能力挽狂澜，揪出真凶来，他实在是没有把握。

走一步，看一步。

希望奇迹能发生。

48. 银行密码

"不管他了,我们开始找钱。"

周常顺摁了摁手机,时间真的已经不早了。

他开始发号施令,底下三喽啰积极听从安排。三个人四散开来,在客厅和房间里翻找财物。

"喂,喂,他们开始动了,是不是准备找好钱跑路啦?那我们怎么办啊?"石磊见状,有点慌张。

"怕什么?我还以为你天不怕地不怕呢。"王智略带嘲讽。

没想到石磊瞪了他一眼。

"关你什么事?你自己不也是被绑着吗?嘚瑟什么?"

王智却非常不屑他。

"他们找到了钱,会不会割我们的肉啊?"刘子恒非常害怕。

"瞧你那样!放心,他们和你是一伙的,一定会看在是你主使的分上,割得轻一点。"

邓洁略带讽刺,把刘子恒吓得不轻。

陆文彦却安慰他:"没事的,要有事,我们这么多人陪着你呢。"

刘子恒感觉稍微好了一点。

"没事的,有我在,我会保护你的。"王智柔情似水地凝视着尤熙梦。

尤熙梦却迟疑着怎么回答他。

不料,石磊在旁看得却是怒火中烧。

"你别那么恶心好吗?公然勾引我老婆,还要不要脸啊?"

王智也没觉得有多不好意思。

徐逸和魏瑾然在阳台上,看着三个歹徒已经开始行动,心情非常地复杂。

"看来,他们已经等不及了。"

"怎么办啊?到现在,我们都没进展。"

"只能走一步,看一步了。"

胡运来去曹芸的房间搜查,吕征和章慧在客厅范围里搜查。

过了一会儿,胡运来兴高采烈地从房间里跑了出来,手里挥舞着几张银行卡,拿给周常顺看,周常顺笑得很无耻。

"找到了几张银行卡,呵呵。"

"要密码的。"

周常顺和胡运来对视了几秒,然后几乎同时向阳台方向望去。徐逸大感不妙,知道他们一定会来询问自己曹芸的生日。

周常顺的确心有诡计,面带笑容,慢吞吞地走了过来。

"嘿嘿,你知道她的生日,告诉我吧。"

即使他强装镇定,装着什么都不知道,他也不会相信自己。从他挺身而出,担当破案任务的时候,他们就已经盯上了自己。

如果他回答他们说,不知道,歹徒不会放过自己,当然也不会放过他们六人,甚至是瑾然。他知道,歹徒会拿他们的命来要挟他,让他进退两难,只得乖乖告诉歹徒曹芸的生日。即使歹徒们到时发现密码不对,早已是躲到千里之外,根本不可能再回来找他们。

况且,银行卡的密码未必是曹芸的生日。他当然也不可能知道她设置的是什么密码。

"1989 年 12 月 3 日。"

"就是 19891203 还是 1989123 啊?"

"我怎么知道啊?"

"不要紧,到时候还可以试几次。"

周常顺达到目的了,得意扬扬地回到原地。吕征起疑,他觉得这小子很有可能使诈,于是在旁边提醒周常顺。

"他鬼主意那么多,你真相信啊?"

周常顺经他这么一提醒，觉得也不无道理。如果到时候输入密码错误，自己可是一分钱都得不到。

"不行，我得想想办法。"

"想什么办法啊？问他们不就好了！"

吕征对周常顺使了一个眼色，那六个人还惴惴不安地坐在那里。

49. 巧克力汉堡

吕征瞪着眼睛，拔出匕首，举了起来，正对着他们。

"说，那死尸的生日是几号？"

大伙儿被他那架势吓得不轻，但都不想告诉他。

刘子恒抖得最厉害，被吕征识破。他不紧不慢地走了过来，用利刃对着他肥厚干净的脖子。

"快说吧，不说的话，把你切成一片一片的。"

刘子恒吓得嘴唇直发抖，本来还想装强硬，撑了一会儿，想到了之前，于是撑不下去了，才吞吞吐吐地告诉他。

"1989 年……12 月……3 号。"

"好，挺合作的吗。"

吕征再把匕首插回刀鞘里，脸上带着满意的笑容。

"是 1989 年 12 月 3 日吗？"

"嗯，他没骗我们。"

两个人才放下心来。周常顺把银行卡藏到自己的裤子口袋里。吕征重新去客厅里翻找。

徐逸紧绷的神经，终于松懈了下来。

"好险啊！"瑾然觉得差点就没命了。

"是啊,我告诉他曹芸生日的前一秒,我还在犹豫,要不要告诉他假生日,还好,最后一秒改主意了。"

两个人都紧张不安起来,觉得自己的命都是捡来的。

"没骨气的人!"邓洁非常瞧不起刘子恒。

刘子恒也没办法,他是真的很害怕!

"你别再说他了,他也不是故意的。"陆文彦安慰他。

谁知,石磊却非常瞧不起刘子恒,又说一些过激的话存心刺激他。

"他们不是你叫来的吗?怎么还敢拿刀来威胁你?你不是他们的主子吗?哪有奴仆这么以下犯上的?"

刘子恒焦头烂额,亦无力招架他猛烈的攻势。

"好了,能少说两句吗?这时候,大家更要团结一心。看看他们找到钱后,会怎么处置我们?"陆文彦焦虑道。

"还能怎么处置我们?一刀一刀割我们的肉呗。"

石磊继续放肆,嘲笑刘子恒。

大伙儿都不想理他,觉得他挺过分的。

只有尤熙梦,始终站在他这边,似乎不管他做什么事,她都支持他。

"小慧,你去厨房还有卫生间找找。"吕征吩咐章慧。

"那种地方也能藏钱啊?"谁知章慧却很不满。

"听他的吧,房间的任何一个犄角旮旯都不能放过。"周常顺叮嘱她。

"好。"她勉为其难地答应。

胡运来在另外一个空房间里翻找,而吕征继续在会客厅里查找。

他翻完了抽屉,还摸了摸沙发,生怕里面藏东西,到电脑桌上面翻找,探出头瞧了瞧一个白色塑料袋里的东西,没什么发现,然后又翻电脑桌的抽屉,依然毫无发现。他有点急了,转过身子,看到了对面的储物柜。他打开柜门,发现了很多吃的东西。有酸奶、巧克力汉堡，还有一些饼干、咖啡盒什么的。

吕征觉得肚子有点饿了，把巧克力汉堡拿了出来。又把它拿到周常顺那边，让他也享用。两个人坐在沙发上，把大包装里面剩下的都倒了出来，准备全部带走。

徐逸心跳加速。

50. 人性

当所有的巧克力汉堡都被倒了出来，确定只剩一个空盒子的时候，徐逸百思不得其解，一直愣在那里，想得出神。

"你在想什么啊？是不是很饿啊？我也有点。"瑾然舔了舔嘴唇。

"嗨，你真可爱。"他有点哭笑不得，都这个时候了，她还能想到自己饿了。

"多拿几个，路上吃。"

两个人吃相很难看。

周常顺一边吃，还一边叮嘱吕征多带几个，甚至还想顺手牵羊，拿点别的东西。

"你再去翻翻，还有什么值钱的东西吗？全部都带走。"

"好咧。"

吕征快速吃完巧克力汉堡后，嘴角还没抹干净，又回到储物柜里翻找，找着找着，在很里面的地方，突然摸到几包卫生巾。

他顿时起了疑心，看了看包装袋上的日期。

因为三点，引起他注意。

第一，卫生巾不是应该放在卫生间里的吗？

第二，包装早已被撕开。

第三，也就是最重要的，这几包卫生巾生产日期是 2012 年，保质期三年，现在已经 2016 年了。

本该放在卫生间的卫生巾却放在储物柜里，而且包装已撕，是过期的，又放在非常隐蔽的地方。

这几点让吕征疑窦丛生，觉得这几包东西可能会有问题。

果不其然。

他往包装袋里看，立刻兴奋地拿过去给周常顺看。

徐逸站在他身后，早已看到，内心久久不能平静。

"哇，这么多钱啊？"周常顺惊呼。

"刚开始我只是觉得纳闷，没想到居然是钱！"

"哈哈，我们发财了。"

"是啊，运气不错。"

吕征数钱数到手软。

对着沙发座位上的人，看到了歹徒的那一幕。

"曹芸真是倒霉。"王智说。

"人财两失啊。"石磊说。

背对着歹徒的人也大概能听到歹徒的对话。

"曹芸真惨。"邓洁感叹。

而刘子恒却更加伤心了。

"都怪我不好！"

"你还好意思说，没有你，我们正在吃蛋糕呢。"邓洁很讨厌他。

"他也不想的。"陆文彦出来息事宁人。

刘子恒依旧自责。如果不是他，曹芸还活蹦乱跳。今天到底是怎么了，明明是她的生日啊，怎么成了她的死期？

"如果不是你，我们能被这么绑着吗？早逍遥快活了。"石磊添油加醋。

尤熙梦不响。

"他也是一时头脑发热，试问，谁一辈子不犯点错误呢？放过他吧。"

王智显得非常宽容。

"你这么肯定曹芸不是他杀的？"石磊问王智。

王智也不敢打包票。

"他不会的。"

"知人知面不知心啊，别看他平时很胆小，关键时候也许能豁出去。"

大伙儿都不响了，都盯着刘子恒看，而他却显得十分悲伤。

51. 苹果手机

章慧搜完了厨房，搜北面阳台，最后搜卫生间，结果却一无所获。

"什么都没有啊！"她继续抱怨。

"对了，你把他们的衣服口袋也搜一下，看一看有什么值钱的东西。"周常顺对章慧说。

大家开始慌了。钱倒是身外之物，苹果手机可是宝贝啊。

周常顺对苹果手机也感兴趣。

"有多少苹果手机，就拿多少。"

胡运来也在旁边暗自高兴。

正当大家得意忘形的时候，颇有城府的吕征却加以制止。

"钱我们拿走，手机还是不要了。"

两个人并不理解，反而有点不高兴。

"这能卖很多钱啊。"

"不是钱的问题。现在手机都能定位。而且好像还有一款软件，你开机输错密码，手机会自动拍照，发 e-mail 到失主邮箱。这样，我们不就完蛋了吗?"吕征苦口婆心劝说同伙。

周常顺和胡运来愣住了。

"哎呀,不能因小失大啊,到时候我们还没逍遥快活,就已经被抓了。"

"嗯,说得有道理。"周常顺嘴里念叨着。

"哎,密码直接问他们不就行了吗?敢不告诉我们,就剁了他们。"胡运来异常凶狠毒辣。

"我们又不是等着这些手机吃饭,我总是不放心,因为我很忌惮苹果手机的防盗软件和定位系统。很多东西都是神不知鬼不觉的,不能不防啊。"

吕征急死了。

两个人想了想,觉得也不无道理。

大家才松了一口气。

也不是所有人都用的苹果。刘子恒和陆文彦就不是。

"哇,这瓶眼部卸妆液好不错哦。"章慧从衣帽架那里挂着的一件灰色大衣口袋里摸到了一瓶昂贵的眼部卸妆液,顿时惊呼。

大家都寻声望去。

徐逸和魏瑾然也看着。

"这瓶……不是曹芸前几个星期刚买的吗?"刘子恒觉得很奇怪。

徐逸就在章慧的旁边。他知道衣帽架挂的衣服都是嫌疑人的,而曹芸的东西却突然出现在这里,他马上就警觉起来。

"灰色大衣不是陆文彦的吗?"他问。

大家都看着陆文彦。只见她神色慌张,急忙要解释。

"我也不知道啊,我不知道她的东西怎么到我这儿的?"

"你确定那瓶卸妆液是曹芸的吗?"徐逸问刘子恒。

"非常肯定,因为她曾发在朋友圈里。"

徐逸赶忙打开手机,翻找前几个星期曹芸的朋友圈记录,果然发现了一瓶一模一样的。

"我不相信文彦会偷曹芸的东西,到底怎么回事?"刘子恒问陆文彦。

她被大家的眼神这样盯着,都快吓哭了。

"东西不会是你偷的吧?要不然她的东西怎么会在你这儿?难道你买了一瓶一模一样的?"石磊怀疑她。

"我不知道啊,我不知道她的东西怎么会在我这里?"

徐逸觉得陆文彦非常可疑,她的嫌疑陡然上升。

尤熙梦的神色却异常凝重。

"该不会为了偷这瓶东西,就把曹芸给杀了吧?我知道,你和曹芸关系不太好。"石磊又开始落井下石了。

听了他的话后,大家顿时觉得陆文彦非常可疑,而且尸体也是她第一个发现的。

陆文彦却满腹委屈,差点就要哭出来了。

52. 疑点重重

"你不会的,对吧?"王智温柔地看着她。

老实说,刘子恒也不太相信陆文彦会杀了曹芸,因为她一直都很柔弱。

"陆文彦应该不是凶手吧,她看起来手无缚鸡之力。"魏瑾然也有点心疼她。

"手无缚鸡之力只是表面现象而已,再说曹芸已经服下安眠药,杀她像杀只鸡一样,打一针而已,根本不需要什么力气。"徐逸就事论事。

"这么说,你相信她是凶手?"

"我可没这么说,但不得不说,她的确可疑。疑点一,尸体是她发现的。疑点二，歹徒是她放进来的。疑点三，曹芸的东西怎么会出现在她那里。如果一个疑点也就算了，三个疑点全都集中在她身上，就显得非常可疑了。"

"现在怎么办啊？"

徐逸显得很慎重。他也想，会不会弄错了。他赶紧冲到曹芸的房间，看了看梳妆台上的东西，数了数，的确没有眼部卸妆液，唯一的一瓶卸妆液并不是护理眼部的。他稍微懂一点女性化妆品的知识。因为眼部周围肌肤娇嫩，最好还是除了面部卸妆液外，再买瓶眼部的。

像曹芸这种讲究的人，应该也不会例外。

杀人动机呢？

陆文彦为人老实。

他更愿意相信是曹芸挑衅陆文彦。

凭陆文彦的性格，一定会一忍再忍，所以没道理会解决曹芸。

他一直在想，到底应该相信疑点还是相信性格。

徐逸深思熟虑后，走了过去。

"曹芸是不是你杀的？"

陆文彦心里难受极了。几乎同时，所有的人都怀疑自己，她满腹委屈，无法诉说。

"我真的没有！你要相信我！"

"以前听你的陈述，曹芸的确不能算一位好朋友，讨厌她的人很多，让你受委屈了。"

听到徐逸的话后，所有的人表情都凝重了，因为受委屈的人，又何止她一个。

那么骄横，不可一世，身边的朋友，应该都忍了很久。

徐逸也有点同情她。

"大家朋友一场，我也没想太多。"

就在大家的情绪还沉浸在哀伤中，徐逸无意中瞥见了尤熙梦的表情，还是那种惴惴不安的表情，眼神更加地游移。

这么长时间了，他一直没去问她，没去询问她到底有什么不安。

事情发展到这个地步，应该说已到尾声，他想要亲口问问她，到底发生了什么事，让她如此不安。

"尤小姐，我能问问吗？为什么你这么的不安？"

只见尤熙梦又开始惊慌起来，眼神躲躲闪闪。

"没……没有啊。"

大家都看着她。

"她不会有问题的，只是被吓坏了。"王智的眼神充满了疼惜。

"我没说她有问题，我只是好奇而已。"

尤熙梦还是一副心事重重的样子。

"是不是哪里不舒服啊？"王智关切地问。

"没事。"

惹得石磊在一旁不开心，表情很不爽。

"你相信陆文彦是凶手吗？"

只见她的表情开始纠结起来。

"别再问她了，好吗？她真的被吓坏了，她要休息。"

王智为她说话。看见她这样，他心里非常不好受。

"你还是告诉他吧，这人挺麻烦的，你被他盯上，准没好事。"石磊在一旁说风凉话。

尤熙梦意味深长地看着石磊。

"我不知道。"她的内心很矛盾。

而所有的一切，徐逸早已看在眼里。

53. 时间到

章慧把那瓶眼部卸妆液收为己用，还有曹芸的一些化妆品和首饰，她看得上眼的，全都拿走。另外三个人除了把银行卡，那几包钱带走，还拿了一些食物，方便路上吃。

他们要走了。

大家看着他们拉上蛇皮袋。

离开这里之前，他们扫视了一下房间，一行人镇定自若地退出了房间。

大家都长长地舒了一口气。

而徐逸反而更加紧张焦虑。

"哦，终于走了，太棒了！还好没什么事！"石磊暗自庆幸吉人天相。

尤熙梦也缓过一口气，呆呆地看着他。

"哦，吓死我了，吓死我了，还好，还好！"刘子恒觉得自己非常幸运。

"真是没出息。"邓洁斜着眼看了一眼刘子恒。

"我们没事了。"王智微笑着安慰尤熙梦。

她的反应却是淡淡的，脸上的微笑若有若无。

"哎，你快点帮我们把绳子解开啊！"石磊命令似的对徐逸说。

魏瑾然无奈地看了一眼徐逸。

"我什么时候说过要放你们？"徐逸带着不怀好意的笑容。

所有人听完他的话后，都蒙了。

"杀害曹芸的凶手就在你们当中，我怎么可能放虎归山？"

"你这样就有点过分了。你又不是警察，无权绑着我们？"石磊得理不饶人。

"在警察来之前，就保持这样的状态。"

谁知，石磊却震怒了。

"喂，你别给脸不要脸，真把自己当警察啦？"

"杀害曹芸的凶手，还没找到，我就不放。"

"你把我们放了，然后报警，再找凶手不就行了。"

"你们会毁灭证据的。"

"你是不是和那帮歹徒是一伙的？是不是你把那些歹徒叫来，然后杀了曹芸，现在又嫁祸给我们？我就说吗？你说破案，他们就放了你，哪有那么简单？曹芸是你杀的吧？"

魏瑾然气愤极了。

"你别血口喷人啊！他今天和我一起来的，半天都没见过曹芸，怎么杀啊？"

"你是他的帮凶，当然帮他说话啦！"石磊继续讽刺他们。

魏瑾然恨得牙痒痒。

"曹芸就是你杀的！你别污蔑我们！"

没想到，石磊听到这句话后，怒火中烧。

"大家千万不要被他们骗了！我就想怎么那么奇怪，突然冒出来两个人。曹芸是他们两个杀死的！"

另外五个人的逻辑已经完全被搞乱了，但是他们还是相信徐逸和魏瑾然。

理由就是，他们两人并未见过曹芸，见到曹芸第一面的时候，曹芸已经死了。

石磊胡说八道，反咬他们一口，他们已经司空见惯了，也不想去搭理他。

"你给我们一个时间吧。"王智还是讲道理的人。

"我想一会儿，再把思路理一理。如果想不出的话，我就放了你们，然后我们报警。"

"别太久，曹芸的尸体就这样长时间放着也不好。"

"嗯。"

徐逸又回到了阳台上，静静地站着，目光眺望着远方，思考问题。

"那个石磊，太过分了！他肯定就是凶手！"瑾然为他鸣不平。

"好了，我知道你是为我抱不平。尽管被他说成那样，我们还是要淡定不是吗？"

谁知,她又向他投去崇拜的目光。
"你永远都是最棒的!"
他听她这么夸他,露出幸福的笑容。
两个人如胶似漆,俨然已是热恋中的情侣。

54. 隐藏

没多少时间了。难道眼睁睁地看着凶手逍遥法外?
当然不啦。
自己的词典里并没有"认输"这两个字。
他还是准备硬撑。
他静静地站着,神色凝重,眺望着远方的景色。

"他在搞什么鬼啊?"邓洁好奇。
"也许他是想凭自己的力量把案子给破了。"王智回答。
"就凭他?"石磊不屑。

徐逸觉得站着有点累了,眼睛也有点胀,于是便四下张望,让眼睛休息一下,扫到电脑桌上放着的一只白色的塑料袋。他出于好奇,探出头去。
塑料袋里有一瓶维生素饮料,一瓶奶绿,还有一块巧克力。
奶绿。
徐逸心里起了疑问。

他冲了过去,盯着石磊和尤熙梦。
"奶绿是谁的?"

石磊和尤熙梦对视。

"是我的。"尤熙梦回答他。

"没想到你也喜欢喝奶绿?"

尤熙梦的眼神躲躲闪闪。

徐逸的目光如炬,更显威严。

"我就在想呢,所有的人都带了饮料来,唯独你没带,你也不口渴。"

"我带了饮料的。"

徐逸简直不敢相信自己的耳朵。

"也是奶绿。"她继续说。

"现在那瓶奶绿呢?"

"我们出去逛街的时候,石磊说口渴,喝光了,然后扔垃圾桶了。"

徐逸愈发紧张。

"那这一瓶是怎么回事?"

"那瓶奶绿是石磊买给我的,我一口都没喝,后来去便利店,又买了一瓶。"

徐逸恍然大悟。

"那我当初问你们瓶子的时候,你为什么不说你今天也带了一瓶奶绿?"

尤熙梦吞吞吐吐,嫌疑陡然上升。

徐逸敏锐的目光,直盯着她。

她刻意隐瞒事实,而且一整天的表现都不正常。

现在,现在,现在。

已经完全对上了号。

徐逸终于如梦初醒。

他早就在想,哪里不对,原来是这样啊。

"我用人格向你保证,熙梦她绝对不会有任何问题。"王智信誓旦旦。

"我就是问问而已，别紧张。"徐逸安抚王智。

但是王智却显得不淡定，觉得熙梦不能被人冤枉。

徐逸站在会客厅的中央，苦思冥想。

"尤熙梦会不会是凶手？"瑾然悄悄地问徐逸。

"现在还不好说，但到目前为止，她刻意隐瞒了很多东西。"

徐逸也在思考问题。

"那我们下一步该怎么办啊？"

徐逸也有点焦急，他摁了摁手机。

"我再给自己十分钟的时间。如果还没有答案，我放人，然后报警。"

瑾然看着他，没有再说什么。

55. 最后的王牌

徐逸想最后再仔细地看一下尸体，于是在进房间之前，千叮咛万嘱咐瑾然，别经不住诱惑，放了他们。瑾然点头答应。

冬日的阳光多么地温暖，然而房间里却充斥着人性的阴暗。

谁也不会想到，在如此灿烂的阳光下，会有一具尸体横陈着，而且是被谋杀的。

罪恶永远无法洗刷掉自己身上的罪孽。

只要有光明投射的地方，罪恶必将无处安身。

法网恢恢疏而不漏。

真相即将大白于天下。

房间里还是散发着他熟悉的味道。除了罪恶的味道，还有尸体的味道。

他的神思有点恍惚，眼睛一直呆呆地望向窗外，若有所思。

他慢慢靠近窗台，眼神落下，闲着无聊，摆弄着窗帘，却无意中发现了两层窗帘，最里面那层是薄的纱帘，最外面那层是厚的。

他的大脑仿佛受到了某种触动，这种心灵上的震颤，仿佛唤醒了他遥远的回忆。

他仿佛觉得似曾相识，记忆开始在大海里搜索遗失的船只。

他一定是绞尽脑汁地想，时间已经倒计时，他不想把主动权交给凶手。拖得越久，对自己越不利。

哦。

脑海中出现了一个晴天霹雳，把他的回忆打醒。

他突然想起来了，那个被他放在角落的东西。

一个人一边走，一边想问题，退出房门的时候，无意间，眼神落在了门和门把手上，脑海中又开始思绪万千。

所有的多米诺骨牌，接二连三地倒下，最后一块，快要倒了。

已经无限接近于真相。

徐逸猛地从思潮里中清醒了过来，决定振作，攻克最后一道关。

"你已经尽力了，千万不要怪自己。"瑾然安慰他。

"放心，我们一定会赢的。"

"我知道，但是……"

"不管有多绝望，都不能放弃。"

徐逸脸上闪烁着坚毅的表情。

瑾然看着他如此坚定，心理上受到了极大的鼓励。

"别急，呵呵，还有最后一分钟。"她对他笑笑。

他也笑了。

"笑到最后，才是笑得最好的。"

瑾然微笑着朝他点了点头。

经此一役，两人更有默契。

"没本事，还学人家破案，现在尿不出来了吧。"石磊一副见不得别人好的样子。

"他要是尿出来了，你就要倒霉了。"王智一脸坏笑，调侃着他。

"什么意思啊？"

"整天乱咬人，说不定你自己就是他要找的那个人。"

"你别胡说八道啊！狗嘴里吐不出象牙。"

"心虚。"

最后期限已过。

然而徐逸的大脑已经开始高速运转。

强大的逻辑思维掌控着全局。

他正把从今天刚跨进这扇门，以及到现在所有发生过的事，全部在大脑里过一遍。

此时，他的大脑正像一台高性能的计算机一样工作着。

所有的漏洞和矛盾，绝对不会被遗漏。

他闭目，苦苦思索着他要的那张牌。

那张最后的王牌。

在谜底揭晓前，最难承受的是心脏剧烈的跳动，还有对真相即将到来的狂喜之情。

大脑的屏幕闪烁着，各种信息逐层跳跃。

徐逸敏锐地洞察着一切，筛选他要的信息。

今天所有人说过的话，做过的事，还有他所发现的一切，把这些线索都串在一起，即是真相。

啊。

他的眉头皱了皱,他睁开了眼睛。

真相,让他豁然开朗。

同时,也让他伤心。

"哎,这真是一个悲伤的故事。而且,自己也犯了不少错。"

56. 谜底揭晓1

"瑾然,案子破了。"

徐逸释然地看着瑾然,眼神无光。

"啊?"她一下子没反应过来。"天哪,你好厉害啊!"

然而他却根本开心不起来。

这是一个残忍的真相。

"我们一起过去吧,我要揭晓谜底。"

他每走一步,都觉得特别沉重,脸上神色凝重。

这个真相是他不愿意相信的,然而却是事实。

那六个人看着他神色严峻地走了过来,都不敢吭声。

"喂,喂,想不出来,就把我们放了,逞什么能啊!"只有石磊朝他嚷嚷。

"下面我将揭晓曹芸之死的真相。"

徐逸的表情很严肃,然而眼神却散发着淡淡的哀伤。

大家都屏住呼吸,认真地静听。

"曹芸的案子非常复杂,然而今天在这里发生的所有一切都很复杂。我指的复杂,并不是它牵扯的人多,而且由于有这么多人的介入和插手,案子开始变得错综复杂。"

"什么意思啊?谁介入和插手了?"邓洁好奇地问。

"我们没插手啊!"王智也很怀疑。

"我应该从哪里说起呢?好吧。既然我是叙述者,那还是以我的视角切入吧。今天,我受到曹芸的邀请来赴约,在楼下的时候,巧遇曹芸的初中同学,魏瑾然,然后我们一同上了电梯,来到了曹芸的家。"

"对啊。"瑾然在旁边附和。

大家都认真地听着。

"打开房门的时候,我并没有看到前来迎接我的曹芸,而是你们。你们是曹芸的同事兼好友。这时候我正纳闷曹芸人呢,刘子恒回答我,她在睡觉。于是我和魏瑾然两人一组,坐在餐厅里的椅子上聊天。之后,石磊和尤熙梦拎着一包东西回来了。大家要吃午饭,于是陆文彦去叫曹芸起来,却发现她死了。"

"继续。"王智回答。

"如果曹芸之死写成一本推理小说的话,那就要先写我们来之前的事情了。"

"你是说,曹芸之死要从我们到她家开始说起?"王智问。

"那当然啦。因为她就是你们当中某一个人杀的,自然要从你们到她家做客的那一刻开始说起。"

大家马上警觉起来,六个人开始互相猜忌,你看我,我看你。

"到底谁是凶手?是谁杀了曹芸?"刘子恒开始激动起来,发誓不会放过那个人。

"曹芸在进房间之前,活蹦乱跳的。这点,大家都能证明吗?"

"我能证明。"刘子恒斩钉截铁地回答。

"我们都能证明。"王智回答。

"那就可以肯定了,曹芸是死在进入房间之后。谁在曹芸进入房间后进过她房间,谁就有嫌疑。说到这里,不就正好有三个嫌疑人,他们各自进入过她的房间吗?"

徐逸眼神敏锐而犀利，直盯着刘子恒、邓洁和陆文彦。

"按照顺序分别是刘子恒、邓洁和陆文彦。"

"我根本不可能杀曹芸！你们都知道我喜欢她的！"刘子恒觉得自己被冤枉了。

"我只是问她谁来煮面而已，干吗要杀她？"邓洁觉得徐逸的思路有问题。

"大家要吃午饭了，我才去叫她起床的。"陆文彦回答。

"我只是说你们有嫌疑，没说人是你们杀的！"

徐逸不紧不慢，娓娓道来。

57. 谜底揭晓2

"我们都知道，谁有机会接触曹芸，谁就是凶手。然而刘子恒、邓洁和陆文彦分别都进过房间，我们怎么确定到底是谁杀的？"

"现在的问题是，曹芸到底是怎么死的？我刚刚才想起来，她就这样悄无声息地死在了床上。"王智提出问题。

"一开始的时候，我也很纳闷，曹芸死得非常蹊跷。何来的蹊跷？因为她的身上连个伤口都没有。曹芸的床铺比较整洁，没有任何死前曾经挣扎过的痕迹，而且死状也不恐怖，可见曹芸是死得比较安详。"

"也有可能是窒息，被闷死的。"王智很懂，总是适时地提出非常有价值的问题。

"这个问题提得好。"徐逸回应王智。

"是啊，身上没有任何伤口，窒息而亡是个不错的死因。这里面就涉及我要说的另一个问题了。"

"什么问题啊？"

"如果一个正常人，躺床上睡觉，假设有人拿着枕头，或者直接用手闷住她，她会没有任何反应吗？即使她睡得像头死猪一样，也不可能无动于衷的呀。"

所有人也都纳闷，在想这个问题。

"那到底是怎么回事啊？"刘子恒的脑子很笨。

"肯定是被人下了药了。"王智熟门熟路。

徐逸再次用充满赞赏的眼神盯着王智看。

"不错。正是如此。曹芸死前被人下了安眠药之类的东西。而且是在她进房间之前就已经被人下了药。"

大家你看我，我看你，瞬间都愕然了。

"那凶手到底是怎么下的药？下在了哪儿？"刘子恒问。

"是啊，没看见有人下药啊，而且当时大家都在客厅里，这么多人，在众目睽睽之下去下药，到底是怎么做到的？"

"是啊，太不可思议了。"刘子恒附和。

"万一有人看到呢，不就死定了吗？"他继续问。

"是啊，当时我也正疑惑这个问题。凶手是不是嫌没人看到，这么有恃无恐，他的胆子未免也太大了吧。"

"是啊，他到底怎么下药的？"王智问。

"他是神不知鬼不觉地下药。"徐逸非常神秘地说。

此话一出，所有的人更加疑惑了。

"是不是躲到厨房间，北阳台，或者趁我们没注意，偷偷下药的？"王智问。

徐逸笑得很神秘，也很得意。

"你倒是说啊，卖什么关子啊！"刘子恒非常急。

王智反而有点懂他的意思。

"哦，对了，我差点忘了，药总得有地方下吧，下在哪儿呢？肯定是她吃过的东西。"

徐逸继续笑着，神秘莫测的笑容。

"你说得很对。大家差不多吃的是一样的东西，凭什么只有曹芸吃到了安眠药？我曾以为凶手是神算，但是根据一些细枝末节判断，我予以了否定。凶手的目标很明确，就是曹芸。但是为何他能躲过重重障碍，准确无误地命中曹芸呢？"

大家都听得云里雾里。

"哎，又卖关子，听着好费劲啊。"刘子恒有点泄气。

"是啊，我也很想知道，凶手到底是怎么做到的？"王智纳闷。

徐逸一副高深莫测的样子。

"他什么都不需要做，也不需要算，直接把那东西摆在那里，曹芸自己会主动拿起来吃。"

他刚说完，大家都傻眼了。

还有这种事？

就把鱼饵钓在那儿，曹芸自动地上钩？

大家都觉得很不可思议。

58. 谜底揭晓3

"我先告诉大家，曹芸的真正死因，她是被针筒注射毒液死亡的。具体是什么毒物我也不得而知，这要法医尸检才会知道。现在网络这么发达，要搞到毒物也不是什么难如登天的事。"

大家面面相觑。

"凶手为了确保注射的时候万无一失，所以在她睡觉前给她吃的某样东西下了安眠药。"

"那安眠药到底下在了哪儿啊？"王智好奇。

徐逸露出神秘的笑容。

"当然是她平日里喜欢吃也经常吃的东西里。"

大家再度议论纷纷。

"巧克力汉堡、薯条、乳酸菌饮料、果蔬汁、蛋挞、奶茶,还有巧克力。"刘子恒慢慢回忆。

"是啊,曹芸差不多喜欢这些东西吧。可是这些东西我们也都吃过啊,怎么没问题?"王智也想不通。

徐逸再次神秘一笑。

"是啊,药就下在了那些东西里。"

"嗯,哪些东西里?"刘子恒问。

"都这个时候了,还卖关子。"王智无可奈何。

而此时的徐逸,心里显然是在盘算自己的计划。

他在努力观察大家的表情,当然也包括凶手。

"每次聚餐的时候,曹芸最喜欢的东西就会登场。平时聚会啊,出门啊,包包里必备之品。"

徐逸笑了起来,他的意图很明显。

大家都在绞尽脑汁地想。

突然刘子恒灵光乍现。

"哦,我知道了,是奶茶!"

"没错!安眠药下在了曹芸最喜欢的瓶装奶茶里。"

"可是我们今天没人喝瓶装奶茶啊,曹芸也没拿奶茶。"王智不解。

徐逸心思细腻,已有所指。

"眼前不正好有一个人吗,她正好带奶绿过来。"

徐逸紧紧地盯着尤熙梦看。

所有人的眼神也跟了过去。

"不,不会的!熙梦她不会杀曹芸的!她绝对不会!你肯定搞错了!"王智立刻激动起来。

"哎,急什么,我又没说曹芸是她杀的,我只是说她带奶绿过来。"

尤熙梦听到他对自己的指认后,有点惶恐不安。

"你不是说药下在奶绿里,熙梦不正好带来的吗?"王智有点疑惑,继续追问他。

"尤小姐今天带奶绿来,很多人都没注意到。若不是刚才我问她,估计这一辈子都不知道她原来有带饮料来。之前询问大家的时候,她也不出声。"

瞬间,除了王智,所有的人都觉得尤熙梦嫌疑很大。

然而王智仍旧不相信这是事实,硬要为其辩护,以证其清白。

"我用人格担保,她绝对不会,你肯定是弄错了!"

"别紧张,她只是有嫌疑罢了,你们接着听我说下去。"

王智的情绪总算有些平复。

"说来说去,就是不说重点。"石磊嘲弄徐逸。

"奶绿和奶茶一个系列的。平日经常看见曹芸喝奶茶,偶尔她也会喝奶绿。不过,这结局不是我想要的。就像我所说的,这是一个悲伤的故事。"

大家都听不明白他话里的意思。

"到现在了,还在卖关子!你直截了当地告诉我们,谁是凶手,不就得了。吊胃口有意思吗?"石磊有点不耐烦了。

"不好意思,刚才只是想要调动一下大家的积极性。下面,我将陈述案件的所有经过。"

59. 谜底揭晓4

"到底怎么样才能缩小目标,准确地找出那个进房间给曹芸注射的人呢?待在曹芸房间的时候,我突然来了灵感,退出房间的时候,我的灵感再度闪现。哦,我才恍然大悟,原来是这么一回事。"

大家听得一头雾水。

"我清楚地记得,陆文彦刚进房间的时候,房间里的光线是非常暗的,而当我们冲到房间的时候,房间里可以说比之前明亮了许多。我很好奇，到底是怎么一回事？"

徐逸已经知道答案了，却还要故弄玄虚。

"怎么回事啊？不知道啊。"刘子恒脑子太笨，所有问题都想不明白。

徐逸饶有趣味地笑着问陆文彦。

"陆小姐，你能告诉我，什么原因吗？"

所有人的目光再度落在了她的身上。

之前，她身上疑点就很多。现在，很多人已经开始对她有所怀疑。

"我们这里还有没有人不可疑？"邓洁自嘲地问道。

"有，当然有。"徐逸回答她。

"我们这里都成了犯罪嫌疑人集中营了。"王智也苦笑自嘲。

"都说了，曹芸是陆文彦和刘子恒杀的。问来问去，也就他俩最可疑。"石磊觉得这结论用脚趾想也想得出来，何必还要费那么大的劲，一会儿怀疑这个，一会儿怀疑那个。

谁知，徐逸却反问他。

"你之前不是说王智才是凶手吗？"

"是啊，他们两个都是王智指使的。"

王智觉得他的话很可笑，都不想理他。

陆文彦显得很委屈。

"我进去的时候，房间里太暗了，所以我才把窗帘拉开。"

"好！说得好！要的就是你这句证词！"

所有人都疑惑不解。

"怎么回事啊？"王智问。

"刘先生，请问你进曹芸房间的时候，窗帘是一个什么状态？"

刘子恒慢点想了想。

"我记得，那时候纱帘是放下来的。"

徐逸得逞地笑了出来。

所有人依然摸不着头脑，对他的问话依然困惑。

然后，他的表情开始严肃起来，他即将揭晓曹芸之死的真相。

"王智,请问你看见邓洁进曹芸房间的时候,她敲门了吗?"

王智想了想,随后用一种很怪异的眼神盯着她。

"她……好像没敲门吧。"

"你想仔细些,再回答我。"

"我也是随意地瞥了一眼,这很重要吗?"

"当然很重要。不过,就算你记得不是很清楚,也无关胜局。因为我们已经赢了。"

"什么意思啊?"刘子恒问。

邓洁的表情很阴沉,低垂着眼神,一言不发。

徐逸的脸上依旧挂着得意的笑容。

"还不明白吗?我已经告诉你真相了。凶手就是邓洁!"

当他的话刚落音,几乎同时,所有人的目光都落在了邓洁身上。大家简直不敢相信她会杀了曹芸。

一向人缘极好,活泼好动的邓洁,居然会干出这种事来!

"我觉得不太可能,邓洁不太会像做那种事的人。"刘子恒为她求情。

"我也觉得她不会啊。"陆文彦也觉得不可思议,并且怀疑。

"她和曹芸有什么深仇大恨,非要杀了她不可呢?女孩子家互相看不上,也不至于动了杀机吧?"王智对此也保留意见。

所有的人,都提出了自己的看法。只有尤熙梦,她还是那一脸的心事重重,闷声不响。

60. 谜底揭晓5

"呃,这是真的吗?"

连一旁的瑾然也觉得不可思议,还向徐逸确认。

"是真的，确系无疑。"

房间里先是安静了一会儿，紧接着还是有很多人质疑。

而徐逸也不慌不忙，镇定自若地给他们解释。

"我搞不明白，凭窗帘和敲门，就判断邓洁杀人，是不是太草率了？而且我也纳闷，窗帘和敲门怎么就能说明邓洁杀人了？是不是太荒唐了？这里面是不是有什么环节搞错了？"

王智的话，代表了大家的心声。

徐逸还是既冷静，又镇定，耐心地和大家讲解这其中的缘由。

"首先，我来说说窗帘。陆文彦口述，她进房间的时候，房间里比较暗。而刘子恒说他进房间的时候，纱帘垂了下来。难道还不懂吗？进入曹芸房间的顺序依次是刘子恒、邓洁和陆文彦。纱帘无疑是曹芸拉的，她那么注意形象，睡觉前肯定把纱帘拉好，避免打扰。这就是刘子恒进房间时所看到。而为什么到了陆文彦这里，两层窗帘全都封得严严实实的呢？就是因为邓洁可能想，这样就不会有人注意到曹芸的死状了。即使有人进入房间，也未必能看得这么仔细。她把窗帘全都放下来，为的就是掩饰曹芸的死状，掩盖她真正的死亡时间，不让人过早地发现她已经死了。"

听徐逸这么一说，大家瞬间都觉得说得挺有道理的。

而此时的邓洁，内心愤然，面部表情很恐怖。恐怕，她是要一决生死了。

"而敲门，则是因为我听邓洁说，刘子恒是敲门才进去的。而我亲眼看见陆文彦敲曹芸的房门，无人应答，她才扭开把手进入房间。这里面就暴露一个问题。出于最起码的礼貌，不管是男孩子还是女孩子的房间，总该先敲门吧。素质不到位的人这里就不提了。而王智告诉我，邓洁好像没敲门。就算他记得不是特别清楚，也无关紧要。即使这个疑点理由不够充分，下面我还有。我这里先说她之所以不敲门，并不是因为她素质不到位，而是因为她早就知道曹芸已经服下安眠药，所以根本没有必要敲门。"

徐逸的话铿锵有力，思维敏捷，条理清晰，分析得都在理。

大家都被他所折服，舆论的天平已经开始倾向于他。

"但是邓洁为什么要杀曹芸呢？她们无冤无仇。"刘子恒觉得很奇怪。

"是啊，这么点矛盾，也不至于动了杀机啊。"王智也觉得奇怪。

而此时的徐逸，心里早已有了答案。

不然也不会说这是一个悲伤的故事。

"你别胡说八道，就凭这，说我杀人？证据呢？有证据，我就服法！"

邓洁露出一副凶神恶煞的样子，一脸的愤恨与杀气，眼神里透着凶光，和之前在所有人面前所展露出来的表情，判若两人。

大家都在等徐逸，看他如何应答。

徐逸总是从容不迫，脸上始终带着若有若无的微笑。

"我当然有证据。没证据，我就说你杀人啊！"

徐逸当然不会让她抓到自己的把柄。

"那你拿出来啊，把证据拿出来啊！"邓洁一脸的愤怒与嚣张。

她似乎认为自己做得天衣无缝，他拿不出自己杀人的证据。

又或者，这是哀鸣前最后的垂死挣扎。

61. 谜底揭晓6

徐逸笑着看着邓洁，早已胸有成竹，根本不必惧怕她什么。

"说到这里，为什么没人问我针筒到哪里去啦？"

所有的人都看着他。

"对啊，针筒到哪里去啦？"王智问。

"我曾想，针筒肯定藏在这个房间的某个角落里，但是转而又想,若不是有那四个人抢劫,肯定会去报警,等警察一来,搜查一下房间,针筒不就找到了吗?凶手没那么傻,还把它留在这个房间里。"

"那它现在在哪儿?"刘子恒问。

徐逸神秘地微笑着。

"它已经被人带出去了。"

"谁啊?"刘子恒问。

大家都在思考,结果所有的人都抬起头望着石磊和尤熙梦。

"今天是不是只有他们两个中途离开过,去外面溜达?"徐逸问。

王智却情绪激动了起来。

"熙梦不会杀人的!"

"哎,我又没说她杀人。"

"那……就是石磊啦?"

石磊的表情却愤怒了起来。

"你别含血喷人啊!你哪只眼睛看见我杀人啦?"

"大家都会以为本案的凶手只有一人,连我也差点被迷惑了。然而本案的凶手不止一人。是两个人合伙作案,也就是邓洁和她的另一个同伙合谋杀害了曹芸。邓洁负责进入房间给曹芸注射毒液,而她的那个同伙则负责接应销毁证据,即把针筒带出去丢弃。"

"不用说,她的同伙肯定就是石磊,熙梦不会干那种事的。肯定是石磊。"王智一个人嘀嘀咕咕。

大家都看着石磊。

邓洁的表情则开始有了变化。

"曹芸是我杀的,我没有同伙,我不想把其他不相干的人牵扯进来。"

徐逸笑着,打趣地问她。

"哦,你这么说,我会更加误会石磊和你是同伙的。"

"随便你怎么误会,我一人做事一人当。"

徐逸继续笑着看着她。

"那我问你，针筒呢？"

"丢掉了。"

"丢哪儿啊？"

"我不会告诉你。"

"还在护着你的同伙。"

"哎，邓洁的同伙到底是不是石磊啊？"王智着急想知道。

"不管怎么样，肯定不是熙梦。"王智非常肯定。

"你为什么这么肯定？"徐逸看着他。

"我用我的生命来担保。"

"哎，尤熙梦是邓洁的同伙，你应该不知道吧。"

徐逸语出惊人，大家都呆若木鸡。

"这……怎么可能？"王智异常吃惊。

连尤熙梦自己也大吃一惊。

"我没杀人。"她稍微提高了一点声音。

"我是通过邓洁锁定了她的同伙。他们的语言是如此的一致。他们的配合是如此的默契。那个人和邓洁很聊得来啊，没看见那个人笑得很开心吗？而且那个人还为她作过证。当歹徒企图侵犯自己所爱之人的时候，两个人一唱一和，表面上说的是正话，但其实想起反作用。我差点被糊弄过去了。直到那个女歹徒向男歹徒抱怨，你们表面上说喜欢我，实际上是喜欢她，这才提醒了我，我顿时恍然大悟。那是惊人的默契啊，两个人配合得天衣无缝。"

大家都在思索那个人到底是谁。

邓洁的表情依旧阴沉，她应该猜到他们已经在劫难逃了。

"那个人到底是谁啊？"王智急着想知道。

"那个人，就是你，石磊！"

62. 谜底揭晓7

徐逸目光锐利地直盯着石磊。

石磊愣了一会儿，随即笑了起来。

"真是可笑！随意说别人杀人，已构成诽谤，我可以告你的。"

"那你去告啊。你说我冤枉你了，你和邓洁没有合谋杀了曹芸。"

石磊的脸色大变，他一句话也说不出来，面部表情扭曲得很厉害。

邓洁也一直不吭声，但她听见徐逸把石磊的名字报了出来，她就知道他俩已经彻底地完了。

"证据呢？你有证据吗？"石磊已经气急败坏，狗急跳墙了，他要做最后的垂死挣扎。

"这一切都是我干的，你抓我就行了。和石磊无关。"邓洁说。

"如果我把证据拿出来，你们怎么说？"

"你拿出来的话，随便你们怎么处置。"邓洁依旧嚣张。

"好。"

而尤熙梦，似乎对于她来说，所有的烟云都已经消散了。

"我曾经问过大家，有谁能证明邓洁是什么时候从曹芸房间里出来的，这时候为她作证的人是石磊。我们还原一下当时的过程，应该是邓洁给曹芸注射好之后，拉好窗帘，做好伪装，走出了房间，到了厨房，然后石磊前去会合。她穿的是裤子，针筒很容易放在口袋里。于是石磊接过针筒，收了起来。也许是为了掩饰他去厨房的真正目的，他拿了一盘三文鱼出来和大家分享，看见熙梦说很闷，他来了主意，于是和她一起出去，就是为了能把证物给丢弃掉。"

此时，石磊和邓洁的表情，证实徐逸的推理并没有不妥。

"然而事情到了这里还没完。"

"啊？还有啊？"刘子恒问。

"是啊，还有，就是下安眠药的瓶子，是下在了尤熙梦带来的那瓶奶绿里。"

"等等，曹芸为什么会喝熙梦的奶绿？"王智质疑。

"换位思考。"

"啊？这是什么？"

"我想，尤熙梦喝了原本曹芸想喝的果蔬汁，曹芸会不会也喝了原本尤熙梦要喝的奶绿。"

大家都很惊奇。

"曹芸已经死了，我不可能会知道当时她到底是出于什么目的。根据对曹芸性格的分析，她应该对尤小姐心有不满，再加上王智的原因，可以说，会很讨厌尤熙梦。由于她争强好胜的性格，她也许很想和她一比高低。所以，基于这个心理，再加上她本来就喜欢喝奶绿，她可能会喝了尤熙梦的奶绿，好好地'报复'一下她。谁知，那瓶奶绿被他们俩下了安眠药，自己的命也给弄丢了。"

"真是飞来横祸。"刘子恒十分惋惜。

"这一场飞来横祸，使得某人逃过一劫。大家是不是从来没有想过一个问题？"

"什么问题？"王智问。

"安眠药为什么要下在尤熙梦的瓶子里？"

"可能他们俩猜准了曹芸会喝奶绿。"刘子恒说。

王智好像猜到了答案，他的表情很不安。

邓洁和石磊显得异常冷静，就因为太冷静，反而觉得他俩冷血。

而尤熙梦，她就像一只温顺的小羊羔一样，永远不知道自己其实已经是大灰狼餐盘上的肉。

"我听王智说过，曹芸本来在客厅里和大家说说笑笑，后来石磊和尤熙梦来了，她一边吃零食，一边和大家聊喜欢的明星，然后说有点困,最后去房间里睡觉。就是王智的这句话,无意间提醒了我,是石磊和尤熙梦来了之后,她才有困意,去房里睡觉的。假设她那时候无意喝了那瓶被下了安眠药的奶绿,药物起了作用。根据安眠药的药性,这点,完全符合逻辑。大家都没有注意到这个问题。安眠药是早就下好的,早就下在了那瓶奶绿里。不是猜到曹芸会喝,而是在进入曹芸家之前就已经被下在了里面。我一直在纠结,凶手为何如此大胆,居然敢当着那么多人面前下药,或者偷偷下药,万一被人看见了呢。现在这么一连贯,就说得通了。他不用那么大胆,因为在来曹芸家之前就已经下好药,自然不必当着那么多人的面战战兢兢。"

63. 谜底揭晓8

"是,没错。曹芸的确是被石磊和邓洁联手杀死的。关于这点,绝对没有任何问题。但是他们原本想杀的人并不是曹芸,而是……"徐逸的脸对准了那个真正的目标。

"而是你,尤小姐。"

尤熙梦大惊。

徐逸知道这真相很残忍,但这的确是真相。

所以才说,这是一个悲伤的故事。

"石磊和邓洁本来决定要杀尤熙梦,但是因为曹芸误喝了那瓶奶绿,所以他们大概将计就计。万一她醒过来,对他们说,这瓶奶绿里好像下了安眠药,那他们的阴谋就彻底地暴露了。所以,曹芸肯定不能活。"

"你说曹芸喝了熙梦的奶绿,这一点,有点牵强。毕竟,没人看到。"陆文彦提出看法。

"我是假设的。尤熙梦喝了曹芸的果蔬汁,曹芸没得喝了,喝了尤熙梦带来的奶绿,石磊假借兜风把它带出去扔掉了。这里所有的瓶子,都有主人,曹芸也不会去喝别人的东西。唯独那瓶奶绿失了踪。假设曹芸喝了那瓶下了药的奶绿,石磊为了毁灭证据,把它带出去扔了,我发现假设完全成立。"

经徐逸这么一解释,理由也显得不那么牵强了。

"我自己在思考的时候,也犯了许多错误。比如,小蓝瓶就这么一小瓶子,一口就能喝完,如果安眠药下在这里面,刘子恒喝的时候一定会感觉得到。"

王智心里很难过。

"我早知道那个人追她不安好心,我怎么不早点阻止呢?幸好她没事,我真是白痴啊!"

王智非常地懊悔。

尤熙梦的确也够幸运。

陆文彦却怎么也不相信石磊会是这种人。

"我是通过邓洁找到的石磊。理由一,他们俩关系挺不错的,我今天来就观察到了。在厨房的时候,两个人说话,石磊还大笑了起来。理由二,他们俩说话高度地统一。特别是当歹徒想为难尤小姐的时候,邓洁说尤小姐爸有钱,当心你们的狗命。石磊也在旁边附和她。看似好像在震慑歹徒,实际是想挑起歹徒的逆反心理,想通过歹徒的手,毁掉尤小姐。他们今天的目标就是尤小姐,却被曹芸搅了局。有了这么好的一个机会,当然不想放过。理由三,只有石磊和尤熙梦出过门。邓洁曾经调侃石磊,有钱人家的小姐,是这么好娶的吗?那种眼神,那种语气,根本不是朋友之间的调侃,而是情人之间的醋意。今天,尤小姐一直惴惴不安,她和邓洁也没有什么交流。我曾怀疑石磊、邓洁和尤熙梦是一伙的。然而石磊对她的态度,还有王智对他俩感情的质疑,让我产生了怀疑。我更愿意相信邓洁和石磊是一伙的。因为他俩有交集,而尤熙梦似乎和任何人都没有交集。邓洁和刘子恒、陆文彦、王智也没交集。邓洁和刘子恒关系并不怎么好，和陆文彦也没什么交流，更别提王智了。而且不管刘子恒或者陆文彦，作为邓洁的同伙，和邓洁都没有必要同时进入犯罪现场，难道嫌自己暴露得不够彻底吗？"

尤熙梦却至今都想不通。

"你这个畜生啊，亏熙梦这么爱你，你居然要杀她！"王智恶狠狠地瞪着石磊。

石磊的眼神充满了憎恨与仇视。

尤熙梦难过得要哭了。

"为什么？到底为什么？"她一脸悲伤地望着石磊。

石磊始终一言不发，面部表情扭曲。

"他追你的动机本来就不纯，是为了钱。如今，又和邓洁勾搭在一起。想也知道，杀了你，既能继承你的遗产，又能和她双宿双栖。"

64. 谜底揭晓9

尤熙梦还是一脸的伤心难过。王智在极力安抚她。

"他本来就不爱你！他爱的是我！"邓洁非常嚣张地向她示威。

"你够了！"

王智开始和他俩对吵。

徐逸还是适时地维稳。

"本来听尤小姐说她今天带了奶绿过来，让我对她起了疑心，然而事实却是相反的结果。反而让我知道那瓶奶绿是石磊买给她的，而且已经被带出去丢弃了。针筒在垃圾桶里或者沿路什么地方找到不难。比对一下里面的毒液和曹芸体内的毒液成分。即使邓洁是戴着手套给曹芸注射的，找不到指纹。只要同时找到奶绿瓶，检测一下,看看是否和曹芸体内的安眠药成分吻合。然后再提取一下瓶口上的唾液成分,比对一下曹芸的DNA,就知道曹芸有没有喝过。同时,也要比对一下石磊的DNA。尤熙梦对我说,石磊说自己口渴,把那瓶奶绿给喝光了,我想他肯定没喝,所以瓶口一定不会有他的唾液。"

"再来说说陆文彦。起初,我也曾怀疑她。第一,尸体是她第一个发现的。第二,歹徒是她放行的。第三,曹芸新买的眼部卸妆液被发现在她的衣服口袋里。她的身上集齐了三个疑点。我曾问她是否注意到房间里少了什么东西。梳妆台上面那么多化妆品,不记得少了眼部卸妆液也很正常。其实并非她要去叫醒曹芸,而是邓洁让她去的,可能想嫁祸给她,让她也有嫌疑。当时,大家都发现曹芸死了,方寸大乱。那时候门铃响了,心烦意乱之下,以为又有客人,当然会看也不看,随意地按通过按钮。这点也说得通。但是曹芸的眼部卸妆液出现在她的衣服口袋里,让大家都对她起了疑心,也让我起了疑心。让我起疑的,并不是这反常的情况,而是,如果她是凶手,杀了曹芸,仅仅就是为了偷一瓶卸妆液?这杀人动机简直荒谬!被人怀疑偷了曹芸东西的陆文彦之后更是一脸的冤枉,让我开始怀疑凶手是让她当替罪羊。而我故意试探尤小姐,问她是否相信陆文彦是凶手的时候,她意味深长地看着石磊。就在那时,她的眼神却让我疑惑。尤熙梦之所以如此不安,是因为她可能看见石磊把那瓶卸妆液放入陆文彦的口袋里。因为爱他,所以她选择了沉默,却因此一直惴惴不安。"

陆文彦一直在怀疑自己,理想中的男人和现实中的男人,怎么完全不一样。

"我说得有错吗?尤小姐。告诉我,你的不安。"徐逸温柔地问她。

尤熙梦眼里泛着泪光,始终无法接受这个残酷的事实。

她抬起眼神,强忍悲痛,朝徐逸点了点头。

"那就对了。这就是本案的真相。"

房间里瞬间安静了下来。

"那就真相大白了。"瑾然庆幸案子终于水落石出,可她完全高兴不起来。

"熙梦出门的时候,难道就一直没发现她的奶绿已经被人喝过了吗?"陆文彦问。

"她那时候说很闷,根本不会有心思关心这个。再说,奶绿那么重要的证物,石磊肯定一个人保管,当然不可能会让她拿到手。他借口说口渴,要喝奶绿。即使她看见奶绿瓶里少了很多,也会以为是他喝的,完全能掩饰过去。"徐逸回答。

"你应该没亲眼看见他喝光并把瓶子扔掉吧?"徐逸问尤熙梦。

"没,我都没注意他什么时候喝完的。"她回答。

"你怎么知道曹芸进房间睡觉,一定是被下了安眠药?感觉有点牵强。"陆文彦适时地提出看法。

"有两个方面,第一,针扎到手臂上,难道不痛吗?既然痛,就会痛醒啊。你看见曹芸痛醒了吗?第二,刘子恒和邓洁的口供。他们都说当时曹芸睡得很沉,不正好证明了我的推断。"

陆文彦也不是针对徐逸,而是适当地提出一些自己的看法。

直到现在,她都不敢相信邓洁和石磊所做的一切,尤其是石磊。

王智极力安抚着尤熙梦,却让徐逸对王智产生了兴趣。

"案子还没完。"

"啊?"瑾然非常吃惊。

大家也非常震惊。

"不是已经结束了吗?"刘子恒问。

"还有一个案子我还没说。"

"还有?"王智问。

"对啊。令人意想不到的是,今天,在这里,一共发生了两个案子。"

65. 谜底揭晓10

所有的人都大吃一惊。

"怎么会有两个案子？他们俩不是已经找到了吗？"王智也大为吃惊。

"是啊。不是已经结案了吗？"刘子恒同样吃惊。

"那我问你们，那四个歹徒是怎么回事？"

"是我找来的。"刘子恒很内疚。

徐逸继续说。

"今天在这里一共发生了两起案件，因为这两起案件搅和在一起了，所以大家都分辨不清了。"

"怎么回事？"刘子恒问。

"是啊，所有的人都认定那四个歹徒是刘子恒叫来的，然而事实并非如此。如果两个案子都有幕后黑手。那曹芸之死的幕后黑手是石磊和邓洁，而叫四个歹徒来的也有另一个幕后黑手，而且那个人并不是刘子恒。"

"天哪。那是谁啊？"陆文彦大呼。

所有的人都很震惊，以为这是板上钉钉的事实，没想到居然不是。

"的确是我叫的，我在网上联系了一个人。"刘子恒觉得提起自己的错事，显得非常的愧疚和尴尬。

徐逸朝他笑了笑。

"你都不是已经告诉我了，你不是幕后黑手。"

"啊？我说什么啦？"

"你说你在网上联系了一个人，就已经告诉了我，你不是幕后黑手。"

刘子恒听得头都晕了，大家也不知所云。

"你说得明白一点行吗?"王智听得焦头烂额。

"刘子恒不止说了一次,他联系了一个人,可是,为什么歹徒有四个人?这点,你们不觉得奇怪吗?"

大伙儿都觉得有点可疑,然而也没什么大的可疑点。

"来一个,和四个,有区别吗?都是一伙的,人多力量大呗。"王智回答。

"当然有区别啦。因为那四个人根本不是刘子恒叫来的。刘子恒叫的人,今天压根没来,原因不得而知,反正对这个案子并不重要。"

大伙儿面面相觑。

"那他们是谁叫来的?"王智继续问。

刘子恒也觉得不可思议。

"我真的在网上联系了一个人,说好的时间和地点,不会有错!"

"刘子恒叫来歹徒,是来'英雄救美'。而那个真正的幕后黑手叫来那四个人,是来帮他杀人!"

大伙儿瞬间都呆住了。

"怎么可能?我都震惊了!"王智完全惊讶住了。

"如果不是一个环节出了问题,今天本来就有两具尸体。一具是尤熙梦,另一具是真正的目标。"

尤熙梦已经非常悲伤了,徐逸说的什么她都没兴趣。

"幕后黑手和那四个人说,让他们假装来抢劫,实则为杀人做掩护,约定在卫生间里接头,告诉他们目标,而要杀的人,代号为'绿衣服'。"

"绿衣服?"王智在思考。

"今天有很多人上过卫生间啊,"刘子恒越想越不对劲,然后惊恐起来。"我也穿绿衣服啊!"

看着他一脸害怕的样子,徐逸也不知该说什么。

"刘子恒的外套是绿衣服,也有两个人也穿着绿衣服。"

"谁啊？"王智问。

"石磊穿在里面的绿格子衬衫，还有曹芸的绿色羊毛裙。"

石磊觉得很无所谓，反正都要进看守所了。

"曹芸不是石磊和邓洁杀的吗？"

"是啊，所以曹芸的绿衣服可以忽略不计。我曾以为幕后黑手要杀的人是曹芸，曹芸也正好死了，可是后来发现案件并不是这么简单。"

66. 谜底揭晓11

"那到底那个幕后黑手是谁啊？他要杀的究竟是谁？"王智着急想知道。

徐逸看了看他，希望他情绪能平稳。

"我听邓洁说，你们快到曹芸家的时候，突然下雨了，于是你就去借伞，有这事吗？"

"有啊。"

"你怎么来的？"

"奔过来的。"

"淋湿了吗？"

"还好，我跑得比较快。"

徐逸眼神透着悲哀，他完全没有意识到他是在暗示自己。

"跑得再快，也会被淋到啊。"

"是啊，衣服上有点湿。"

王智说着说着，突然想到了什么。他猛地抬起头，直盯着徐逸。

两个人眼神交汇。

"没错。"徐逸对他说:"你现在知道真相了吧。"

王智觉得不可思议。

"你们俩到底在打什么哑谜啊?"刘子恒问。

"还不明白吗?幕后黑手要杀的人是王智。"

王智绝没有想到自己竟会成为别人的目标。

现场鸦雀无声。

"可是王智穿的是蓝色的西装啊,不是绿衣服啊。"陆文彦反问。

"哦,我明白了,他去借伞的时候和我换过衣服。他说穿西装跑步不方便,而且他的西装还比较贵。"刘子恒想了起来。

大家顿时什么都明白了。

"现在,大家大概也能猜到幕后黑手是谁了吧?"

大家都在猜测幕后黑手的身份。

"没错,幕后黑手是曹芸。今天把四个歹徒叫来,要杀王智的人,就是曹芸。"

大家再次震惊。

刘子恒失去曹芸,本来已经非常悲伤了,没想到徐逸揭晓谜底的时候,听到幕后黑手是曹芸之后,刘子恒简直不敢相信这是真的。

"你凭什么说曹芸才是幕后黑手?"他还想为死去的曹芸辩护。

"这很简单,也只有这会儿王智是穿着绿衣服的。"

大家都听不明白他的意思。

"我很庆幸,那个带头的歹徒,也许因为我破案速度太慢了,等不及了,于是给我看他和幕后黑手的聊天记录,凭这里面的一些线索,让我掌握了不少信息。以此,我才判断曹芸才是幕后黑手。"

大伙儿都认真地听着。

"你们大概是 9 点 40 分的时候到的,9 点 15 分的时候你们在干吗?"徐逸问大伙儿。

大家都在想。

"大家应该都在路上，还没到呢。"刘子恒回忆道。

"尤小姐，石磊那时候是不是在开车？"

尤熙梦抬起受伤的眼神，吞吞吐吐地回答。

"嗯，差不多。"

"而且开车玩手机，不符合交规，要被抓的。石磊有玩手机吗？"

"没有。"

"没玩手机，一直在开车的石磊，一直都在路上，也不可能看到王智穿着绿衣服，况且他们是过了 10 点才到的。"徐逸说。

"9 点 15 分到底是什么意思啊？"刘子恒问。

而此时的王智，心情低沉到了极点。

"9 点 15 分的时候，幕后黑手发了一条短信给歹徒，说那个人穿着绿衣服。所以我才问你们，那时你们都在哪儿，都干了些什么。"

"那个时候，差不多是我奔到曹芸家，问她借伞的时候。当时她一个人在家，手里还拿着她的苹果手机。"王智的表情显得很颓丧。

此时，大家都已明了。

徐逸同情地看着王智，瑾然也觉得他挺可怜的。曹芸居然因爱生恨。

尽管如此，依然有人要为曹芸辩白。

67. 谜底揭晓12

"就凭这个，说曹芸要杀王智，似乎说不过去吧。"刘子恒提出看法。

"你怎么知道王智穿着刘子恒的绿衣服？"陆文彦问。

徐逸笑笑。

"因为我自己也穿着一件很贵的西装啊，当然知道要爱护啦。"

"其实，你说得没错。仅凭这一个推断，就说曹芸意图谋杀王智，是有点草率。如果一个证据不够有说服力，我习惯找很多证据来证明自己的想法。"

"那其他的证据呢？"刘子恒继续问。

"通过歹徒头目给我看的他与幕后黑手的聊天记录，可以判断出那个人是很有心机的，对歹徒说今天来这里做客，会有七个人。假如你是一个城府很深的人，你会透露关于你自己的细节吗？没错。明明她自己就是这家的女主人，却骗歹徒说自己是来做客的。她明明知道加上自己一共有九个人，却装作只知道有七个人。对，她不可能会说有九个人。我和魏瑾然今天第一次和大家见面，之前根本不认识，其他人也不会知道我和瑾然会来。如果她说了九个人，那确系曹芸无疑。只有曹芸知道今天确切的人数。其他人根本不可能会知道。她连歹徒都不信，乱抛烟幕弹。她越是这么故弄玄虚，我越知道她要掩饰的地方肯定有问题。如今，果不其然。"

"也许曹芸告诉过某个人吧，今天还有两个人要来。"刘子恒继续为曹芸辩白。

"刘子恒，你有没有想过，曹芸今天要杀的人是你？你不是穿着绿衣服吗？"

刘子恒觉得已经无所谓了。

"石磊也穿着绿衣服啊。"

"他是穿在里面的，你是穿在外面的。"

"这有区别吗？"

"当然有区别。如果你穿着绿色外套，那幕后黑手必然是在室外看到的你。如果你穿着绿色衬衫，那幕后黑手必然是在室内看到的你。"

"这也不是绝对的。我穿着绿外套，就算室内有暖气，我不脱也可以。"

刘子恒继续谈自己的想法。

"再说，曹芸也穿着绿色羊毛裙。如果她是幕后黑手，岂不是也要把自己搭进去？"

"王智，你借伞的时候，曹芸穿着什么衣服，有开暖气吗？"

王智回忆。

"她当时穿着黑色的大衣，房间里有点冷。"

"应该是你们来了，她才开暖气。也许她发消息的时候，忘记自己穿着绿色的羊毛裙。其实，很多东西都无关紧要。你要证据，我就给你证据。"

刘子恒认真听着。

"幕后黑手一直很关注歹徒的动态，所以让他们出发时、路途中、到达时发消息通知幕后黑手，幕后黑手好提前做好安排。歹徒出发时给他发消息，幕后黑手回了，路途中和到达时，幕后黑手没有任何的回应。路途中是11点09分发的，到达时是11点41分发的。歹徒闯进来时，我们一堆人围在一起，正在为曹芸的死发愁。此时，不会有人再有心思玩手机。之后，大家又被绑了。而11点09分呢，为什么幕后黑手不回复消息？因为那时候曹芸已经死了，她当然不可能又活过来发消息。如果你要质疑，也许她11点09分因为什么事忘记了，或者不方便发，那他为什么不出来接头。歹徒进来那么久了，幕后黑手至今都没有出来接头。一共有三个人上卫生间，分别是邓洁、王智和尤熙梦。他们都没有和歹徒接过头。如果你还要证据，我再给你。"

"你们了解曹芸吗？曹芸到底是一个怎么样的人，你们都了解吗？"

大伙儿都在想。

68. 谜底揭晓13

"你们看到的曹芸，并不是真正的曹芸。那个开朗活泼，能言善辩，人缘极好，人前人后如沐春风的她，并不是真正的她。真正的曹芸，是个心里很阴暗的人，以至于和她接触过的很多人，都不再与她联系。而且你们也都受过她的气，不是吗？"

真是说到大家的心上了。

"曹芸是个善于伪装的人，她把她的阴暗面给隐藏了起来，以至于大家都看不到她真正的另一面。"

"那个歹徒在翻巧克力汉堡的时候，我特别紧张，为什么呢？因为巧克力汉堡里装着钱。你肯定会问我，为什么巧克力汉堡里会装着钱？以前我开车路过这里，想知道她在不在家，顺便看看她，没想到她在打扫卫生。我就坐在沙发上，地柜上放着大包装的巧克力汉堡，我从来都不客气，于是准备从里面拿出一小包来吃，却不料，拿出来的是一沓钱。曹芸正好转过身来，当时她的表情都变了。"

"知道为什么我会对你们说这件事吗？"

"要不是那两个歹徒今天把巧克力汉堡全都拿走了，我可能会一直被蒙在鼓里。"

"什么意思？"刘子恒问。

"因为曹芸把巧克力汉堡里放的钱全都转移走了，转移到卫生巾的包装袋里了。从那一刻起，我就知道我所认识的曹芸，并不是真正的曹芸。真正的曹芸很有心机。幕后黑手是一个有谋略的人，她是曹芸，我一点都不惊讶。"

王智听后，直摇头。

"真是枉费心机了，急着要杀我，我又到底做错了什么？"

"她是一个控制欲很强、报复心很重、又极度偏激的人。你拒绝了她，让她很没面子，伤了她的自尊心。她一直都觉得自己是高高在上的公主，没人敢不服从她。你拒绝了她，让她恨你，也恨尤熙梦。她恨尤熙梦，一方面是女孩子的嫉妒心。所有人都当她是女神，她自然不服气。另一方面，王智你一直爱着她，更让她怨恨。所以我才会想到，她喝了尤小姐的奶绿，其实是一种'示威'。你抢了我的东西,我也抢你的东西。"

今天,所有的案件:两个案件,全部大白。

大家心情都很沉重,王智更是若有所思。

"你说的这些,还是有点牵强,我还是不信。"老实木讷的刘子恒,为了曹芸也是拼了。

"曹芸是不是要杀王智,也许证据方面有点牵强,但她是幕后黑手这事实,是不争的吧。连王智自己都说,曹芸看他的眼神,仿佛要杀死他一般。如果你还不信,等警察来,检测一下曹芸的手机,看看她是否有这个QQ号,以及里面的聊天记录。"

刘子恒彻底服输。

"如果要问我曹芸是幕后黑手会杀谁,我的第一反应就是王智。女人,因爱而活,也因恨而死。"

女人,因爱而活,也因恨而死。

这句话,徐逸说得挺中肯。

"所以,如果不是石磊和邓洁把曹芸干掉了。今天不仅尤熙梦要死,连王智也要死。"

石磊和邓洁鄙夷地"哼"了一声。

"没有想到吧。被害人就是凶手,凶手就是被害人。当我得知真相的时候,也大吃一惊。两个案子搅和在一起了,所以才么复杂。"

每个人的表情各异。

石磊和邓洁不服气。

尤熙梦悲伤。

王智忧虑。

陆文彦无奈。

刘子恒既伤心又疑惑。

只有瑾然还是那么开心,不停地夸徐逸聪明厉害。徐逸是甜在心里啊。

经过这案子,反倒让他俩走到了一起。

幸福的人,其实是他们。

69. 谜底揭晓14

2015年曹芸27岁生日聚会在她家附近的一家酒店里举行。出席的人都是她的一些朋友。

大家吃得聊得很开心。

曹芸看见王智出包房上厕所去了，于是跟了出去，特地在男盥洗室门口等他。

等王智从盥洗室出来的时候，他吓了一跳，曹芸对他笑笑。

两个人面对面，停顿了一会儿。

"你能做我的男朋友吗？"

王智也不知该如何回答她。

"你知道我喜欢谁的，你还……"

"是啊，我知道，可是我就是喜欢你啊。"

王智无可奈何。

"对不起，我只忠于自己的心。"

曹芸却激动起来。

"她有什么好的？而且都有男朋友了！"

"我不管她是否有男友，还是以后结婚了，我只爱她。"

王智要走，却被曹芸伸手拦住。

她的眼神愈发地凶狠。

"你不能这么对我！"

"那你要我怎么对你？你知道我的心是属于谁。"

"我不管，你只能爱我一个人。"

"你这样太霸道太自私了。"

"我喜欢的男人，我一定会想尽办法得到。"

"你得到也没用啊，我的心不在你这儿，又有什么用？"

"以后你会接受我的。"

"我不会,我一直都喜欢熙梦,我不可能会喜欢你的。"

曹芸咬牙切齿,眼神中充满了怨恨。

"你会后悔的!"

"你别那么蛮横无理好吗?抢来的爱情有什么意义?"

"只要我喜欢,就有意义。"

"你太自私了,你的爱让人窒息。"

曹芸的眼神透着杀气。

"我最恨别人这样侮辱我!"

"我没侮辱你。"

"你拒绝了我,就是侮辱我。"

"我不喜欢你,当然可以拒绝你。"

"我说过,我会让你后悔的。"

曹芸的眼神带着深深的憎恨。

王智看见她这副模样,也不想和她再谈下去,于是就回包房了。

曹芸的眼神,像绵绵长夜暗黑而深邃。她的恨,如黑夜般,在心底慢慢地弥漫开来。

王智回到包房,当什么事都没发生,照样和大家有说有笑。紧接着,曹芸也回来了,却开了瓶红酒,借酒消愁。朋友们都不知怎么回事。

谁知,没过多久,石磊拿出钻戒,单膝下跪向尤熙梦求婚。尤熙梦含笑答应了。

朋友们纷纷送出祝福。

而王智遗憾和落寞的眼神,谁也没记住。

曹芸喝着赌气的酒,瞧着这对幸福的情侣,恨得牙痒痒的。

她拿出一个干净的红酒杯,往里面倒满,然后端着它,走到那对情侣的面前。

大家脸上都带着微笑,而曹芸则是来者不善。

"来，庆祝一下这对即将喜结连理的新人，把这杯酒全干了。"

石磊高兴地接了过去，一饮而尽。

曹芸带着冷冷的微笑。

她走了回去，把整瓶红酒也拿了过来。

"来，这瓶也干了。"

石磊看她那架势，吓了一跳。

"今天不行啊，我喝了很多，以后吧。"

"哎，这怎么能行，今天是好日子，你们要结婚了，干了吧，全喝光。"

石磊还是借故推脱，然而曹芸还是不依不饶。

在场的人，都看出了她的不对劲，纷纷上前劝酒，没想到曹芸发火了。

"今天大家高兴，喝个酒怎么了？"

大家看她一脸的怒气，都不敢出声。

现场的气氛一度很尴尬。

没想到曹芸出言不逊，讽刺石磊。

"钱到手了，喝个酒就不行啊？"

石磊却被她惹怒了。

"谁钱到手了？"

"你啊！大家都知道的，你接近她，不就是为了钱。"

石磊怒不可遏，非常生气。

"你喝醉了吧，怎么说话的？"

"我有说错吗？谁不知道你靠傍富婆上位。"

大家都上前来劝架，邓洁在一旁看着石磊。

石磊非常生气，这么多人，又不能对她怎么样。

曹芸话语锋利，已经深深地伤害到了石磊。她却觉得无所谓，继续大摇大摆地喝酒。

石磊一脸的怒气，邓洁上前劝慰他。

"她失恋了，你看不出来吗？还和她计较，值得吗？"

"她失不失恋，也不能这么说我啊！我惹到她啦？"

"虚有其表而已，她神气不了多久的，还不是靠她那有钱的父母。你跟她不一样，你以后会有大出息。"

没想到，安慰他的邓洁，反而引起了石磊的注意。

那时候，差不多邓洁进公司没多久，是个半新的职员，大家都对她不怎么熟悉。

她及时地站出来，宽慰他，让他很感动，也记住了邓洁这个女孩。

70. 谜底揭晓15

几个月后。

石磊到邓洁租住的一间房子去找她。

邓洁倒了一杯柠檬水，一边喝着，一边坐在沙发上，故意离他远远的。石磊跟了过去，坐在她的旁边。

"干吗呢？生什么气啊？"

邓洁没给他好脸色。

"你不是要结婚了吗？还来找我干吗？"

石磊觉得挺不好意思的。

"以后不还是能和你在一起吗。"

"到那时，我不就成'小三'了？"

"那你要我怎么办？"

"我让你别和她结婚你愿意吗？"

石磊觉得很为难。

"那不就行了，别说了。"

他来哄她。

"暂且忍一忍。"
"忍到什么时候？忍到头发都白了吗？"
他也不知道该怎么办才好。
"你舍得放弃你的大好前程？"
他眼神低垂，闷声不响。
"那你要我怎么办啊？"
"既然和我在一起了，就要给我名分。"
"我会的，我会想办法。"
"都要结婚了，还和我说这个。"
"结婚也可以离婚的。"
邓洁没给他好脸色看，眼睛斜着，颇为不满。
石磊坏笑了起来，一把搂住她，她还有点不情愿，半推半就。
"讨厌！"
"你不就喜欢我这样吗。"
"我可警告你哦，你要是不离婚，以后休想再来找我。"
"好，我答应你，我什么都答应。"
石磊朝邓洁的身体压了过去。

婚后的某天。
石磊拿着钥匙来开邓洁家的门，却发现门已被反锁。
"你开门啊！"石磊在门外喊。
邓洁听见了，但就是不理他。
"你是不是生我的气啦？开门再说啊，我马上向你道歉。"
邓洁朝门的方向望去，起身。
"你别白费心机了，我不会再原谅你了。"
"我到底犯了什么错，你要这么对我？"
"你自己心里明白。"
"对，是我错，你开门让我进去，我好向你赔礼道歉啊。"
"我才不开呢，我没那么傻，我不会引狼入室。"

"我怎么成狼了?"

"对,你就是狼,亏我这么相信你,你却一直在骗我!"

"我哪里骗你啦?你先让我进去再说。"

"我不会开门的。"

"你先让我进去,进去我什么都答应你。"

邓洁有点心软。

石磊在外面又喊了几声。邓洁悄悄地把门打开,看见他一脸烦心地站在门口,她心里非常得意。

她放他进来。

"你到底要我怎么样?"

"和她离婚。"

"才刚结婚,就离啊?"

"舍不得啊?"

石磊不响。

"你是舍不得她的人,还是舍不得她的钱?"

"当然是她的钱啦,我要她的人干什么?我喜欢的人是你啊。"

听到他这么说,她很得意。

然而,一个邪恶的念头涌上心头。

"实在不行,我们就杀了她。"

石磊一听,吓了一跳。

"你杀她干吗?"

"你是不是爱上她啦?"

邓洁吃醋。

"我要的是她的钱,杀了她,我还得赔上自己的命!"

邓洁心生一计。

"我们杀了她,你既能摆脱她,又能得到她的钱。想个办法,做得神不知鬼不觉,没人会怀疑到你的头上。"

石磊顿时心生邪念,两人一拍即合,开始商量对策。

71. 谜底揭晓16

聚会那天，王智、刘子恒、邓洁和陆文彦说好在一家大型超市门口等，一起结伴而行。快到曹芸家的时候，天空中突然飘起了毛毛雨，四个人都不当一回事，可是后来雨慢慢地下大了。

于是，四个人在一家便利店门口躲雨。

"怎么办啊？雨越来越大了。"邓洁抱怨。

"你们都带伞了吗？"王智问。

邓洁和陆文彦的包里也没伞。

"没带啊，天气预报说今天没雨。"邓洁回答。

四个人都不知该怎么办。

"反正这儿离曹芸家近，我奔过去借伞，你们在这里等我。"然后王智对刘子恒说："方便对换一下衣服吗？我穿着西装跑起来不太方便。"

"好。"

于是刘子恒给王智对换了自己的绿衣服。

王智穿着刘子恒的绿色休闲服。

曹芸穿着黑色的大衣，拿着苹果手机，坐在沙发上，一脸的心事重重，心想，今天绝对不能出意外。

就在此时，门铃声响了起来，曹芸看见屏幕里出现了王智的头像，吓了一跳。

"怎么就你一个人啊？"

"不知怎么回事，天下起了雨，刘子恒他们在附近躲雨，我过来借伞。"

于是曹芸放行，内心却惴惴不安。

曹芸想了一会儿，走了出去，帮他打开总门。

王智穿着有点湿的绿衣服，额头上有点汗，黑发上沾着雨水，显得格外有光泽。

"不好意思啊。"

"没关系，你要几把？"

"两把吧，我们四个人，两人一把，差不多。"

曹芸递给他两把伞。

"就在附近，马上就到了。"

"好的。"

说完，王智就拿着伞乘电梯下楼了。

此时的曹芸，正用手机 QQ 告诉歹徒那个人穿绿衣服。

王智撑着一把伞，跑回到便利店门口。

"我和刘子恒一把，你们一把吧。"王智说。

"嗯。"

"不好意思，把你的衣服弄湿了。我还担心你穿不上呢，看来还不算很紧。你还是穿我的西装吧，免得你穿着湿衣服，等到了曹芸家，她肯定会开暖气，把你衣服挂起来，吹一吹。"王智对刘子恒说。

"没事，为了曹芸我也是拼了。"

"新买的吧？"

"对啊，我人胖，尺寸也合适。"

"这颜色看起来挺显年轻的。"

"你是在说我很老吗？"

"她一定会很喜欢的。"

刘子恒得意地笑了笑，今天就是穿给曹芸看的。以前，她总说自己不会打扮，瞧不上自己，今天一定会夸这身衣服。

毕竟，绿色，象征着旺盛的生命力。

四个人到曹芸家，曹芸依旧看着王智穿着绿衣服，也没发现什么不对劲的地方。王智和刘子恒把衣服脱下，挂在了衣帽架上。如果当时她不是心烦意乱，就能看出来，绿色休闲服和蓝色的西裤是非常不协调的。

石磊和尤熙梦的车已经停好，按了门铃，是邓洁摁的放行按钮。

在电梯里，石磊喝了一口自己带来的饮料，又从挎包里拿出一瓶奶绿，笑着对她说："我知道你喜欢喝，特地给你买了一瓶，口渴了吧，喝点吧。"

可是，此时的尤熙梦心烦意乱，她一直都很想知道，石磊到底有没有出轨。

她勉强地笑了笑，接过奶绿。

邓洁帮石磊和尤熙梦开门，两人眼神交汇。石磊对邓洁使了一个眼色，邓洁心领神会。

房间里，大家嘻嘻哈哈。

王智看见尤熙梦特别开心，陆文彦则一直盯着石磊。

石磊和尤熙梦各自脱下外套，他接过她的外套，挂在衣帽架上。尤熙梦在沙发找了一角就坐了下来，把他和自己的饮料很随意地放在了地柜上，上面有很多饮料瓶和纸杯，奶绿也不那么显眼了。

72. 谜底揭晓17

曹芸原本站在熙梦的旁边，看见熙梦把奶绿放在了地柜上。后来熙梦喝了她本来要喝的果蔬汁，她抱怨了几句，眼睛扫到了奶绿，注意了一下尤熙梦。此时，熙梦正在上网，王智站在她的旁边。于是曹芸肆无忌惮地喝了她的奶绿。

这一幕，恰被邓洁捕捉到了。后来，石磊转过身，恰好也看到了正在喝奶绿的曹芸。

邓洁对石磊使了一个眼色，然后就去了厨房，后来石磊也跟了上来。

"怎么办啊？曹芸居然把奶绿给喝了！"石磊显得十分慌张。

倒是邓洁非常淡定。

"慌什么？干脆一不做二不休，把曹芸给干了。"

邓洁的眼神透着杀气。

"啊？不是熙梦吗？怎么改曹芸啦？"

"要是她醒过来发现奶绿被下了安眠药，我们一样要倒霉。我早就讨厌她了，死了也好。"

石磊想了想。

"好。"

"一切按计划行事，只是把熙梦改为曹芸而已。"

石磊先走出厨房，邓洁假模假样地在厨房里磨蹭了一会儿，也走出了厨房。

曹芸感觉自己很困，实在撑不下去了，她起身，拿起自己的黑色大衣，进房间睡觉。

而邓洁在等待时机，找到一个合适的机会进入房间。

她看见了刘子恒进入房间，知道他将与自己一起分享嫌疑。此时，自己再进入房间，也没必要那么提心吊胆了。

她小心翼翼地给曹芸注射，完毕之后，注意到房间里的亮度，疑心万一有人进来，会非常快地注意到曹芸已死亡。如果怀疑到自己头上，那将是非常糟糕的。所以，她把两层窗帘都拉垂了下来，企图掩盖一下曹芸的死状，最后慢慢退出了房间。

邓洁走出房间后，在客厅的人群中扫到了石磊的身影，看见他已注意到了自己，然后径直走到厨房。

她给自己倒了一杯柠檬水。石磊跟了进去。她把针筒从裤子口袋里拿出，然后递给了他，他接过针筒，塞进了裤子口袋。

"赶快带出去丢了。"

"嗯，我知道了。"

石磊从冰箱里拿出了新鲜的三文鱼和调料。

"刘子恒和我都进过房间，为以防万一，还是应该再找一个人进去，适当地降低一下我的嫌疑。房间里不能太亮，我已将窗帘垂下，掩盖一下她的死状。即使再有人进去，也不会那么容易注意到她已经死了。"

"找谁啊？"

"随机应变，看情况。"

"嗯。我出去了。"

邓洁又喝了一口柠檬水。

石磊捧着刚刚从冰箱里取出的三文鱼，问大家要不要吃，刘子恒却说太冷了。

石磊和尤熙梦出门逛街，趁她不注意，把针筒和奶绿瓶都扔了。

回来后，徐逸和魏瑾然已来做客。

厨房里邓洁忙着煮面，陆文彦做帮手，石磊也在。3个人有一搭没一搭地聊。邓洁觉得机会来了，借口吃午饭，让陆文彦去叫醒曹芸。

陆文彦中计，去敲曹芸的房间，然后进去。

邓洁说："我都快怀疑，是不是你故意让曹芸喝了奶绿，好让我杀不了尤熙梦。"

石磊笑了笑："怎么可能？难道你不知道我对你的心吗？"

"我哪知道？你们两人经常在一起，她很快就会怀孕了吧。"

"瞧你说的，我和你说过，我不会让她有孩子，还不是为你着想。"

"你确定你不是gay，拿她作掩护？"

石磊没忍住，笑得很大声，却被徐逸注意到了。

"别质疑我对你的心！"

邓洁心里得意。

73. 谜底揭晓18

发现曹芸尸体的时候，大伙儿都堵在曹芸的房间里，石磊趁大家没注意，偷偷地从梳妆台上拿了一瓶眼部卸妆液。后来，石磊去叫邓洁，告诉她，大家已经发现了尸体。邓洁开始发挥精湛的演技。此时的大家，俨然成为热锅上的蚂蚁，没有人会注意到石磊偷偷地把卸妆液放入陆文彦的大衣口袋里。这一幕，却被尤熙梦看到了。因此，她开始惴惴不安，疑心曹芸的死和他有关，但又因为爱他，所以为他守口如瓶，内心却饱受良心的谴责。

四个歹徒已到楼下。周常顺发消息给曹芸，但是却没有得到任何的回复。

"怎么回事啊？在路上的那条消息，他也没回复，不是出什么岔子了吧？"吕征问他。

"管他呢，不入虎穴焉得虎子，钱还没到手，我们可不能打退堂鼓啊。"

"按门铃。"

放行的声音响起。

曹芸家的大门被强行推开。

四个歹徒一脸的凶神恶煞。

"抢劫！全都不准动！谁动就捅死谁！"

徐逸对另外几人说："我帮你们解开绳子，你们会不会放了他们俩？把我和魏瑾然给干掉？"

他朝他们笑了笑，吓得瑾然马上紧张了起来。

石磊和邓洁也警惕了起来。

王智和刘子恒赶忙说："不会的。"

"尤小姐，我知道你对石磊感情很深，但是他却辜负了你对他的信任。现在不是心慈手软的时候。如果不是曹芸误喝了你的奶绿，今天躺在里面的就是你了。我知道你一时还没有办法接受，但是人命关天。如果你坐视不理，把他们俩给放了，你想过结果吗？即使你肯，王智也不肯啊。即使王智肯，刘子恒也不会肯的。"

徐逸对王智使了一个眼神，他很快就明白了意思。

"熙梦，你不能糊涂啊，你差点就没命了，你还相信他干吗？"

"刘子恒，曹芸已经死了，王智的事可以不追究。但是曹芸的确是石磊和邓洁杀的，曹芸可是你心爱的人啊，你忍心吗？"

刘子恒对他俩也是义愤填膺。

"我不会放了他们的。"

"陆小姐，我知道你不忍心，但是现实是非常残酷的。爱错没有关系，现在还可以重来，但是绝对不能纵容自己走向不归路。你懂我的意思吗？"

陆文彦朝他点了点头。

"嗯，那好吧。"他对瑾然说："我们去给他们解绑。"

此时，石磊和邓洁却恨得牙痒痒的，憋着一口恶气。

四个人终于可以重获自由了。

"你们不会反悔吧？"徐逸看着他们。

"反什么悔啊？我相信你。"王智说。

"她现在正是精神最脆弱的时候,你要好好安慰她。"徐逸看了看尤熙梦,对王智说。

"我会的,她以后就是我负责了。"王智边安慰边说。

"那我去报警了。"

徐逸的决定,得到了所有人的首肯。

之后,警方赶到现场。

徐逸向警方讲述了今天所有事情的来龙去脉。

警方对于徐逸和刘子恒的行为,进行了严肃批评,鉴于没有造成非常严重的后果,也就不予追究。

而石磊和邓洁,也被带回警局,进行进一步的询问和调查。

警方正式通缉周常顺等人。

案子终于水落石出,告一段落了。

谜中谜

MI ZHONG MI

生日会上的迷局

1. 富二代

这天,魏瑾然正好休息,她站在她家小区的门口,似乎在等什么人。

一辆车向她的方向驶来,她的脸马上露出了笑容。

这辆车,让人熟悉。

瑾然很快走上前去,拉开车门。

"等了很久了吧。"徐逸笑着对她说。

"没。"她也面带笑容。

她系好安全带。

车子开动,行驶在路途中。

年轻男女陷入热恋,少不了甜蜜的亲吻和热情的拥抱。男欢女爱,也是人之常情。

此刻,两人正在床上,拥抱在一起。

"搬过来和我住吧。"

"嗯。"

两个人再次甜蜜地相拥。

没过几天,她正式搬过来和他同居。

有一天,他们约会,顺便把他多年来的好友也叫来,大家认识一下。

他们俩先到的,吃的是火锅,点的菜都上齐了,就等那好友来了。

"你和他关系挺好的吗?"

"嗯,一起长大的。"

"啊?小学同学啊?"

"没搬家前,一个小区的,从小的玩伴,后来上的同一所小学,同一所中学,高中他分考得比我高,学校比我好,但是他高三沉迷于游戏,学业荒废了,最后考了一所大专院校。他家里挺有钱的,人也聪明,底子比我好,就是不用功。他要是肯努力,成就不止现在这点。"

"那他现在在哪里上班啊?"

"同用里面。最近老和我抱怨,夜班太辛苦了,不想做了。"

"现在都这样,靠这点工资,真的生活得很辛苦。"

"我也很辛苦啊,怎么也不见你安慰我?"他带着醉人的笑意看着她。

"我哪有不安慰你啊?"她想起亲密时刻,有些害羞地说道。

两个人相视一笑,都羞红了脸。

一个面容俊秀的男青年推开了餐厅的大门,向里面张望,突然看见了徐逸,他笑了起来,走到他的餐桌边。

这个男青年头发乌黑,小圆脸,身高 1.73 米,清瘦,穿一件灰色的罩衫,深蓝色的牛仔裤,蓝色运动鞋。

徐逸看见他,很开心。

"介绍一下,常远,我的好兄弟。魏瑾然,我女朋友。"

常远一脸坏笑,心想,这小子这次应该是认真的吧。

"你好。"瑾然礼貌地朝常远微笑。

常远朝她笑笑。

徐逸的黑历史,他全都知道,包括每一任女友。不知道这次恋爱能坚持多久。

"你到那里自己拿一个干净的小碗,舀你喜欢吃的酱料。"徐逸指了指远处的地方。

常远到一处专门放置碗碟的地方,选了一个干净的小碗,舀了他喜欢吃的海鲜酱,又加了很多葱和香菜。

"我点了你最喜欢吃的羊肉、牛肉,还有蟹肉棒和燕饺。吃吧。"
三个人举起了筷子,往大锅里面放菜。

徐逸叫了两瓶啤酒。

"你开车,还喝酒啊?"常远问他。

"没开,这里停车不方便。"

瑾然喝了一口橘子汁。

"我发现你最近好像特别空啊。"徐逸问常远。

谁想,常远却支支吾吾。

"哎,我辞职了。"

"啊?"

他从专科毕业就一直在同用里做,徐逸以为他会做到老。

"我跟你说过,晚班上得我累死了,经常这样,身体吃不消。"

徐逸有点心疼他。

"嗯,日夜颠倒是很伤身体的,你还是找个常日班吧。"

"嗯,现在网上在投递简历,想到社区里去做,图个稳定,还有做五休二。"

"钱肯定会少,人舒服点。"

"钱多也养不来身体。再说,我也不缺钱。"

"是啊,是啊,你是谁啊?富二代呗。"

常远朝他笑了笑。

"来,干杯。"

两个人碰了碰酒杯,清脆的声音仿佛见证了友谊的天长地久。

2. 感情深厚

"莹萱和你说了吗?钱斌过生日的事?"徐逸问常远。

"说了，反正我也没什么事，闲着也是闲着。"

"你现在开始准备吃喝玩乐啦？"

"辛苦了这么多年，身体里的零件都差不多老旧了，也是时候让我大休一下了。"

徐逸笑出声来。

"我们多久没出去玩啦？"常远不怀好意地笑着。

徐逸怎么也要顾及瑾然的存在。

"以后再说。"

"什么叫以后再说？今天晚上就可以啊！"

瑾然舀了一堆东西放碗里，筷子夹着燕饺蘸着海鲜酱，随后送往嘴里，轻声咀嚼。

她根本就不明白他们的意思，就一边吃一边听他们说话。

然而徐逸却不淡定了。

"我女朋友在，你别烦我。"他故意压低了声音。

谁知，常远这个登徒浪子，依旧不肯放过他，还在那嘲弄他。

"以前不是一直去 happy 的吗，现在怎么不去了？"

"你们去哪儿玩啊？带上我啊。"瑾然一直都很天真。

她根本就不明白，他俩一直都是夜场里的常客，撩妹技术那是一流。

徐逸的表情很尴尬，不知道该如何回答她。而常远却放肆地哈哈大笑起来，弄得徐逸直瞪着他。

"你是不是怕我把你的丑事都抖了出来？"

瑾然看着他俩。

"他有什么丑事啊？"瑾然好奇地问常远。

徐逸开始心烦意乱，疲于应付。而常远却乐开了花。

"大家相识一场，我也不想把你的老底给揭穿啊。"

"行了，你幸灾乐祸是吧？还是不是我好兄弟啊？"

"当然是啊，你以前多爱我啊！哈哈哈。"

"去去去。"

徐逸举起筷子，往锅里放金针菇。

瑾然大概也听明白了一些，觉得常远有些不修边幅，肆无忌惮，便不太喜欢他。

"你要是没事，到我家来住几天。"徐逸吃着蟹肉棒，对常远说。

常远喝了一大口啤酒。

"你小两口卿卿我我，我来干吗啊？当电灯泡啊？"

"我和你什么关系啊？用得着那么计较吗？"

"女朋友也不分彼此？"

瑾然意识到常远如此风流成性，不知检点，心里有点厌恶他。

"去你的。"徐逸非常坚定。

常远看见他一脸严肃的表情，知道他这次是认真的，也就不再与他开玩笑。

瑾然开始往锅里放牛肉和羊肉，锅里的水慢慢开始浑浊了。

常远捞了一大堆的牛肉和羊肉，蘸着拌着葱和香菜的海鲜酱，咀嚼得津津有味，羊肉肥美可口，再搭配啤酒，人生快活似神仙。常远心想。

三人一边吃，一边聊。

餐厅的窗玻璃上满是朦胧的水蒸气。

徐逸付好钱，三人走出了餐厅，在大街上告别。常远的身影消失在弥漫的夜色中。

徐逸牵着瑾然的手，两个人在车站等车。

冷风呼呼地刮过，吹到她的脸上，便觉冰冷刺骨。瑾然的脖子微微瑟缩着。

他把她大衣的帽子往额头这边拉拉紧，她笑着看着他，觉得他的举动温暖，他同样笑着回应她。

他的手紧紧握着她的手。

远处的车已经在慢慢靠近。

车门打开，他托着她，让她先上。车厢里，两个人并排坐着。

窗外霓虹闪烁,车窗上倒映着两人依偎在一起的温情。

到家的时候,瑾然谈起常远,说非常不喜欢这人,说他粗鲁而且风流,不明白一向循规蹈矩的徐逸怎么会和他做朋友,然而徐逸的回答透露出他们的友情是如此的厚重。

"小时候他挺顽皮的,长大了没想到好色程度非常严重。"

"那你还和他做朋友?"她有点抱怨他。

"从小一起玩到大,感情确实深,而且我也离不开他。"

"你们俩是烂鱼配臭虾,你去和他过吧。"她有点生气。

他笑着握住她的肩头,一脸的柔情蜜意。

"那怎么成啊?那我岂不是没有了幸福生活?"

她心里得意,但脸上仍旧不高兴。

"他是我的兄弟,你是我的女朋友,我离开谁,都不行。"

见自己在他心目中分量如此之重,她甜在心里,也就不再与他计较了。

3. 一些琐事

睡觉前,徐逸还瞧了瞧群里的消息。王智提醒大家,别忘记明晚的聚餐。

经过曹芸那件事后,大家都相熟了。

王智和徐逸特别聊得来。一方面,感谢他救了熙梦。另一方面,感谢他揪出了杀害曹芸的真凶。至于自己那回事,他压根都没放心上,曹芸已经死了,所以也不想再追究她的过错。

尤熙梦还没完全从那次伤害中恢复过来。王智一直陪在她的身边,安慰她。上下班都是他来接送。王智对徐逸说,现在仿佛看到了希望,这是以前完全不敢想的。她对他的这些表现,既不拒绝也不排斥。他说他不会放弃,会慢慢打开她的心门。王智兴高采烈地说着他的规划,然而徐逸却泼了他一头冷水。她还没答应嫁给你呢。嘿嘿,早晚的事。王智对于自己和熙梦的未来,表现得非常期待。他还不忘问起徐逸和瑾然的感情。已经是我女朋友了,她逃不走。徐逸也很高兴。那就好,大家都幸福。

是啊,大家都幸福。

死的死,抓的抓,剩下的都幸福。

徐逸抽空去看望了自己的父母,徐业和邱鸿。

这天,快中午。阳光暖融融的,但是空气清冷。

徐逸也不觉得冷,就穿了一身便装。

父亲徐业今年57岁,1.68米,偏胖,椭圆形脸。徐逸长得像他爸爸。母亲邱鸿,今年56岁,1.58米,偏胖,大圆脸。

前几天,他就和他们说过,今天会来看他们。

他拿出钥匙,把钥匙插入孔内,往右一转,门开了。

"爸爸,妈妈。"他看见自己的父母很开心。

此刻,父亲坐在沙发上看电视,地柜上放着他泡的一壶绿茶。母亲正在餐桌上包水饺。

"来啦?"父母看见徐逸,顿时眉开眼笑。

他拎了两袋水果。家里的确什么都不缺,也不需要买什么东西带给父母。

母亲早已退休,而父亲还在上班。

家里是一套两室一厅的商品房。在徐逸十几岁的时候,父母就卖了旧的房子,然后再买的这套新房。父母以前和他商量过,如果他要结婚了,就把这套房卖了,再贴一些钱,买一套三室两厅的房子。

"吃水饺啊?我的胃口来了。"

邱鸿快要包好了。

"吃几个?"母亲笑着问儿子。

"老样子，15个。"

母亲端起放着一排排水饺的塑料砧板，往厨房里走去。

"现在怎么样啊？工作忙吗？"爸爸问儿子。

"忙，怎么不忙啊！你儿子我辛苦着呢，到手的钱也就这么点，一个月也休息不了几天。"

"现在工作都很辛苦，怎么办呢？"

"是啊，要轻松，钱就少点。钱多，肯定忙得连轴转。最近，我还在想，我的未来呢。"

"想自己出来做生意啊？"

"我倒是想啊！靠这么点工资，不行的，我以后还要结婚有孩子，负担肯定会重，但是我没那方面的头脑啊。我还在想，有什么高薪的工作是我能胜任的？还要开始新的职业规划。"

"不要太辛苦啊。房子的事，你不要担心，爸爸会拉你一把。"

"我也不是担心房子，事情真的挺多的。"

母亲在厨房里忙活。父子在客厅里交流。

过了一会儿，母亲拉开了厨房的玻璃门。

"可以吃了。"

徐逸和父亲坐上餐桌，母亲分别端过来三碗热腾腾的水饺，还问儿子要不要醋，儿子说要。

一家三口其乐融融。

"我最近谈了一个女朋友。"他怪不好意思地和父母说。

他的父母才不知道他的那点丑事呢。无肉不欢的黑历史，如果让正直本分的父母知道了，估计会像小时候那样，因为他太调皮，把他绑起来。

"哦，谈了多久啊？"母亲问。

"没多久，我可是奔着结婚的目的去的。"他一本正经地说。

的确，遇到瑾然，他彻底心动了，让他这个浪子，决定要把自己的心收一收了。

父母很高兴。

"感情好,就快点结婚吧,我还等着抱孙子呢。"

徐逸不好意思地笑了起来。

午后的阳光洒了进来,感觉在跳舞。冬日虽然索然,植物的生命力依旧旺盛。

瞧,一地的枯叶,但还是有绿色植物昂然挺胸,迎接寒风的洗礼。

4. 黑色星期六

通常,徐逸会送瑾然上班。晚饭,是瑾然做的,做了徐逸最喜欢吃的鱼香肉丝。他夸她厨艺棒。两人吃完饭,牵着手,去附近的一家大型超市逛逛。

靠近入口的地方,是新鲜的蔬菜区。两人对这个不太感兴趣,但是对生鲜区非常感兴趣。

其中,最让两人感兴趣的,那自然是味道鲜美的三文鱼了。

一个大冰柜里,陈列着很多美味。

生蚝、扇贝、三文鱼、甜虾、北极贝等。

冰柜上面摆放着各式的调料。

他俩开始嘴馋了。

瑾然拿起一包三文鱼,上下看了看。

"切好的,量少,又贵。"她有点可惜。

"你要是喜欢,我买了。"

"嗯,不好,网上买吧,太贵了。"

他知道她喜欢吃,但是她不想他乱花钱。

"现在买好,今晚就能吃了。"

他极力讨她的欢心。这点钱,对于他来说,还是花得起的。

"买了，买了。"

他接过三文鱼，询问了一个超市工作人员，然后到拐弯处的收银台结账。

收银员拿出三小包酱油和三小包青芥，连同冰袋，一起装入小包装袋内，然后封口，收银条贴在包装袋醒目位置。

"好了，走吧。"他对她笑笑。

从此，她更加依赖他。

2017年1月1日到了。

他问她有什么愿望。她笑着低垂下了眼眸，支支吾吾才肯道出。

"想永远和你在一起。"

他也笑了，知道她深爱着自己。

"这个愿望现在不是已经实现了？"

两人对视而笑，情投意合，浓情蜜意。

徐逸工作地点在文安区，瑾然在普河区。

两人工作和生活过得有滋有味，又自由惬意。

莹萱的儿子钱斌过三岁生日，生日聚会选在1月21日，星期六，18点。

徐逸开着车，载着瑾然和常远赴约。瑾然坐在副驾驶的位子上，常远坐后排。

路况不太好，道路有点拥堵。

常远还是那一副吊儿郎当的样子，不注意打扮和形象，穿黑色的羽绒服，深蓝色牛仔裤和运动鞋，里面是蓝色格子衬衫和深蓝色鸡心领毛衣。只有徐逸搭理他，瑾然都没回过他的话。

徐逸穿灰色的低领羊毛衫，外面是黑色的西装和西裤，还有擦得光亮的黑色皮鞋。

她今天打扮得很漂亮，披肩长发，戴一只橙色的贝雷帽，穿一身橙色的格子大衣，黑色的及膝冬裙，黑色的连裤袜，配上咖啡色的靴子，单肩背一只玫红色的包包。

红灯停车的时候，常远会和徐逸聊两句。

瑾然从她带来的银灰色化妆包里取出一面镜子，不停地照来照去。

"她买的是照妖镜啊？"

常远取笑瑾然。

徐逸笑了笑。

瑾然却很不开心。

"女孩子家，爱美，照照镜子，怎么了？"

"呦。"

"你看看他。"瑾然皱起眉头，看着徐逸，反而有点责怪他不帮她。

"我们家瑾然，有沉鱼落雁、闭月羞花之貌，镜子在她面前，也着实羞愧了。"

徐逸当然知道她美啦，但是还要适时地赞美她一番。

瑾然听后很开心。

徐逸一直油嘴滑舌，很受女孩子欢迎。人帅，聪明，反应灵敏，所以讨人喜欢也很正常。从小一直都有很多女孩子爱慕他。不管读书还是工作，总有女孩子围绕在周围。

父母家人也非常喜欢他。

被捧在手心里长大的小王子徐逸，长大之后，更是个万人迷。

5. 生日聚会

饭店是在文安区。徐逸缓缓地把车开入饭店的地下车库。瑾然从单肩包里取出粉红色的羊毛手套套好。

车子停好，三人从车内走出。地下车库是半露天的，有个楼梯可以走到一楼来。

徐逸牵着瑾然的手，踏着台阶，走到一楼。常远跟在后面。

他们抬起头，此时，夜幕已降临，冷风呼呼地吹着，吹在人的脸上，像在被刀削一样。三人快速地走进旋转门。瑾然取下手套，放入包内。他们到了电梯的面前，徐逸按下了按钮。此时，电梯门口正蜂拥着一大群人。电梯门开了，徐逸三人还有其他一些人迅速跟上，走了进去。

"叮"一声，门开了。

四楼到了。

徐逸三人走出电梯，准备找到兰花厅。

从电梯出来，向右转，一直走，再往右边的一条走廊拐去，左边第一个包房即是兰花厅。

走廊里都有监控，但是包房里没有。

此时，包房里只有钱乐、马莹萱、钱斌，还有莹萱的妈妈胡秀娟。

钱乐，31岁，大圆脸，眼睛小，厚嘴唇，1.69米，有点胖，穿着黑色高领羊毛衫，银灰色的西裤，黑色的皮鞋，座位后面挂着银灰色的西装。

此时，他正一个人寂寞地抽着香烟。

徐逸和常远朝他点了点头。

他丈母娘带着儿子钱斌，钱斌非常调皮，一直跑着跳着，让丈母娘有点吃不消。

马莹萱正在布置包房。把 Happy birthday 的金色气球贴在 3 号桌右边的墙壁上，在这个英文上面还要有一圈粉红色的气球围成拱形，呼应着这串英文。左右两边还有两个娃娃气球。

包房是一个长方形的结构。

左面正面右面皆是雪白的墙壁。三个方向的墙壁上分别挂着三幅油画。

徐逸进去的左门，对应着1号桌，中间是2号桌，对应着下面一个放置杂物的柜子，最右边的右门，对应着3号桌。

左门、杂物柜、右门，在一条直线上。左门右边有一个小杂物柜，右门左边也有一个小杂物柜，是连在一起的。

不管从左门出来，还是右门出来，就是一条长长的走廊。走廊上有兰花厅、玫瑰厅，还有荷花厅。

饭店的结构错综复杂。第一次来，要是不识路，绕来绕去，还以为是迷宫，走不出来。

"来得挺早的呀。"莹萱看见徐逸等人挺开心的，招呼他们随便坐。

"我们今天来得挺早的啊，居然都没人。"徐逸笑着说道。

"路上有点堵，我还以为我们会来不及。"常远随口说道。

徐逸示意瑾然坐2号桌。他们挑来挑去，最后三人选择坐在背对墙壁的座位上，正好可以看见对面的杂物柜。

咖啡色的大圆桌，周围围着十几个咖啡色的椅子。桌布是鲜艳的大红色格子，厚厚长长地垂了下来，红色的地毯铺在地砖上，显得更加正式与隆重。

三盏富丽堂皇的水晶灯各自对应着三个大圆桌，优雅地垂了下来。

徐逸环顾四周，觉得环境清静高雅。

瑾然掏出化妆包，照了照镜子，看看自己的妆容是否有问题。

徐逸和常远闲聊。

瑾然坐在徐逸的左手边，徐逸坐在常远的左手边。三人紧挨着。

马莹萱29岁，1.60米，鹅蛋脸，瘦瘦小小，长得挺漂亮的，眼睛大大的，皮肤白皙，黑色长直发，穿着土黄色的羊毛裙，黑色的靴子，正在把气球贴到墙壁上。

她的黑色大衣挂在座椅上，白色的丝巾搭在大衣上，她的位置在钱乐的右手边。

6. 宾客登场

徐逸和常远一边聊天，一边看着莹萱。
"你怎么也不去帮帮她？"徐逸对钱乐嚷道。
钱乐觉得很无所谓。
"帮什么忙啊？她自己可以。"
莹萱脸上露出很不悦的表情。
钱斌这个小淘气，还在那里蹦蹦跳跳，外婆显然已经有心无力。而气球上的双面胶黏性又不够，老是粘不上去，马莹萱费了好大的劲才固定住。
钱乐一边抽烟，一边朝空中随意地吐着烟圈。他满脸横肉，恶相十足。这个老烟鬼老酒鬼，每逢聚会吃饭，必酩酊大醉，醉得不省人事。除了沾啤酒、红酒，黄酒也沾，还喝过白酒。白酒那酒精浓度，流到胃里，估计胃烧得厉害吧。他照样喝。有一次，喝到小便失禁，好了之后死性不改。家人曾规劝多次，但他根本不当回事。为此，莹萱也很头痛。她不会开车，每次聚会他喝酒，她没办法，只好找代驾。这次，她爸爸晚上会来接他们，顺便把车开回家。
钱乐家境还行，父母在国外开小饭店，他没有固定的工作，经济来源全靠父母。经朋友介绍，认识了莹萱，后来结了婚，有了钱斌。莹萱是做会计的，当初看上钱乐，也是因为他父母在国外，家里有点钱，父母在本市为钱乐购置了一套两室两厅的房子。此外，还有一套两室一厅的普通住宅用以出租。车子两辆。一辆钱乐平时开，还有一辆换着开，或者等他爸爸什么时候回国，给他爸爸开。

莹萱忙里忙外，除了工作上的事情，还要处理家庭里的事务。钱乐是个懒汉，家中大小事务全都不管，只管自己享乐。贪杯贪财，还贪美色。和莹萱认识前，就是著名的"花花公子"和"负心汉"。风流情债，数都数不清。她也不是不知道他过去的那点丑事，图他的钱呗，自己家境一般，梦寐以求有钱的男人，这下终于称心。

可是，一切都只是噩梦的开始。

此时，她正在点菜，一个女服务员站在她的身边，操作着点菜机。

家里的亲戚，还有一些朋友陆陆续续走了进来，和夫妻俩打招呼。钱乐照样动也不动，抽烟抽得凶猛，全靠莹萱一个人张罗着。

三桌的位子已经坐满了一大半，客人都来得差不多了。

瑾然百无聊赖地喝着白开水，环顾着四周。

徐逸和常远聊得眉飞色舞，他还时不时观察着包房里的动静。

一个穿着黑色大衣，裹着绿色围巾的瘦小女人走了进来。

只见她带着微笑，凑近莹萱，莹萱看见她，马上就露出了笑脸。

"来啦？咦，顾杰和婷婷怎么没来呢？"

这个女人叫陈佳，顾杰是她老公，顾婷是她的女儿，今年也三岁。莹萱刚问完，陈佳的脸色马上就变得很尴尬。

"呃……他有事。今天带婷婷去外面读书，太辛苦了，晚上想让她早点睡。"

"哦，你坐我旁边。喏，就那边。"她指了指钱乐旁边再旁边的位置。

于是陈佳便坐到了莹萱座位的旁边，顺便和钱乐打了个招呼。她把黑色大衣和绿色流苏围巾脱下，里面穿着蓝色低领羊毛衫，黑色的及膝冬裙，黑色的连裤袜以及黑色的高跟皮靴。她把棕色的包包放在座位的后面，旁边即是莹萱橙色的包包。

服务员已经开始往三个大圆桌上传递冷菜。

7. 前奏

陈佳和莹萱同岁，个子也一样矮小，1.58米，小巧玲珑，皮肤白里透黄，头发烫得卷卷的，染了酒红色，长相一般，没有莹萱漂亮，是莹萱最要好的朋友。

莹萱一边招呼亲戚，一边招呼朋友。

一些宾客也互相认识，闲来没事，在那吹牛调侃。人差不多快凑齐了。

林元背着单肩包，右手拿着苹果手机，慢吞吞地走了进来。

林元，男，29岁，1.70米，个子不高，人偏瘦，长相一般，小瓜子脸，穿一件墨绿色的休闲服，黑色的休闲裤，黑色运动鞋。

他走进来，徐逸看见了他，和他打招呼。

"怎么那么晚啊？"徐逸问他。

"车子堵。"

"坐这里吧。"徐逸指着他对面的位置。

林元点了点头，拉开座位，坐了下来，这个位置背对着大杂物柜。包房里人声嘈杂，林元却心无旁骛，自顾自玩着手机，耳朵里塞着耳麦，专心致志地听着歌，仿佛所有的一切都与他无关。

莹萱和服务员示意，开始上热菜。

待菜全都上齐了，大家开始动筷。

三黄鸡、海蜇头、酸菜鱼、扇贝、龙虾、毛血旺、小牛排、青椒炒牛肉片、青菜炒面、酒酿圆子、海鲜羹等。

男人们一边喝着酒，一边大声地喧哗，脸喝得通红似关公，兴致还异常高涨，不是谈论国家大事，就是闲扯淡。女人们则在一起聊男人聊孩子聊生活。

莹萱对陈佳说，婆婆对她说，等有空了，带他们去欧洲旅游。公公前阵子回来，带了不少东西给她，有化妆品、护肤品，还有很多名贵的手表、包包和首饰。

陈佳认真地听着，脸上浮泛起羡慕的表情。

随后，莹萱打开手机，找到自己上传到网站一段钱斌的视频。

"这个你看过吗？"

"没啊，什么时候的？"

"今天在我家儿童乐园拍的，给他穿了新买的羽绒背心。"

视频里的钱斌一边跑，一边跳，笑得很开心，活脱脱的一个小天使。圆圆的小脸，眼睛大大的，睫毛黑而长，嘴唇翘翘的，模样英俊可爱。他过去要牵小姐姐的手，外婆让他叫姐姐，他马上就叫了，还显得和小姐姐非常要好。小姐姐也很漂亮可爱，和他差不多一样大，是周围邻居的孩子。可是陈佳却一直紧盯着钱斌，丝毫不关心那个小女孩，眼神中充满了羡慕与遗憾。

"好可爱啊。"

"可爱吧？"莹萱也很自豪，生了一个这么可爱的男孩。"小花痴，不要太喜欢和小女孩玩哦。"

陈佳笑出声来。

"男人，都这样。"

"可是，他还只是个孩子。"

"小男孩对年轻漂亮的女性都很有好感，这很正常。"

莹萱却有点烦恼，抬起头瞧了瞧钱乐。

"不是遗传了他爸的良好基因吧？"

陈佳也瞧了瞧钱乐。此时，他正和身旁的好友举杯痛饮，丝毫不顾忌自己的形象。

"呵呵，他对你不是挺好的吗？你还不知足，不知道有多少人羡慕你呢。"

说着说着，陈佳的眼神有点暗淡。

莹萱也有点不开心，说起钱乐，她习惯把痛苦硬往肚子里咽。

"哎，你也给我看看婷婷的照片啊？最近她有拍什么视频吗？"

陈佳却不太情愿。

"没什么好看的。"

她在朋友圈也很少上传女儿的照片。和莹萱比，完全不同。

"婷婷不是挺可爱挺漂亮的吗？"莹萱随口一说。

莹宣这么一说，陈佳心里不是滋味。她心里很清楚，女儿既不可爱也不漂亮，还非常地任性，从小脾气就不好，一直就不好带。为此，她也很伤神烦恼。而且带女儿去外面读书，女儿上课听讲从来就不认真，只知道疯，和钱斌根本就不能比。钱斌上课时，思想很集中。学习归学习，玩归玩。平日里好动顽皮，也丝毫不影响他对学习的专注力。

8. 不为人知的秘密

钱乐的一个好友问他："你今天怎么穿成这样？淡色西装配黑色高领羊毛衫，完全不搭调啊。"

钱乐也很烦恼。

"还不是莹萱说今天晚上会很冷，非要我穿羊毛衫，还说我最近胖了不少，穿黑色显瘦。我本来里面穿衬衫的，被她搞得不伦不类的。"

他对她有颇多怨言。

"是啊，怎么也得注意形象啊？"

"注意什么形象啊？她整天话多得要死，婆婆妈妈的。不提了，来来来，我们接着喝。"

钱乐一饮而尽，莹萱在一旁看在眼里非常不满，但又无话可说。

徐逸一边喝红酒，一边品尝着美味的酸菜鱼。常远喝完了红酒，又接着喝啤酒。两个人酒兴很高，经常旁若无人地碰杯，仿佛世界上只有他们两人在举行什么仪式似的。瑾然默默地啃着龙虾，心想哥俩感情怎么那么好，而自己却被他晾在一边，心里有点失落。到底是一起长大的兄弟，我这么一个空降兵怎么好和他比。友情归友情，只要他不冷落了自己，她对他是没有怨言的。

大家已经吃了有段时间了，吴苏诚才姗姗来迟。

只见一个中等个子的男人，背着双肩包，步履匆匆，走了进来。他刚一推开门，扑面而来的就是吵闹杂乱的人声，此起彼伏的，显然他还有点不适应。

他和周围的朋友点了点头，随即坐到3号桌，那里还有一个空位。

吴苏诚31岁，身高1.72米，有点瘦，平头，长圆脸，相貌平庸，穿了一件蓝色的休闲服，深蓝色的牛仔裤，白色运动鞋。

他一个人坐着，默默地咀嚼着食物，也不太和周围的客人聊天。3号桌那边差不多都是莹萱娘家的人。钱乐的1号桌和徐逸的2号桌都是男方家里人和一些朋友。他的座位正对着右面墙壁，背对着1、2号桌。

莹萱看见吴苏诚来了，走了过去。

"怎么那么晚啊？"她面带笑容。

"路上车堵。"

"迟到的都说车堵，以后早点出门。"

"嗯。"

"来，倒点酒吧。"

"不用，可乐就可以了。"

"碳酸饮料少喝点，不够还有椰奶。"

"佳妮怎么不来啊？"莹萱再问。

吴苏诚觉得完全无法回避。

"她……另外有饭局。"

招呼好吴苏诚后，莹萱走到2号桌。

"菜还合胃口吗？"

"多谢款待啊。"常远回答。

"瑾然说龙虾很好吃。酸菜鱼也不错，牛排有嚼劲，汤味道很鲜。"徐逸说。

瑾然对莹萱笑了笑。

"你们喜欢吃就好，今天我来不及招待，招待不周啊。"莹萱挂着笑脸，真诚地道歉。

"哪有啊？何必这么客气？"徐逸回答。

"就是，都是朋友，用得着这么客气吗？"

听到常远说得这么豪爽，莹萱觉得既不好意思，心里又甜滋滋的。

"慢用，慢用啊。"

当她正要绕过去，回到1号桌的时候，看见了还沉浸在手机欢乐中的林元。

"怎么不吃啊？菜不合胃口啊？"

林元抬起头，一脸茫然，不知所措。与其说他茫然，不如说莹萱打断了他听歌的好兴致。他有点不爽，但完全没有表现出来。

"没，挺好的。"

"红酒再倒点。"

莹萱找来一瓶木塞已取的红酒，举起酒瓶，对准了林元的高脚杯，红酒汩汩地流了下去。

"哦，谢谢。"

"别客气，不够还有。"

林元举起高脚杯，喝了一大口。

"怎么没看到淑燕？"他随口一问。

莹萱的脸色旋即大变，她的眼神慢慢暗了下来。

"她……今天有事。"

"哦。"

她一个人沉默了一会儿，随即调整了一下，又笑脸迎人。
"大家多吃点，别客气啊。"
之后，她又回到1号桌招呼客人。
徐逸也不知道她和林元说了什么，但就刚才，他看见她突然之间骤变的脸色，感觉到她的落寞，他不知道她到底发生了什么事。就那几秒钟的时间，她有点不太开心。
周围的人显然没注意到这个细节。
房间里的吵闹声和欢笑声混杂在一起。

9. 表面现象

常远逮着毛血旺吃，吃相非常难看，瑾然看着他，完全不知道该说什么才好，轻声地和徐逸咬耳朵。
"这毛血旺有什么好吃的？这汤汁看起来像中了毒的人流出来的血水一样。"
"你说得越来越……毛血旺不是挺好吃的吗？你也来点。"
"不，不，我不要。"瑾然使劲摇头。
他觉得她挺无趣的，吃的东西也能嫌弃。
包房里依旧吵闹，时不时还有一些服务员穿梭其中。
钱乐明显喝高了，满脸通红，却还在硬撑。
"你别喝了，都醉成这样了。哎。"莹萱对钱乐真的一点办法也没有，不知道该如何劝他。
"算了，他每次聚餐都这样，让他去吧。"陈佳劝她。
莹萱心情恶劣，直往高脚杯里倒红酒，喝酒像喝水一样流畅痛快，谁也不知道此时的她内心有多烦闷。
陈佳一边喝椰奶，一边吃着扇贝，过了一会儿，又拣了一块小牛排，吃得津津有味的，丝毫感觉不到身边人的痛苦。陈佳一直觉得莹萱幸福，总是心生羡慕，却不知家家有本难念的经。莹萱的烦恼，她怎会知道？看谁都好，看到的，也只是表面现象。

　　胡秀娟的座位在钱乐的左手边方向，钱斌好动，作为外婆的她，整天都要看着他，也怪累的。钱斌的爷爷奶奶都在国外，抚养孙子的任务全都交给了外婆。外婆早已退休，外公还在工作。随着年龄的增加，胡秀娟觉得带外孙越来越吃力，可是又有什么办法呢，唯有任劳任怨。

　　大家酒足饭饱，敞着肚子，三三两两聊着天，满面红光，春风得意。

　　莹萱把原本放在杂物柜上的蛋糕拿了过来。

　　打开蛋糕，上面有"生日快乐"四字。莹萱拿出了数字3这支蜡烛，插在蛋糕上，用打火机点燃，把钱斌抱过来，让他当着大伙儿的面唱生日歌。钱斌一点儿也不怯场，轻快地唱了起来，虽然有点走音，但小家伙勇气可嘉。他唱完歌之后，大家纷纷拍手叫好。最后莹萱把蛋糕切开，陈佳负责给她传递纸碟子。她一块又一块地切好，给那些想要吃的人。

　　钱乐对儿子的事，一样漠不关心，还是和几个好友一边喝酒，一边吹牛，脸涨得通红，意识也有点不清了。

　　亲友之间有一些孩子拿气球来玩耍，钱斌很快就和那些小朋友打成一片，玩得高高兴兴的。

　　聚会差不多已到尾声，一些人觉得肚子有点胀，走出了包房，到附近转转。一些人上洗手间，补妆的补妆，方便的方便。一些人觉得包房里烟雾缭绕，听他们吹牛挺累的，于是也跑出来转转。周围有很大的宴会厅，里面传出嘹亮的歌声，一些人站在门口仔细地谛听，还有些人干脆坐在电梯出口右转的那个过道的沙发上，看着旁边摆放的大瓷器。那个过道的最里面就是男女洗手间，走出来几步，左手边即是大宴会厅，右手边即是徐逸来时的走廊，第一个厅即是兰花厅。

莹萱和陈佳的说话声音窸窸窣窣。

吴苏诚闲着无聊，走出包房，四处转悠。

林元还是沉浸在欢快的音乐中，仿佛他一个人的世界多姿多彩。

也有一些宾客和莹萱打招呼，示意先走一步，她起身围好白色的丝巾，送他们到电梯口，在等电梯的时候，还在与他们寒暄。送走了客人之后，她顺便上个洗手间。出来的时候，看见吴苏诚一个人无聊地在过道里东张西望，遂过去与他聊天。

林元想去卫生间，便放下包拿好手机，起身走出包房，正要往右拐，便听见莹萱在和吴苏诚说话。三个人撞了个面，分别点了点头。

10. 好闺蜜

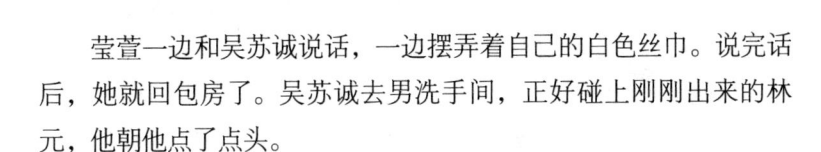

莹萱一边和吴苏诚说话，一边摆弄着自己的白色丝巾。说完话后，她就回包房了。吴苏诚去男洗手间，正好碰上刚刚出来的林元，他朝他点了点头。

钱乐趴在酒桌上，已经醉得不省人事，莹萱不想再管他了。

"等下坐我们的车吧，把你送到附近的地铁口。"莹萱笑着对好姐妹陈佳说。

"不用，很近的，我自己走过去很快的。"

"有什么不好意思的？等酒席散了，我打包一些菜还有蛋糕，你也拿回去一点。"

"这怎么好意思？白吃还白拿？不用了，你太客气了。"

"这么多的菜，付了钱的，总得吃光吧。你带点回去，蛋糕给婷婷吃。"

陈佳觉得怪不好意思的。

"那好吧,谢谢啦。"

"哎呀,客气什么?大家都是好闺蜜吗!"

客人们纷纷告辞,莹萱只顾着招呼他们,也没时间把菜和蛋糕打包,然后她让陈佳看着她的包还有钱乐,去结账了。

包房里开着暖气,钱乐酒醉,脸红红的,已经呼呼大睡。

客人走了一半了,包房里慢慢沉寂了下来,开始变得安静。只有活泼顽皮的钱斌,在一边和小阿姨郭菲雨夫妇拍粉色的气球玩得开心死了。

林元还是坐在他自己的座位上,他已经不听音乐了,聚精会神地在上网。墨绿色的休闲服挂在身后,他穿着绿色的长袖衫,也不怕冷。头发打理得很好,染了橙色的发色,刘海斜着过来正好可以掩住右眼,看上去有点非主流。

他刚刚喝光一瓶啤酒,还抽了一根烟。很多男客人都抽烟,包房里烟雾缭绕。莹萱和妈妈说,把钱斌带到没烟的地方玩。

吴苏诚仿佛好好先生一样,既没抽烟也没喝酒,也不太和别人聊天,不是玩手机,就是自顾自地吃,或者有几个好朋友走过来搭住他的肩膀,他敷衍地喝了几口酒。

徐逸本来说好开车不喝酒的,后来在常远的怂恿下,喝高了。

瑾然看着他和常远两个人喝得如此尽兴,笑容满面,和朋友们吹牛聊天,觉得自己根本就是多余的。而喝多了的徐逸,也完全不管她,又开始发挥他娴熟的口才和交际能力。

"不是说好开车不喝酒的吗?怎么喝成这样?"瑾然吃着酒酿圆子,抱怨了几句。

"大家都很开心的吗?等一下找代驾。"

常远喝着鲜美的海鲜羹。

"手机有什么好玩的?来,来,再来喝一杯。"常远对林元说。

他举起红酒瓶,对着对面的林元。林元觉得挺茫然的,但一听喝红酒,到底还是来了兴趣。

他站起来，弓着腰，接过红酒，倒了起来，又被他丢过来一包烟。林元觉得是好东西，一边品着美酒，一边上网，香烟搁在酒桌上。

"你等一下和我们走吧，我们找代驾，顺便捎你一段。"徐逸对林元说。

"不用了，车站离这里很近的。"

徐逸提着红酒瓶，经过瑾然这边走向吴苏诚。

"今天好像闷闷不乐的，怎么也不过来和我们说话？"

吴苏诚显得沉静且平和。

"晚上喝得一身酒气，回去要被骂的。"

"呵呵，怕老婆。"

"她唠里唠叨的，受不了。"

吴苏诚左手无名指上的玫瑰金婚戒闪闪发光。

"她今天有事啊？怎么不来？"

吴苏诚的表情显得心事重重。

"嗯。她老说不能再吃了，总是嚷嚷着要减肥。"

"以后有的是聚会，让她一起来，大家热闹热闹。"

徐逸看到吴苏诚的高脚杯里盛着椰奶。

"喝什么椰奶啊？你又不开车！来，来，我拿了红酒来，来，喝一杯。"

吴苏诚再三婉拒。

"不……不，不，不用了。"

"平日里都喝的，今天怎么不喝了？"

"不是怕回去被她骂吗？"

"你哪回不被她骂啊？就喝一杯而已。"

吴苏诚盛情难却，他把椰奶喝光了，然后徐逸把高脚杯都倒满了，吴苏诚仰头一饮而尽，倒是爽快。

"好，这次放过你，下次我要把你们夫妻二人都灌醉。"

"好啊，喝醉了，你把我们扛回家。"

"没问题，让常远还有瑾然一起扛。"

"林元不肯让我送，我送你吧。"

"你都喝成这样了，还送我？"

徐逸身上弥漫着一股浓重的酒味。

"找代驾啊，五个人正好。"

"不用了，车站很近的，星期六晚上马路不会很堵。"

"哎，怎么都这样？好像我的车子会吃人一样。"

"我们怕你把车开到河里。呵呵。"

徐逸也没生气，反而觉得有趣。

"我车技这么好，在水上也能开。"

两人笑笑，感情深厚。

"走了。"

徐逸提着红酒瓶，又坐回了座位。

11. 嫁得好

陈佳一边吃着酒酿圆子，一边和朋友们寒暄。这时，莹萱结完账回来了。

客人们走了差不多一大半。本来和徐逸、常远聊天的朋友后来也走了。2号桌只剩下他们四人，而3号桌只剩下吴苏诚和莹萱的阿姨、姨父和妹妹妹夫。此外还有1号桌的莹萱、陈佳和钱乐，好友周康夫妇，还有一旁玩耍的钱斌和看着他的外婆。

钱乐的好友周康以及太太方芳在和莹萱聊天。

钱乐还趴着睡得香甜，直打呼。

瑾然从包里取出粉红色的羊毛手套，搁在左边的座位上，准备走了，又拿出化妆包，对着镜子照来照去，看看自己的妆容是否有问题。

"什么时候走啊?"她问徐逸。

徐逸和常远聊得正尽兴。

"等会儿。"

"什么时候叫代驾?"

"急什么?"

显然,瑾然急着想走,但是徐逸却不想走。

她觉得挺无趣的,酒有什么好喝的。他说再等一会儿,她便准备好,把羊毛手套放入化妆包内,化妆包和单肩包一起放在左边的座位上。她取出口红,照着镜子,补了补妆。等他说要走了,她便可以很方便地把化妆包放入单肩包内,直接就可以离开。

莹萱叫陈佳一起把菜和蛋糕分别放入透明的塑料盒里,然后装到塑料袋里。方芳也来帮忙。

"你们去那两桌。"莹萱对她们说。

"要不要帮忙啊?"徐逸问她俩。

"啊,不用。"

"你去帮她们一起分。"徐逸叫瑾然加入她们。

瑾然把口红和镜子放入化妆包内,起身,前去帮忙。

包房里越来越安静,只听到钱斌和小阿姨夫妇的欢声笑语,他还在玩着气球,一脚踩爆一个,乐开了花。

时不时会有服务员走进来,看看里面的进展,判断一下是否该进来收拾酒席残局。

吴苏诚已经用餐完毕,坐在座位上玩手机。林元的面前摆着一杯还未饮尽的红酒杯,他偶尔抬起头,还会呷一口。

2号桌方芳在收拾。瑾然便去3号桌帮忙。莹萱在清理1号桌的食物。陈佳在3号桌忙着把青菜炒面倒进塑料盒里,瑾然却一直盯着陈佳右手无名指上的K金镶钻婚戒。

"戒指是K金的吧?"

"是啊。"陈佳回答。

"挺漂亮的,我也想买两只玫瑰金的对戒。"

陈佳对着瑾然笑笑。

"你嫁给徐逸,很快就会有的。"

瑾然脸上红红的。虽然他们才认识一个多月,现在提婚事还尚早,但她还是非常憧憬,当上徐逸的新娘。

瑾然顿时浮想联翩。

"想什么呢?"陈佳问她。

"啊?"她刚才失神了一会儿,却被陈佳打断了。

"莹萱的铂金钻戒比我的还要名贵呢。我的和她的比,太过寒酸了。"

此时,1号桌的莹萱正准备往塑料盒中倒龙虾。她右手无名指上的铂金钻戒异常夺目,光彩照人,对应着钱乐左手无名指上的铂金婚戒,映衬得格外闪亮。

"听说钱乐家很有钱啊。"瑾然问陈佳。

"是啊,她嫁得很好的。"陈佳脸上露出羡慕与落寞的表情。

"但是她老公好像只会喝酒啊。"瑾然瞧了一眼醉酒贪睡的钱乐。

"这又没什么的,嫁男人还是要嫁有钱的,至少物质方面能有保障。"

陈佳的脸上再度黯然失色。

12. 宴席散去

几位服务员进来准备收拾宴会的残局,却被莹萱制止了。

"再等一会儿吧,我们还没收拾好。"

胡秀娟在和妹妹妹夫聊天。小钱斌把字母气球都踩爆了,开始哭闹起来。小阿姨喜欢他，从墙上取下一只娃娃图案的气球给他玩，他顿时开心起来。

"我们走吧，下去等代驾的人。"徐逸看了看手机。

"好。"常远说。

"瑾然，走吧。"徐逸对瑾然喊道。

吴苏诚抬起头站起身来走向徐逸。

"走啦？"

"下次再聚。"徐逸对吴苏诚笑笑。

瑾然迫不及待地想要回家，于是赶紧放下手边的活，去拿包。推椅子的时候，椅子向前倾，一不小心把放在椅子前沿部位的化妆包给推掉了下去。不过，她自己也粗心大意，压根就没注意到，拎起单肩包背好，就和徐逸常远走了。

"莹萱，我们走了，今天万分感谢你们的款待。"徐逸笑着对莹萱说。

莹萱脸上洋溢着热情的微笑。

"哪里？以后常聚啊。"

"放心，即使你不叫我，我也会厚着脸皮来。"

两人放声大笑。常远和瑾然也微笑着看着莹萱。随后，他们和包房里的所有人告别。

吴苏诚站着目送着徐逸等人离开。林元站起身来，送徐逸等人出去。陈佳和徐逸告别后，还是站在杂物柜前，一门心思地把吃剩下的蛋糕给装好。莹萱回到座位，和周康夫妇聊天。三人忘我地聊天，仿佛已经忘记了三人以外的世界。

徐逸等人在走廊里欢声笑语。林元见他们上了电梯，便与他们挥手告别，之后又回到包房里。

"这里是哪里啊？"钱乐抬起模糊迷茫的双眼，意识不清地问道。

刚问完，他又倒下呼呼大睡。

"就这个死样子。"就连一旁的莹萱也看不下去了，脸色尽是责怪。

　　胡秀娟和妹妹聊生活聊家庭，妹夫也在一旁插话。女儿和女婿陪钱斌玩娃娃气球。钱斌始终跟随着气球的起落而移动着步伐。

　　林元觉得钱斌很可爱，也过去和他玩。他还抢他的娃娃气球，钱斌生气地噘起嘴巴。他索性逗他逗到底，趁小阿姨和他说话的时候，偷偷坐回自己的座位，把娃娃气球藏到 2 号桌下。后来钱斌意识到气球找不到了，林元一脸鬼笑地看着他，小家伙就完全明白了。

　　"叔叔，球呢？"

　　"啊？球啊？球被光头强抢走了。"

　　"胡说，光头强是电视里的。"

　　"谁说的？等会儿会有熊大熊二出来。"

　　小家伙也摸不着头脑，开始发脾气，耍起性子来。小阿姨安慰他，他也不听，生起闷气来。林元看他这样，心就软了下来。于是弯下腰，撩起桌布，捡起气球，把它还给了他。没想到，小家伙脸色马上就变了，又变得活泼开朗起来。林元看着他无忧无虑的模样，笑了起来。后来，吴苏诚也叫他过来，让叔叔抱抱，他倒是肯啊，可是坐不住啊，几秒钟就要下来蹦蹦跳跳。

　　"今天时间也不早了，下次吃饭一定再和你多聊两句。"周康说。

　　"好呀，钱乐不争气，每次都醉得不成人样，要不然我会再多留你们一会儿。"莹萱一边说，一边心里埋怨他。

　　"好咧，你不要怪他啦，他人就这样，脾气性格是很难改的。"方芳劝她。

　　莹萱心里依然不开心，觉得他太不懂事。

　　周康夫妇起身，准备要走。

　　正好，胡秀娟妹妹一家也要走了。

　　"我们送送他们。"胡秀娟说。

　　平日里，胡秀娟就和妹妹一家关系要好，莹萱正好也要送周康夫妇，干脆带着玩气球玩疯了的钱斌一起送客人。

"包房里一定要有人，你帮我看着包还有钱乐，他醉成这样，也没意识，我怕他发酒疯。"莹萱轻声细语，小心地叮嘱陈佳。

"好的。"陈佳爽快地答应了。

此时此刻，包房里一共有四个人。

除了酒醉的钱乐，只剩下陈佳、吴苏诚和林元。

莹萱把阿姨等人和周康夫妇送到电梯口，彼此相谈甚欢。大家都在等电梯，正好有空档可以再聊两句。周康是钱乐最要好的朋友，莹萱和方芳像亲姐妹一样，彼此无话不谈。她一边和小姐妹聊天，一边垂下头打量着自己漂亮的白色丝巾。小钱斌在旁边拍娃娃气球，外婆看着他。

包房里的四人。

钱乐依旧昏睡不醒。

林元和吴苏诚坐在自己的座位上玩手机，陈佳看着事情做得差不多了，想要去洗手间。

"我去洗手间补个妆，顺便上个厕所。你们看着包啊，不要让陌生人靠近。还有，看着钱乐，不要让他睡死过去。"

吴苏诚和林元朝陈佳点了点头。

"好。"

陈佳还在犹豫要不要披上围巾，怕包房外太冷。心想，大厅里应该也有暖气，想法便作了罢。于是从自己的包内取出一只化妆包，拎在手里，走出包房，去女洗手间。

13. 幸福

陈佳走后，包房里只剩钱乐、林元和吴苏诚。林元和吴苏诚都在玩手机。

"你等会儿和他们一起走啊?"吴问林。

"我反正也没什么事情,晚点走,还能玩会儿手机。"

"上次你玩的那个游戏抽到奖了吗?"

"没,运气哪有那么好?"

谈话随后就中止了。

这时,林元正好有个朋友在微信里发语音过来。林元起身离开座位,从右门出去,到走廊上和朋友语音聊天。

走廊上偶尔会有一些聚餐的客人和服务员走来走去。林元说话的声音很响。他一边对着手机说话,一边走来走去。结束聊天后,他推开右门,走了进去,吴苏诚依旧坐在自己的座位上玩手机。

"谁啊?"吴问林。

"好朋友。"

这时几位服务员推开左门,推着车,带着清理工具,走了进来,准备收拾1号桌的残局。

"你们等会儿行吗?宴会的主人还没收拾好呢?"吴的声音稍微有点响。林元本来正在专心地玩手机,吴的声音让他猝不及防,刚转身张望,由于转身太快,又没注意,手机脱手而出,把酒桌上盘子里吃完后吐下的虾壳、鸡骨头给碰掉了,散了一地。林元弯腰去捡。

莹萱早就已经送走了阿姨一家。由于和周康夫妇关系要好,尤其是方芳,俩姐妹一见面就有聊不完的话。此时,她俩还没走,方芳正和莹萱依依不舍,打得火热。

陈佳已经如厕完毕,站在洗手间的镜子前,仔细端详着自己的妆容。她一边照镜子,一边抹口红。

"先生,你们酒席都结束这么长时间了,还不让我们收拾,我们要下班了呀。"几个服务员多少有点抱怨,但还算客气和礼貌。

"我知道,不好意思啊,主人不在,我也做不了主,她出去送客人了,马上就回来,麻烦你们再等一会儿。"

服务员有点不太高兴,但又无可奈何,只好推着车,拿回清理工具，退了出去。

"刚刚我听到有人在唱歌啊。"林对吴说。

"喏，我们隔壁。"吴回答。

"那我出去看看。"

林走出包房，向右拐，那条笔直的走廊走到底，即是一个偌大的宴会厅。有个中年男子正在引吭高歌，声音浑厚有力。林马上就被吸引住了，一直站在门口认真静听。

陈佳此时正拎着化妆包从女洗手间走了出来，左眼瞥见了站在宴会厅门口听歌的林元，她右拐，走到右边的走廊，向左走进左门。

此时，吴还是在自己的座位上玩手机。

他抬头看见陈佳回来了。

"莹萱呢？怎么还没回来？服务员又来催了。"

"哎，你知道的，她一碰上方芳，话就多，两人仿佛相见恨晚，怎么聊都聊不够，送他们走，也能在电梯口聊半天。"

"把我们丢这里看包，真想得出来。"吴抱怨了几句。

"谁叫人家有钱呢？俗话说，有钱能使鬼推磨。"陈回答。

"这和钱有什么关系？有钱如果能买到幸福，就值。"

"她不要太幸福哦，不是我们能羡慕得起的。"

"你也别光羡慕她，你自己也有个幸福的家。"

吴刚说完，陈的眼神就暗淡了。

幸福的家？

她心里一遍又一遍地回想。

自己多年的付出，是否能够保全这个家？

吴从包里取出香烟和打火机，然后穿好外衣。

"我下楼抽个烟。"吴对陈说。

"好。"陈回答。

冬天，夜晚寒风凛冽，吹在脸上是刺骨的疼，像把锋利的刀，在割人的肉。

吴点燃了香烟，一个人站在旋转门前，心事重重地抽着烟。

此时，代驾女司机已经开着行驶中徐逸的车子。常远坐副驾驶，徐逸和瑾然坐后排。

常远喝了酒之后，话就格外多。瑾然很嫌弃他，还有他身上那股难闻的酒气。

"你叫我走的时候，我还很不乐意呢，因为我还没喝够。"常远嬉皮笑脸地对徐逸说。

"得了吧，还想喝到什么时候？"徐逸回答。

"我回家后，再接着喝。"

"喝死你吧。"

"呵呵。"常远露出酒鬼的那种无赖的样子。

瑾然一脸嫌恶地看向他。

"你怎么也喝不够?！"

"人生有酒有肉，快乐似神仙。你还不是也离不开照妖镜吗？"常远知道她不喜欢自己，也借这个机会损损她。

"你不能再这样了！赶紧找个工作吧。"

"我现在不正在调整阶段吗？先让我休息一段时间，好好思考自己的未来。"

瑾然也不响了。

常远提到照妖镜，她突然想起，化妆包好像没带走。她有点急了，马上打开包，拉开拉链，仔细翻找，的确没有化妆包。这下，她更加着急了。

"怎么了？"徐逸看她这副紧张的模样，好奇地问道。

"糟糕，化妆包还在饭店里。"

常远也回头看着她。

"那怎么办啊？"她自言自语。

"回去拿啊。"徐逸回答。
"小姐，麻烦你再开回原来的地方，谢谢。"
于是女司机按照徐逸的吩咐，准备找机会掉头。

14. 又死人了

林元听完歌后，回到包房。

此时，包房里只有钱乐和陈佳两人。

"你来了就好，我正准备去找莹萱。"陈对林说。

林继续坐到2号桌自己的座位上玩手机。

陈走出包房。吴还站在一楼台阶上吞云吐雾。徐逸的车已经向饭店的方向驶来。

大概是嫌外面太冷了，吴随手把烟往台阶下一扔，转身上楼。

经过四楼电梯口，还看见莹萱和周康夫妇聊天，陈佳也在，还有胡秀娟和钱斌。

他向前走了几步，向右拐，一直走，走到林元听歌经过的那条走廊，右拐，再往左，推开左门。

此时，房间里只有钱乐和林元。

"你刚才去哪儿啦？一眨眼工夫，人就没影了。"林问吴。

"哦，我刚才去楼下抽烟。"吴说。

徐逸的车已经停好，他和代驾的女司机打了一声招呼，示意让她在原地等他，他们拿好东西马上就回来。

三个人急匆匆地走进饭店。

在等电梯的时候，徐逸看见了马建华，马莹萱的爸爸。

"叔叔，你来接莹萱啊？"徐问他。

"哎，钱乐一天到晚喝醉，我是来帮忙开车的。"

两人随意地聊着。

到了四楼，电梯门打开时，正好周康夫妇迎面要走。徐逸三人和莹萱聊了两句，小钱斌看见了外公，很激动。

送走了周康夫妇，莹萱一家和徐逸三人还有陈佳一起回到包房。

此时，包房里有钱乐、林元和吴苏诚三人。

"你们俩还没走啊？"徐问林和吴。

林和吴还坐在自己位子上。

"闲着没事，也不急。酒还没喝完呢。"林说。

"佳妮要很晚才回来，这里人多热闹，我陪陪你们。"吴说。

瑾然急忙走到自己的座位旁，却没有看见化妆包。她移动了座位，还撩起桌布，依旧没看到。

"找什么？是这个吗？"林从隔壁座位上拎起一只银灰色的化妆包。

瑾然如释重负。

"啊，就是这个，真是太感谢了。"

瑾然拉开化妆包的拉链，化妆品、化妆棉、指甲贴、镜子和手套都在，她这才放心起来。

小钱斌又把娃娃气球踩爆了，吵着还要。一家三人都在哄他。陈佳去摘字母气球给他，他不要，又开始发小孩子脾气了。

徐逸向四周张望，不小心扫到了钱乐。从他酒醉熟睡后就一直保持着这个姿势，他是不是太能睡了，于是好心，想去把他给叫醒。他从外面莹萱的位置绕过去，站在钱乐的右侧。

"好醒了，你们要走了。"

钱乐没有任何反应。

徐逸心想，真是太能睡了，于是继续叫他，他一边叫他，右手一边抚上他的背。

"钱乐，好醒醒了，我们要走了。"

突然，徐逸感觉到不对劲，手里怎么湿哒哒的，他把右手摊开来，大惊，竟是一手的鲜血。

"钱乐！"徐逸的声音响彻包房。

本来脸上挂着笑容的大伙儿，被他的声音一惊，不自觉地望向钱乐这个方向。

徐逸不想翻动尸体，破坏现场。他走到钱乐的左手边来，搭了搭他的颈动脉，随后又搭了搭他的腕动脉。

大家被徐逸的行为也惊住了，纷纷上前询问。

"怎么回事啊？"

"钱乐死了。"徐逸一脸紧张地回答。

"啊？"

大伙儿的脸色瞬间变得铁青，愣在那儿好一会儿。

"怎么会这样？刚才还好好的呢，怎么无缘无故就死了？"

徐逸异常镇定和冷静。

"从现在开始，任何人都不准接近钱乐的尸体。如果有人要离开房间上厕所什么的，两人一组，互相作证。"

徐逸对常远使了一个眼色。

"你去报警。"

"好。"

"从现在开始，你要寸步不离地跟着我。"徐对魏说。

"又和之前一样，是谋杀吗？"

"看着像，但也说不准。所以你不准离开我，我们身边可能潜伏着凶手。"徐逸轻声地对瑾然说。他警惕地观察着四周，以及每个人脸上的表情。

当然，从他们或害怕，或镇定，或疑惑，或惊愕，或伤心，或悲痛的脸上，也许看不出什么来。

但是徐逸的直觉却告诉他，这是自己人干的。

如果是外人干的，他杀钱乐无非就是为了钱。这是他唯一能想到的杀人动机。

只是，钱乐严重醉酒，基本丧失了行为能力。即使有人闯入包房偷钱,他也妨碍不了他。再退一万步,即使被钱乐发现了,他上前制止,他意识那么不清醒,走路都成问题,还会对小偷构成威胁?

徐逸根本不信。

他也不想再做独行侦探,还是把这棘手的问题交给警方来处理最好。

15. 气球移位

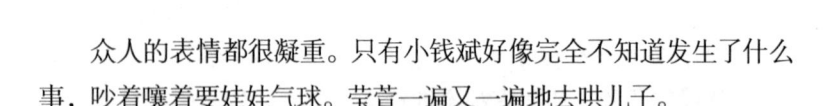

众人的表情都很凝重。只有小钱斌好像完全不知道发生了什么事,吵着嚷着要娃娃气球。莹萱一遍又一遍地去哄儿子。

陈佳去3号桌墙壁上摘另一只娃娃气球,却发现另一只娃娃气球已不翼而飞。

"我要嘛!我要气球!我要气球!"小钱斌吵着嚷着。外公外婆哄他,让他安静,可是他根本不当一回事,反而变本加厉,发起脾气来。

徐逸还站在尸体的旁边,观察着周围的情况。常远则在走廊上打手机报警。

瑾然看见钱乐的面前正好有一只娃娃气球,她过去,拾起来,准备递给小钱斌。"这里不正好有一只吗?"

徐逸看着瑾然把气球拾起来,觉得哪里有点不对劲。

他觉得很疑惑,想不通这个问题。

"等等。"徐逸对瑾然说。

"怎么了?"她问。

"这个气球不是在最远那一桌的墙壁上,怎么跑到这里来了?"他问。

她也不知道。

"它不可能自己会长脚跑这儿来的?"

小钱斌还在吵闹。

"你们有看到谁把气球放在这儿吗?"

众人不知。

徐逸看着吵闹中的钱斌,早已留意到他在宴席中一直玩气球,便走到他跟前,语气温柔地问他:"斌斌,叔叔问你一个问题啊,你有没有把这只气球拍到爸爸的面前啊?"

小钱斌还是吵吵嚷嚷。

莹萱都快不知道该怎么管好儿子了。

"你好好回答叔叔的问题啊,爸爸都死了,你还有心思玩气球?"莹萱语气平和地对儿子说。

小钱斌还完全搞不清楚死了是一个什么概念,还在发犟脾气。

莹萱无可奈何。

林元和吴苏诚也看着大家。

"这只气球怎么回事?"吴问徐。

"这只气球不能给他玩,可能是物证。"徐回答。

"物证?"吴自言自语。

"怎么就成物证了?"吴继续问。

"具体我也不好说。但是3号酒桌墙壁上的气球不可能凭空飞到1号桌来。我问斌斌,是不是他拍的? 他也不回答。我怀疑是有人故意放在钱乐面前的。我走的时候,钱乐面前并没有这只气球。"

大家也不响了。

"斌斌,这只气球是不是你玩的时候不小心拍上去的?"林元问小钱斌。

小钱斌一心想玩气球,根本不搭话。外公外婆一直在哄他。陈佳去摘字母气球给他,可是他还是不要,眉头紧皱,一副不开心的样子。外婆把他抱起来,哄他,他才安静下来,把头靠在外婆的肩膀上。

徐逸见状,也不想再去逼钱斌了。等小家伙情绪稍微好一点儿了，他再去问他。

常远走了进来。

"已经报警了，马上会到。"

"好，所有人都不准离开房间，待到警方来为止。"徐逸大声地对大家说。

没有人有异议。

大家的表情都很奇怪。

死了老公，莹萱也没怎么悲伤和难过，连眼泪都没有。钱斌就不算在这里了。他还小，什么都不懂。老丈人丈母娘也只是惊讶而已，也没流露出有多伤心。陈佳有点害怕，毕竟一个女人，要面对这种场面，对心理素质也是一个极大的考验。林元依旧面无表情，好像对什么都无所谓。而吴苏诚则异常镇定。两个男人的心理素质极好。也许，毕竟是男人。

徐逸和常远还是一贯的冷静。瑾然，经过上次曹芸的案子，也比较淡定了。最重要的是，有徐逸在她身边保护她，她放心。

16. 案发现场

徐逸趁警方还未来之际，仔细观察了一下案发现场。

钱乐趴着。双手分开，搁在酒桌上，并紧握成拳头。脸向左侧歪着，面部表情很痛苦。他穿着一件黑色高领羊毛衫，如果不摸他后背，根本看不出血迹来。后腰的西裤这里有沾到从背部流下来的血。后座银灰色西装上根本没沾到血迹。桌椅、桌布和地毯的颜色，反而成了血迹的保护色。钱乐周围雪白的墙壁上，也没有喷溅的血迹。

徐逸再看了看酒桌。

高脚杯、玻璃杯、碟子、盘子、小碗、筷子和用完的湿面巾，空着或半空着吃剩下来的餐盘，还有一塌糊涂的餐渣。

虽然乱七八糟，但也按照用餐的规律，井然有序。

徐逸有点焦虑。

酒桌这里倒是正常，钱乐这里不正常。

他更加疑惑。

血迹是如何消失的？凶手是如何做到身上不沾有血迹？如果凶手身上沾着血迹走出包房，没理由不引起别人的注意。

不，不。

徐逸推翻了这个结论。

现在是冬季。凶手杀人，再穿好外套，不就行了吗？那手呢？手上的血迹怎么处理？还有凶器怎么处理？放包里直接带出去？

徐逸弄不明白，这里人来人往，凶手杀完人，既要躲避随时可能进来的人，又要以极快的速度伪装现场，他到底是怎么做到的？

凶手从钱乐的后背捅了他一刀，血迹必会喷涌而出，他自己也会沾到，可是现场，没看见有谁身上沾有血迹啊。

况且，刀呢？凶器去哪儿了？

刀现在在哪里？是带出来丢弃了，还是藏在某个地方？

现在饭店都有监控，这个包房外的走廊上肯定也有，包房内未必有。

还有一只奇怪的气球，不偏不倚，正好挡在钱乐的面前，似乎是故意为之。

徐逸心里疑窦丛生。

常远走到他的身边，两人交头接耳。

"怎么说啊？"常问他。

"估计是谋杀，而且现场很奇怪。"徐说。

"怎么奇怪了？"常问。

"酒桌很正常，但是钱乐的周围却没有沾到一丁点儿的血迹。"

"是挺奇怪的。"

徐逸一边和常远说话，一边看着包房里的其他人。

瑾然站在他们的旁边。林元和吴苏诚继续淡定地玩手机。陈佳和莹萱窃窃私语。马建华和胡秀娟照顾着钱斌。

这些人看起来好像不是谋杀案被害人的亲属和朋友，反而是与案子无关紧要的人。

钱乐就这么死了，该有的惊讶也有了，可是悲痛呢？哀嚎呢？每个人的面部都找不到这个表情。

案发现场奇怪，每个人的表情也很奇怪。

如果真是钱乐平日里不得人心，那么，这里的每个人就都有杀他的嫌疑了？

还有，凶手是什么时候下的手？

当时钱乐酒醉，呼呼大睡，每个人都能对他下手。但是不会有这么蠢的人。包房里这么多人，凶手如何下手？肯定是宴席差不多散去的时候，趁包房里没几个人的时候，而且是只有钱乐和凶手的情况下。理由很简单，既要杀人，又要清理现场。包房里自然不能有其他人。除非是团伙作案。一个望风，一个杀人。

自己也只是猜测。具体的，他还是先得问问身边的这几个人。

因为他们走后，包房里的人就开始少了起来。

莹萱、钱斌、胡秀娟、林元、陈佳和吴苏诚，也许会比自己更了解当时的情况。

当然可能还有莹萱小阿姨一家以及周康夫妇。等会儿或许警方会传唤他们。

17. 不在场证明

"常远，你下去，和代驾的那位小姐说一下，叫她别等了，钱我会打给她的。顺便看看警察来了没有。"徐逸对常远说。

"好,我知道了。"常远随即走出包房。

徐逸觉得还是应该问问莹萱。她是女主人,他走后,这里的情况,她应该最清楚。

"整个宴席当中,你有没有注意到钱乐哪里有不对劲的地方?"徐逸走过去,问莹萱。

她想了想。

"没啊,就是和以前一样,喝醉了就呼呼大睡。"

"那……那些接近他的人,有没有谁比较可疑?"

"大家都是朋友,平日里来往也比较密切,不可能会做这种事吧。"

问了也是白问。

"包房附近,你有没有留意到什么可疑的人?例如可能会偷包或抢钱之类的人。"

"不是来吃饭的,就是服务员。没看见有什么可疑的人啊。"莹萱回答。

"那,你觉得钱乐是被外来人员给杀死的,还是我们自己人?"

话音刚落,莹萱开始紧张起来。

"自己人?你是说就现在房间里的几个人?"

她的眼神闪闪烁烁。徐逸觉得有点不对劲。

"对啊。"

"我实在不相信这里面会有人是杀钱乐的凶手,大家都是非常要好的朋友,怎么会下得了手?"

"那你觉得是外来人员?"徐逸小心地试探她。

她没有立即回复,一直在犹豫该如何回答。

"即使法医尸检,也未必能精确到几分几秒。包房里来来往往那么多人,每个人都有嫌疑,但是却不可能有下手的机会。我一直认为只有等到包房里只剩下两个人的时候,即钱乐和凶手的时候,凶手才有机会下手,而且也不会被人看见。所以,钱乐应该死在我走后。那时候包房里人应该会非常少。你能和我说说我走之后的情况吗？"徐逸问莹萱。

"你走之后，我一直在和周康方芳聊天。大家也没什么异常。对了，后来，钱乐醒过一次。又倒头睡了。再后来，周康他们要走了。正好，我小阿姨一家也要走了。我妈说一起送送他们。于是我和我妈，带着钱斌一起，把他们送到电梯口。电梯到四楼时，小阿姨一家走了。但是，你知道，我和周康他们关系还是不错的，尤其是方芳。我们在电梯口一直聊。聊到你们三人还有我爸上来，我们一起回的包房，你就发现钱乐死了。"莹萱娓娓道来。

徐逸想了想。

"如你所述，那时候钱乐醒过来一次，那么他被杀，应该就是这之后的事了？而且你，阿姨，还有钱斌，就都有了不在场证明。可以暂时先把你们三人排除在外。那陈佳呢？我们上来的时候，她正好也在，她是和你们一起出包房待到我们来为止？"

"不是，她是后来才来的。她说，我怎么还不回来，没人说话，闲着无聊，找我来的。"

听她这么一说，徐逸的思路开始清晰了。

"那林元和吴苏诚呢？他们俩什么情况？"

"我不知道啊。我送客人的时候，他们就在包房里。等我回来的时候，他们还是在包房里。"

徐逸听后，疑窦丛生。

目前为止，的确陈佳、吴苏诚和林元最为可疑。

因为小阿姨一家和周康夫妇走了，莹萱三人送他们一直在电梯口。其间，根本没有回到过包房。直到自己和常远、瑾然，来找化妆包，在电梯口碰到，于是一起回到的包房。那时候，包房里除了钱乐，只有林元和吴苏诚。而且陈佳也是后来才到的电梯口，之前在包房里干什么，他也不知道。

饭店走廊里都有监控。莹萱如果撒谎，一定会被揭穿。马叔叔也是和自己一起上来的。所以，暂时他们一家四人的嫌疑可以排除掉。

现在只剩下那可疑的三人了。

18. 时间线

陈佳就站在莹萱的附近。徐逸走过去,问她话。

"你去电梯口找莹萱之前,在包房里干吗?"

她仿佛惊弓之鸟,非常震惊的样子。

"其实……其实……我在包房里,也没待多长时间。"

徐逸严肃地看着她。

"怎么说?"

"莹萱让我看着包,她老不回来,我觉得没劲,所以也不想待在包房里。"

"你能说说自莹萱送客人之后,你的活动轨迹吗?"

"呃,"陈佳努力回忆,"他们走了之后,我上了个厕所,然后补了补妆,我特意交代林元和吴苏诚,别离开房间,帮忙看着包,还有钱乐。你知道的,钱乐会撒酒疯,莹萱很害怕的。有时候她会特意叮嘱我看着醉酒的钱乐。我从洗手间里出来的时候,看见林元站在走廊尽头的那个宴会厅门口,好像在听别人唱歌吧,那男人的嗓音很洪亮,音响设备也很好,整个走廊也能听得到。后来我就回到包房里来了。那个时候,吴苏诚一个人坐在他的座位上,安静地玩着手机。差不多就这点儿吧。"

徐逸想了想。

"你有发现他有什么不对劲的地方吗?"

"不对劲的地方?"她想了想。"好像没有,他挺正常的。"

"请你继续说下去。"

"然后他说下楼抽烟，就离开包房了。"

徐逸觉得重点到了。

"照你这么说，那时候包房里就剩下你和钱乐？"

陈佳觉得自己也蛮委屈的，自己没有杀人，却被看成犯罪嫌疑人。

"是啊，但我没有杀他啊！我干吗要杀他？"她有点激动。

"放心，我就是随便问问，没说你杀人，你别激动。"

听完，陈佳的情绪才稍微有点平复。

"后来，林元回来了，有人可以看包了，我就去找莹萱了。"

"嗯，再后来，就和我们一起回到包房，最后发现钱乐死了。"徐逸补充。

这一条时间线，算是理顺了。还有两条。

此时，常远回来了。

"怎么说啊？是自己人干的还是外人？"常远问徐逸。

"我不正在问吗？"

再过去几步，就是林元的位置。徐逸拉开座位，坐在了他的旁边。

"你一直都在玩手机啊？"

"你不是知道的吗？"

"没有注意到钱乐哪里不对劲吗？"

"他不是一直都在睡觉吗？"

"能不能说说莹萱一家送客人之后，包房里的情况？"

"你是不是怀疑我？"林元疑惑地看着徐逸。

"说说而已，例行询问，不要紧张。"

林元这才放松警惕。

"他们走了之后，陈佳去上厕所，我和吴苏诚待在房间里。后来我去附近逛了逛，被隔壁宴会厅里的歌声给吸引住了。回来的时候,吴苏诚已经不在了,但是陈佳回来了。再后来,她去找莹萱了。最后,吴苏诚抽完烟回来了。直到你们来。差不多就这样吧。"林元轻描淡写。

"你有没有注意到附近有什么可疑的人?"

"没怎么注意,都是一些和我们一样来吃饭的人。此外,就是服务员。没什么人可疑。"

徐逸问林元话的时候,陈佳神色慌张,不时地往这边张望。徐逸看了她一眼,她才把脸转了过去。

问林元的话,算是问完了。

徐逸去隔壁桌问吴苏诚。

19. 问询完毕

"这么冷的天,还下楼抽烟,为什么不在包房里抽?"徐逸走到隔壁桌,拉开座位,坐在吴苏诚的旁边,问他话。

"包房里弄得烟雾缭绕,不呛人吗?"

"有陌生人进来过吗?"

"没啊,只有几个服务员而已。"

"有人靠近过钱乐吗?"

"没有啊,只有莹萱离他的座位最近,但是她也只是在聊天。没看到有谁故意接近钱乐。"

徐逸和吴苏诚面对着交流。说着说着,徐逸发现吴苏诚的眼神突然游移开来,他随那个方向望去,却发现此时林元正盯着他们看。三个人眼神交汇。林元把头垂了下去,继续玩手机。

"莹萱真的从送客人出去之后,一直到和我们一起回来,这期间,她一直没回过包房?"

吴苏诚想了想。

"其实，我也不能为她作证。我只能说，我在包房的时候，我可以证明她没回来过。"

"嗯，是，你有离开过包房。没看到的东西，当然不能作证。"

"说说莹萱走后，你的时间线。"徐逸继续问。

"莹萱走后，陈佳去上厕所了。林元说他听到歌声，我说是隔壁房间。那里正好有个宴会厅。他蛮感兴趣的，大概去听了吧。我还是玩我的手机。他刚走一会儿，陈佳就回来了。我说我下楼抽烟，就出去了。回来的时候，她不在，林元在。我们就一直玩手机，玩到你们来。"

"你们俩一直都在玩手机，有谁进来会知道吗？"

"当然会知道啊。"

"两个低头族，啥事也不管，专心致志玩手机，还能够分散听力注意有无陌生人进来。真神了。"徐逸看到他们这些低头族，也无可奈何。他不太相信他们一边集中精神玩手机，玩得那么忘我，还能分散注意力，注意到有人进房间，或者接近钱乐。

"眼睛的余光可以瞥啊？林元这位置可以注意到钱乐。"

"对，他的左右眼正好可以瞥到左右门。钱乐的位置也在他左眼的范围内。但是你的位置对着墙壁，背对着林元。你的双眼，特别是右眼，可以非常清晰地注意到右门的情况。但是左门的情况你能注意吗？如果左门有人进来，他的脚步声很轻，你也不可能注意得到。"

"我不会一直保持一种坐姿的吧。累了，也可以换个方向。他进来干吗呢？走廊里都是监控，偷东西也不是这样偷的。"吴苏诚有点嘲笑这样莽撞的笨贼。

"况且，如果真有人这样进来杀了钱乐，他在房里待那么久，你也不可能没注意到。"徐逸补充。

"房间里很安静，房间外也不是很吵。我估计进来个人，只要他的脚步声不是特别轻，我还是能听见动静的。"吴苏诚如是说。

四个人的时间线穿插在一起，还是连得上的。而且看样子，他们也没撒谎。

徐逸开始烦恼起来。他启动思考。

瑾然慢慢靠近他。经过上次那个案件，她好像对推理有了觉悟。

"哎，你说到底是谁杀的？"

"哪有那么快啊？才刚刚理出个头绪。"

"是不是我们内部人干的？"她环顾四周，故意放低声音。

"我只能说，看着像，但也不能排除外来人员作案的可能。"

"这还用看啊？猜都能猜出来吗！肯定是内鬼。"

20. 四条时间线

"你的逻辑推理哪儿去啦？就目前的一些线索，还不足以断定。等警方来了，肯定会调监控。看了监控，确定没有外来人员进过包房，内鬼一说才能定下来。"

"哦，哦，哦，是，是，是。"瑾然觉得自己鲁班面前弄斧了。

"每个案子刚出现时，总有很多人看似无辜，最后却被定罪。这次，也许也不会例外。"

"哪些人无辜啊？你看出什么来啦？"

"我就是这么一说。你不觉得很奇怪吗？这些人，有的是他的亲人，有的是他的朋友，但是大家对他的死似乎都无动于衷。"

"这不很正常吗？这个社会，人情薄如纸。"瑾然也感叹世态炎凉。

"而且他们四个人的时间线交错在一起，正好连上。"徐逸继续沉浸在推理中。

暂时先把莹萱三人、林元、陈佳和吴苏诚算成四条时间线。

"总觉得很奇怪。"徐逸说。

"哪里奇怪了？"瑾然问。

"现在还不好说。要等警方的侦查了。"

常远本来站在一旁，后来也向两人靠拢。

"你也一起参与破案，不就好了？"常远对徐逸挤眉弄眼。

"对啊。"瑾然也跟着起哄。

"还嫌不够添乱啊？上次我也是无计可施，临时客串一下的。不是被警方警告过了吗？你们想让我蹲牢房啊？"徐逸发着牢骚。

"我又没让你扰乱警方的办案！我的意思是说，警察管警察破案，你管你破案。两条线，懂吗？互相不影响，扯不到你身上。"

徐逸觉得常远说得挺有道理。

"我怎么舍得你蹲牢房呢？"常远含情脉脉地盯着徐逸看。

"徐逸是我的。"

瑾然说话的声音非常不客气，一边说，一边赶忙抱住徐逸的胳膊，紧紧地。

常远哈哈大笑。

"她是不是误会什么了？"说完话后，常远继续放肆地笑。

瑾然还是紧紧抱住徐逸的胳膊。

"放心吧，我喜欢的是你。"徐逸安慰她。

她这才放下了心。

"哈哈哈哈，干吗那么认真啊？真以为我和徐逸有一腿啊？"常远觉得瑾然很有意思。

然而瑾然却嘟起了嘴，一副很不开心的样子。

"你喜欢我，还是他？"

"当然是你啦。"

"我和他就是好哥们而已。怎么会有那种关系？你真是想多了。估计是看到尸体吓怕了吧。没事的，有我在，等警察来了，尸体就会被抬走。"

她总算定了心。

常远却笑得极其猖狂。

"她居然以为你和我有暧昧的关系，是不是很好笑啊？"

"行了，你别老逗她。聊点正经的吧。"

常远清了清嗓子。

"这件案子你怎么决定的？交给警方？"

"你不是说了吗？他们当他们正义的使者，我当我的独行侠。"

这时候，几个服务员推着车，拿着清理工具，走了进来，准备彻底收拾干净。

徐逸赶忙走了过去。

"不行！这里暂时不能清理。要保护案发现场。"

几个服务员不知所云。

"你可以和你们的领班或者经理说，这间包房发生了命案，有人被谋杀了，所以房间里所有的东西都不能动，警察马上就到。"

几个服务员惊慌失色，慌忙地退出了房间。

过了一会儿，经理过来了，徐逸和她简单说了几句话，她就明白了。

21. 常远有危险

过了没多久，警察就赶来了。他们封锁了现场，并且向案发现场的一干人等询问了情况。一部分警察正在包房里仔细地勘查现场，众嫌疑人，包括徐逸等人被带回警局协助调查。

徐逸等人做好笔录，走出警局的时候，已经将近凌晨了。徐逸抬起头，看了看没有星光的夜空，叹了口气，无限感叹。

"怎么办啊？车还停在饭店那里啊。只好明天来开走喽。"他自嘲。

"我可是人生第一次遇到命案啊，你已经**两次了**。"常远逗徐逸。

"我也两次了。"瑾然补充。

三个人垂头丧气的样子。

莹萱他们还在警局里被问话。

"叫辆车回去吧。常远，我送你。"

"那我就不客气了。"

车子停在常远小区门口。

"我不送你了，早点睡吧。要是有空，我们再约。"坐在后座的徐逸对常远摆了摆手。

常远也朝徐逸摆了摆手。

夜空黑得愈发深沉。风呼呼地刮过，让人瑟瑟发抖。

凌晨的小区里，悄无声息。常远一个人走在路上，周围一片漆黑，只听得到自己的脚步声，顿感恐怖与阴森。

他一直走，一直走，快要到自己的楼栋了。

楼栋对面的停车位上，有一辆黑色的轿车，车里三双黑漆漆的眼神直盯着这号楼栋。

突然远处有一个身影慢慢靠近这号楼栋。

三人火速走下车去，向那个身影逼近。

常远吓了一跳，正要逃走，却被三人团团围住。

"我们身上有刀，你要是敢喊，我一刀捅死你。听懂了吗？话我只说一遍。把门禁卡拿出来，我们上楼。"

常远就这么被一伙不明身份的人给控制住了。

徐逸支着腰，躺床上，思考着今天在包房里发生的一切。他寻思着钱乐之死的谜团。

瑾然转了个身，睡得迷迷糊糊的。台灯还亮着，她醒了。

"别想了。早点睡吧,明天再想。"

"钱乐死得很蹊跷啊。现场找不到凶器,没人看到有可疑人员穿着血迹喷溅过的衣服。"

瑾然昏昏欲睡,徐逸看了看手机,时间也不早了,还是早点睡吧。

陈佳到家的时候,公公婆婆,顾杰还有婷婷早已睡下。

她一个人坐在沙发上,身心疲惫,喝了一杯温水,心情总算平复起来。今晚发生的一切,让她恐惧。刚才警察问她话的时候,她一直在发抖。回到家了,熟悉的环境才让她放松下来,不再紧张不安。

高佳妮是吴苏诚的太太。她一直没睡,等着他回来。

"怎么会发生这种事?"她一脸担心与害怕。

"他的仇人太多了呗。"吴苏诚回答得很随意。

"什么人会做这种事?"她好奇地问。

"管那么多干吗?你别胡思乱想。"他安抚她的心。

她还是一副很不放心的样子,美丽的脸庞更添愁容。

高佳妮29岁,长得很漂亮。杏眼红唇,鼻梁高挺。1.65米,身材高挑,皮肤白皙,黑色长卷发。她已经洗漱完毕,穿着冬季的厚睡衣。

"你觉得会是谁做的?"

"都有可能。莹萱、林元、陈佳,或者我。"

"你可别把你也算上啊。"

"毕竟我也是嫌疑人之一嘛!"

"别胡思乱想了,早点睡吧。案子也要慢慢查,才会水落石出。"他继续说。

她朝他点了点头,两人便关灯入了梦乡。

林元平日里晚回家，从来不发短消息或者打电话和父母说一声，他的父母也管不了他。他成天和外面的狐朋狗友吃吃喝喝，游戏人生。父母老了，心有余而力不足。林元浪惯了，父母也只能干叹气。

他到家的时候，父母早已睡下，他洗了把澡，从浴室里出来，坐在沙发上，两腿伸直，搁在地柜上，觉得很舒服，听了一首歌，他也跟着哼，看了看手机，时间确实已经不早了，才上床睡觉。

莹萱四人回到家，钱斌早已在警局的时候就已睡着，她还没来得及给他洗澡。

"今天就别给他洗了，你们也早点睡吧。"

胡秀娟一脸担心地看着女儿。此时，女儿已精疲力竭。

"爸，妈，你们也早点睡吧。"

"那，钱乐的事怎么办啊？"妈妈问。

"我会找个机会告诉公公婆婆。"

老父也一脸疲态。

"你也早点睡吧，今天的事，也够累的。"

"很多事，是我们怎么想，也想不到的。"

莹萱面无表情，只觉得生活过于艰辛，很多事情，是自己永远都想不到的，渴望幸福，以为它近在咫尺，伸手触摸，它竟远在天边。

人生，总是不可能一帆风顺。总有波折，总有崎岖。

她觉得这个坎，她一定要迈过去。而且，似乎，她抬头，已经看见晨光熹微了。

22. 着手调查

第二天，钱乐被杀的消息就在朋友圈里广为散布。郑淑燕听说钱乐死了，痛哭流涕，精神接近崩溃。有朋友将这件事告诉莹萱，莹萱的反应却很平淡，因为她还得保持理智，积极配合警方的侦查工作。

徐逸也开始他的调查工作。大约19点的时候，他首先拜访莹萱家。

莹萱在屏幕里看见了他，然后按了放行的按钮，她家在二楼，他走几步台阶就到了，她给他开的门。

很大的一间两室两厅的房子。阳台朝南，正对着小区入口的过道。凡是要拜访她家的客人，必须从那条路弯过来。

"晚饭吃过了吗？"她问他。

"吃过了。"

"你也是，把瑾然一起带来不是很好吗？"

"把她带来干吗？我可是来干正经事的。"

此时，莹萱家中四人都在。马建华在沙发上看电视，胡秀娟在厨房里洗碗，钱斌在玩搭积木。

房间里开着暖气。

"想喝点什么？"

"温水就可以了。"

莹萱去厨房里给徐逸倒了一杯温水，随后递给他。

两人坐在沙发上谈话。

"钱乐的事，节哀顺变。"

她面无表情地点了点头。

"淑燕，是怎么一回事啊？"

她的脸色旋即大变，露出一副很愤恨的样子。

"没事提她干吗？"

他默默地看着她，已经猜到是怎么一回事。

"钱乐这人是不太好，花得很，我曾劝过他，结了婚了，就要收收心，可是他好像挺无所谓的。"

她的表情显得对钱乐的过去非常地不满。

"对牛弹琴,根本没用。"

"所以,婚后他也一直不定心?"徐逸小心地试探她。

她的表情,告诉自己,他猜对了。只要一提到钱乐在外面拈花惹草的事,她的脸马上就浮现出怨恨的表情。

他看出来了,但是他没把这层窗户纸给捅破。

"如果钱乐真是被赴宴的人杀死的,你觉得谁最有可能?"

她不可思议地看着他。

"你是说我们当中有凶手?"

"是啊。"

"这话不能乱说的。"

"钱乐都死了,凶手至今都逍遥法外。你再也不能用以前的眼光来看这些人了。"

她想了想。

"陈佳肯定不会,林元和吴苏诚倒有可能。"

"你为什么那么信任陈佳?"徐逸有点不理解。

"大家都是好闺蜜,平时我和她比较要好!而且她是个女孩子,不会做那种事的。"

"那……你就是怀疑林元和吴苏诚啦?"

"主要我觉得女孩子不会做这种事。"

"他们两个你更怀疑谁?"

"我只是觉得杀人这种事,只有男人才下得了狠手。"

"因为他们够冷血?"

"还有男人的心理素质都比较好。"

是啊,她并没有说错。发现钱乐被杀,林和吴的反应都很冷静,反而显得有点不近人情。倒是陈佳,像是受了惊的凶手,胆战心惊,畏畏缩缩,好像钱乐是她杀的一样。

"你有发现他们三人在整个宴席当中有什么异常的举动吗?"

她想了想。

"没发现有什么地方不正常啊,就和平时聚餐的时候一样啊。"

也许是我没看出来吧。"

"你别说你没看出来,在酒席当中,我也觉得他们的表现挺正常。只不过发现钱乐被杀之后,陈佳有点胆小,而林元和吴苏诚则太过冷静。"

"这不就是女人和男人的区别?女孩子遇到这种突发事件,都会不知所措。而男人,照样可以吃得下,睡得着。"

"是啊,旁边躺着一具尸体,照样淡定玩手机。"他也觉得很好笑。

"钱乐为人豪放,用钱比较大方,有时候酒喝多了,难免话就多了。我知道,讨厌他的人不在少数。"他在暗示她。

她的表情还算正常,只不过面部有点小的波动。

"我早就说过他了。为人处世方面多注意点,他不听,老是那么高调。有时候他说的话是无意的,但是听者有意。"

"所以不知不觉中,招人恨了?"

"买个表也要炫耀,别人还以为这表是金子做的,只有他买得起。"她对钱乐颇多怨言。

"嗯,这也是他性格使然,改不掉的。"

"我跟他说过很多次了,人家表面上不说你,心里会对你有想法。他不听,说他们是嫉妒他。"

徐逸也不是不知道钱乐是怎样的一个人。半吊子,游手好闲,无非是靠远在国外的父母接济,并且在他们的资助下结了婚,生了孩子。一个空壳子罢了。做人特别高调,什么事都无所谓,家里的事也不管,整天花天酒地,是真真实实的"负二代"。父母的家产要是到了他的手里,只能全部被败光。

他和钱乐也只是朋友里的"普通朋友",平日里走得也不是特别近。有时候几个朋友聊天,偶尔提到他,朋友的言语中充满了不屑和鄙视,说他一文不名,却自以为了不起。

徐逸也是阅人无数,他认为多一个朋友多一条路,所以也没和钱乐关系搞得很僵,或者私底下有怨言。

但是他知道，其实钱乐人缘并不好。虽然有些人表面上和他有酒喝酒，有肉吃肉，看起来亲近得很，但私底下对他很有意见，甚至看不惯他。

有人讨厌，是件很正常的事。

平日里来往密切的同事、朋友、亲戚，看上去好像和和睦睦的，实际上谁也不服谁，谁也看不惯谁。

钱乐朋友多，是事实。

敌人多，也是事实。

他那么高调，优越感十足，整天吹嘘自己，自然会有人看不惯。至于是否有人为此动了杀机，徐逸还不敢打包票。

所以他要慢慢把根挖出来，以此来揭开钱乐之死的真相。

23. 旁敲侧击

"夫妻之间，难免会有矛盾，慢慢磨合就好了。"他语重心长地对她说。

看得出来，他们之间有点问题，已经不仅仅是嫌隙那么简单了。

她露出逆来顺受的难受样。

"婚姻就是一座围城。里面的人想出来，外面的人想进去。"

"也许我体会不了你的感受。"

"以后你结婚了，或许也会面临很多的问题。"

他的眼神有些许黯然。

"对我们来说，婚姻或许是奢侈品。"他说。

"谈恋爱的时候，我也没想太多。可是后来，即使我想再多，也无济于事，只希望孩子能够健康成长。"

说着说着，她向钱斌的方向望去，眼神带着哀伤。

他觉得她话里有话，但也不方便明问，又寒暄了几句，徐逸就和莹萱告别，到林元家去了。

林元家住三楼，是普通的居民住宅。林元家离莹萱家比其他人要近，车程40分钟左右。徐逸问过他，晚上是否在家，得到确认后，就决定去他家问问话。

林元父母给徐逸开的门，徐逸和他们打过招呼后，就去林元的房间找他。

林元家是非常简单的两室一厅，房间不大，装修也很一般。

"知道我要来，还打游戏，有多迷啊？"

"你要问什么就问吧。"林元很随意地一说。

"你这样，我怎么问？"

林元听后，觉得很烦，便退出了游戏。

两个人面对面，在房间里交谈。

"你问吧。"

"你觉得钱乐是被谁杀死的？"

"这我哪儿知道？得去问警察。"

"会不会是陈佳或者吴苏诚里的其中之一？"

"这个……有可能吧。"

"你觉得是陈佳还是吴苏诚？"

"这可不好说啊，大家都是朋友，要是话传到他们耳朵里，还以为我诬陷他们呢。"

"这有什么，随便说说，你怀疑谁？"

林元想了想。

"我觉得凶手是男的，陈佳不太像那么凶残的人。"

"那你的意思就是吴苏诚喽？"

林元有点迟疑。

"性别倒是符合，但是吴苏诚为人很客气。你要我说，我觉得他不像。但是很多事情，都说不准的。"

"你为什么那么笃定凶手一定是男的？"

徐逸也觉得不可思议，林元的口径倒是和莹萱一致，都觉得凶手是男的。

"感觉吧，女人的脑子没那么聪明，而且杀了人之后，还能做得神不知鬼不觉。吴苏诚吧，脑子还行，有点小聪明，智商方面符合。"

自己和吴苏诚私交甚好，要是让他怀疑吴苏诚就是凶手，站在感情的角度上，他不愿去相信。这也只是林元的片面之词，并没有十足的证据。况且，他自己也是嫌疑人之一。不排除他想把视线都转移到吴苏诚身上，以降低自己的嫌疑。

"陈佳难道就笨了？"徐逸笑着盯着林元。

他无聊地应付着徐逸，随手从电脑桌上拿起一瓶维生素饮料，喝了起来。徐逸看着他，他有点漫不经心，眼神一贯淡漠，对任何事都不上心。

"女孩子智商方面不行。"

"这杀人案怎么就非得和智商扯一块儿？"

"那当然了，杀人案就得和智商扯一块儿，要不然怎么说高智商犯罪呢？"

"这件案件还需要高智商？"

"不然为什么凶手还没抓到啊？"

"才几天啊？警察正在全力侦破。要不了多久的，凶手就会原形毕露。"

林元面部露出淡淡的微笑，大概他觉得警察抓不到凶手。

"那最好。"

"在凶案现场的时候，陈佳的表现过于恐慌，你觉得是怎么一回事？"

"这不很正常吗？女孩子家胆子小，正常反应。"

林元依旧是淡淡的眼神、淡淡的口吻，仿佛世间所有的事都与他无关。

徐逸神秘一笑。

"那你怎么那么镇定?"

林元淡淡一笑。

"这是我的自然反应。"

"是啊,吴苏诚也很淡定。"

"他心理素质一直都很好。"

林元的随口一说,反倒激起了徐逸的好奇心。

24. 隐秘的男女关系

"怎么个好法?"徐逸问他。

"说不清楚,反正他这人心理素质很好。"林元很随意地一说,依然面无表情。

"你觉得有谁会恨钱乐?"

林元想了想。

"这个不好说,他挺招人恨的。你知道的,他很虚伪而且爱炫耀,做任何事都很高调,恨不得所有的人都知道,而且经常贬低别人抬高自己。"

他话开始多了起来,但眼神依旧空洞,脸上还是面无表情。

"钱乐的品行,熟悉他的人都知道。我想知道一些我不知道的东西。"

徐逸暗示性地盯着他看。林元抬起眼,全神贯注地回望着他。

"你想知道什么? 我也没什么东西可提供给你。"

"我记得宴席上莹萱和你说话,突然之间她的脸色就变了,我想知道你和她说了什么,她立马脸色大变?"

林元想了想。

"没说什么啊。"

"好好再想想。"

"随便聊了两句。"林元说。

"她问我菜合不合胃口,还让我多喝点红酒。再后来吗,我那天没看见淑燕,所以就问了她一句。"

果然。正中徐逸下怀。

"难道没人觉得奇怪吗?钱乐和淑燕到底是什么关系?"

"还能是什么关系?钱乐一死,她就濒临崩溃,是人都能看出来。"林元很随意地一说,眼神里透着淡淡的失落。

"之前,也没听说他们好上了。"

"地下情,莹萱估计也知道。"

"你怎么确定她一定知道?"徐逸疑惑地看着他。

"女人吗,对那种事都很敏感的,我不信她会不知道。"

"那她就这样纵容他?"

"还能怎么样?她还不是看上他的钱,还能和他离婚?当然选择睁一只眼闭一只眼。"

"我发现很多事情你很清楚啊?"徐逸觉得林元像包打听一样,耳聪目明。

"也只有你后知后觉,很多人都知道,差不多也是半公开的秘密了,大家都心照不宣。淑燕高调得很,时常在朋友圈里炫耀她买了什么奢侈品。我们都以为她搭上了哪个有钱的男人,没想到会是钱乐。她勾搭有妇之夫,也不觉得可耻,满脑充满了对金钱的欲望。"林元虽然说话的语气很平和,但他越说,眼神越充满了愤怒,那种隐而不发的恨意。

"你觉得钱乐和莹萱的夫妻关系好吗?"

"一般般吧,建立在金钱上的关系能好到哪里?再说,钱乐也是闲不住的人。外面彩旗飘飘,家里红旗不倒。莹萱又要钱,又要温柔体贴不出轨对她好,哪有那么好的事情啊?"林元如是说。

"即使他们感情不好,恶劣到她动了杀机,那天她也没有作案时间啊,她一直都在电梯口和方芳聊天,我们是一起回的包房。"

"是啊,所以你才怀疑我吗?"

"我可没怀疑你啊,而且可疑的也不只你一人。"

"还有谁啊?"

"陈佳和吴苏诚。"

"随便吧,反正他又不是我杀的。再说,我在警局也录过口供,属于随时待机的状态。"

徐逸笑了出来。

"莹萱的疑点就这么排除了?"林问。

"那你想怎样?"

"没什么,随便问问。"林的眼神若有所失。

徐逸就这么和他有一搭没一搭地聊,看看时间也不早了,于是就和他告辞回家。

25. 快来救我

徐逸回到家后,瑾然在用电脑上网,电脑桌的左上角放着一杯香浓的奶茶。

"今天的问话怎么样?"她问他。

"我今天只问了莹萱和林元,其他人没问。"

"问出些什么了没有?"她又问。

"他们说话都是说一半,藏一半,而且并没有表面上那么和睦。每个人心里都有一个小算盘。"

"哎,知人知面不知心。"

"莹萱有作案动机但没有作案时间,但是林元陈佳吴苏诚有作案时间,但目前为止,我并不清楚他们的作案动机。"

"所以还要你坚持查下去。"她向他投去期盼的目光。

"查是一定要查的，要是后两天有空，也去一下陈佳和吴苏诚的家。"

"我也想去。"她跃跃欲试，噘起小嘴。

"天太冷，你还是待家里吧。"

她露出一副失望的样子，他走过来安慰她。

"不要不高兴呀！"

他微笑着搂着她的腰，刮了一下她翘翘的鼻子，用一种疼爱般的眼神凝视着她。

"以后有的是机会。"

"那，你可答应我的，不许食言。"她又开始撒起娇来。

他喜欢她千娇百媚的样子，放任她的任性。她知道他非常宠自己，早已恃宠若娇。

"能带你去，我一定带你去。但是你千万不要乱说话，那里面可是有凶手的哦。"他笑眯眯的，半严肃半正经地说。

刹那，瑾然觉得浑身的汗毛都竖起来了，吓得她晃了晃脑袋。

恰好这天，顾杰又回来得非常晚。顾婷早已睡下。

"怎么天天都这么晚回来？下次能早点吗？"陈佳有点担心。

"不是几个好朋友聚会吃饭吗？"他不耐烦地回答。

"哪有天天聚会的？"

顾杰的脸色很不好看。

"我去洗澡了。"

顾杰，今年33岁，1.78米，身材匀称，长相英俊，一张小瓜子脸，浓眉大眼，鼻子高挺，嘴唇红润，是陈佳的丈夫，婚后他们育有一女顾婷。

陈佳看着他去房间里拿换洗的衣物，内心隐隐作痛。

"你挡住电视了。"陈佳的婆婆斜着眼望着她。

公公和婆婆在看电视。

她随即把身体转了过来。

一直以来，她都觉得自己在这个家是多余的。婆婆本来就是个厉害人物。自从诞下婷婷后，她更是不给她好脸色看。丈夫也经常晚归。她经常一个人默默流泪，不敢告诉父母，更不想让自己女儿看见她总是一副伤心欲绝的模样。

这个家，从来都是冷的。从来都是。每一件家具，每一个摆设，都不会因为她的到来而改变，尽管她是这个家的女主人。

常远被绑在一个椅子上。三个面目狰狞的陌生男人就这样在他家里和他生活了一天。他们对他说，他睡了他们老大的女人，老大心情不好，和人打架把人给打伤了，现已被刑拘。他们三人是他的小弟，想给老大出出气，先教训一下他，把他绑起来，等老大出来之后，再由老大来定夺。

常远是和父母分开住的，而且他父母工作也很繁忙，不太管他。他很早就搬出来独立生活了。

生杀大权，全在别人的手中。常远危在旦夕。

他的口中被塞入一块白色的抹布，手和脚全被限制住，全身无法动弹。形势非常危急，眼看自己快变成砧板上的肉了，他非常地不甘心，怎么样也要让徐逸注意到，他已被绑架。对，徐逸那么机智，他一定会注意到，注意到一向与他互动频繁的自己，突然有数天的静默。他一定会注意到这个反常的举动，用不了几天，他就会发消息问自己。到时候，自己一定会想办法把被绑的消息传递给他。他一定会把自己救出来。

26. 生活中的徐逸

星期一，徐逸开车送瑾然上班。

早晨的阳光明亮而温暖，但是风吹在脸上像一把刺刀一样，割得人脸直叫痛。大街上依然人来人往，车水马龙。这是一个很平常的工作日，和平时没有任何分别。每个人都在为生活奔波忙碌，每个人都压抑着心底的秘密。

作为国际大都市的S城的每一个早晨都是忙碌的。上学的上学，工作的工作，到处充满了生活的气息。

一切从头开始。每一个人精神抖擞，又开始忙碌的一天。

"你是不是和常远吵架了？"徐逸一边开车，一边问瑾然。

她觉得很惊讶。

"你怎么会觉得我和他吵架了？"

"他好几天没找我了。"

"说不定他有什么事吧，你也可以发消息给他，干吗非要说我和他吵架？我和他关系还没恶劣到这种地步吧？"提起常远，她就有点反感。

徐逸笑笑。

"我随便问问，别紧张。"

"他一向懒散惯了，指不定又到哪儿去玩了。"

"嗯，很有可能。"他相信她的话。

而常远，依然被困在家中，和那三个恶狠狠的男人斗智斗勇。

徐逸工作的时候，偶尔也会瞄一下手机，发现常远并没有发来消息，觉得有点困惑。

中午和同事们一起到附近的小餐馆就餐。小餐馆的生意很好，徐逸点了一份牛肉咖喱饭，清汤是免费的。

洪飞平日里话最多，和徐逸玩得也比较好。

"你知道吗？鼎盛开始大规模裁员了，裁的基本上都是35岁以上的老员工。"

徐逸一边吃着咖喱，一边惊讶地看着他。

"这种事我听倒是听过,没想到鼎盛也这样。"

"哎,我们过了35岁就没利用价值了。"洪飞觉得无可奈何。

"人浮于事,现在生意很难做。"徐逸也在感叹。

"你说我们过了35岁还能干些什么?"洪飞有点焦虑。

"自主创业我又不行,迟早家里蹲。"徐逸倒是很实在。

洪飞一脸的无奈。

"我们现在还能吃吃咖喱,喝喝可乐,到那时候去要饭吧。"

"别急,船到桥头自然直。"徐逸安慰洪飞。

洪飞感慨万千,显得很烦躁,边说边摇头。

"趁我们现在年轻,赶紧想想以后的日子吧。"洪飞说。

听他这么一说,徐逸也动了心思,开始思考起今后的生活。

有时候徐逸要加班,能接瑾然就一起直接回家。徐逸在外面借的房子在宝山区,一室一厅,租金比黄金地段要便宜。他当初也是看中租金便宜,反正也有车,平日也就上下班用用车,要是休息日出去逛街或者游玩,基本上不开车,坐地铁和公交,油费也能省点,闲下来,自己也可以洗洗车养养车。

两个人吃晚饭,都是瑾然去厨房里忙活,两菜一汤,两荤一素。两人都是肉食动物,无肉不欢,偶尔觉得嘴巴里没味道,那么她就不下厨房,两个人在外卖上忙活,点意大利面、鸡翅、蔬菜沙拉、奶茶,或者汉堡、鸡翅、冰激凌和可乐。

此时,两人坐在沙发上玩手机。

"我们以后不能再这么吃吃喝喝的了,要多存点钱。"他说。

"嗯,要节约一点。"她点了点头,非常同意他的看法。

"我们不能老是混日子啃老本,迟早有一天玩完。你知道鼎盛吗?已经开始大规模裁员了,而且都是年龄在35岁以上的老员工。"

鼎盛是一家大公司,她也听说过。

"现在都这样,竞争很激烈的。一不小心,我们就拖了后腿了。"

"哎，想想自己的年龄也快要接近了，是不是到时也会惨遭淘汰？"他有点忧虑。

"听你这么一说，我还要担心起我自己呢。因为我的工作能力也很一般，岂不是第一批就要被刷了？"一向没心没肺的她，竟也担心起来。

"再苦也不能苦你，真要到那时，我怎么也不会让你受苦，我养你一辈子。"他对她笑笑。英俊的脸庞，笑容是如此迷人。

醉人的微笑，勾起的是爱情的甜蜜。

她甜在心里，脸上浮现起幸福的笑容。

他伸出手搂住她的腰，她把头靠在他的肩膀上。

此刻，并不需要山盟海誓。

他已向她表明了自己的心意。她含笑首肯。

从此，两个人的灵魂便合二为一，达到了水乳交融的境界。

27. 侦讯

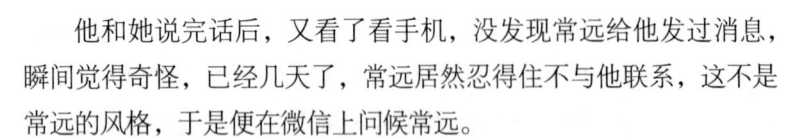

他和她说完话后，又看了看手机，没发现常远给他发过消息，瞬间觉得奇怪，已经几天了，常远居然忍得住不与他联系，这不是常远的风格，于是便在微信上问候常远。

怎么回事啊？这几天怎么也不来找我？

常远微信里的声音响了，他警惕地朝手机望去。

一个矮个平头男子走了过去，打开了他的微信。

"你朋友好多哦。这么多人多管闲事。他们再多管闲事，就让他们给你收尸。"

矮个平头男子一脸的横肉，笑得很阴险，他看完徐逸发过来的消息后，没做任何的回复，再把手机放回去。

他们三人买了些熟食，又喝了几瓶酒，酒醉微醺，一张嘴，扑面而来便是一股酒气，难闻得很。而常远则是在做最后的努力，他拼命挣扎，想要说话，可是那三个人根本不理他。

一把匕首闪着寒光，安然地躺在桌上，就在常远面前，他不敢乱来。但是形势的确危急，并且一触即发。

怎么没回？徐逸等了很久，都没等来常远的回复，内心再次狐疑，不过再想想，可能他真的玩得太 high 了，以前也这样，玩得忘乎所以，所以也没把这件事太放心上。

次日徐逸下班回来吃完饭后，便和瑾然说，他要拜访陈佳和吴苏诚家，让她早点睡觉，不必等他。

开车的时候，他还心神不定，始终牵挂着常远。

夜晚风寒，他只穿了一件黑色的大衣便匆匆赶往陈佳家。

顾杰还没回来，陈佳在洗碗，婷婷在画画，爷爷在一旁看着她，奶奶在看微信里转发的消息。

陈佳知道徐逸会来，他来之前和她打过招呼。

陈佳的家在一楼，八十几平方米的两室一厅，是一套普通住宅。

徐逸摁按钮，陈佳应门。

"冷吧？快点进来吧。"

徐逸打开绿色的总门，陈佳面带微笑地打开自家的门，探出头来，欢迎他来拜访。

"你家里好暖和啊。"徐逸笑着对陈佳说。

"把大衣脱了吧。"

徐逸脱下黑色的大衣，陈佳接过，挂在了衣帽架上。

这时，婆婆却瞪了陈佳一眼。陈佳看在眼里，心里不是滋味。

"婷婷！"徐逸冲着顾婷嚷道。他还敞开怀抱，等着她奔过来，他好抱起她。

"徐叔叔！"婷婷看见徐逸很开心，冲上来要他抱，徐逸抱起她转了好几个圈。婷婷心里很开心。

"叔叔，我想你。"

"是吗？叔叔也想你。"

"那你今天是来和我玩的吗？"

"呃，叔叔找你妈妈有事。"

"哦。"她的眼神低垂，不太高兴。

徐逸看见地板上有幅画，便蹲下身子拿起。刚刚婷婷就这样趴着，在客厅的地砖上画图。

"哇，太阳公公眯着眼睛在微笑！"

"太阳公公起床了！"婷婷很开心地说。

"是啊，月亮婆婆睡觉去了。太阳公公和月亮婆婆一个值早班，一个值晚班。"徐逸笑着逗她。

画中的背景是海滩边，红日正高挂。有个小女孩牵着妈妈的手在海边玩耍。徐逸看着看着，便觉得有点不对劲，为什么没有爸爸？

这时，陈佳走了过来。

"婷婷，去旁边画画，妈妈还有话和叔叔说。"

婷婷本来以为徐逸是来和她玩的，她多多少少有点失落。

徐逸把她放下，还摸了摸她的脸，对她笑笑。

"叔叔和妈妈说完话，马上就来和你玩。"

小孩子就是小孩子。婷婷马上就露出了微笑，到一边继续画画。

28. 反常情况

徐逸坐在沙发上，陈佳给徐逸泡了一杯奶茶，然后递给了他。

"谢谢。"

陈佳的神情显得有点凝重。婆婆一直盯着他俩看。徐逸也注意到这不对劲的地方。

"你看起来好像有点不太开心啊！"他说。

"没，可能最近事情太多了。"

徐逸环顾四周，却没有发现顾杰的身影。

"顾杰呢？"

"他还没回来。"她的表情更加地僵硬。

他也感觉到她言语上的不自然。偌大的一个家，这么晚了，男主人还不回家，婆婆那难看的嘴脸，想必她的日子也并不好过。出于朋友的关心，他有点心疼她。

"你觉得钱乐是被我们自己人杀害的，还是外来人员？"他问她。

"这个说不准。警察如果调取监控，就能知道了吧。"

"如果是我们自己人，你觉得谁最有可能？"

她想了想，想出了神。

"都有可能。但的确莹萱没有作案时间，是应该先把她排除在外。"

"那你觉得就是吴苏诚和林元啦？"

"他俩性格都很内向，又沉着冷静，挺符合杀人犯的性格的。"

"你在包房里的时候，没看到什么不应该看到的东西吧？"他小心地试探她。

"什么叫不应该看到的东西？"她反问他。

"一些反常的情况，就是你觉得不应该出现在这里的一些情况。"

她仔细想了想。

"没啊，他们俩都挺正常的。再说，那天整个包房里每个人的活动状态也都很正常，没发觉哪里反常啊。"

她努力回忆，依然毫无所获。

他却在深思熟虑。

太奇怪了。

包房里死了一个人，那么反常的情况，而周围的人却表现正常。不得不说，这强烈的对比，使得自己隐隐不安。

到底有什么东西，是自己遗漏的？

那反常的情况，必定是隐藏起来的。不然，也不会不被人察觉。

那到底是什么细节被自己忽略了呢？

他仔细地想，百思不得其解。

"林元有杀钱乐的动机吗？"

"这个……"

他看着她。

"林元喜欢淑燕，但淑燕是钱乐的'小三'，这大概就是关系吧。除此之外，我没发觉林元和钱乐有矛盾啊！"

关于林元喜欢淑燕，他多少也知道一点，但是淑燕没接受他。

"淑燕和钱乐有暧昧，这件事你是怎么知道的？"

"我本来也不知道，最近淑燕的事闹大了，谁都知道。"

"以前你知道吗？"

"不知道啊。不过最近看群消息，好像有一些人是早知道的。有些大嘴巴，肯定会和莹萱说，莹萱也不可能不知道。毕竟是女人，那方面比较敏感。"她说。

"即使她知道又能怎么样呢？作为女人，为了家庭，都会选择隐忍。"她再说。

"再说，她不愁吃，不愁穿，过得这么好，哪里肯舍弃这一切啊？"她又说。

她说者无心，但是言语中却透出了两种混杂的情绪。

他也非常敏锐地捕捉到了这点。

"你觉得她过得好？"

"那当然啦，家里这么有钱，能过得不好吗？总比没钱还要受气要强吧。"

她刚说完，他便盯着她看，眼里有某种深意。

"他们夫妻感情好吗？"

"应该不错吧。钱乐有的是钱，花钱也比较大方，至少物质上她是非常富足的。"

"感情方面呢？"

29. 冰冷的家

"没听她说过他对她不好，但是夫妻之间有摩擦是很正常的，慢慢磨合就好了。哪对夫妻没吵过架啊，不吵架就不正常了。"

"比如……"他暗示她，引导她往他想要探索的方向。

"钱乐这人嘴比较油，很会哄女孩子，有时候玩得有点过了，莹萱就会生气，两个人好像因为这些事反复地吵过。"

瞬间，他的脑海里便浮现出莹萱屈服于钱乐淫威之下逆来顺受的脸。他有点心痛，有点同情她。但是这条路毕竟是自己选的，外人也不好说什么。

他反反复复地想，想着钱乐的为人，想着一些家庭中发生过的事。

两个点是否可以连成一条线？

"钱乐有家暴吗？"

没想到，陈佳的神经仿佛被电击了一般，她的手指微微颤动。

"没……没……听说啊。"她几乎是颤抖般地硬挤出这几个字来，而且神经开始紧张起来。

他看着她颤动不安的样子，脑海中浮现无数个可能。

"的确，没看到过莹萱脸上有乌青块，但是身上就不知道了。"

"莹萱也就和我抱怨钱乐拈花惹草的事，其他没听她说过。"

"即使她有作案动机，也没作案时间啊。"他说。

"吴苏诚有杀人动机吗？"他接着问。

"他啊？和钱乐的关系不近不远，总是淡淡的，很难说。"

"你有发觉他们俩曾经靠近过钱乐的座位吗？"

"没有啊，他们不一直坐自己位子上玩手机吗？"

"你确定他们的确是在玩手机？"

"这话什么意思？即使不是，我也不可能会知道的呀。"

"我的意思是说拿玩手机做掩护，实际上是想掩盖他们想要隐藏的东西。"

"那我就更不可能会知道了，我也没特地盯着他们的手机看。"

他想了想。

这时，家中的大门被打开了。顾杰回来了，他看见徐逸愣了一下。婆婆马上就变得和颜悦色，关心起儿子来。

"衣服给我吧，外面冷不冷啊？"妈妈关心儿子。

"还好。"他一边说，一边把脱下的外套递给妈妈。

陈佳看见顾杰回来了，脸色变得愈发难看。徐逸看着她骤然剧变的表情，隐隐觉得这里面可能有什么问题。

"饭吃过吗？"妈妈问儿子。

"吃过了。"

顾杰随后望向徐逸和陈佳，陈佳的表情马上就紧张起来。

整个家充斥着冰冷的气氛，一股硝烟味逐渐弥漫开来。

徐逸见状，觉得再待下去恐怕会很不妥，于是便示意先行离去。

"婷婷，叔叔先走了。"

没想到婷婷却非常不乐意。

"啊，不行，不行，你不是说陪我玩的吗？你不能不算数！"婷婷非常淘气，吵着非要徐逸陪她玩。

这时候，顾杰满脸怒意，朝她冲了过来。

"玩什么玩啊？你自己一个人不能玩啊？非要赖着别人干吗？"顾杰几乎是朝婷婷怒吼。

徐逸就站在他的旁边，也被他的怒火吓到震惊。

婷婷被爸爸怒吼之后，先是整个人吓傻了，随后大哭起来。陈佳急忙冲了过去，抱起她，小心地哄她，脸上表情忧虑万分。

顾杰还是一脸的怒不可遏。

徐逸真是被吓到了，觉得此地不宜久留，便匆匆告别。

当他刚关上他们家的门时，就听见门内噼里啪啦的争吵声。

他就站在原地不动，静静地听着。

"你想男人想疯啦，都带到家里来啦？"顾杰朝陈佳怒吼。

30. 不幸的母女

陈佳护着女儿，心有不甘。

"只是好朋友，他来问问关于钱乐的事情。"

"钱乐的事关他什么事？是不是你和他合谋杀死的？"

"你胡说什么？大家都很关心钱乐的事。"

"钱乐的事和你有什么关系？整天卖弄风骚，都把人带回家来了，真是不知羞耻，还要不要这个家啊？不要就滚！"

陈佳仍在据理力争，然而婷婷却被爸爸这凶狠的气势吓得浑身直打哆嗦，陈佳一直抱着女儿，抚摸着她，怕她幼小的心灵受到更严重的伤害。

婆婆也来帮腔。

"他们两个人眉来眼去的，别以为我看不出来。"婆婆一脸趾高气扬的样子。

陈佳觉得很无助，已经没有力气再去争辩了。这个家，让她沉重,让她痛苦,让她背负着罪孽。而婷婷却最无辜。大人之间的事情,不应该把小孩子也牵扯进来。可是她已经被牵扯进来了。每次爸爸在场的时候,她的眼神极为涣散,非常恐惧,不敢和爸爸说话,怕爸爸打她骂她。婷婷才三岁,却长期目睹家庭暴力,精神上已经受到很严重的刺激,可她毕竟是小孩子,也有天真活泼的一面,每次玩得疯疯癫癫的时候,又会被奶奶和爸爸骂,心里很不开心。只有妈妈和爷爷维护着她。

整天吵,整天吵,爷爷也觉得他们很烦。好好的一个家,就不能温馨点吗?

"别再吵了,整天瞎折腾,有什么好折腾的?婷婷都吓哭了!婷婷来,爷爷抱。"爷爷走了过去,想要抱她,但她不肯,死死粘着妈妈。

婆婆依旧不依不饶。

"她外面花头不要太足哦。我们管她吃管她住,她照样花擦擦。"陈佳一脸的沮丧,都要哭出来了,却死死紧抱住怀里的婷婷。

"你不要这么污蔑我,这根本就是子虚乌有的事!"

"哦哟,我冤枉你了?你外面没有勾引男人,是我老眼昏花,好不啦?"

陈佳被他们气哭了,怀中的婷婷惊魂未定,看见妈妈哭了,却懂事地伸出小手,擦拭掉妈妈的泪水,陈佳哭得更凶了,抱她抱得也更紧了。母女俩互相安慰。

"我到底是做错了什么?你们要这样对我?"陈佳一边抽泣,一边痛苦地哀嚎。泪水早已纵横密布。

顾杰和婆婆不为所动,婆婆依旧斜着眼,一副尖酸刻薄的样子。

"不要再吵了!家里安静点行吗?"爷爷一脸的烦心,上前劝架。

"我们肯啊,她肯不肯啊?这事都是她搞出来的!"婆婆依然强势。

陈佳抱着女儿在哭泣。

徐逸站在一楼昏暗的走廊里，他隐隐约约听到里面的吵闹声。

家家有本难念的经。不幸的家庭各有各的不幸。

直到此时此刻，他才体会到陈佳的痛苦。那个瘦弱的女人，她的肩膀把整个家都扛了起来，依然得不到家人的欢心。每次看见她的时候，总感觉她脸色苍白，神情恍惚。她这么年轻，实在不该承受她这个年纪不该承受的痛苦。

他在黑暗中悲叹。他同情陈佳，同情婷婷，同情这对母女。刚开始，她只是爱错了一个男人，后来她进错了这个家，结果，他们母女却遭遇到不幸。痛苦和折磨无孔不入，如影随形。而陈佳母女却要永远地陷在阴影中，被黑暗吞噬，成为死神的祭品。

他越想心里越难受。然而这毕竟是她的家事，他也不方便插手，只得灰头土脸夹着尾巴走人。

他开车前往吴苏诚家。开车的时候一定不能分心，然而他心里依旧无限唏嘘。

大冬天的，夜深风寒。马路上依旧有开着车灯不断行驶的车辆。

前进的路虽然黑暗，但只要有车灯，一定会把所有的路都照亮。

徐逸坚信，只要心里尚存一丝希望，光明便永生。

想着想着，他握着方向盘的手更加地有力了。

因为此时的他，已浑身充满了力量。

31. 伪装的外衣

吴苏诚住在一幢普通住宅的六楼。

天空下起了毛毛细雨。即使不下雨的夜晚，也有很多年没看见星星了。徐逸小时候经常抬起头看星星，璀璨的夜空，点点星光仿佛镶嵌在一块深蓝色抹布上的钻石，它忽明忽暗地闪烁着，仿佛向我们眨着眼睛。

他每次看着星空，都会对遥远的宇宙充满了幻想，总是期待着有神话的发生。

如今，他长大了，身边依旧有神话。

他摁了摁按钮，放行的声音响了起来，他拉开一楼的防盗门，踩着台阶，慢慢通往六楼。

到六楼的时候，吴苏诚已经半开着房门等着他来。

"来啦？"吴对徐说。

"嗯，外面还下了毛毛雨。"徐回答。

"进来吧，家里暖和。"

徐逸走了进来，准备脱鞋，但是吴非常客气地让他套只鞋套就可以了。

"是挺暖和的。"

吴的家里开了空调。

吴住的是一套老式的两室一厅的房子，和父母同住，面积并不是很大，四个人住在一起显得有点拥挤。

吴的父母看见徐逸和他点了点头，他们在大卧室里看电视，高佳妮在他们住的小卧室里玩电脑。

吴给徐倒了一杯橙汁，也给自己倒了一杯。

"知道你开车不能喝酒，给你倒了一杯橙汁。"

"小日子过得不错啊，晚上还喝喝橙汁。"徐逸拿他开玩笑。

吴也笑了起来。

"我哪能和你比啊，我那叫凑合着过。"

徐逸朝小卧室里张望。

"她知道钱乐被杀的事吗？"

"和她说过了。"

"这个事发生得太突然，大家都很震惊。"吴继续说。

徐盯着他看。

"你没有怀疑的人？"

吴朝他看看，然后想了想。

"我觉得莹萱比较可疑。"

徐逸觉得有点疑惑。

"她怎么可疑啊？"

"虽说在我们四个人当中，她的嫌疑是最低的，但是不是太刻意了？好像故意给自己制造不在场证明。"

听他这么一说，徐觉得说得也有点道理。

莹萱从头到尾和钱乐之死没有半点关系，不在场证明的确有刻意制造的嫌疑在里面。

"现在都是讲证据的，没有作案时间，基本嫌疑会被排除。"

吴低头沉思。

"你是第一个敢光明正大怀疑莹萱的人。"徐看着他笑了笑。

"其他人不敢吗？"

"他们啊？说话躲躲藏藏的。也许也怀疑她，但是证据上说不过去，所以没有明说。"

"我怀疑她，只是因为她的不在场证明太刻意了。在钱乐被谋杀的时间段，她根本没出现过，一直在电梯口和人聊天，怎么说也说不过去吧。正正好好聊到你回来，和你一起进包房，然后发现钱乐被害。我总觉得这里面是不是有什么蹊跷？"吴的表情有点想不通。

"但是她也不可能分身去包房把钱乐杀死的，我们都可以为她作证，更何况，饭店里还有监控。莹萱的嫌疑基本上可以排除掉。至于显得有点刻意的不在场证明，之后我可能还会再琢磨琢磨里面是不是有啥猫腻。"

"那你是铁了心怀疑我们三个喽？"吴笑着看着徐。

"嘻，这话说得就有点伤和气了。"徐笑着打圆场。

"其实也没什么，很正常，因为的确我三人嫌疑最大。警察也对我们三个极为关注。"

"那……那天有没有注意到其他二人的不对劲？"

"不瞒你说，还真没有。"

徐逸想了想。

"如果不是你们没注意到就是凶手伪装得太好。我还真是低估了他了。"

"你这样夸他，不是灭自己威风吗？"

"我可没夸他，但看起来似乎是个高手。"

"所以你要当心啊。"吴笑着对徐说。

"接下来将是一场硬仗。"徐的眼神柔和而坚定。

32. 局外人

"你觉得林元符合杀人犯的特征吗？"徐问吴。

"他啊？整天玩手机，总是一副很无所谓的样子，眼神永远淡漠，似乎永远是局外人。"吴说。

"但他心理素质却非常好，对吧？"徐充满深意地盯着吴说。

"是，男人吗，心理素质一般都不错。"

"而且林元在朋友当中也没什么玩得特别好的人，和大家的关系也都忽近忽远。他总是一副漫不经心的样子，对什么似乎都没什么兴趣。如果是凶手的话，那一定是个非常自由散漫的凶手。哈哈。"徐说着说着，也觉得很好笑。

吴和他一起笑了出来。

"有点冷酷，有时候有点懒散，对什么事都不关心，这个凶手永远都睡不醒。"

他刚说完，徐也跟着笑了出来。

"说正经的,他和钱乐的关系怎么样啊?"

"还行吧。说不上有多好,但也没听说他们有不快。"

"淑燕会是他和钱乐之间的问题吗?"

"也许吧,但林元总是一副无所谓的样子,他也不会和人吵架,没听说他和谁有恩怨,一直都是冷冷的,属于那种吵也吵不起来的人。"

"钱乐有攻击性,但是林元没有,所以两个人应该爆发不了。"徐逸小心地总结。

"两个人完全不搭边。"

"那陈佳呢?我刚才从她家过来,顾杰脾气很大,看样子经常发火,觉得她挺可怜的。"

"有时候从她的表情上发现她好像有难言之隐。顾杰整天疑神疑鬼的,动辄对她打骂。他事业上很不顺,所以总拿她出气。"

"结果把婷婷也搭上了。"

"这孩子可怜,本来天真无邪的,现在看她爸眼神都呆滞了。"

徐逸一声悲叹。

"我本来还把她算在嫌疑人里的,现在觉得她的嫌疑降低了很多。毕竟是个弱者,连自己的命运都无法主宰,又怎能主宰别人的呢?"

"如果你真这么想,那你就被她给骗了。"吴说。

徐逸谨慎地看着吴。

"怎么说?"

"凶手往往都是那种最不引人注意,你认为的最可怜最无辜的人。"

徐逸笑了起来。

"分析得有道理。弱者一般总被人忽略。"

"我也不是说我怀疑她。在婚姻里她是受害者,但站在其他的角度上她未必。"

"是,你说得很对。每个人都有无数个角色,要看他当时扮演的是哪个角色。"

"莹萱和陈佳是好姐妹，但是两个人婚姻都不顺。"吴感叹。

徐逸盯着吴看，他想要探究这句话的深意。

"莹萱怎么不顺啦？"

"钱乐这个人你又不是不知道，总在女人的问题上出问题。"

"这我知道。莹萱肯定也没少受闲气。"

"所以她肯定也积累了不少怨气。"

"现在生活压力这么大，也没几个活得舒坦的。"徐感叹。

"是啊，又要有钱，又要幸福，哪有那么好的事啊？"

"所以才说幸福珍贵嘛！"

徐往小卧室里看了一眼。

"结婚也快一年了，怎么也不添个孩子？"徐笑着看着他。

"暂时还没这个打算，等过些年吧。现在生个孩子感觉要背着债的。"

"佳妮这么美艳动人，想必也享了不少艳福吧？"徐逸逗他。

吴笑了起来。

"你自己也有啊！瑾然那么吃你，你肯定也给了她不少爱吧？"

两个人心照不宣，纷纷笑了起来。

吴蛮佩服徐的，两人平日里关系也不错。

33. 高佳妮

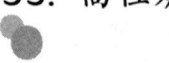

佳妮从小卧室里出来，正好撞上在客厅里聊天的徐逸。尽管她素颜，穿着睡衣，但依然能看出是个美人坯子。

"在聊什么呢？聊得这么起劲？"她带着微笑，一边说，一边去厨房里倒水喝。

"在聊你和吴苏诚的幸福生活。"徐逸不怀好意。

"这有什么好聊的？你自己不也有吗？"她说。

"他总是不正经。"吴说。

徐对他笑笑。

"行了，麻烦你们招待了，我也该回家了。"徐起身。

"再坐一会儿吧。"吴说。

"是啊，再坐一会儿吧，也不是很晚。"高又补了一句。

"不呢，明天还要早起上班呢。"

"那我也不留你了。"吴说。

徐逸脱掉了鞋套，吴和高目送着他打开房门，走了出去。走廊里的感应灯已经亮起。

"有空再来我家坐坐。"吴说。

"好啊，那我就不客气了。"徐回答。

"我们谁跟谁啊！"吴说。

"那好，我走了。"

"嗯，再见。"

门关上了。高佳妮却开始不安起来。

"他是不是怀疑钱乐之死和你有关？"她总是显得很忧愁。

"他怀疑的是我们三个人。"吴很淡定地回答。

"那他还会不会再怀疑你？"

"怕什么？我又没杀人！"

可是她还是不安，紧绷的神经从未松弛。她低垂着眼神，若有所思，满面愁容。

"好了，没事了，别怕，有我在呢。"他向她保证。

"嗯。"她朝他点了点头，她紧绷的神经才开始松懈了下来。

徐逸回到家后，瑾然一直盯着询问他调查的经过，他娓娓道来。

"目前为止，你最怀疑谁？"瑾然跃跃欲试，表情显得很急切。

"目前来说还看不出什么。"徐很淡定地回答。

瑾然立马觉得无趣,开始泄了气。

"哎,每次都这样。"

"当然每次都这样,到了尾声了就差不多了。"

"什么时候能到尾声啊?"她开始无精打采起来。

"慢点来吗,别急,心急也吃不了热豆腐。"

他从衣橱里拿换洗的衣物,顺便问她。

"常远来过吗?"

"没。"

"这猴崽子跑哪儿去啦?"

"他肯定到哪儿逍遥快活去了,一大活人,你还担心他?"

但是徐逸却隐隐有点担心,这实在不是常远的风格。常远和他关系从来都很好,这么多天不联系,实在是让他捉摸不透。

如果常远真有什么事要失联几天,一定会提前通知他。

他俩关系要好到穿同一条裤子,没道理这几天他一直无声无息,仿佛人间蒸发了般。况且,常远最近几天的朋友圈也开始静默。这实在可疑得很。

夜深人静。

吴苏诚和高佳妮早已入寝。然而高睡到一半却开始做起噩梦来,嘴里含含糊糊,突然大叫救命。

吴被她惊醒,随后开灯安抚她,没过多久,高也醒了过来。

"做噩梦啦?"吴支起身子。

自从钱乐被杀之后,她的情绪一直都不稳定,好几个夜一直都做噩梦。

"我梦见钱乐来杀我。"她的身体微微发抖,非常害怕。

"他不会来杀你的,他已经死了。"

她刚刚才恍然,他的确已经死了。

"没事,睡吧。"

她一脸焦虑，睡意全无。

在他温柔的安抚下，她才肯继续睡。

他轻轻拍打着她的身体，哄她入睡。她感到心安，才渐渐进入梦乡。

34．护花使者

准备上班前，徐逸又给常远发了一条消息，可是几分钟过去了，依然毫无动静，这几天，他一直隐隐不安，总感觉似乎有什么事要发生，但又不确定到底是什么事。

常远没回他，他开车送瑾然上班去了。

自从和钱乐好了之后，郑淑燕和他在外面租了一套两室一厅的房子，租金全是钱乐付的。钱乐一死，她就基本断了经济来源，尽管她也有工作，但是靠她那点工资，根本无法支付这套公寓每月5000元的租金。

她之所以那么痛苦，并不是钱乐死了，而是经济来源断了。

他们俩的关系其实也就建立在金钱上，谈不上感情有多深。钱乐或许垂涎于她的美色，可她完全看中的是钱乐的钱，所以甘愿当"小三"，委身于他。

林元下了班，直接到淑燕那儿去找她。钱乐死后，她的情绪一直都不稳定，他怕她出事，所以只要有空，便去看她。她只把他当男闺蜜，对他没有任何非分之想，也不会喜欢他。他知道她看不上他，但仍想充当护花使者。

郑淑燕，26岁，大圆脸，长卷发，身高1.64米，苗条纤瘦，长相艳丽。指甲上涂满了鲜艳的大红色，一双勾人魂魄的眼睛，一片性感撩人的嘴唇，充分暴露了她狐狸精的本色。

"晚上想吃点什么？"林对郑说。

她百无聊赖地坐在沙发上玩手机，根本不理会他。

"那做蛋炒饭吧。"林提议。

林下厨房给郑做蛋炒饭，但是他厨艺不佳，蛋炒饭油放得多，又咸，郑尝了一口，就要吐了，她赶紧拿手捂住口。

"太难吃了，这是什么啊？"她向他抱怨，眉头紧皱，眼睛斜斜的。

林的脸色稍微有点难看。

"那……我煮面给你吃吧。"

"别煮了！难吃死了。"郑娇气得很，好日子过习惯了，衣来伸手饭来张口。

林愣在那里。

"那你想吃什么？"

"叫外卖。"

他想了想。

"好吧，你要吃什么？"

"我最近穷得很，你帮我付钱吧。"郑不怀好意地朝他笑笑，像一个贪婪的吸血鬼。

他在她面前总是委曲求全，一再地沉默。

他打开手机外卖 App。

"先来一盘三文鱼和金枪鱼刺身，再给我点一份意大利面，还有鸡翅、奶茶，慢点，再来一只葡式蛋挞，一包薯条。"

林正在给她找合适的餐厅，听到她报出这么一连串的菜单，他慢慢抬起头朝她看了看。

"你看着我干吗？"她朝他吼。

"你吃得了这么多吗？"

"你不是和我一起吃吗？"

"我不吃，我吃蛋炒饭。"他总是勤俭节约。

她斜着眼看着他,狠狠地抱怨了几句。

林面无表情,逆来顺受,心安理得地吃着那又油又咸的蛋炒饭。

常远除了上厕所和睡觉,几乎一直被绑在椅子上。他上厕所有人看着,不许他关浴室的门,睡觉也被绑着躺在床上。这几天,他简直难受死了,吃没吃好,睡没睡好,人不像人,鬼不像鬼,体重暴跌,而且心里一直抱怨徐逸,为什么不怀疑他正身处险境当中?只要徐逸觉得不对劲,继续刨根问底,他就有办法把他被绑的消息传递给徐逸,让徐逸来救自己。

可是,没有。

他这个好兄弟,并没有觉得他哪里不对劲,大概他游戏人生的浪子形象太深入人心,所以徐逸以为他又去哪儿逍遥了,根本不管他的死活。

都这个时候了,常远还是比较后悔的。

父母朋友都没有觉察到他的不对劲,没有人来帮助他。眼看时间一分一秒过去,危险迫在眉睫。人为刀俎,我为鱼肉。

他真不敢想象,自己被他们切成一片一片的样子。

所以徐逸,快来救我!

35. 救命电话

"常远到底怎么了?"徐逸有点疑惑不解。

"还能怎么样?肯定又去找女人了。"瑾然淡淡地回答。

"他能不能有点正常的嗜好?"

"你一直和他在一起,是不是也染上这坏毛病了?"她朝他看看。

"没,这怎么可能呢?不是有你吗?"他傻笑,极力讨好她。

"别再和我说这种没用的话了,指不定以后就去找了。"她自顾自抱怨。

"不会的,我怎么会找女人?要找也找你嘛!"他笑笑,搂住她的肩头。

她听后,有点得意。

"少和他一起,你真的会被他带坏的。"

"这有点难度吧,我和他一起长大的,多少都有点感情。"

"随便你了,别到时,犯了错,一把鼻涕一把眼泪地来求我,我可不答应。"

"呃。"他的脑子开始错乱了。

徐逸临睡前还在想常远的事,越想越不对劲,于是打手机给他。

常远刚刚上完厕所就又被绑了。

三个歹人面恶,一边喝酒,一边玩纸牌,时不时朝他阴险得意地笑着。常远觉得自己命不久矣。

就在这时,常远的手机响了起来,他开始激动起来。

这个矮胖平头男子站起身来,拿起手机看了看,然后朝那两人喊话。

"怎么办啊?有人打手机给他。"这个矮胖的男人说道。

"摁掉不就行了。"那个矮瘦的男人回答。

矮胖男人把通话给摁掉了。

徐逸觉得奇怪,怎么摁掉了,继续拨打他的手机。

手机声再次响起。常远情绪很激动,拼命挣扎。

"怎么那么烦啊?"第三个皮肤很黑的男人不耐烦地说道。

"怎么办啊?到底接不接啊?"矮胖男人问。

"接个啥啊?接起来你怎么回答?"黑皮肤男人回答。

矮胖男人又把通话给摁掉。

这下,徐逸觉得是不是撞到鬼了。常远到底怎么了?

瑾然洗完澡躺床上去了,可是徐逸还是在想常远的事。

那边，常远一直发出沉闷的声音，整个身体都在晃动。那三个歹人看不下去了，于是都走了过去。

"他真的好烦啊，一直动个不停。"

"是不是有什么话要和我们说？"

"要不要把他嘴里的抹布拿掉？"

"谅他也要不出什么花样来。"

矮胖男人把常远嘴里的抹布给取了出去。常远总算能够透口气了，他咳了几声。

"下次他再给我打电话，让我来接。"

"找死是吧？活腻啦？"黑皮肤男人一副很嚣张的样子在威吓他。

"他和我关系比较好，如果一直找不到我，你们知道后果。他有可能会找到这里，或者叫警察，到时候对你们是非常不利的。"常远倒不紧不慢，和他们分析形势。

那三个人互相看了看。

"我们没那么傻，你趁我们不注意，让他报警，当我们是摆设吗？"那个黑皮肤的男人睁大眼睛直瞪着常远，一副凶恶的模样。

"如果我真这么说了，你们也不会放过我的对吧？所以我也没那么傻。我会对他说我最近几天有事不方便与他联系，他释疑了，以后自然也不会再打过来，不就省去了你们的麻烦。"

那三个人想想，觉得他说得也对，于是又把抹布塞回他嘴里。

而此时的常远，内心得意，他要开始谋篇布局了。

36. "小三"斗正宫

冬日的早晨空气清冷，高远的天空虚无缥缈。景色总是静，而人总是动。办公室依旧忙碌。徐逸忙里偷闲的时候也会眺望一下远方的景色，心里牵挂着常远。

这几天，淑燕越想越不服气，一直向林元抱怨，都是莹萱搞出来的事，钱乐死了，自己的经济来源断了，要她赔偿自己的损失。林元让她别乱来，淑燕没理他。

马莹萱一下班，就被郑淑燕堵在了楼下。

郑穿着大红色的大衣，长发披肩，美艳十足。她气焰嚣张，趾高气扬地盯着莹萱。马不理她，准备上楼，郑却不让她走。

马穿着驼色的大衣，身形与郑相比，稍显单薄，但容貌丝毫不输郑。马的眼神是温柔的水，而郑则是无穷的欲望。

"你什么意思？"马问郑。

"什么什么意思？"郑抹着大红色的唇膏，眼神里透着妩媚，然而美丽的容颜下却是一个肮脏的灵魂。

"我还没追究你和钱乐的事了，你自己倒找上门了？"

郑脸皮不是一般的厚，被马这么说，也不觉得不好意思。

"钱乐和你的感情早就名存实亡了。我今天来呢，是来告诉你，我要继承他全部的财产。"

郑挑衅着，马听后，觉得好笑，不禁笑了起来。

"你笑什么？"她感觉受到了侮辱。

"我才是钱乐合法的妻子，他的财产什么时候轮到你来继承？"马很淡定，沉着冷静，遇事不乱。她表面不说她，内心却讥讽她愚蠢又幼稚。

郑不甘示弱。

"我和钱乐有夫妻之实，我们已经是名义上的夫妻了。"

她的话真把莹萱给逗乐了。

"那你去告吧，如果法院判你赢，我就把他的钱都给你。"

说完，莹萱从容地从包里取出钥匙串，准备打开一楼的大门。

淑燕恨得牙痒痒的。

"如果你不给我钱,我就让整个小区的人都知道你的丑事。"

莹萱回过头,淡定地望着她。

"我有什么丑事可公布于众?"

"你要是不嫌丢人,我会让你知道我的厉害。"

莹萱不理她。大门的声音响起,她面无表情地走了进去,大门随即关上。

郑淑燕站在原地,眼神带着恨意,望着马莹萱离去的身影。

都是两朵女人花。马莹萱的颜色更娇艳一些,而郑淑燕,她的花瓣都是黑的。

林元当天下班后,就直奔淑燕家。

"你去找她干吗?明明是你理亏!"林大声责备郑。

郑越想越气。

"凭什么钱乐的钱都归她?啥好事都让她给占了。"她一脸嫌恶,心里愤愤不平。

"人家本来就是钱乐的妻子,他的钱当然全归她了。"

"你是不是和她有一腿啊?怎么老是帮着她?你是爱我还是爱她?"她更加怨恨。

"这不是爱不爱的问题!这是讲不讲理的问题!"

郑根本听不进他的话,她早已被钱乐的财产给迷花了眼睛。

回到家后,莹萱将此事告知了陈佳,陈佳为她愤愤不平,还骂郑淑燕不知廉耻。莹萱对她说,公公婆婆安排好饭店的事,马上就赶到 S 城来处理钱乐的事,到时候也不知道该怎么和他们说。陈佳就说,该怎么说就怎么说呗,反正人也不是你杀的。莹萱觉得家里头一大堆事也够烦心的,陈佳也深有体会。两个好闺蜜,同病相怜,谁也不比谁过得好。

37. 笑里藏刀

　　他们吃好晚饭后，瑾然说想到外面逛逛，徐逸心烦意乱，因为常远一直没动静，这可急坏了他。
　　"外面那么冷，逛什么逛啊？"他一脸的心事重重。
　　"饭后百步走，活到九十九。多运动，才能保持身材。"
　　徐嘲笑她。"人家运动是保持健康，你是保持身材？"
　　"保持健康和保持身材又互不影响！"她听见他这么说，心里生气。
　　"你可以在家里跳减肥操吗？要不去健身房也可以。"
　　"人家锻炼都在外面，谁在家里锻炼啊？"
　　"有氧运动还分室内室外？"
　　"不和你说了，总是一副爱理不理的样子，我自己出去。"
　　她刚说完，准备穿好大衣，他就追了上去。
　　"一起去吧。外面风大又冷，再说又是晚上，你一个人我不放心。"他含情地凝视着她。
　　她听后，心里感觉暖暖的。生活中总是少不了打情骂俏，两人感情反而更好。
　　他帮她裹好围巾，她的脸上浮现出淡淡的微笑，和他一起，总被温情浓意包裹。
　　他的款款深情，只对她奏效，他也只对她付出。
　　他不再想任何有关常远的事。此时在他面前，还有更重要的事，就是好好待她。

　　歹人买菜做饭，给常远吃的东西他根本不喜欢，而且非常厌恶这饭菜的口味。他一心就等着徐逸再次的来电，他好把自己被困的消息传递给徐逸。

散完步后，徐逸拿着手机坐在沙发上，瞧着屏幕上常远那栏，心里若有所思。这小子该不是遇到什么困难了吧？好比他经常找女人，不是惹到谁了吧，或者太得意忘形，被人给教训了？徐逸一直想，越想越往坏的地方想，觉得不能再这样，于是又拨通了常远的手机。

常远的手机再次响起。常远灵机一动，机会来了。

"怎么办？"矮胖男人问。

"让他接，我们在旁边听着。"黑皮肤男人发号施令，其他两人都听他的。

矮瘦男人把常远嘴里的抹布取了出来。在让他接电话前，三人再次威胁他让他别耍花样，常远笑着答应了，但他是笑里藏刀。

"喂。"徐逸说。

"嗯，说吧。"常远谨慎应对。

"你这几天去哪儿啦？电话也不接？"徐逸很着急。

"哎，应酬多得忙不过来。"常远假装玩世不恭的样子。

"什么应酬啊？"

三个人在旁边认真地听着。

"还不就是女人呗。"

"你忙这些也不至于忙到不和我联系吧？"徐逸有点责怪他。

"我在外地旅游呢，身旁有个妞，话我就不多说了。"

三个歹人在旁边笑得很淫荡。

"我好不容易打通你的电话，你又来这一套，搞什么鬼啊？"

常远故意压低声音。

"我在网上给其他女人订了一套护肤品，让她知道就不好了。"

"哦，原来是这回事啊，那你之前干吗要摁掉我打来的电话？"

"还不是因为你大嘴巴。"

"你的女人那么多，我又不认识，怎么会妨碍到你？"

"我现在不方便登录网站，你帮我登录一下，账号你知道的，密码是 5051a2b1325815135，地址改你的，帮我收一下包裹，我回来后你再给我。"

徐逸一边拿笔记下，一边又与常远核对。

徐逸觉得很奇怪。

"包裹都订好了，现在肯定在运输途中，怎么改？"

"哎，我收藏的，还没付钱呢，你点进去，收藏夹里只有一个物品，你把地址改你的，帮我收一下。"

"嗯，好，我跟你说，你玩归玩，别太过了。"

"知道啦，老是像个老太太一样唠唠叨叨，赶紧帮我登录网站。"

"嗯。"

"还有事吗？没事我挂了。"

"我好不容易确认你活着，才没聊多久就急着挂电话，还能不能有点感情？"

"哎，我回来再说，别妨碍我泡妞啊。"

"就你事多。好吧，再见。"

手机挂了。

常远对三人笑笑。

"我可没耍花样啊。"

三人也笑得很无耻。

"呵呵，算你听话。"

矮胖男人把抹布塞回他嘴里。

而此时的常远，内心很是得意。他知道，不久之后，徐逸就会赶过来救他，这三个人即将完蛋。

而徐逸却浑然不知，常远无缘无故让他代收包裹，其中蕴含的深意。

38. 密码

徐逸知道常远一些网站的账号，但并不知道密码。当他登录网站的时候，输入账号输入密码，系统提示密码错误，他百思不得其解，这明明就是常远告诉自己的密码啊，怎么会有错误？以为自己输错了，再次输入，系统依然提示密码错误。这下，徐逸彻底蒙了。

这狗崽子到底在搞什么鬼？

正要再打电话给他时，徐逸却心想，这小子心不在焉，玩得不亦乐乎，再打给他也无济于事。反正也不是什么急事，先放放。

"明天除夕了，你要回去过春节了。"徐逸对瑾然说。

"过完年，我们不是又要回来的吗？"她对他笑笑。

"要不，你和我回去，我把你介绍给我父母？"她继续说。

"小姑娘，什么都不懂，要谈婚论嫁才能把我介绍给你父母。"他笑着看着她。

她红着脸，不知道该怎么回答他。

他走近她，从她后面抱住她，两个人有片刻的温存。她顺势搭上他的手，两人互相抚摸，互相安慰。

"不过呢，早晚的事。"他的嘴紧贴她的耳朵，呼出的热气温热了她的耳朵，他刚说完，她的耳朵就已经通红。

她仍迷醉在爱情的甜汤里，轻飘飘的，以为幸福之外还是幸福。

最后，两个人都沦陷了。

常远父母打来电话，常远对歹人说是自己父母，会好好应付他们，于是歹人便让他去接。听儿子说人在外地无法回来过年，母亲也拿他没办法，知道他野惯了，于是就真的相信他是因为旅游才没办法回来过年，而不是遭遇了什么麻烦。

三个歹人说都是常远害他们没办法回老家过年，等老大出来，一定不会便宜他，而常远早已吓得不轻，内心苦苦盼望徐逸破解密码来救自己。

第二天，徐逸便送瑾然回去，而自己也告别了爱巢，回自己家过年。

2017年的春节来临。

这个年，每个人都过得五味杂陈。

徐逸每天除了吃就是玩，还要负责接待亲戚。大家都以为他过得开心，实际他心里还在琢磨那串密码到底是什么意思。他了解常远，他不可能会无缘无故给他一个错误的密码。而且自从警局出来后一直到现在，他一直处于失联状态，唯一打通的电话也是自己打给他的，然后他报给自己一个错误的密码。于是他开始大胆假设小心求证，常远是不是遇到了什么麻烦？那串密码也许是常远要传递给他的东西。

于是他便新建了一个空白文档，把那串密码写到了空白文档上。

5051a2b1325815135。

到底是什么意思？

这串密码由15个阿拉伯数字和2个英文字母组成。就其分布情况来看，大致可分为：也许505是第一部分，1a2b应该是第二部分，第三部分是1325815135。

也许每个部分代表着某个特定的意思。

他一直在琢磨，看着电脑屏幕上那17个静默的字符，他的内心一直在思考答案，然而时间一点一滴地过去，他依然毫无头绪，想给常远打电话，但是又怕自己如果在电话里透露太多，担心他的安全。

过 12 点了。

他想了想，还是先睡觉，明天再想吧。

39. 破译密码

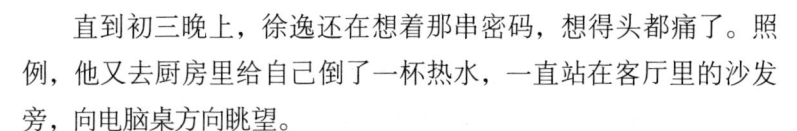

直到初三晚上，徐逸还在想着那串密码，想得头都痛了。照例，他又去厨房里给自己倒了一杯热水，一直站在客厅里的沙发旁，向电脑桌方向眺望。

空白文档上清楚地显示了那 17 个字符。

徐逸一直盯着，脑海中开始思绪万千。

505。

他的大脑开始出现联想。

慢慢地，他觉得这 5 个数字好像起了某种变化。

他一边喝热水，一边想，觉得胃很舒服，喝的水甜滋滋的又能温暖身体，一次美好的享受，当他再次喝水，头习惯性地往后仰，突然瞥见了 505，于是就中了。

原来如此。

原来 505 是这个意思啊。他开始意识到常远有危险，想尽快把之后的数字和英文给破译出来。

505 并不是它的读音代表某个意思，而是它的形状。徐逸刚才就在展开联想，喝水的时候，突然灵光乍现。

505 和 SOS 的字形相近，常远是在向徐逸求救。至于那些数字和字母代表什么意思，徐逸急着想知道，于是他决定继续奋战到底。

第一组结束，那接下来第二组 1a2b 代表的又是什么意思呢？

他想了又想，绞尽脑汁地想，可脑子里还是空荡荡的，一无所获。

眼看常远不知道在外地哪个地方正遭遇危险，而自己却无能为力，他觉得自己很窝囊，像个废物，无法帮助他。

假设那天他给常远打电话之前几天他到了外地旅游，那么算上前几天，已经很多天了，再拖下去，常远肯定会有危险，必须尽快破解密码。

1a2b。

这串数字和英文混合的组合是有规律可循的。

2 承接 1，b 承接 a。

所以按照这样的规律，接下去的数字将是 3c4d5e6f7g8h9i10j11k12l13m14n15o16p17q18r19s20t21u22v23w24x25y26z。

对，常远给我 1a2b 这串密码，就是让我按照这样的思路。那么最后的一组数字也就可以很清楚地破译。

应该是 acbehaeace。

嗯？怎么不对？

把 1 看成 a，把 2 看成 b，怎么就不对了？

徐逸的思路又陷入僵局。

是按照这样的思路啊！怎么不对？他想不通了。

然后他又想了想，也许应该改变一下思路。1325 说不定不是 1、3、2、5，而是 1、3、25，或者 13、2、5，或者 13 和 25。

对，他试着排列了一下。

最后排列出一个成型的有意思的英文字母。

即 my home。

所以那串 17 位的密码，去掉 1a2b，它所真正要表达的意思是 sos，my home。

常远并没有去外地，而是在家里。不是他不想说，而是他不能说。也许身边有什么人威胁他，不让他说他在家里。一定。

常远正被困于家中，身边也许有不少歹人已经控制住了他。

徐逸决定要亲自去一趟常远家，好探明情况再做打算。

于是他穿好衣服开车去常远家。

常远心想，那么久了，凭你的智商应该早就想出来了吧？不能再这样耽搁下去了，如果持续下去，恐怕生命会有危险。

正在此时，门铃声响起。门禁系统上的屏幕亮了起来，可以非常清晰地看到徐逸。

三个歹人开始紧张起来。

"怎么办啊？有人来找他了？"

"不如把那个人骗上来，一起绑了？"

而常远却开始挣扎起来。

"他好像有话要说。"

歹人取下他口中的抹布，常远咳了几声。

"大概是我的朋友，我会打发他走。"

三个歹人威胁他不要耍花样。

"你们手中有刀，我敢吗？"

鉴于之前他很守规矩，三人想了想，于是就把他松绑，拉到屏幕这里。

常远清楚地看到徐逸的头像，内心窃喜万分，而他精心准备的台词也即将登场。

一场好戏开始了。

"什么事啊？"常远问。

"过年了，没地方去玩，想知道你在不在家？我知道有几个女孩子比较多的地方，有兴趣吗？"

"我没空啊，我和曹芸、邓洁还有石磊在斗地主。"刚说完，常远脸上露出得逞的笑容。

徐逸笑笑，早已心领神会。

"你光顾着和朋友玩，怎么把我也忘记了？"

"呵呵，下次吧，大过年的，外面冷，别玩了，早点回家。"

"好吧，那我走了。"徐逸回答。

四人从屏幕上看着徐逸把车开走，总算松了一口气。

"真是虚惊一场。"歹人说。

而此时的常远，则得意扬扬，他知道自己马上就要得救了。

40. 吃火锅

徐逸把车停在小区的另一角，然后打电话报警。

他告诉警方，自己的好朋友常远被三个不明身份的人绑在家中，请他们快去救他。

警方接警后，迅速派出人手，把常远给救了出来。

徐逸和常远从警局出来的时候，天已暗了。

常远问他："速度是不是有点慢啊？"

"已经很快了。"徐逸笑笑。

"你什么时候带我去见见王智他们？"

"好啊，过几天有个饭局，一起去吧。"

"我们今晚出去玩玩吧。"

"你刚得救还闹？"

"哎哟，又不会怎么样？被困了那么多天，心情烦躁，今晚好好爽爽。"

徐逸低头沉思。

"怎么了？"常远问他。

"不太好吧。"徐逸回答。

"怎么就不好啦？"

"要是瑾然知道了，不把天捅个窟窿啊？"

"她不会知道的，你不说，她怎么会知道？"

徐逸想想也是，于是就和常远出去浪了。

第二天早上两人才回到家。

那天和王智说好的饭局就是在一家餐厅吃火锅。徐逸把瑾然还有常远带上。

王智、尤熙梦、刘子恒还有陆文彦，那次杀人案的嫌疑人全都到场。

这家餐厅位于黄金地带，过年期间，生意依旧火爆。他们坐在餐厅外面的椅子上等位等了很久。

大家都穿着冬装，嘴里呼着热气。进餐厅就座的时候，纷纷把外衣给脱了。冬天吃火锅是最进补的。一大桌人围着火锅。羊肉、牛肉、各种蔬菜和花式的果汁饮料，酱料也多种多样。

餐厅装修豪华精致，有很多年轻人三三两两来就餐，其中不乏一些情侣。

王智和徐逸聊得很火热。

"最近进展得怎么样？"徐逸问王智。

"还行吧，老样子。"王智面无表情地回答。

"不行啊，要再加把劲啊。"徐逸看看尤熙梦，此时，她正在吃着羊肉。

尤熙梦一头飘逸的长直发披在肩上，眉目含情，娇羞的桃花眼显得迷人纯真，暗黑的瞳仁像雪地上漆黑的花朵，粉嫩的樱桃小嘴慢悠悠地咀嚼着食物，浑身散发着迷人的气息。尤熙梦长得太纯洁太美好了，是个男人，都会动心，也难怪王智一直不肯放弃。

此时，她正和瑾然一边吃一边聊天，偶尔会看一下手机。

"慢慢来，我现在如果攻势太猛烈，只会适得其反。她正在休养期，我想慢慢融化她。"王智一边咀嚼着牛肉，又喝了一口果汁。

徐逸舀了一大勺鱼片放在碗里，蘸着香味十足的调料，那滋味赛过山珍海味。

"还是你有耐心,要我,恐怕早就打退堂鼓了。"

"其实我很感激她,一直没排斥我,肯给我机会。"

"不对,其实你应该感激的人是我。"

王智看看徐逸。

"对哦,你救了熙梦。"

"不只这个,我把石磊给揪了出来,避免她伤得更重。"

王智笑笑,执着于爱情的他,笑容更加暖人。

"那么我们怎么也要干一杯。"王智笑着说。

"大家一起吧。"徐逸说。

"来,大家把杯子举起来,祝愿我们2017年心想事成!"徐逸对大家说。

大家都很高兴,对2017也都有所期待,于是纷纷响应,把杯子举了起来。

"干杯! 2017年万事如意!"大家愉快地碰杯。

吃完火锅,大家去KTV里唱歌。

王智和尤熙梦对唱,徐逸和魏瑾然对唱,刘子恒和陆文彦对唱。

而常远,当然是和徐逸对唱了。

包厢里一片喧闹,大家唱得都很开心,意犹未尽。

伴随着歌声,还有对未来美好的期待,徐逸希望自己的爱情也能瓜熟蒂落。

大家分手的时候,天空已经深沉暗黑。冬夜的风总是刺骨,周围的建筑物墙体上总有灯光闪烁。然而这个冬天并不萧索和凄凉。

徐逸牵着瑾然的手,看着她甜美醉人的脸,他感到前所未有的幸福。

常远话开始多起来了。

"尤熙梦好漂亮的啊。"

"那当然了,你没看见那天她穿着白色羊毛衫的时候,简直惊为天人!熙梦还是穿白色最美,她皮肤本来就白皙,再加上长相纯美,那简直就是仙女下凡啊!"徐逸一说到尤熙梦,总是眉飞色舞,溢美之词不绝于耳。

常远朝徐逸挤眉弄眼。

"你这样说,瑾然会不高兴的。"

瑾然有点失落地朝徐逸看看。

"她不会不高兴的。尤熙梦是王智的,而她是我的。"徐逸朝她笑笑,手牵得更紧了。

瑾然也开心地笑了起来。那甜美可爱的笑容,仿佛寂静的雪天使在微笑。

冬天寂静的夜晚,天总是黑的,风总是寒的,而情则总是浓的。

41. 保护色

春节过后,正式上班,没过多少天,莹萱、胡秀娟、陈佳、吴苏诚和林元即被传唤到警局。等他们回来后,徐逸才知道警方那边已经有所突破。他们从钱乐那桌毛血旺剩余的汤汁内找到一把黄柄螺丝刀,并向他们询问这把刀是谁的。此外,警方还要求莹萱和陈佳把她们那天穿的黑色大衣交给他们做检测,当然也包括她们那天带着的包,还有包内放着的所有物品。

徐逸心想,原来如此,难怪一直找不到凶器,也没看见鲜血喷溅的情况,更没有看到有谁身上沾有血迹。原来这一切都已经被隐藏好了。

常远得救后，徐逸让他以后别再这样浪了，还怕那些人回来报复。所以，他执意要常远在自己的家小住几天。

"你让我睡哪儿？"常远笑着问徐逸。

"当然是睡沙发啦。"

"哦，你们在房间里亲热，我睡外面的沙发，我可不干！"常远一脸坏笑。

"那你想怎么样？"

"当然是让她睡沙发，我和你睡里面。"常远鬼主意又上心头。

"去你的！"

常远哈哈大笑。

徐逸说今天晚饭吃得简单一点。新鲜的鱼排已经放入厨房的水池里解冻，徐逸已经拿好了红酒和啤酒，准备和常远不醉不归。

正式吃晚饭了，三个人吃的是意大利面，揭开薄膜就能吃的那种，还有瑾然调配的蔬菜沙拉，以及煎好的鱼排。

徐逸给常远斟上红酒，常远尝了一口，觉得味道很好。瑾然喝的是椰奶。

"凶手很聪明。凶器和犯案时穿的血衣都在现场，只不过他把这些东西隐藏得好，以至于都躲过了我们的眼睛。"徐逸一边吃，一边说。

"警察还没检测莹萱和陈佳的衣服上是否沾有血迹，你就这么肯定？"常远问。

"十有八九。所以我一直纳闷，这凶手到底用的是什么手法藏匿得那么好，原来他行凶的时候穿的是莹萱或者陈佳的大衣，所以我都没发现谁身上沾有血迹。当他们告诉我，警察要检测她们的大衣时，我才豁然开朗。凶手隐藏得太好了。毛血旺的汤汁颜色能掩盖螺丝刀上的血迹，并能很大程度地对它形成保护，而螺丝刀扔在客人吃剩下的毛血旺里，做得神不知鬼不觉。如果服务员早先一步把餐席清理掉，那么凶器就等于自动被人带离现场。这招数真是高明，亏他想得出来。"说着，徐逸竟有点佩服那位凶手。

"恰好那天莹萱和陈佳穿的都是黑色的大衣，沾上血迹，也看不出来，又成了保护色。"常远补充。

"对啊，我现在觉得凶手应该是精心策划的，绝对不是激情杀人，应该是早就计划好要在钱斌生日那天杀死钱乐，真是太可怕了，用心真毒也！"徐逸感到不寒而栗。

瑾然插不了嘴，只能在旁边看着他们谈话。

"都是熟人，知道那天钱乐必酒醉，睡得不省人事，正适合他下手。"常远说。

"对啊，这么看来肯定是内部人员作案了，外来人员何必煞费苦心要嫁祸给熟人呢？而且还有包呢。"

"这包是怎么一回事？"常远疑惑。

"我猜是手套吧。凶手要戴着手套把螺丝刀插入钱乐背部吧，不戴手套，指纹不就留在螺丝刀上了。虽然我并不知道螺丝刀浸在汤里那么久指纹是否擦得掉，但我觉得作为行凶者必要懂得的第一个洗去嫌疑的手法就是把指纹给擦掉，不要说凶手了，现在的人基本上都懂，凶手自然也不例外。"

"她们那天戴手套了？"常远好奇地问。

"大冬天的，戴手套的概率就直线上升了，瑾然那天不也戴了？"

说完，徐逸看了看瑾然。

"对啊，我那天也戴了手套。"说完，她咬了一口鱼排。

常远想了想。

"难不成那手套也成了血迹的保护色？"

"说不定它的颜色是深色，正好能掩盖掉血迹的颜色。"徐逸补充。

"这真是一场精心的阴谋啊！"常远晃了晃脑袋，感到不可思议，大呼了起来。

徐逸吃得津津有味，但早已胸有成竹。

"这盘棋才刚刚开局，意想不到的事还在后头呢。"他面无表情，依旧若无其事。

常远疑惑地看着他。

"你知道？"

"我什么都不知道，我只知道，凶手还没找到。我接下去的工作，就是要把他给揪出来。"他依旧细嚼慢咽，脸上表情很淡定。

而常远却觉得有点摸不着头脑。

42. 气球的摆放

徐逸决定再去一次案发现场。次日下班接好瑾然，两个人一起又去那家饭店那间包房一探究竟。

和他想的差不多，包房的门上已经贴了封条。两个人只能四处转转。

"还有必要再来看吗？警察肯定把地板缝隙也仔细检查过了。"

她觉得没啥必要再来看。

"如果有地方想不通，最好的办法还是再来案发现场看看，指不定就会有灵感。上次在曹芸家我也是经常出入房间，最终才获得的灵感。你别说，这办法真管用！"他说。

服务员依旧穿梭忙碌着。一些客人也会在走廊上走来走去。

他东张西望，看了看包房外的环境和位置，心里想着什么东西。

"你在想什么啊？"她问他。

"我在想当时会不会有什么目击者？"

"在包房里杀的人，怎么会有目击者？"她很惊奇。

"我在想，会不会有什么人经过包房的时候看到了什么东西？"

"那也不会到现在都不出来向警方提供线索吧,这条线索应该是断了。"

"但愿有漏网之鱼。"他自言自语。

"我还是应该问问斌斌,那个气球是不是他放的?也许这条路就能走通。"他对她说。

"我一直搞不懂,你为什么老是纠结于那个气球?钱乐的死和那个气球有什么关系?"她觉得疑惑不解。

"那个气球出现得太突兀了。它正好摆在钱乐的面前,好像故意放在那儿,就是为了掩饰钱乐的死状,你懂吗?"他解释得很清楚,相信她应该能明白。

"哦,我本来不懂,听你这么一解释我就懂了。"她可教。

"还有,本来应该挂在3号桌右墙上的气球怎么会无缘无故跑到左面1号桌来,你不觉得奇怪吗?如果不是斌斌玩气球拍上去的,又会是谁?"

"听你这么一说,我也觉得那气球可疑了。"她也像模像样地思考起来。

"所以,只要知道那气球是什么时候摆上去的,往前推,那段时间正好在包房里的人,就可能是凶手!"他斩钉截铁地说,眼神充满了正气与坚定。

"说得对啊!你好厉害啊!"她的眼里除了他还是他。

"凶手做贼心虚当然不会提供给我什么线索,其他的人也没注意到这细节。要是有什么人恰好注意到气球的摆放时间,或许案子就比较明朗了。"

"好像也没什么人给警察提供线索哦。"她有点垂头丧气。

"是啊,有些东西是需要我们挖掘的。"

"那我们现在该怎么办?"她问。

"今天可能白来了,但是以后我还会再来,说不定让我碰到了运气。"他也不觉得遗憾,依然充满了坚定的信心。

"嗯,下次我们还是一起来。"她用甜美的微笑鼓舞着他。

于是两个人去坐电梯。

在轿厢里,她还是很不客气地挽着他的手臂,俨然热恋中的情侣朝夕相伴的样子。他对她笑笑,她感到温暖,两个人的感情也越来越深。

43. 矛盾

他一边开车,一边问她。

"我们去好莹萱家再吃晚饭吧,你饿吗?"

"饿倒是不怎么饿,我听你的。"她对他笑笑。

车子正急速驶向莹萱家。

在楼下按莹萱家门铃的时候,他内心就忐忑不安,不请自来别是打扰了人家,但是看她在他身边,也算给他壮胆。

他和她走到二楼的时候,莹萱打开了房门,她的脸色非常难看,徐逸马上就察觉到了。

他们俩刚走进莹萱家,果然,房间弥漫着一股剑拔弩张的气息。钱乐的父母神情凝重地坐在沙发上,一言不发,马建华和胡秀娟也低垂着头坐着不说话,家里安静极了,只有小钱斌很听话地坐着看动画片,若无其事地哼着歌。房间里只有电视机发出的声音,此外,静得可怕。

徐逸感到自己是不速之客,要是平时,也许打个招呼就走了,但事关杀人案,他只能硬着头皮也要问下去。

莹萱走到徐逸身边,悄悄地对他说:"我们到阳台上说话。"然后对他使了个眼色,徐逸心领神会。

他们经过主卧室,莹萱把房门关上,三人躲在阳台上小心翼翼地说着话。

"钱乐父母怎么说？"徐逸问莹萱。

"还能怎么说？气急败坏，就一个儿子，结果搞成这样，还催警察快点破案。"

"他们觉得凶手是谁啊？"

"坚持说凶手是自己人。"

"这老两口直觉倒挺准的啊。"徐逸觉得仿佛是意外之喜。

"你今天来是什么事啊？"莹萱问他。

"我是来问斌斌关于气球的事。"

莹萱露出疲态，转过身去，对着阳台外一片朦胧深黑的景色。漆黑的夜，人心许是如此黑暗，已经没有了星星，仿佛让人看不到光明。远处楼房里闪烁着点点灯光，也许是给我们的安慰。

"他们有没有为难你？"徐逸问莹萱。

"什么为难不为难的？还不是得理不饶人吗？永远就是这副嘴脸。"她也许不该生气，因为早已麻木，根本不知道为何还要生气，而且生气也无济于事。

"这几天一直在争吵，烦得很，上班都没心情。"她一副无精打采的样子，觉得很烦躁，手上永远有处理不完的事情，永远没有真正安静的时刻。

"等真相大白的那天你就好了。"徐逸安慰她。

她有点自嘲地笑了笑。

"真希望永远都不要有大白的一天，每天过着这样的日子我就已经心满意足了。"

她的目光透着淡淡的哀伤。徐逸觉得费解，他和瑾然对视了几秒，两个人都疑惑不解，不明白莹萱为何有这样的想法。

"你现在这么累，还心满意足？"他不明白，向她求教。

她释然地说："我们永远活在矛盾中。一方面既想得到，一方面又怕失去。对，永远不可能面面俱到，总会有所牺牲。"

听到莹萱这番意味深长的话，徐逸若有所思，他在思考她的这句话到底是什么意思，指的又是什么，觉得艰涩难懂，一定有什么深意在里面，但又是什么深意呢？

"我把斌斌带过来你问他吧。"莹萱调整得挺快，随即又朝他们露出笑脸。

"呃，算了，下次吧。客厅里那副架势，我们还是先走一步吧。"

徐逸示意瑾然一起走。

"你自己也要当心点，出了这种事，谁也不想的，他父母肯定会把丧子之痛怪罪在你的头上，到时候你一定要挺住！"徐逸语重心长地对莹萱说。

"我知道，谢谢你好意提醒。"

三人走到主卧室里，莹萱拉开了门，只看见钱乐父母铁青的脸色，徐逸和瑾然气也不敢出，悄悄地溜走了。

44. 取舍

常远在徐逸家用电脑玩游戏，这钻劲可大了。直到徐逸和瑾然开门，他也没发觉。

"我们回来了，你有点反应好吗？"徐逸不满地说道。

"要什么反应啊？知道你们回来不就好了。今天有点什么收获啊？"常远问。

"想知道吗？把游戏关了，我就告诉你。"他和他讨价还价。

常远露出不满的样子，但是想了想，似乎这会儿案子的进展要比游戏更重要，于是他退出了游戏，转过身对着他。

"今天没什么收获，但是觉得莹萱的话别有一番意味。"

"什么意思？你能说明白点吗？你去莹萱家啦？"徐逸老是吊他

的胃口，他有点急了，急着想知道结果。

"让你去你又不去，非要留在家里打游戏，现在又老是盯着问我，下次一起去不是很好的吗？"徐逸觉得他蛮有意思的。

"哎呀，鱼我所欲，熊掌亦我所欲也。"常远开始卖弄起来。

"说那么多废话干吗？显得你学问有多高深似的。"徐逸看他那副死德性，有点嗤之以鼻。

"两者不可兼得。我既想玩游戏，又想关心案子的进展。无奈，两害相权取其轻，我只好玩游戏喽。"

听常远这么一说，反倒激发了徐逸的思考。

是啊，人是生活在矛盾中的，不可能面面俱到，总要有所取舍。

他想起了莹萱说的那一番别有意味的话，猜不透其中的玄机。

那她到底在哪两者中取舍呢？徐逸心想。思维仿佛呼之欲出，却已在千里之外了。

"你在想什么啊？"常远问他。

"想她对我说的那句话。"

"哪一句啊？"

"人是生活在矛盾中的，不可能面面俱到，总要有所牺牲。"

"对啊，她又没说错。"

"问题不是她说错没说错，而是在那样的情况下，她说这种古怪的话，似乎有点不合时宜。"

"人家的事，你管那么多干吗？"常远觉得他是多管闲事。

"我是关心案子，不是管人家的事！"

"人家的事和案子也没关系啊。"

"怎么没关系啊？"徐逸非要据理力争，和常远扛上了。

"好吧，好吧，我认输。"常远看见他那副架势有点害怕，索性认输。

"钱乐的父母来了，估计给她不少脸色看，她也挺不容易的，四个老人，一个年幼的孩子，要靠她撑着，是我的话，也许早就心力交瘁了。"徐逸有点心疼莹萱。

"呦，呦，呦，瞧你，什么时候对莹萱感兴趣了？"常远贼眉鼠眼，笑了起来。

"你不要听风就是雨好吗？我只是觉得她挺不容易的，你想哪去了？大家都是朋友。"

瑾然坐在卧室的床沿上，神情呆呆的，摇晃着腿，听他们你一言我一语。

"哎，你啰啰唆唆那么久，还是没说案子的进展啊。我要听的是案子，不是其他的废话。"常远也开始抱怨起来。

"好吧。"徐逸言归正传。

"我们去看了包房，和我想的一样，被贴封条了。本来想要问斌斌的，钱乐面前的气球是不是他拍上去的，但是我和瑾然刚进门，就看见钱乐父母脸色铁青地杵在那儿，那样子别提有多吓人了。于是莹萱就带我们去阳台说话了，说的话也没什么实质性的内容。她说把斌斌带过来问话，但是他在客厅里看电视，周围坐着他爷爷奶奶，我说还是算了吧。"

"就这样？"常远的表情有点古怪。

"就这样。"

"白去了！"

"没白去，至少知道了莹萱的某些想法。之前，我们一直都把她排除在嫌疑人之外。"

"那也不可能因为她说的这句怪怪的话，就把她列入嫌疑人名单喽？她又没有作案时间。"

"对啊，我又没说要把她列入嫌疑人名单中。我只是想说，莹萱的嫌疑还是不可忽略的，尽管她没有杀钱乐的机会，但并不表示她没嫌疑，理由我说不准，只能说是直觉。"

"你这？说了也是白说。"常远斜着眼看着徐逸。

"是啊，有点自相矛盾对吧？"徐逸倒觉得没什么，反而有点自得其乐。

常远不理他了，瑾然则一直安静地看着徐逸。

"人吗，毕竟生活在矛盾中的吗？"徐逸自嘲地笑了起来。

瑾然也跟着笑了起来。

"早知道，你应该让常远多关几天，救他干吗？救出来又不干好事！"

她这么一说，却激怒了常远。

"你这是说的什么话？为什么不该救我？"

"你不是玩就是玩，留你有什么用啊？"

常远有点生气，徐逸看情况不对来劝和。

"到此为止。我们三个人呢，是一条船上的，要团结一致。眼下为了尽早破案，必须拧成一股绳。小小的恩怨应该抛诸脑后。"徐逸笑笑，很享受当和事佬。

常远瑾然互相不服，眼珠子转啊转。但是瑾然听徐逸的话，他让她干什么她就干什么，当然也包括忍受那令人讨厌的常远。

45. 请客吃饭

为了案子尽早破掉，徐逸还煞费苦心地请大家吃火锅和烧烤，一个一个地问，总是太辛苦，还不如把人全都聚集在一起，1对4，方便也更高效。当然，常远和瑾然也会去。

一个大长桌，八个人，这边四个，对面四个，一人一锅。

常远就坐在瑾然的旁边，他的吃相十分地难看，让她依旧厌恶。

"你被关了这么多天，是应该补补了。"吴苏诚对常远说。

常远也不会觉得不好意思，自己是做了什么事被人关起来的。

"这孩子浪惯了，你们要原谅他。"徐逸一边吃羊肉串，一边很随意地说。

常远舀了金针菇还有燕饺,蘸着美味的调料,非常不满地瞧了瞧徐逸。

"这家伙好像自己有多正经?"

徐逸看看常远,瑾然也看了看徐逸。

"你不是真和他是一伙的吧?"瑾然睁大眼睛,好奇地问徐逸,弄得徐逸非常尴尬。

"这怎么可能?我怎么会和他是一伙的呢?"徐逸极力狡辩,要和常远撇清关系。

常远扬扬得意,但还是非常够意思,没把好兄弟的丑事给抖了出来。要是当众抖出,其他人不会有什么反应,瑾然肯定会吹胡子瞪眼,回家让他跪搓衣板。

徐逸等四人的对面坐着吴苏诚夫妇、莹萱和陈佳。林元和徐逸等人坐一排。

莹萱和陈佳在聊眼妆怎么化以及皮肤怎么保养。

"我的甲型不好看,不适合涂指甲油。"陈佳喝了一口奶茶。

"给自己的指甲增加一点色彩,涂了总比不涂要好吧。"莹萱回答。

"我的甲型没你的漂亮,你比较适合涂。"

"我要做家务,手整天浸在水里,再说,应该让指甲呼吸更多的空气,涂指甲油会伤害到指甲吧。"

"那我干脆做美甲吧?"陈佳说。

"会不会美甲含太多化学成分呀?"瑾然回答。

她们聊的内容,瑾然也感兴趣,所以一直在关注。

"你贴个指甲贴不是挺好的吗?"吴苏诚插嘴。

"对啊,高兴了就贴,不高兴了就撕下来。"林元喝了一口啤酒,然后说。

"对啊,我之前也买了一包银紫色的指甲贴,可漂亮了!"一提到指甲贴,瑾然浑身就兴奋了起来。

"会粘指甲吗？"陈佳问瑾然。

"稍微有一点点。"

陈佳想了想。

"那有机会我和莹萱约你贴甲片呀！"说完，陈佳就对莹萱笑笑，而莹萱也对她报以微笑。

场面看似很温馨，但是高佳妮始终闷闷不乐，饭局期间，也只和老公交流几句。

徐逸有时会抬起头盯着大家看，感觉林元像个独行侠一样，一直把自己划分在众人之外，倒是莹萱陈佳俩闺蜜显得积极投入，其他人一直都不咸不淡地聊着天。

"你公公婆婆来了和你们一起住啊？"徐逸问莹萱。

"还有一套房子出租了，现在是过渡时期，几个人挤挤吧，等钱乐的案子破了，他们应该会飞回去吧。"说完，莹萱的目光有点暗淡。

陈佳一直看着她，看到她隐忍委屈的眼神，心里竟松了一口气。

"你知道吗？郑淑燕胆子也太大了，竟然找上门来问莹萱要钱，你说她是不是很过分啊？"陈佳十分愤慨地说。

没想到，她刚说完，林元马上就来了精神，十分关注着这个话题。

"什么时候的事啊？怎么也不和我说？"徐逸问。

"没什么好说的，她肆无忌惮惯了。"莹萱淡淡地回答。说完，她吃了一口碗里的羊肉。

瑾然一边吃着鱿鱼串，一边看着他们。常远全然沉浸在美食带来的欢乐中，一门心思想着怎么解决手中的羊肉串。

林元聚精会神地听着，这反而吸引了徐逸的目光。

46. 美人关

"你应该去劝劝她,让她好自为之。"徐逸看着林元说。

"我又不是她什么人,我说的话她会听吗?"林元一副无所谓的样子。

莹萱看了看林元。

"你自己也要当心点,她那种女人没把你榨干前对你肯定是百依百顺的。"

林元默不作声,若有所思地喝了一口啤酒。

大家都知道林元喜欢郑淑燕,和她也走得近。由于钱乐和她的关系,很多人都劝林元不要玩火自焚,可是林元却不以为然,他决定追随自己的心。

"哎,你们别和他说了,他铁了心要当备胎。"吴苏诚也为林元捏一把汗。

林元默默不语,眼神里散发着淡淡的哀伤。

高佳妮同情地看着林元,并且感同身受,想起当年的自己也是如此义无反顾,但最后却被伤得遍体鳞伤。

"你们别老是在他面前嘀嘀咕咕的,他会嫌烦的。他是成年人了,知道自己应该做什么不应该做什么。"徐逸插嘴。

林元没有任何的反应,脸上依旧面无表情。

"现在就等警察那边的检测情况了。"徐逸淡然地说。

他刚说完,除了瑾然和常远,所有人的表情都仿佛凝固住了。

徐逸知道他们中某些人肯定不愿意结果出来,一旦结果公布,也许他们就要开始难以入眠了。

大家聚会结束就各自回家了。徐逸没有开车,因为那家餐厅没有车位可以停车。

夜幕深垂，天空中还飘着丝丝的小雨，华灯初上，地面湿滑，雨夜总给人一种朦胧之感。风吹在脸上倍感寒冷，嘴里的热气刚吐出就倏忽消失在空中。

瑾然觉得有点冷，她裹紧了厚厚的围巾。

三人并排走在人行道上，穿着厚厚的衣服，与其他的行人擦肩而过，常远还在眉飞色舞地说话，三人的背影亲昵且厚重。

"你刚才说等警方检测结果是故意的吧？"常远一边说，一边对徐逸使了个眼色。

"是啊，我故意说给他们听的，就是想看看他们的反应。"徐逸回答。

"结果每个人反应冷淡，脸色阴沉。"常远笑了起来。

"哼，那是因为他们每个人都各怀鬼胎。"

"下一步怎么办？"

"一方面等结果，另一方面我还要再想想，是不是有什么环节我给漏了，想到了，还会再去问他们。"

瑾然挽着徐逸的胳膊，认真地听他们说话。

"目前你怀疑谁啊？"常远问。

"我谁都怀疑。"

"到现在了，你都找不到推理的方向。"

"光说我，你呢？要你帮我，你倒好，把整个烂摊子交给我，我都焦头烂额了。"

常远倒是一副很无所谓的样子。

"破案有你不就行了，我就不瞎掺和了。"

徐逸都不想搭理他了。"随便你。"

"行了，行了，到时你说一声，我马上就开动脑筋来帮你。"

"这还差不多。"

"我们俩谁和谁啊？"常远对他挤眉弄眼。

没想到瑾然却带着深深的敌意瞥了常远一眼，惹得常远又哈哈大笑。

"真不能说了,她又要误会了。哈哈哈。"

徐逸看了看常远,又看了看瑾然。

"不会的,她哪像你?"他热情地抚上了她挽着他的手,面带微笑地看着她。

瑾然笑得更加甜了。

47. 隐藏的故事

莹萱回到家后,公公婆婆还是板着个脸不理她,她也无可奈何。儿子被害,公婆其实心里是埋怨儿媳的,觉得是她的责任,没有照顾好他,才让他遭此劫难,自己就一个儿子,从小就宝贝,没想到白发人送黑发人。莹萱也很为难,爸爸妈妈和公公婆婆也不是没有争执过。他们抱怨,如果不是钱乐娶了莹萱,或许就不会横死。经历丧子之痛,他们把所有的罪过都怪罪在莹萱身上,这样他们心里才能平衡。莹萱也不是挑事的主儿,她默默忍受,甚至觉得面对公婆总比钱乐要好。

陈佳还是这样。婆婆总是看她不顺眼,顾杰也经常晚归。她的心早已破碎,这个名存实亡的家,让她感受不到丝毫的温暖,唯一的慰藉大概就是天真活泼的婷婷了。

她还是反反复复看着莹萱在朋友圈里发的各种照片。时髦的衣服,精致的首饰,价格昂贵的化妆品。那根毛衣链很漂亮,陈佳想着想着,趁没人注意她,她偷偷跑到自己的卧室里,拉开抽屉,从首饰盒里取出一条很漂亮的项链。

看着这根项链,陈佳的眼睛顿时亮了起来,眼里充满了无穷无尽的欲望,仿佛已经坠入无边无际的深渊。

郑淑燕知道林元去参加聚会很不开心，在微信里抱怨干吗还要理他们，林元被她弄得心烦意乱。

林元：人总要有朋友吧。

郑淑燕：但是千万不要是他们。

林元：你还在怪他们？你怎么也不想想是谁抢了谁的老公。

郑淑燕：这有什么的？结了婚也能离婚。

她依旧不觉得自己有错，林元也拿她没办法。

郑淑燕：喂，你再帮我充点钱。

林元：还充？不是刚充过吗？

郑淑燕：哎哟，人家没钱，第一个想到的人可是你哦，你别这样吗！

她向他撒娇，林元总是过不了这关。

林元：这可是最后一次。

郑淑燕：放心吧。

她发了一个爱心的表情。

高佳妮始终惴惴不安。

"我很怕结果出来的那一刻。"

"怕什么？天塌了，由我顶着。"

"我总有一种不祥的预感。"

吴苏诚朝她看看。

"钱乐的事和你又没任何关系的，不必害怕，你就是想得太多了。"

她眼神低垂，愁容满面。再美的脸蛋，也经不起整日忧郁。

"别再想以前的事了，他也不会来找你，你们早就两清了。你现在的事，就是安心当我的太太。"

吴苏诚还是一脸的温柔，带着醉人的微笑，深情地凝视着她。

嫁给他，总算是一个安慰。这是对自己最好的一个交代。她一直都知道。

她带着甜甜的微笑，投入他的怀抱，他觉得安慰，两人拥抱了一会儿。

"千万别再胡思乱想了，所有的事都和你没关系，没有人可以再伤害你。"

在他的保护之下，她总感安心。她柔情地凝视着他，吴苏诚也正热情地回望着她。他轻轻地抚摸着她漆黑如夜的发丝，纤长干净的手指往下抚弄着她娇美的脸庞，眼神愈发炽热，吴苏诚情动，身体微微向前倾吻上她玫瑰般的嘴唇。她觉得全身仿佛都着了火，只有拥入他怀中才能得到解脱。

高佳妮觉得受了那么重的伤之后，吴苏诚肯接纳自己，她已感欣慰，不敢再去奢望什么。而他是个宽容的男人。当初，看着她整日郁郁寡欢，心有不忍，一来一去，两人有了感情，于是便结了婚，婚后两人都有暂时不生孩子的打算。他也明白她的心，也没强求她。

两人有夫妻之名，也有夫妻之实。

但她知道，他只是可怜她而已。

在他的心里，其实，她的位置并不十分重要。

48. 兄弟情深

郑淑燕又给林元发消息。

郑：我还不想退租，这套房子我住得挺舒服的，可是我没钱支付不起每月那么贵的租金啊。

林：退了吧。

郑：不要，你帮我付。

林：我没钱啊。

郑：总有私房钱吧。

林：我每月这点钱也不够你花的。

郑：就这点诚意还想追我？省省吧，真没意思。

林默想了一会儿。

林：我付一半行吗？

郑：另一半我也付不起。

林又默想了一会儿。

林：那好吧。

郑扬扬得意。

郑：爱你。

她发了一个亲吻的表情。

  这天星期六，徐逸问常远和瑾然，要不要去公园里逛逛。瑾然欣然同意，可是常远却始终一副懒洋洋的样子，睡得晚，起得晚，呵欠连天，除了游戏，似乎对什么都不感兴趣。日夜颠倒，生物钟都紊乱了，作息没规律，徐逸觉得他不能再这样了，于是劝他，让他多出去走走散散心。他表面上答应，一回家又窝在电脑前。徐逸也拿他没办法。这天，徐逸想了一个办法。

  "去附近的商业广场逛逛吧，前几天开了一家自助餐餐厅，人均消费59元，挺划算的，常远？"

  常远完全沉浸在游戏的快乐中，头也不回。不过，听说有自助餐吃，他倒是有点反应，想想就在附近，吃完，回来还能继续玩，不禁有点动心。

  "去就去吧。"常远答应得有点勉强。

  "我跟你说啊，你真不能一直待在家里，要找工作，否则人真要废了。"徐逸苦口婆心地劝他。

  "我知道，我知道。"常远有点不耐烦。

  "我当你是好哥们儿，我才提醒你的，要是别人，才不会冒着被你厌烦的风险来劝你。"

"我知道，我知道你对我好，一门心思向着我。工作我也正在找，不过，没有满意的。"

"姿态放低点就没问题。"

"我姿态不一直低吗？是人家对我不满意。"

"只要不挑，工作总会有的，不能老在家啃老。"瑾然一直看他不顺眼，便插嘴。

她刚说完，徐逸朝她使了一个眼色。这种伤和气的话，只能徐逸说，瑾然如果说了，怕常远不高兴。

"走吧，别玩了，出去吃饭去，回来再玩。"徐逸上前拉住常远，把他往电脑相反的方向带。

常远一直都很听他的话，所以乖乖地和他出去吃午饭。

走出小区，是一条宽阔的马路，行人零零散散，有很多车辆呼啸而过，寒风轻轻吹起了瑾然的发丝。今天多云，洁白的云朵慢悠悠地飘浮在天空中，太阳偶尔探出脑袋来。寒风吹拂着，行人纷纷瑟缩着走路。街边各式的店铺在营业，店员辛勤地忙碌着。他们三人走到十字路口，体育活动中心里还有三三两两的男孩子穿着夏天的运动服在打篮球，斜对面的商业广场也是一派繁华热闹的景象。

徐逸三人并排走着，偶尔说着话，他找到那家店，推开了门，三个人走了进去。店面不算特别大，一家集烧烤火锅于一体的自助餐餐厅。三人找了座位坐了下来，一位女服务员上前接待。女服务员把三套餐具放在他们面前，交代了几句话，他们便起身去拿食材了。

三个人都拿着一个大盘子，把食材放入盘子中。

瑾然站在冰柜前打量里面放着的各式各样的新鲜的肉制品。常远和徐逸窃窃私语。

49. 食肉之旅

"这边有麻辣烫,我还是吃麻辣烫吧。"常远看见麻辣烫的食材,顿时心花怒放。

"你有很久没吃了吧?"徐逸问。

"是啊,好几个月了,嘴巴都馋了。"说着,他拿起夹子往盘子里放置豆腐干、粉丝和鱼竹轮。

瑾然打开冰柜,拿了几盘肉放到桌子上,随后又拿了骨肉相连、鸡翅。徐逸和她交头接耳,商量着吃什么。他夹了油豆腐、燕饺、蟹肉棒还有金针菇。瑾然又拿了几盘食材。

徐逸拿起一只长形调料盒,往里面装满烤肉酱、海鲜酱还有沙茶酱,又加了很多香菜和葱。随后,他们又拿了几包饮料。

女服务员在后厨帮他们烧炭,小火锅已开启,汤汁嘟嘟沸腾着。

三人没心事地坐着。

等女服务员把炭提过来,替他们装好,在炭盆上放置好一层薄纸,这次享乐之旅才算正式开启。

徐逸负责把那些肉食放在炭上烤,瑾然蘸着调料吃着燕饺和蟹肉棒,简直美味极了。常远自顾自吃着麻辣烫。

"你还是要多出去走动,胖了吧?"徐逸一边吃,一边对常远说。

"没,还是老样子。"

"总是待家里,人会变懒的,而且容易和社会脱节。不管怎么样,你一定还要找工作。"

"知道了,知道了,吃都堵不了你的嘴。"常远有点不耐烦。

徐逸一边烤肉,一边吃着油豆腐。五花肉烤得差不多了,徐逸拣了几块放到瑾然碗里。瑾然把烤肉浸在烤肉酱里反复搅拌,然后塞嘴里品尝，肉香和调料香混合在一起，让她眼睛一亮，吃得津津有味。

"是不是警察如果在她们的大衣上检测出了血迹，就说明莹萱或者陈佳有嫌疑？"常远问徐逸。

"莹萱没嫌疑，但陈佳有嫌疑。"

"嗯，毕竟莹萱没作案时间。"

过了一会儿，常远又说。

"太诡异了，两人居然同时穿黑色大衣！"

"还不止呢？钱乐穿了一件淡色的西装，居然配了完全不搭调的黑色羊毛衫。一看就是不会穿衣打扮的人，看上去太不协调了。"

徐逸一边烤鸡翅，一边若有所思。

"烤肉来点吧？"徐逸对常远说。

常远把碗递过来，徐逸把烤肉放在他的碗中，还与他共享调料。

"看来，我还是有必要再去莹萱家一次，把该问的全都问完。"徐逸自言自语。

"我也要去！"瑾然一提到调查，总是一副很急切的样子。

徐逸看了看她，看她每次都这么积极主动的样子，他也不忍心再拒绝她。

"好，明天和我一起去吧。常远也跟来。"徐逸看了看常远。

常远抬起头，眼珠子转了转，随后又垂下头闷吃。

看来他是默认了，徐逸心想。

鸡翅的外部有点焦了，看起来熟了，徐逸夹了鸡翅分别递给瑾然和常远，自己也吃，随后忙着烤骨肉相连。瑾然往他的碗里塞满油豆腐和燕饺。

三个人吃了一小时不到，到收银台拿账单的时候，女服务员说，如果给好评，就送一瓶啤酒，徐逸给了他们好评，女服务员递给他一瓶罐装啤酒，徐逸笑呵呵地塞给常远。

"今晚，又有的醉了。"徐逸笑着看着常远。

常远也笑了起来。

"哎,我就说嘛,这世上除了你,还有谁最懂我?"

50. 三位一体

三个人高高兴兴地走出餐厅,徐逸提议在商场里逛逛,里面有瑾然最爱逛的护肤品店,一些小吃店,还有地下超市。

广场外沿店面有很多奶茶店、鸡排店,地下超市外围也有一些小吃店。三人刚吃完午饭,又情不自禁被那些美食所吸引。

徐逸买了三杯奶茶。

"瑾然,你不能再这么吃了,不是要保持身材吗?"常远看着胃口大好的瑾然,发着牢骚。

"多运动把热量消耗掉不就没事了!"瑾然淡定地回答。

"你倒是运动啊,我啥时候看到你运动过?"常远依旧不依不饶。

瑾然被他这么一说,心里不舒服。

"上班不就是最好的运动吗?"她有点不服气。

"上班整个腹部囤积脂肪,老是坐着,屁股也越坐越大。"

她听常远这么说自己,非常恼怒,又说不过他,只好去搬救兵。

"你看他呀!"瑾然皱着眉头向徐逸哭诉,希望他能帮自己说话。

徐逸是很公正的。一边是兄弟,一边是女友。他两个都不会得罪,而且两个都会摆平。

"常远说得挺有道理的,他也是为你好啊。长期坐着,腹部和臀部的确容易堆积脂肪,所以你有空要锻炼一下,把脂肪减掉。"

"我哪有时间锻炼啊？每天上班很辛苦的。"瑾然一脸苦相，向徐逸抱怨。

"知道你辛苦，休息日，我们一起去锻炼，我陪你？"徐逸朝瑾然笑笑。

他甩出这招，她必中计。他知道自己是她唯一的软肋。

"好啊！由你督促，我不会偷懒的！"她徜徉在爱情的海洋中，享受着无比愉悦的幸福。

常远感觉自己备受冷落，也要及时站出来让他们知道自己的存在。

"做什么运动啊？你俩不每晚在床上运动吗？大概也能消耗一点脂肪吧。"常远不怀好意地说。

瑾然感觉自己被人羞辱了，又找徐逸出面。徐逸也觉得十分头疼，但是他们俩就是不和，自己着实也没办法。

"我们的事，你管他怎么想？别再生气了，老是撅着嘴，再撅就不美了。哦？"徐逸像哄孩子一样哄她。

渐渐地，她也不再争辩了。

倒是她做晚饭，徐逸和她一起在厨房里忙活的时候，她才敢悄悄地和他提起此事。

"你还是让他回去吧，他住在这里也不方便，我老感觉他在偷窥我们的隐私。"

"我要是有能力，买个两百平的房子，他睡楼下，我们睡楼上，他在楼下唱歌也妨碍不到我们。"

"看来你至死都要带着他。"

"我们一起长大的呀，离开他，我还真有点不舍得。"他带着饱满的感情吐露心声。

她看着他如此富有深情，非但不怪罪他，反而觉得他有情有义，庆幸自己当初没有选错人。

暮色弥漫，天空的一隅出现了晚霞，逐渐地晕染开来，仿佛倒翻了的红酒，层次分明，而又轻柔朦胧，感觉黄昏的时候，天空像一幅水墨画一样，栩栩如生。

常远还是醉心于游戏。

而徐逸和瑾然则在厨房里洗菜切菜，时不时交谈着。

一派生活美景，跃然纸上。

51. 线索来了

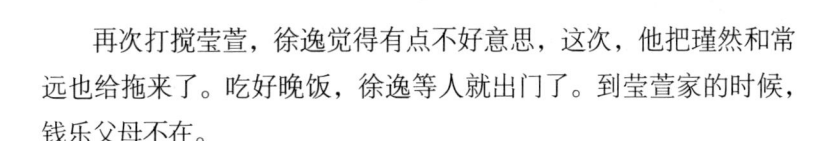

再次打搅莹萱，徐逸觉得有点不好意思，这次，他把瑾然和常远也给拖来了。吃好晚饭，徐逸等人就出门了。到莹萱家的时候，钱乐父母不在。

"他们去哪儿了？"徐逸问。

"到他们亲戚家去了，毕竟，钱乐的事，家里人也关心。"莹萱淡淡地说。

徐逸也没说什么。

马建华在看电视，胡秀娟帮斌斌洗澡。

三人并排坐在沙发上。莹萱热情地招待他们。

"要不要喝咖啡？"她问。

徐逸笑笑。

"我们当中也没人要喝咖啡。"

"那，我给你们泡杯奶茶吧？"

徐逸本想说什么都不要，实在要的话，来杯白开水就行了。但是常远和瑾然一听有奶茶喝，眼睛都发亮了，他也无可奈何。

"你们今天是来问斌斌气球的事吧？"莹萱笑着问。

"呃，也不算是，对了，可以问你一个问题吗？"徐逸小心翼翼地问。

"说吧。"

"钱乐为何会穿着黑色羊毛衫?而他外面却套着淡色的西装,很不搭啊!"

莹萱很随意地回答。

"是我让他穿黑色羊毛衫的,他那几个月不忌口,人又懒,感觉有点胖了,我让他穿黑色看起来显瘦,毕竟是生日宴席,应该隆重点,外面套件大衣,可他非要穿西装,说穿西服有样子,为此,还差点吵了起来,我拿他没办法,只好随他去了。"说完,莹萱也是一脸的无可奈何。

徐逸听着觉得莹萱的话也没什么破绽,合情合理。

这时,胡秀娟在浴室里帮斌斌擦好身,用白色浴巾裹着他抱了出来,莹萱看见连忙接过,抱到主卧室里去给他穿冬季的睡衣。

主卧室里也开着暖气,小钱斌头发湿漉漉的,听话地让妈妈为他穿衣服。

徐逸看着莹萱走进主卧室,也跟了进去,瑾然、常远跟在徐逸的身后。

"徐叔叔!"钱斌看见徐逸很开心,大声地叫了他。

徐逸人缘很好,男女老少通吃,就连小孩子,也很喜欢他。

"其他两个呢?"莹萱柔声细语地提醒儿子。

钱斌朝瑾然和常远看了看。

"阿姨,叔叔。"他的声音明显放低了。

瑾然很开心地伸出手捏了捏他光滑娇嫩的小脸蛋,钱斌朝她笑了笑。常远无所谓的,他重男轻女,也想要个儿子,但经常嫌孩子顽皮太烦,平时和钱斌的互动也很少,小东西看见他当然没什么反应。瑾然也是他刚认识的阿姨,不熟悉。只有徐逸,小东西经常看见他,而且经常抱他,还和他玩,他怎么会忘记这位叔叔,管别人都叫叔叔,只管他叫徐叔叔,可见关系不一般。

"莹萱,我现在可以问他话了吗?"徐逸问莹萱。

"没事,问吧。"

莹萱为儿子穿好衣服,任由他站在席梦思上蹦蹦跳跳。

"斌斌,徐叔叔问你件事好吗?"徐逸轻声轻语对钱斌说。

"什么事啊?"钱斌带着儿童般的天真回问他。

"那次在饭店里爸爸面前的那只长着娃娃脸的气球,是你拍上去的吗?"

钱斌想了想。妈妈在旁边提醒他,就是他三岁生日在饭店包房的那天,他还因为不给他娃娃气球而生气发脾气。

徐逸觉得自己当初没想好,小孩子毕竟年龄小,隔着有段时间了,不知道他是否会忘记,怪自己当初就应该早点问他。

钱斌想了想。

"没啊,我没拍过。"他带着童稚般的声音回答。

"确定吗?"徐逸非常谨慎。

"呃,我玩的是自己的气球,那一只一直在墙上的,我没拿过。"

徐逸欣喜,这是他一直想要的答案。

接着,小东西却开始数落起林元来了。

"林元叔叔很坏的,把我的气球给藏了起来,还骗我说是光头强干的,我要打死他。"说完,小东西露出一股邪气。

"咦,可以吗?小孩子怎么整天想着要打别人?没规矩,不可以,知道吗?"妈妈开始教育儿子。

"他抢我的球,还藏了起来。"小东西不服气,和妈妈顶嘴。

徐逸听后若有所思。

"林叔叔怎么得罪你了?"

"哼,他只顾玩手机,后来把我的气球藏在桌子底下,还骗我。"

"那后来气球还给你了吗?"

"还了,还是我小阿姨好,陪我玩。"

"那……陈阿姨有没有陪你玩啊?"

"没有。"

"吴叔叔有没有陪你玩啊？"

"他抱了抱我。"

"哦。"徐逸这下全明白了。

关于那次宴会，当初问他们话的时候，他们也只是粗略地回答了一下，没想到其中还有那么多精彩的内容，要不是这次来问钱斌气球的事，小孩无意中抖出那么多，他还真没想过，也许正是这漏掉的很多内容，其中就有问题的关键。徐逸觉得时机正好，趁此机会，再问问莹萱，要她把钱乐醒过来又睡着之后她所有目睹的事再说得详细一点。

52. 遗漏的细节

"莹萱，我想，当时我问你们关于钱乐醒过来又睡下去直到我回来取东西这之间，可能有什么细节你没说仔细吧。"徐逸问莹萱。

莹萱不解地看着他，觉得有点摸不着头脑。

"没啊，该说的我都说了。"

"我都不知道有林元抢斌斌气球那一段小插曲。"徐逸朝她笑了笑。

"那好吧。"她回答。

之后，她清了清嗓子，娓娓道来。

"你走了之后，我一直坐在自己的座位上和周康他们聊天，钱乐醒了过来又昏睡过去，我一直都在他旁边，妈妈一直和小阿姨一家聊天，菲雨在和斌斌玩，林元去捉弄了他一会儿。在此期间，陈佳一直在打包食物，吴苏诚呢，改不了老毛病，一如既往地玩手机，后来还逗了斌斌，抱了他一会儿，可是斌斌呢，你是知道的，坐不住，又下来玩了。后来周康说要走，正好小阿姨一家也要走，我就和妈妈带着斌斌在电梯口送他们,直到后来你们来,我们一起回去的。"

"这期间,他们三人有什么异常举动吗?"

"没有,很正常啊。"

徐逸有点焦虑,直到现在,案情依旧没什么进展,让人头疼。

"是不是有什么事啊?"瑾然问。

"我不知道是凶手隐藏得太好,还是有些细节压根我就没注意到?"徐逸想了想。

"你们俩先在下面等我,我和莹萱说会儿话马上就下来。"徐逸对常远和瑾然说。

"你们有什么话不能当着我们的面问啊?"瑾然咕哝着。

徐逸对常远使了一个眼色,常远心领神会。

"下去等就下去等呗,反正他很快就下来了。"常远对瑾然说。

等常远和瑾然关上了门,徐逸才打开天窗说亮话。

"你和钱乐之间夫妻关系是不是不太好?"他认真地看着莹萱,希望得到答案。

她觉得有点为难,一副欲言又止的样子。

"如果不想说,我不勉强你。"

"是,我和他关系不太好,不仅因为他经常拈花惹草,而且因为他脾气非常不好,还动手打过我。"

"还打你?"他觉得有点不可思议。

"就推推搡搡,没皮外伤。"她回答的时候相当地镇定,面无表情。

难怪,当时发现钱乐被杀,她和她父母反应那么冷淡。他早就该想到,他们之间的关系并没有表面上那么好。

"叔叔阿姨也应该知道的吧?"

"知道,他们劝过架,但被钱乐甩手一推,我爸爸骨裂了,恨也恨死他了。"说完,她的表情有点微微的波动。

"钱乐这德性真是该啊。"连徐逸也诅咒他,钱乐该是有多讨人厌啊。

"这话你当着我面说算了，千万不要当着其他人的面。"她小心地提醒他。

"我知道，就是觉得他不该这么对你。"他有点义愤填膺。

"我已经习惯了。"

"今后有什么打算？"

"还能有什么打算？把斌斌养大呗。走一步算一步。"

他有点疼惜她，看着她如今这般田地，心有不忍。

"我知道有句话我是不应该说的，我一个外人也没资格发表什么意见。但是，莹萱，这家靠你一个人撑着，你会很辛苦的。"

"你的意思让我再找？"

他沉默，没有回答她的话。

"谁会要我啊？都会觉得我克夫，当扫把星一样躲得远远的吧？"她低垂下眼眸，埋怨自己命不好。

看着她这样自贬，他心里很难过，想着安慰一下她。

"一个女人始终是需要靠在一个男人宽阔的肩膀上，这样，才算找到一个好归宿。"

"都是自己的选择，能怪谁呢？"

他不再说话。

两个人沉默了一会儿，他说要告辞了，她送他到门口。他走的时候，抱了抱斌斌说以后再来看他，并和她的父母告了个别。

53. 女人心

出了大门，寒风扑面而来，冷得徐逸瑟缩了一下，赶紧把大衣的前领裹紧了。

瑾然和常远在莹萱家阳台侧面下方走来走去。徐逸转了个弯，瑾然看见徐逸很开心，上前迎了过去。

"真是的，让我们等这么久，冷死了。"她向他撒娇。

"你知道她刚才和我说什么吗？"常远一边走，一边问徐逸。

"说什么？"徐逸问。

瑾然有点生气。"不许说！"

"她说，她快怀疑你和莹萱有一腿了？"

瑾然支支吾吾，一副不乐意的样子。

"怎么会有这种想法？"徐逸有点不理解地看着瑾然。

"她在下面偷听你们的谈话，说你对莹萱说，一个女人，始终需要依靠一个男人宽阔的肩膀。她听了之后，就很不开心。"

"那个男人又不是我，你生哪门子的气啊？"徐逸不解地看着她。

她有点得意扬扬，又有点生闷气。

"这醋劲也太大了吧？徐逸和莹萱怎么可能呢？大家一直都是朋友。整天胡思乱想的。"常远插嘴道，对瑾然也是一脸的鄙视。

"我就是随便问问，不行吗？"她反倒有点怪常远。

"好了，我就是宽慰一下她，你真不要想歪了，我可是名草有主了。"

"谁是你的主啊？"瑾然装傻地问道。

"你说呢？"说完，他牵起了她的手。

她心花怒放，便不再胡思乱想。

"这女人心，海底深啊。"常远在一旁感叹。

回到家中，徐逸仍旧在心里默默思考问题，瑾然准备睡觉，而常远继续沉溺于游戏，只不过他躺在沙发上，玩手机游戏。徐逸则坐在椅子上，努力地思考问题。

"想什么呢？一回来就变木头？"常远一心二用，一边玩游戏，一边问徐逸。

"我在想是不是有哪些细节遗漏了？你也不帮我！"

"我怎么帮你啊？我懒得动脑筋，我要把我全部的精力用来玩游戏。"常远百无聊赖地说，一只手搁在脑袋下，一副心不在焉的痞子相。

"你啊，就是属于典型的有天赋却不上进的人，好资本白白浪费！"

"我也是没办法啊！你以为我不想啊，克制不住怎么办？"

"花花世界吸引着那些科学家探索真理，而吸引住你的只是那花花世界里让人丧志和堕落的东西。"徐逸一边为他惋惜，一边怒其不争。

这下，常远停了下来，很认真地看着他。

"我不一直都是这样的吗？你怎么突然之间就不习惯了？"

徐逸听后，有点垂头丧气，今天又不是第一天认识他。

徐逸觉得有点累，想缓一缓，于是站起身来到厨房里做了两杯奶昔。

"奶昔，要不要喝？"

常远一听，眼睛一亮，他对吃的东西总是无法抗拒。

徐逸准备洗澡睡觉，睡前还叮嘱常远早睡早起。

然而当第二天徐逸和瑾然起来，瑾然做了丰富的早餐，两人享受美味的鸡蛋牛奶三明治时，常远还躺在沙发上呼呼大睡，雷打不动。

两人都无可奈何，匆匆上班去了。

54. 前后矛盾

办公室里总是忙碌而肃静，徐逸偶尔会和同事们开玩笑，但是说个一两句，又会埋头于工作。

"我也就和你们抱怨抱怨,这苦日子什么时候到头啊?"同事张亮说道。

"千万不能到头,到头就结束了。"洪飞插嘴。

"慢慢熬呗,相信一定会熬出头。"徐逸回答。

"我们哪有你那么幸福啊?每天嘻嘻哈哈的。"女同事包芊芊非常羡慕徐逸。

"我有啥好羡慕的?也就普通人一个。"徐逸笑着说。

"他自个儿幸福偷着乐,大家别理他。"张亮揶揄道。

徐逸的确是自个儿偷着乐,每天过得开开心心的。

今天不需要加班可以早点回去,于是徐逸就去接瑾然一起回家。常远依旧在电脑桌前打游戏,中午叫了外卖,汉堡、鸡翅、可乐、蛋挞和薯条。吃完,就把残渣扔进外卖附带的塑料袋里,然后扔进垃圾桶,最后又去打游戏了。一整天人窝在家里,也不出门逛逛散散心,沉迷于游戏无可自拔。

徐逸瑾然下班回来,看见常远还是岿然不动地坐着打游戏,也没说他,而是嘀嘀咕咕,太晚了,干脆出去吃吧。

徐逸走过去对常远说:"要不要出去吃啊?"

"吃什么啊?"他还是专注于游戏,头也不回。

"随便吃什么,盖浇饭之类的。"徐逸说。

"我想吃砂锅啊。"

"有啊,很多的,你随便点。"

于是常远欣然前往。

一家平价的汤包馆,供应各式美食,有盖浇饭、面条、馄饨、生煎、小笼包等,免费加饭加面,提供清汤,还提供瓶装饮料和各种各样的汤汁。

三人站在收银台前抬着头望着价目表,商量着吃什么。

"我想吃酸菜鱼砂锅。"常远说。

"好,饭是免费供应的。"徐逸说。

"炸猪排再加一碗鸡鸭血汤。"瑾然说。

"那我来一份牛肉滑蛋饭。"

徐逸点完单付钱,女服务员开始操作,收银机发出声音,开始打印,女服务员把收银条打印出来,然后交给徐逸。

徐逸三人找到座位坐下,然后把收银条交给来回穿梭负责传菜的女服务员。三人静等着晚饭的到来。

"马上就到3月份了。"徐逸说。

"是啊,然而案子还是没什么进展。"瑾然一副垂头丧气的样子。

"你不是说要再到他们家去一次的吗?"常远好奇地问。

"是啊,是要去,肯定有什么东西是我漏掉的。"

"要不,就是他们故意不想告诉你?"常远补充。

"肯定的,肯定会有人做贼心虚,没把一些实情告诉我,我就是要想办法把他们的嘴给撬开。"

"呵呵,拿根铁棍狠狠地撬。"常远幸灾乐祸。

过了不一会儿,三人的饭菜也来了。

"都这么久了,你应该有眉目了吧。"常远一边吃,一边抬头问徐逸。

"哎,哪有那么容易啊?啥线索也没有,连门都摸不到。"徐逸也有点抱怨。

"那就再查下去啊。"

"不是在查吗?急什么?"

瑾然不明就里,一直看着他们对话。

吃完饭,三人走出了汤包馆。深邃的夜空,清冷的空气,透着一股朦胧感。灯光闪耀,夜景被点缀得异常璀璨夺目。

"如果有人说谎或者刻意隐瞒,那么那个人究竟会是谁呢?"常远问。

"他们四个人,四条线,关键就是四个人说的话前后一致吗?如果有人前后矛盾,那么里面就有猫腻。"

"光听一个人说话是听不出前后矛盾的,主要还是结合其他三个人的口供来对比。"

"对。"

"你下次还是要带我一起去。"瑾然带着小可怜的眼神恳求徐逸。

徐逸看了看她。

"好吧,要去就去吧,常远也一起。"

"我啊?"常远有点不情愿。

"到时你只要待在旁边,随便你干啥都行,捧着手机坐旁边也行。"徐逸相当地宽容,关键对常远已经没脾气了。

"行啊。"常远想了想,觉得这个要求并不过分。

三人并排走着,越走越远,寂静的身影渐渐在夜色中消失。

55. 重述案发经过

第二天徐逸下班回来,三人赶时间,在家里吃完泡面就匆匆去陈佳家了。

陈佳开的门,顾杰还是老样子没回来,陈佳的婆婆仍旧一脸恶相面对着突然造访的三个人,陈佳的公公洗澡去了。

徐逸看见婷婷很开心,她正在蹦蹦跳跳,手里拿着一样东西。

"婷婷!"徐逸朝她喊去。

"徐叔叔!"婷婷看见徐逸同样很开心,赶快飞了过来,徐逸一把将她抱起。

"玩什么呢?"

"在玩妈妈的东西。"说着，她给他看了这样东西。

陈佳去给他们三人泡奶茶去了。

徐逸接过那样东西，仔细地看了看，突然觉得好像在哪里见过，后来想起，这只紫色的胸针莹萱别过，怎么会到陈佳这里来了呢？徐逸万分狐疑。是莹萱送给她的？

徐逸把婷婷放了下来，三人坐在沙发上。

陈佳端着杯子面带微笑地走了过来，看见婷婷在三人面前拿着紫色的胸针到处招摇，神色开始惊慌起来，她一把从女儿手里把那东西抢了回来，惹得婷婷不高兴起来。

徐逸全都看在眼里，觉得这是不正常的现象，但他什么也没有说。

"又发现什么东西了？来找我要第一手资料？"陈佳笑着对徐逸说。

徐逸也同样笑了笑。

"案子一点进展也没有，我是想要你把之前和我说的内容，再说得详细一点。"

"怎么个详细法？"

"细枝末节我全都要知道，好比面前飞过一只苍蝇，也在细节内。"

"那好吧。"陈佳也觉得多多少少有点无可奈何，谁叫徐逸那么喜欢当侦探呢。

"莹萱在送周康和她小阿姨之前，对我说让我看着包，顺便再看着钱乐，后来她走了，我也忙完了，想去洗手间上个厕所顺便再补补妆，于是我就对林元和吴苏诚说让他们看着包，他们答应了，我就出去了。"陈佳一边想，一边叙述。

"后来我在洗手间里磨磨蹭蹭，出来的时候，看见林元在左边过道那里的一个厅门前站着，也许在听里面的男人唱歌吧，进包房我就看见吴苏诚低着头玩手机。他看见我来了之后，说要下楼抽烟，那就我一个人在那里看着。再后来，林元回来了，我本来就闲着发慌，他来了，我就可以去找莹萱聊天了。之后，我一直和莹萱在电梯口，哪儿也没去，直到和你们一起回包房。"

"这里面有什么小插曲吗？"徐逸认真地问。

"小插曲？没有小插曲啊。"

"有什么细节遗漏了吗？"

陈佳想了想。

"差不多就这点吧。"

"他们和你交接的时候，没和你说过什么话吗？"

"吴苏诚就说他要下楼抽烟，林元没说。"

徐逸心想，看起来也没什么不正常的地方。

从林元离开到陈佳回来之间的时间，吴苏诚是一个人和钱乐待着，有充足的作案时间。关于这点，之前他已知晓。同时他们三人都有单独和钱乐相处的时候，都有作案时间。问题是怎么确定到底是在谁的时间段杀的人？

"你一个人和钱乐待一起直到林元回来这段时间有多久？"

"没多久，大概也就几分钟吧，十分钟不到。"

十分钟不到？徐逸思忖。刚刚够完成杀害行动，再处理现场，当然，得有个前提，必须能训练有素地处理现场。一个杀人凶手心理素质如果不过硬，要他在这么短的时间内，一边承受着心理压力，一边还镇定自若地处理现场，肯定不行。

陈佳的心理素质不行啊，看见尸体神色惊慌，吓得不知所措，实在不是一个训练有素的杀人犯。

56. 说谎的人

"在此期间，有什么人经过包房，或者有什么可疑的人在附近张望？"

"没发现啊，要不就是服务员，要不就是和我们一样来这里吃饭的客人。"

徐逸把她的话都给记下了。

"你们一直在电梯口，应该看见吴苏诚上楼了吧？"

"嗯，他上楼都看见了。"

"那么今天就到这里吧，下次要是我再想起什么，再来麻烦你。"徐逸很客气地对陈佳说。

"没事，有事没事都可以来我家坐坐。"陈佳笑笑。

三人都觉得怪不好意思的。

只有陈佳婆婆像个猫头鹰一样一直监视着他们，时不时往沙发这边张望。

三人起身，准备离开。站到门口，陈佳还不忘热情地送别他们。四人你一言我一语，客客气气，恭恭敬敬。

走出楼房，找到停好的车子，三人拉开车门，坐了进去。

"你们怎么看啊？陈佳的嫌疑？"徐逸问他俩。

"我可什么都看不出来，你问我也白问。"瑾然怪不好意思地说。

"我只关心她说的十分钟不到。呵呵。"常远别有一番意味地说道。

"嗯，十分钟足够杀人然后再清理现场，如果手够麻利，并且心理素质够好。"徐逸表态。

"你也这么认为？"常远和徐逸一拍即合。

"而且她说得很笼统，说的也是一个大概的数字，毕竟，没有谁会特地拿个秒表去掐准了。"徐逸说。

"是啊，她可以把时间说得长点，或者再短点，反正也没人会去计算。不管接下来的林元或者吴苏诚，他们说的时间也都会是个不精确的数字，同样说长说短都可以，只要和他们来交接的时间大概能对得上就可以。"常远说。

"属于自己的时间，想干啥就干啥。"徐逸说。

"那接下来该怎么办？"常远问。

"我此次来的目的就是让他们把各自的时间段给拉长，在他们和钱乐相处的这段时间，不可能就这么点内容，我希望能有让我眼睛一亮的东西。"徐逸说。

"上次说的内容都是压缩版。"常远说。

"凶手当然不愿意说得多喽，"徐逸说，"我想看看有多少人会说谎！"

"如果他们三个人有一个说了谎，那很好辨别。但是如果三个都说了谎呢？"常远思考起这个问题来。

"他们三个有什么必要联合起来一起撒谎？"徐逸也问。

"确定凶手的人数了吗？"

"没确定，感觉应该是单人作案。"

"别这么早确定，现在啥线索也没有，没准是他们三人联合起来杀的钱乐！"

徐逸听他这么一说，着实震惊了，就连一旁的瑾然也张大了嘴。

"不可能吧？"瑾然很吃惊。

"钱乐是个什么重要的人物啊？要三个人联合起来杀了他？"徐逸也觉得不可思议。

"我只是推测，你们别紧张。"常远看着他们不安的神色，心想是不是自己的推理吓到他们了，赶紧把话给收回。

"等去过林元和吴苏诚家，你们一定要给我意见。"徐逸发号施令。

"我尽量。"瑾然觉得不好意思。

"行。"常远一口答应。

"没关系。每次你只要在我身边，我就有灵感。"徐逸笑着对瑾然说。

瑾然感到温暖。

车子发动了。徐逸的车子如同徐逸一般，像豹子一样迅速而敏捷，在马路上驰骋，向着光明前进。

57. 关键词

徐逸三人待在林元的卧室里。林元刚才正坐在电脑桌前打游戏，常远看见了，心也痒痒了，坐到林元的床边，掏出手机开始玩起来。

"能不能把那天的案发经过再说得详细一点。"徐逸对林元说。

林元看着徐逸，若有所思。

"是不是出了什么事？"

"没出什么事，只不过当初你们都是很简单地描述了一下，后来我发现原来这段时间内还有很多精彩的内容我错过了。"

"就从莹萱离开包房送周康和她小阿姨开始说起吧，"林元想了想，"莹萱离开之后，陈佳说要上个厕所，让我和吴苏诚看着包，反正我们也没什么事，一直在玩手机，后来我出去听隔壁厅的人唱歌了，听完歌就回包房了，发现吴苏诚不在，陈佳在，她看我回来了，说去陪莹萱，我就一直待着，再后来吴苏诚回来了，我们就一直坐着玩手机，直到你们来。"林元又说。

"好笼统啊！那么长时间的经过你一会儿就说完了，真的就这点内容？"徐逸问。

"真的就这点内容，没有陌生人经过房间，也没有任何可疑的人。"

"那好吧，我问你答，看来只能这样了。"

"第一个问题，从陈佳离开，你和吴苏诚一直待在包房里玩手机，直到你出去听歌，这段时间里，你有离开他吗？或者他有离开你吗？"

林元想了想,好像想到了什么。

"中间有一个朋友在和我语音聊天,我觉得待在包房里和他聊天会影响吴苏诚,于是我就出去在走廊里和他聊天。"

徐逸恍然大悟。"那你出去了多久才回来的?"

"大概……几分钟,十分钟不到吧。"林元估摸着。

"十分钟不到?"这几个词都成关键词了。徐逸心想。

瑾然很认真地听着,反正她也听不懂,装模作样总行吧。常远却抬起了头。

"这十分钟足够了。"常远说,说完,他又低着头打游戏了。他一心两用,一边在打游戏,一边在听徐逸和林元谈话。

林元听得一头雾水。

"怎么了?"

"你回来后,有没有发现他有什么异常的举动?"徐逸问。

"没啊,很正常,在玩手机。"

"我要是不仔细问你,真的被你们集体给阴了。"徐逸说。

"我哪知道啊?这么点事对案子又不重要。"林元倒觉得无所谓。

"怎么不重要?要知道十分钟足够把钱乐杀死。"徐逸面容严肃,斩钉截铁地说道。

这句话把林元吓得不轻,他完全被徐逸震慑住了,连说话都开始有点结巴。

"你听歌的时候,有注意到陈佳吗?"

"没看见她啊,我一直都在很认真地听那个男人唱歌。"

"但是她看见你了。她从洗手间出来的时候,眼睛的余光扫到你站在隔壁厅听那个男人唱歌。"

"是吗?可能我太集中精神了,没注意到她。"

"从你出去听歌一直到陈佳回来,这中间又有一个空当,虽然不知道这个空当有多少时间,但是吴苏诚还是有时间作案的。"徐逸分析。

"吴苏诚虽然没什么大智慧,但是小聪明却不少,而且他心理素质很好。"林元一聊起吴苏诚，劲头马上就大起来了。

徐逸寻思着他和吴之间是不是有某种联系。

"你是在向我暗示吴苏诚杀了钱乐吗？"徐逸笑着看着林元。

此时，瑾然也正紧盯着林元，而常远也抬起头认真地注视着林元。

三个人，三双眼睛，直盯着林元，林元感到有点紧张。

58. 某种联系

"你们别这样看着我好吗？"

"你好像不止一次暗示吴苏诚是杀人凶手。"徐逸探究的目光直盯着林元。

"我有吗？"

"有。"徐逸很认真地回答他。

林元摊手道："好吧，我是对他有点成见。"

"什么成见？"

"男人的自尊心吧，他比我聪明，混得比我好，心里难免有点酸。"林元并不愿意抖出这段心思。

"得了吧，混得好的人多了去了，酸得了吗？你酸他，他就倒了啊？"徐逸不能理解林元的这点心思。

林元低垂着眼神，缄默不语，似乎是在反省自己。

"第二个问题，你听完歌回包房的时候，陈佳在干什么？"徐逸问。

林元开始若有所思起来。

"这个问题很难回答吗？"徐逸看着他的表情，觉得有某种不对劲的地方，但是又说不出到底哪里不对劲。

"她……在玩手机。"

徐逸觉得有点奇怪。

"陈佳什么时候变得和你还有吴苏诚一样爱玩手机了？"

林元没有回答，但是他一副吞吞吐吐的样子，让徐逸觉得他刻意隐瞒了一些东西。

"不会在骗我吧？没说实话吧？"

林元马上反应过来。

"没，说的是实话。"他的眼珠子开始乱转起来。

"不要紧，我以后会去问她，是真话是假话很快就会知道。你们两人不要互通消息啊。"

林元反倒轻松了起来，没像之前有点紧张不安，徐逸看不懂了。

"第三个问题，直到吴苏诚回来你一直待在包房里？"

"对。"

"有多久？"

"我想不起来了，没多久吧。"

"是不是10分钟不到啊？"徐逸笑着提醒林元。

林元面无表情地回望着徐逸，不知他是何用意，常远抬起头笑了笑。

"你是不是怀疑我杀了钱乐啊？"

"我可没这么说。"

"第四个问题，吴苏诚回来后，你们一直都待在包房里，这期间，有人离开过吗？你或者他？"

"没有。"

"确定？"

"确定。"

"会不会有朋友发来语音视频，或者出去听歌了，又或者其他什么事？"

"真的没有，我们俩一直都在一起，很安静地坐着玩手机。"

徐逸想了想，该问的差不多都问完了。

"你要是想起什么，或者我想起什么，下次再约吧。"

"好。"林元很爽快地答应了。

"常远。"徐逸叫了他一声。此时的常远，还沉浸在游戏的幸福中。

"哦。"

"今天打扰了，那我们先走了。"三人起身离开林元的房间。

林元送他们到家门口就关上了门。

常远和瑾然本来想在过道里发表意见，却被徐逸阻止了。

"下楼再说。"他小心地提醒他们。

等到了楼下，徐逸开始畅所欲言。

"你们觉得林元有问题吗？"徐逸问。

"两个疑点。第一，他说吴苏诚聪明心理素质好，感觉是在暗示吴苏诚是凶手。第二，陈佳。当你问到陈佳在干什么的时候，他仿佛犹豫了一会儿。林元为何要包庇她？这点我不得而知。林元和陈佳应该没什么交集的吧。两个人平时关系也一般，按理来说，应该算不上亲厚，所以林元应该没有理由要包庇她。"

"不错嘛！在认真听哦。"徐逸夸奖常远。

瑾然却不高兴了。"我也在认真听好吗？怎么也没见你夸我？"

徐逸笑了起来。"你不一直都很聪明吗？"

59. 同样的时间

"不需要你帮什么，你站在我身边就好，你一直都是我的幸运女神。"

徐逸的嘴巴一直都很甜，瑾然听完，心里甜甜的，常远看见这醉人的一幕，浑身的鸡皮疙瘩都起来了。

"不要这样好吗？当我不存在啊？"

瑾然看见他那副嘴脸很不开心，小声咕哝着。

"那现在林元怎么办？"常远问。

"应该把他划分到有嫌疑的人的名单里。"徐逸回答。

"那其他人的嫌疑也应该降低了不少吧？"瑾然问。

"不，不问全都清白，一问全是漏洞。陈佳和吴苏诚，或者也像林元那样不怎么清白。"徐逸说。

"哈哈哈。"常远笑了起来。

徐逸驾驶着汽车，瑾然安静地坐在他的旁边，而常远却在黑暗中玩着手机。

"别玩了，休息一会儿吧。"徐逸对常远说。

"放心，本来就是半瞎的人了，无所谓。"

"我要是开灯，外面的路我就看得不太清楚了。常远，先躺着休息一会儿，等到了，你还是可以玩手机的。"徐逸一直喋喋不休地提醒常远，常远也觉得有点烦了。

但是他知道好兄弟是为他好，也只有徐逸说的话常远听得进去，他老子老娘说的话他也根本不当一回事，还是拜把子的兄弟感情好，胜似亲兄弟。

吴苏诚夫妇热情地接待三人。

"瑾然。"高佳妮看见瑾然很开心地笑了起来。

"佳妮！"

"你们两人到房间去说女孩子的悄悄话吧。"徐逸对她们说。

"对啊，对啊。"吴苏诚也说。

于是瑾然就和佳妮到他们的卧室里说悄悄话了。

"喝点什么？"吴苏诚很客气地问徐逸。

"大冬天的，喝什么啊？"徐逸回答。

"那我们就开门见山，你问吧。"

"就是让你把上次和我说的案发经过再详细地说一遍。上次你说得太简略了，我希望你能再多说一点。"

"好，那从哪里开始啊？"

"莹萱出包房开始。"

"莹萱送客人走了之后，陈佳说要去洗手间让我们看着包还有钱乐，后来林元大概听歌去了，陈佳回来了，我正好想下楼抽根烟，上楼的时候，在电梯口看见莹萱还有陈佳她们，到了包房，林元正专心致志地玩手机，后来我们就一直坐着，直到你们来。"吴苏诚如是说。

"还是不够详细啊，和上次说的差不多。算了，还是我问你答吧。"

"陈佳走后，你和林元待在包房里的时候，他有离开过吗或者你离开过吗？"

吴苏诚想了想。

"他和朋友语音聊天，出去过一会儿。"

"那此时你一人留在房间里？"

"是。"吴苏诚回答得有点犹豫。

"有多久？"

常远在旁边都快笑出来了。

"10分钟不到。"常远笑着说。

吴苏诚看了看常远。

"差不多吧。"

常远笑得更加夸张了，吴苏诚看着他，不明就里。

"怎么了？"吴问。

"没事。"徐逸说。

"你抽好烟回来的时候，林元在干什么？"徐逸问。

"他老样子，玩手机。"

"有发现他有什么异常吗？"

"玩手机有什么异常？没有不正常的地方。"

"你回到包房后,你或者他有人离开过吗?比如上厕所或者其他什么的。"

"没有,我们一直待着,直到你们回来。"

"好。"徐逸说。

60. 阴影

瑾然和佳妮在房间聊得热火朝天。

"佳妮,你为什么不给吴苏诚添个宝宝呢?难道你还不想做妈妈?"瑾然笑着问佳妮,表情有点害羞。

佳妮笑了笑。

"哎,现在养个孩子很贵的。"

"这有什么?哪家人养孩子不贵啊?"

"可是我还没有做好准备。"佳妮觉得怪不好意思的。

"该生孩子了,赶紧的吧。"小丫头嘴还挺快。

"你老是催我,那你呢?你和徐逸什么时候?"佳妮笑着问她。

"什么什么时候?"瑾然竟然害羞起来,知道还装傻,觉得怪不好意思的。

"当然是什么时候结婚啦?"

"我们才刚认识,结婚要等很久了吧。"

"想不想嫁给他?"佳妮笑着逗她。

瑾然害臊起来。

"想啊,当然想啊。"

"到时候你也可以为他生个宝宝啦。"

瑾然开始浮想联翩。幸福的一家三口,那美丽的场景,是她经常渴望的。

"我还不知道他喜欢男孩还是女孩?"

"还没成,就想男孩女孩啦?"佳妮取笑她。

瑾然羞得只想钻地缝了。

"你别笑我嘛!"

佳妮也不逗她了,表情开始严肃起来。

"喜欢他就要抓住了,不然会被其他女人抢走的。"佳妮提醒她。

"是啊,徐逸很招女人喜欢的。"瑾然开始担心起来。

"对啊,一定要看紧了。"

"你是过来人,比我懂得多,以后还要你多提醒我,我不在的时候,麻烦你帮我盯着他。拜托了。"瑾然双手合一,眼神恳切。

"什么过来人不过来人,只不过,比你多走几条弯路罢了。"佳妮的眼神开始暗淡起来。

"嗯?"瑾然好奇地看着她,"我曾经在感情上遭受过一次很严重的伤害,到现在都走不出来。我想,这是我这辈子挥之不去的阴影。"

"伤心的事还是忘记比较好,可是越要忘却,越记得深。"瑾然这个单纯的小女孩也开始伤春悲秋起来了。

"是啊,那段经历如同噩梦一般侵蚀着我,让我痛苦,让我哀伤,至今都被困住。"

"别去想了,重要的是,吴苏诚爱你,现在你是幸福的,要好好享受这来之不易的幸福。"瑾然极力安慰着高佳妮。

姐妹俩感情越来越好。

门轻轻地被打开。

"瑾然,我们走喽。"徐逸笑着对瑾然说。

"啊?那么快啊?我还有很多话没和佳妮说呢。"

她俩相见恨晚,话特别地多。

"以后有的是机会,让你说个够。"

"那我们走了。"瑾然对佳妮说。

"今天打扰你们了。"徐逸说。

"没事,以后常来常往。"佳妮对徐逸说。

"以后要是没什么事,我们多走动走动。"吴苏诚对徐逸说。

"那好吧,我们走了。"

三人和他们打好招呼,便告辞了。

冬夜天寒地冻的,只有寒风呼啸而过,大伙儿都已经入睡了,远处小区星星点点的灯点缀着黑暗的夜。只有在家里,才能找到心灵的港湾。

"你刚才和佳妮在说什么悄悄话呢?"徐逸问瑾然。

"没说什么。"瑾然装模作样。

"还能说什么?肯定在比男人喽。"常远却不屑一顾。

瑾然有点埋怨地望向徐逸。

徐逸觉得被人比来比去无所谓,反正自己有的是男人味,自信得很。

"好啦,别生气了,我们回家喽,外面实在是太冷了,等到家了,我给你暖床。"

徐逸不怀好意地看了一眼瑾然,她觉得怪不好意思的,可是又甜在心里。

只有常远一脸的不满,看着他们在自己面前打情骂俏。

"怎么也没人给我暖床?"他抱怨了几句。

61. 嫌疑被排除

正当徐逸在为案子焦头烂额的时候,莹萱却被传唤到警局,血液检测的结果已经出来了,在马莹萱黑色大衣的里侧以及黑色皮手套上检测出了钱乐的血迹。这个消息令所有人震惊,当然也包括徐逸。大家开始七嘴八舌讨论起来,猜测会不会是莹萱杀的钱乐,然后又推翻,因为莹萱的确有不在场证明。警方也因为马莹萱有充足的不在场证明而排除了她的嫌疑。

"你怎么看啊?"吃晚饭的时候,徐逸问常远。

常远只顾着吃,也没理他。

"问你话呢?"徐逸看着他这样,有点不耐烦。

"莹萱不可能是杀人凶手,这很明显,最关键的就是她没有作案时间,这个有利的证据是怎么样也推翻不了的。"

"是啊,凶手很明显想要嫁祸给莹萱。那到底是谁呢?"徐逸若有所思。

"那三个人不都正好有这个想法吗?"

"是啊,表面上亲得很,实则不睦啊。"

"莹萱就是凶手推出来的炮灰,真正的凶手还是那三个人里的其中一个。"

"是啊,分析得不错。"徐逸夸奖常远。

瑾然在一旁听得津津有味。

"你就应该经常动脑吗!多聪明啊,分析能力多强啊,就是不肯动脑,好底子都浪费了。"徐逸说。

常远自顾自吃着,一脸的无所谓。

"我觉得我有必要再去一次案发现场。"徐逸说。

"去找灵感啊?"常远随口一问。

"找什么灵感啊?我去找目击证人,希望有什么人能看到些重要的东西。"

"找了也白找,警察肯定也问过话,结果不还是白搭吗?"

"我不和你争这个,我这么做有我自己的道理。"

徐逸随后看看瑾然。

"什么时候,找个机会,我们一起去?"

瑾然一听,立刻回应。

"好啊！好啊！"

徐逸又看了看常远。

"常远？"

"别叫我。"

"我要借助你的智慧速战速决好吗！有你在，我如虎添翼。"

"别把我吹得神乎其神，我自己的那点能力我还不知道吗？"

"常远你不可妄自菲薄，我可是非常稀罕你的。"

"得了。"

"一起去吗？星期六星期日，我们那天在外面吃饭怎么样？"

常远自打辞职后，越来越懒，整天待在家里，吃饱了睡，睡足了玩，跟个行尸走肉一样。

徐逸提醒他不能太懒散了，一旦形成习惯，以后就不好改了。

"你以后还是要上班的呀，整天就这样，以后上班了会不习惯的。"

"以后的事以后再说。"

"对，我知道你家有钱，你难道准备啃一辈子老啊？"

徐逸整天这样苦口婆心地劝他，常远一方面觉得烦，另一方面觉得他说得没错。慢慢地，常远坚硬的心就这样被徐逸给融化了。

"去就去吧。"常远很勉强地说。

"对啊，还有，以后只要我叫你，你就一定得跟我。"徐逸给他下死命令。

"行，你说什么就是什么吧，谁叫我吃人家的嘴软呢。"常远满不在乎地说。

"孺子可教。"徐逸得意地笑了起来。

常远也无所谓，倒是瑾然，竟然嫉妒起这对兄弟的感情来。

他什么时候这样对待过我啊？她心里嘀咕起来。

62. 目击者

徐逸找了一个休息日，和常远还有瑾然一起去案发现场，那家饭店的包房，特意选了中午闭餐人少的时候。

徐逸的手轻轻抚摸着那张封条，当时钱乐被杀的惨象仿佛浮现在眼前。

"这儿也没什么人，怎么会有目击者？"常远问。

"是啊，人好少啊。"瑾然回答。

然而徐逸却根本不担心这个问题，他环顾四周，观察着这里的地形，根据四个人的口供努力拼凑起当时四人的活动轨迹。

常远和瑾然一直看着他，没有说话，知道他在沉思，便不再打搅他。

"嘻，服务员估计也去休息了，找谁啊？"常远在一旁唠唠叨叨，干扰了徐逸的思维。

"你急什么？我就不信找不到突破口。"徐逸的声音铿锵有力。

"我们就这样守株待兔吗？"瑾然也觉得这样干等等不出什么来。

"船到桥头自然直。"徐逸倒很淡定。

"今天我们晚饭就在这里解决吧。"常远提议。

"好啊，你付钱。"徐逸笑着说。

"你不是说请我吃饭的吗？"

"我是说过请你吃饭，三碗盖浇饭解决问题。"

"切。"常远斜着眼。

"行了，跟我出来还会让你破费？"

三个人有一搭没一搭地聊着。

几个女服务员嘻嘻哈哈走了过来。其中一个人看着他们在包房门口停留着讨论着什么，觉得好奇，便走了过来。

"上次这里发生命案时，你们是在现场的吧？"一个矮个子女服务员问他们。

当时，警察到达现场后，也曾盘问过她和其他的女服务员案发时的情况。

徐逸马上警觉起来。

"是啊，有什么事？"徐逸问。

"凶手找到了吗？"

"还没有。"

"哦。"女服务员低头沉思。"我觉得那两个男的应该不是凶手。"

徐逸马上就来了兴趣。

"为什么这么说？"

"我和同事进包房正准备收拾餐桌的时候，他们两个人都坐在位子上，应该不会杀人的吧？"

徐逸和常远眼神交流，他赶紧向女服务员继续打听。

"你是什么时候进包房清理餐桌的？"他的声音有点大，急着想知道真相。

"呃。"女服务员仔细回忆，"当时房间里有三个人，左边的一个胖胖的男人好像睡着了，趴在桌子上。右边两个男的坐在位子上。"

徐逸马上就意识到他所说的胖胖的男人就是钱乐，而另外两个男的是吴苏诚和林元。

"大概是什么时候的事？"

女服务员努力回忆着。

"他们酒席吃完很久了吧，我记得也不是很清楚了。当时最右边的那个男的还阻止我们清理餐桌，说主人不在，中间那桌的那个大概东西掉了低头去捡，也没说什么话。"

徐逸仔细梳理这条线索，脑海中开始搜索，林元和吴苏诚单独相处的时间，除了最早的那个时间段，还有最晚的那个时间段，到底是哪个时间段?

"那么那时那个胖胖的男人还活着吗?"徐逸很着急地想知道。

"不知道啊,他一直趴着,我也分不清楚。"

"哦,对了,那时你有看见他面前放着一个娃娃形状的气球吗?"

"没啊,我记得当时我们正好从这个门进去,一进去就是那个胖男人的桌子,我记得很清楚,他的面前什么都没有,只有盘子碗碟和吃剩的菜。"

这下徐逸总算是明白了。

气球那时候还没摆上去,也就意味着钱乐还没死。

"哦,谢谢你哦。"徐逸对女服务员说。

他面带微笑,非常感激她,给了他这么一条有价值的线索。

"没事,我也希望早点破案,毕竟发生在我们饭店。"女服务员说完话便离开了。

那到底是什么时段呢?他还要找林元和吴苏诚确认,看看他们有没有串供。

"我跟你们说的吧,这次不会白来。"徐逸得意地看着常远。

常远眼神躲躲闪闪,什么话也没说,因为他理亏。

"好厉害啊!"瑾然又一次吹捧徐逸。

"你男友我是无敌的。"

徐逸朝瑾然笑笑。

"行了,我肚子饿了,我们找点吃的吧。"常远说。

"才刚吃完午饭你就?"徐逸也很惊奇他的食欲如此之旺盛。

"买点奶茶鸡块和羊肉串吃吃吧。"常远脸皮很厚,说话面无表情。

"行,走吧,大胃王。"

常远笑了笑。

三人离开了饭店,徐逸帮常远去找小吃店了。

63. 备胎

下午的时候三人回到了家，常远又去电脑桌那边玩游戏了。徐逸和瑾然在客厅里吃三文鱼。

"常远，要不要吃啊？"徐逸笑着对常远说。

"烟熏三文鱼有吗？"

"有，等我从冰箱里拿出来冷冷。"

过了一会儿，常远一个劲地吃烟熏三文鱼。

"味道怎么样？"

"有点咸。"

"有点咸你还吃得这么津津有味？"

"这不是没东西吃了呀！"

"怎么没东西？有果汁，有奶茶，有巧克力，有泡面。"

瑾然正在认真地在翻看朋友圈。

"陈佳还真是莹萱的好闺蜜，每次莹萱只要一发斌斌的照片，她就必点赞。"

"陈佳一直都很羡慕她的。"徐逸很淡然地说。

"她们感情好吗？假的吧？"常远完全不相信。

"女人之间，总是流行虚伪的感情，再说，人家都不介意，就喜欢这样。"徐逸说话总是一针见血。

"啧啧，还好闺蜜？把你卖了你还替她数钱吧？"常远不以为然，嗤之以鼻。

"交朋友是没错，多一个朋友多一条路，但是别交错朋友，什么包藏祸心的朋友都交，把自己搭进去不划算。"徐逸话里有话。

"你指的是谁啊？"常远好奇地问。

"我没指谁，我就是随口一说。"

"你肯定轧到苗头了。呵呵。"

"没，目前还是没什么头绪。"

"那你干吗说出一番别有深意的话？"

徐逸也不知道该怎么对常远解释。

"故事还没完呢，我们接着往下看吧。"

"好啊，我最喜欢凑热闹了，有好戏还不看？"

"你啊……"

此时，林元和郑淑燕正在百货公司里闲逛。她有看中的衣服，暗示林元给她买，林元说你有这么多衣服了，每天都要买啊。她却生气了，不理他。林元找了家平价的餐厅用餐，然而郑淑燕却嫌弃这里的菜不干净，林元的脸色马上就变得很难看。

"你干吗老是要这样子？"林元对她真的已经无计可施了。

"我怎么样啊？我不挺好的吗？"她白了他一眼。

林元依旧对她百依百顺。

"那件大衣你真要喜欢，我们吃好我给你去买回来。"他百般讨好她，可是她就是死活不领情。

"我跟你说，你要买给我，我还真不要了！"她又来使性子了。

林元看着她，也不知如何是好。

"那你要我怎么办？"

"我看中一只几万元的包，你买给我。"

林元无可奈何，眼神焦虑。

"我身上没这么多钱。"

"可以拿银行卡去取啊，我陪你。"她向他抛了一个媚眼。

林元陷入胶着的思考中。最后他妥协了，决定把银行卡里的钱全取出来给她买包。

郑淑燕心满意足，得意扬扬，但是骨子里却瞧不起他，当他是草包。

"你们什么时候再去他们的家一次啊?"常远一边打游戏,一边问徐逸。

"看吧,过几天有空就再去逛一圈吧。"

"我真要跟你们去?"

"那你后半辈子跟着电脑过吧。"

"既然你这么说,那我还是跟你吧。毕竟,我也不想把电脑娶回来。"

"这思路不就对了!你不也挺关心案子的进展吗?去了也能帮我分析分析给我灵感。"

"我去可不是帮你的,反正坐着也能打游戏。"

"哎,又来了,真是神仙难救。就这么痴迷于游戏啊?"

"哎呀,你不懂的。"

"我是不懂啊,我也不想懂!"

常远还是专心致志地玩游戏,徐逸也拿他没办法,只是希望他别再这样,整天睡醒了吃,吃饱了玩,玩够了再睡。这样,不行的,怎么样也要让他摒弃这样的生活方式,恢复正常的生活。

64. 求证

"莹萱衣服上检测出钱乐的血迹,你对此怎么看?"徐逸问吴苏诚。

常远坐在他旁边打游戏,瑾然和佳妮在小卧室里聊天,吴苏诚的父母在大卧室里看电视。

"这个……我一直觉得她可疑,但是又没证据表明她杀了人。"吴苏诚不快不慢地说。

"嗯,她有不在场证明,这点无可辩驳。"

然而吴苏诚的表情显得有点捉摸不透。

"就真的没法定她的罪了？"

"警察都定不了，我还能怎么样？"

古怪的吴苏诚让徐逸看不懂。

"我有一件事想让你确认一下？"徐逸说。

"什么事？"

"你和林元单独在包房的时候，是不是曾经有几个女服务员进来清理餐桌，但是被你制止了？"

"是有这回事，怎么了？"吴苏诚倒也不避讳。

"是什么时候的事？陈佳去洗手间的那会儿，还是你抽烟回来的那会儿？"

"是陈佳去洗手间的时候。"

"哦，原来如此。"

徐逸的表情让吴苏诚疑惑不解。

"你怎么突然问起这个？谁和你提起的？"

"不要那么好奇，不该问的别问。"

徐逸笑着说，吴苏诚却被他给逗乐了。

"哈哈，好。"

"我想再问问，你觉得谁最有可能是凶手？"

"我还是觉得是莹萱，虽然她没有作案时间。"吴苏诚当机立断毫不迟疑。

"我就纳闷了，你就这么恨她？她可是没有作案时间的人哦，在法律上无论如何都是定不了罪的。"

"主要钱乐太讨人厌了，我连带着也讨厌莹萱。"

"钱乐讨人厌应该是公认的了，说实话我也不喜欢他，浑身的酒气不说还粗野得很。"

"朋友圈里应该没人喜欢他，除了他的那些'真挚'的酒友和烟友。"

"你知道吗？他连莹萱也打。"

"既然选择了这样一个男人,硬着头皮也要走下去。"吴苏诚面无表情地说。

"现在倒好,人死了,一了百了,她倒是解脱了。"

"听你的口气,你怀疑她?"吴苏诚非常疑惑。

"这倒没有,她身上即使有无数个疑点,但是没有作案时间,还是无法证明钱乐是她杀的。"

"这倒是,我也白指认她了。"吴苏诚有点垂头丧气。

"那倒也不是,至少让我知道其实你们并不像表面上关系那么好。"

"哦。"

"其实林元和陈佳对莹萱也是虎视眈眈,生怕别人不相信她有嫌疑似的。你说莹萱怎么那么倒霉呢?嫁了一个有钱的老公怎么就遭人恨了?"

"林元这人一直心理不平衡,而且钱乐本来就讨厌,再加上淑燕的事,他更加恨他,讨厌莹萱也很正常。至于陈佳,好闺蜜什么都比自己强,有酸味也很正常。"

"所以说人心难测啊。"

"是啊,最难懂的是人的心。"吴苏诚的话意味深长。

"你和佳妮还好吗?"

"怎么说呢?生活总是平淡无奇,感情也是平淡如水。"

"我早跟你说过,生个孩子,生活马上就丰富多彩,人生也有奔头,你就是不听。"

"我们的想法和你们不一样,我们不是非得要孩子的。"

"哎,好吧,我也不强人所难,等你们年纪大了,就能体会到了。"

吴苏诚对于生不生孩子的问题,其实也是蛮纠结的。但是佳妮现在这个情况,还是不生为好。

"常远现在迷游戏迷得不行啊?"吴苏诚看着坐在旁边的常远。常远一直低头闷玩,也不搭理他们。

"我也就这点嗜好了。"他随口一说。

"你不能老待在家里啊，还是找份工作吧。"吴苏诚语重心长地劝说常远。

"知道了，知道了。"常远觉得烦，随口敷衍。

"我早说过他了，他根本不当一回事。"徐逸看他这样也是蛮心急的。

65. 嫉妒

"还有，你能不能谈谈你对陈佳的看法？"徐逸对吴苏诚说。

"陈佳啊，女人吗，就是有点贪慕虚荣罢了，其他的还好。"吴苏诚说。

"比如？"

"挺艳羡莹萱的生活的吧，总是觉得只要物质生活富足，就是幸福。"

"你觉得她身上存在疑点吗？"徐逸问吴苏诚。

"我倒觉得她没什么疑点。"

"有一件事，我说出来给你听听，我怀疑陈佳偷了莹萱的东西。"

"她手脚不干净？"

"是啊，不是经常艳羡好闺蜜的物质生活吗？终于有一天没忍住犯了错。"

"哈，还好闺蜜？讽刺的吧？"吴苏诚有点无奈。

"所以，你觉得现在她有杀钱乐的动机了吗？"

"怎么说？"

"嫉妒！嫉妒好闺蜜过得好，所以要毁了她的幸福。"

吴苏诚一脸的震惊，觉得不可思议。

"关于这一点，之前我倒是没想过。但是一个女人如果嫉妒另一个女人，是会做出非常丧心病狂的事情来的。"

"那么你现在还觉得陈佳是没有疑点的吗？"

"我怎么感觉你是在诱导我往你的思路里钻啊？"

"我可没诱导你，我只是说，按照我这个思路，陈佳身上没有疑点是不可能的。"

听徐逸这么一解释，吴苏诚觉得他说的也不无道理。

"小偷是小偷，杀人犯是杀人犯，这两者应该没有什么关系的吧。"吴苏诚的思路无比清晰。

"哦，我发觉你这人的逻辑思维真的还挺不错的啊。"徐逸笑着对吴苏诚赞赏有加。

"还有，除了你一个人单独在包房的时候，你和林元两人在一起的时候，有谁中途离开过吗？"徐逸追问。

"之前已经和你说过了，就是林元收到朋友的语音视频，大概在走廊里和朋友聊天，其他的没有。"吴苏诚缓缓道来。

"林元和陈佳是不是有什么隐秘的关系？"徐逸小心翼翼地求证。

吴苏诚有点惊讶地看着他。

"他们俩关系一直挺普通的，不可能有什么隐秘的关系吧。你怎么会这么问？"

徐逸在思考他一直担心的问题。

"没什么，随便问问。"

吴苏诚笑了起来。

"不管什么问题，每次你都说随便问问，当然非常重要的问题你也会说随便问问。你心里怎么想的我猜不透，但是肯定和案子有关。"

"哈哈哈哈，你真是聪明。你难道从来没有从陈佳和林元之间怀疑一个是凶手吗？"

"问题是他们没有疑点让我怀疑。要么我不在包房，要么我和他们在的时候一切都正常。"

"如果硬要你怀疑一个,你怀疑谁?"

吴苏诚想了想。

"我觉得是陈佳吧,我赞同你之前说的女人嫉妒心的那番话。"

徐逸心想,真是越来越有意思了。

"知道林元是怎么评价你的吗?"徐逸笑着试探吴苏诚。

"他还能说什么?"吴苏诚一副满不在乎的样子。

"他说你聪明。"

"嘻,我算哪门子聪明啊?就一混日子的,每天都巴望着发财。"

徐逸笑了起来。

"常远,玩得差不多了吧?"

常远低头闷玩。

"还行吧。"

"今晚又打扰你了,不好意思。"徐逸笑着向吴苏诚致歉。

"没关系,没事可以多走动。"吴苏诚面带微笑。

"常远,我们走喽!"

常远还是很不情愿放下手中的手机,一副痴迷的样子。

徐逸敲了敲小卧室的门,瑾然来开门。

"走了。"

"佳妮,下次再来看你。"徐逸笑着对高佳妮说。

"没事,你要经常来玩呢。"

66. 浮出海面

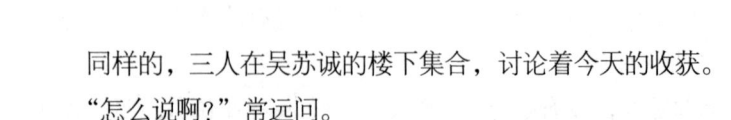

同样的,三人在吴苏诚的楼下集合,讨论着今天的收获。

"怎么说啊?"常远问。

"莹萱怀疑凶手在林元和吴苏诚之间，陈佳说凶手应该是个男的，林元怀疑吴苏诚，而吴苏诚怀疑陈佳。难道你不觉得这是非常有趣的一件事情吗？"徐逸自己都笑了起来。

"等等。陈佳也怀疑莹萱的好吗？她只是没有明说罢了。林元是一直都怀疑的吴苏诚，但是吴苏诚是在你的引导下才改口怀疑陈佳，感觉你是在诱他上当。"常远也谈了谈他的想法。

"今天的收获啊。吴苏诚也觉得莹萱没有作案时间自己理亏，听我一鼓动，便觉得陈佳有嫌疑。案情并不是一成不变的。"徐逸很淡定地说。

"最奇怪的就是，如果不是莹萱没有作案时间，我觉得这三个人骨子里都希望她是凶手，不知道是出于什么原因，他们都挺希望她倒霉的。"

"这就是人性啊。"倒是徐逸看得明白。

"你说的是什么啊？"常远一头雾水。

"我也没听明白。"瑾然同样不明就里。

"这个案子处处体现了人性的阴暗，难道你们还看不明白吗？"

"那么你全明白了？"常远好奇地问。

"是啊，案子是不是水落石出了？"瑾然也同样好奇。

"没有，我只是有一点点明白，我还要再好好地想想，把思路给理理顺。"

"最近几天，也别急着老去找他们，我要抽点空好好想想这些问题。再说，最近工作也挺累的。案子一拖就是一个月，马上就要3月份了。时间过得好快啊。再过几个月，就是曹芸的忌日了。"徐逸又说。

"曹芸这女人有什么好怜惜的？我倒是可怜尤熙梦，清纯可人却遇上石磊那个渣男，也不知道四块石头是咋想的？放着美丽的妻子不要，却和邓洁搞在一起，你说他图什么？"常远有点想不通，为尤熙梦打抱不平。

"不然他也不会心理变态了。"徐逸笑着说。

"他何止心理变态，眼睛也有问题。"常远说。

"可怜了尤熙梦！"常远为她愤愤不平。

"人家王智不还眼巴巴地想把她娶回家？"徐逸反问。

"是啊，这漂亮女人就是不缺男人，都排队心甘情愿等着当备胎。"常远也蛮感慨的。

"你要是愿意，也可以和王智竞争的。"徐逸笑嘻嘻地看着常远逗弄他。

"得了吧，富家小姐不适合我。"常远态度明确。

瑾然却用一种敌视和鄙视的眼神瞧着常远。

"你看他啊！"瑾然拉了拉徐逸的衣服，一副担惊受怕的样子。

"我怎么啦？我不挺好的？又没吃你！"常远瞪瑾然，一副泼皮无赖的样子。

"好了，常远不是这种人。"徐逸安抚着瑾然。

"徐逸，你有没有想过一个问题？"常远问徐逸。

"什么问题？"

"他们四个人之间的关系，真的如表面那样吗？"

常远的这句话，激发了徐逸的无限思考。

"我早说过了，我们只看得到浮在海面上的东西，却不会注意到海底深处隐藏起来的东西。我的任务就是揭开真相，让海底深处隐藏的东西浮出海面。"

67. 实情

瑾然和徐逸入睡的时候，瑾然笑着看着他。

"怎么了，小傻瓜？"徐逸笑着问她。

她甜在心里。

"你说你这是为了什么?"

"什么为了什么?"

"为了案子这么拼。"

他笑了起来。

"我只是不想看着凶手逍遥法外。"

"把这个案子交给警察不就好了?"

"连你也劝我打退堂鼓?"

"没啊,我就是好奇罢了。每次看见你眼神里散发出来的坚定,我就觉得你是多么的帅!"

"睡啦,睡啦,这几天养精蓄锐,再过几天,我先去林元家问问。"

"好啊,好啊,把我也带上,哎,还是别带他去了。"

"一起去,一起去。你别老说常远,毕竟他也是有自尊心的。他也就那点坏毛病,人本质不坏。"

"我也没老针对他,就是看不惯他那样。"说着,她露出鄙视的眼神。

"好了,好了,常远就这样,性格也改不了,你多包容他。"他苦口婆心。

她低垂着眼神,一副很不情愿的样子。

"好吧,我听你的。"

他关上了床头柜上的台灯。

徐逸选了星期日去拜访林元。老样子,三人窝到林元的卧室,瑾然认真地听,常远一直低头玩手机,但是他习惯一心两用。

"我都忘问你对于莹萱的问题怎么看?"徐逸问林元。

"她又没作案时间,这肯定是凶手栽赃给她的。"林元很淡定地说。

"那你觉得是谁栽赃给她的?"

"这我哪知道啊?"

"会不会是吴苏诚?"徐逸试探他。

林元看了看徐逸,没有说话。

"你应该去问吴苏诚。"

"马莹萱又逃过一劫,你心里是不是很气愤啊?"

"有什么好气愤的?关我什么事?"林元很无所谓的样子。

"莹萱和陈佳都穿着黑色的大衣,偏偏只有莹萱的大衣上染了血迹,凶手目标够明确的。"

林元默不作声。

徐逸认真地盯着林元。

"我忘记告诉你一件事了,陈佳可能偷了莹萱的东西。"

林元有点吃惊地盯着徐逸。

"你确定吗?"

"当然。"

"真是没志气。"

"你以为陈佳偷莹萱的东西只是没志气吗?"

"她不是整天羡慕她有钱吗?"

"你现在有没有觉得陈佳挺可疑的?"

林元看了看徐逸。

"可疑在哪?"

"你说她杀了钱乐会不会是出于对莹萱的嫉妒呢?你要知道,女人的嫉妒心是很可怕的。"

林元开始思考起来。

"其实吧……我有一件事没有和你说。"林元慢吞吞地吐出。

"什么事?"

"其实我回到包房的时候,并没有看到陈佳在玩手机,而是在翻莹萱的包。"

当林元告知实情的时候,徐逸、瑾然和常远都震惊了。

"那你为什么不早点告诉我?"

"我觉得这也不算个事儿。"

徐逸继续追问。

"你和陈佳什么关系?"

林元吓了一跳。

"什么关系都没,只是普通朋友关系,你别想歪了。"

"那你干吗之前一直包庇她?"

"我不是说了吗?我没当一回事,觉得这和杀人案没关系所以没说,刚才你一提醒,我觉得还是有必要说出来。"

徐逸之前有点责怪他,听他这么自辩,也不和他计较了。

"吴苏诚开始怀疑她了,你也觉得她可疑。"

"没哦,我可没觉得她最可疑,她是比较可疑,但是你觉得她智商够用吗?很明显的吧。"

徐逸又对他的话里有话感兴趣了。

68. 冷漠的人

"又在暗示凶手是吴苏诚吧?"

"我只是从智商和性格的角度来分析,陈佳不太可能完成。"

"呵呵,吴苏诚如果听到好兄弟这么说他会很伤心的哦。"徐逸笑着"挑拨离间"。

林元显得很无所谓。

"嘻,知道了又能怎么样?难道他真就这么清白?"

"有一件事我要向你确认,你和吴苏诚单独在包房的时候,有几个服务员进来收拾餐桌,是什么时候的事?是陈佳去洗手间这一段还是他抽好烟回包房那一段?"

"是陈佳去洗手间那个时间段。"

徐逸心想,看来他俩并没有串供,应该不是一伙的。

"你怎么会问起这件事？"林元好奇地看着徐逸。

"到现在了，你总该有怀疑的对象了吧？"

"说不清楚。有嫌疑的没时间，有时间的没嫌疑。配合默契。"

"你能不能给我一个确切的名单？"

"我全都怀疑，反正人又不是我杀的，和我有什么关系？"林元还是一副无所谓的样子。

"你和他们待在一起的时候，有谁离开过包房吗？"

"之前不是问过了吗？没有，就我一个朋友发语音和我聊天我出去过，其他没有。再说，和陈佳就说了几句话而已，她就去找莹萱了。"

徐逸想了想，也没发现有什么破绽。他们前后说得都一致，没发现有人刻意隐瞒了什么。徐逸思来想去，觉得可怕，没有任何问题，钱乐就这样悄无声息地被杀了，而且他死了，包房里的三个人居然没有一个人发现。

"能不能谈谈你的想法，凶手为什么要栽赃给莹萱？"

林元笑了起来。

"这正是他高明的地方。"

"什么意思？"

"也许他和我一样恨她吧。"

"你恨莹萱干吗？"

"我上次问钱乐借钱，他不在，吴苏诚正好来做客，莹萱听了我的话，也没说什么，就说他们手头也不宽裕。"

"你借钱干吗？"

"工作太辛苦了，工资又低，想借点钱自己做生意。"林元的眼神黯然神伤。

"你又不是不知道他们一家子，都精得很，我要不是走投无路了，也不会去求他们。"林元眼神伤感。

"我真的是有啥说啥，钱乐是精，莹萱人还可以，不要把她想象得很坏，毕竟人家也是外人。"

"谁都靠不住啊，只能靠自己。"林元若有所思感慨万千。

林元唉声叹气的样子，徐逸看在心里也不好受。人世间本就诸多不公，有的人选择默默忍受，而有的人选择反抗命运。

"人家莹萱也没对不起你，一直劝你别和郑淑燕走得那么近，你听了吗？"

"她有那么好心吗？"林元一脸的不屑。

"你恨钱乐就算了，毕竟他的确招人恨。莹萱人品还是可以的。"

"两个人臭味相投。所以钱乐外面找女人的时候她就别哭，因为是她自找的，为了钱连尊严都可以放弃的女人，有什么值得同情的？"林元显得义愤填膺。

"好了，好了，钱乐已经死了，你还是好好过日子吧。"

"我也就是你问我我才说，心里已经消解了。"

原先有点激动的林元，情绪慢慢地开始平复起来。

"还有，你和淑燕真不能再这样下去了，她就是一吸血鬼，我当你是朋友我才劝你，那女人可不是省油的灯，不把你耗得油尽灯枯，她是不会罢手的。"

林元一直沉默着，脸上布满了忧虑的表情。

"行了，我自己的事知道该怎么做。"

徐逸还是不放心，但是人各有志，他不可能强迫他按照自己的意愿，又东扯西拉了几句，就和林元告别了。

69. 弄巧成拙

"你是不是也认为凶手想栽赃给你？"徐逸问莹萱。

钱乐的父母在家，莹萱的父母带钱斌去上课了不在家。莹萱觉得在客厅里说这个事儿不方便，于是拉着徐逸到阳台上说，常远和瑾然也跟了进去，常远坐在大卧室的床边，一个人安静地玩着游戏，瑾然则认真地听他们说话。

下午，阳光轻轻地泻了进来，把大卧室照亮。蔚蓝的天空，有许多白云慢慢飘浮。阳台边绿树成荫，把二楼阳台窗户给遮掩了起来。一到了晚上，小区里的灯光昏暗，从阳台上往下望，若有人从这个弯拐过来，还看不清谁是谁。小区的环境很幽雅，坐落于中环以内，闹中取静，静谧中又时不时会传来小区内小孩子玩耍嬉闹的声音。

"我也不知道自己到底得罪谁了？"莹萱的眼神很暗淡。

"如果说，用你的衣服遮挡喷溅出来的血只是巧合，那为什么也会用你的手套？是啊，看着像故意栽赃给你。而且，你的手套一直放包里没拿出来，他们是怎么看到的？我比他们早到都没看到。"

"他反而弄巧成拙了，以为可以成功地嫁祸给我，却没有想到我没有作案时间，凶手煞费苦心反而帮了我。"莹萱说。

"是啊，机关算尽太聪明，赔了夫人又折兵。"徐逸说。

"你还是坚信凶手在林元和吴苏诚之间吗？"徐逸问。

"是啊。"莹萱很淡定地说。

"林元以前是不是向你借过钱？"

"是啊。"

"什么时候的事？"

"去年冬天的一个晚上吧，那晚钱乐出去应酬了不在。"

"你没借给他？当时吴苏诚也在？"

"是啊，他看起来不太高兴。吴苏诚说现在的工作不太好，问我有没有什么门路。钱乐朋友多人脉广，他想托托路子。"

莹萱突然抬头看了看徐逸。

"你怎么会突然问起这个？"

"没事，我随便问问。"

"你对陈佳是怎么看的？"

"她人挺好的啊，幸亏有她肯陪我打发一下时间。我和钱乐关系紧张的时候,她也会安慰我。"

听她这么一说,徐逸也不知该说什么才好。

"评价一下吴苏诚。"

"挺正派的一个人,脾气也好。"

"林元?"

"性格很内向,不怎么爱说话,脸上永远都是面无表情,总感觉他好像有什么心事似的。"

"到了现阶段,应该已经有怀疑目标了吧?"

"大家都是朋友,说这种话就有点过分了。"

"没关系,我们也只是怀疑。"

"陈佳我是肯定不怀疑,凶手应该在吴苏诚和林元之间。"

徐逸认真地看着她,莹萱想了想。

"吴苏诚和林元,我还是偏向林元。"莹萱又说。

"好,有你这句话就够了。"

"什么意思?"

徐逸是想通过询问怀疑目标来划分他们之间的关系,看看他们谁和谁互相一致,谁又和谁互相矛盾。一致的,可能会是同伙或者有偏袒之嫌;矛盾的,则可能不会是同伙或者无偏袒之嫌。只是相对而言,并非绝对。事到如今,徐逸暂时判断凶手为一人,但毕竟案子还没有结案,什么结果都有可能出现。

"还真是一件有趣的事情。"

"嗯?"莹萱好奇地看着徐逸。

70. 人心

"我很好奇,凶手到底和你有什么过节非要置你于死地?"徐逸问。

"我也想知道啊，钱乐就这样死得不明不白，我的生活从此一团乱。"

"树大招风，家财万贯，也许就是理由。"

"我也知道这样不好，平日里让他低调点，可他就是不听啊。"

"其实我也没必要总是询问你什么问题，可你毕竟是钱乐的妻子，希望能从你这里找到突破口。郑淑燕最近有骚扰你吗？"

"骚扰倒是没有，就是听别人说她一直在骂我，我可没有她的微信，早删了。"

"这样的女人还是离得远远的好，可是林元却不以为然，他好像已经完全陷进去了。"

"他顽固不化，神仙也难救啊。"莹萱也感叹。

"郑淑燕那女人岂是林元这种男人能够驾驭得了的？希望不要出什么事。"

徐逸的眼神透着深思。

"几个问题想再问问。你和吴苏诚还有林元待在包房的时候，有谁离开过吗？"徐逸问陈佳。

顾杰不在家，婷婷被爷爷奶奶带到离家比较近的百货公司去了。

"没啊，我和他们待在一起的时候很短。即使有人留在房里，这点时间也根本不够杀完人再处理现场。"

"你对莹萱怎么看？"徐逸盯着陈佳。

"你们都觉得是栽赃吗？"陈佳问。

"差不多是这样吧。"

陈佳的眼神略显失意。

"那就是栽赃吧。"

"你有什么话就直说吧。"

"没有啊，拥有完美的不在场证明，这难道不是一件极其幸运的事吗？不然的话，和我们一样，会成为嫌疑人的。"陈佳的话透着酸味。

徐逸若有所思。

"知道莹萱怎么说你的吗？"

"怎么说？"

"她说你是她的好闺蜜，在她无助的时候，你总是陪在她身边安慰她。"

陈佳听后，依然一脸的面无表情，甚至有点高傲。

"你为什么老和她较劲？"

"我有吗？"陈佳依旧顽固。

"当然了。"

"好吧。她现在都自身难保了。案子越查到后面，大概统统都和她有关。"

陈佳在莹萱被传唤到警局之前和之后判若两人。当得知莹萱的嫌疑增大时，她仿佛乐开了花。平日里她说话一向恭恭敬敬谨小慎微，现在仿佛有点得意忘形，就连徐逸也吃惊于她的变化。

"我怎么感觉你有点幸灾乐祸？"

陈佳没有回答他。

"那你觉得凶手是谁啊？"

"还能是谁？"

这句话范围够大的，但还是在暗示是原先的那个人。

"你说凶手为什么这么恨莹萱？"

"我哪知道？是她太高调了吧。"陈佳很不客气地说。

徐逸想起了林元说的看见陈佳在翻莹萱的包，再联想那只紫色的胸针。陈佳此时就坐在他旁边，可是他还是没有说出口。

常远还是老样子玩游戏，而瑾然也是根本就听不出任何的东西来。

三人回到家后，徐逸即刻用笔在纸上画出了他们的关系网，一个人思考起问题来。而常远依旧玩电脑，瑾然说自己肚子有点饿，叫了外卖，三杯可乐，三只汉堡，六块鸡翅，三只蛋挞。

客厅的桌子上就放着这些食物，徐逸不吃，常远不吃，瑾然也叫不动他们。

71. 四分之一的嫌疑

她看着徐逸想得很认真，也不忍打搅他。常远慢慢走了过来。

"呦，有可乐，有汉堡！"常远看见美食顿时眉飞色舞的，他也有点饿了。

"可乐和汉堡是给徐逸的！"瑾然很不满。

"那我的呢？"

"蛋挞和鸡翅。"

常远拿起一只蛋挞，还抓起一包烤翅坐在椅子上狼吞虎咽起来。

"徐逸，快点来吃啊，不然全被他吃完了！"瑾然有点慌张。

徐逸陷在沙发上，充耳不闻。

"对啊，来吃点呀！"常远转了身，看着思考问题思考得极度苦闷的徐逸。

"你们吃吧，我不饿。"徐逸很冷淡地回答。

"别啊，这么多东西呢！她这样瞪着，我不敢下手啊！"

"快点过来吗？"瑾然对徐逸招了招手。

徐逸这才很不情愿地移过来，慢条斯理地吃起汉堡和可乐来。

"想出来了吗？"常远问。

"很有趣啊。吴苏诚怀疑陈佳，林元怀疑吴苏诚，莹萱怀疑林元，陈佳怀疑莹萱。"

"吼，吼，四个人轮流转了一圈，等于没说，嫌疑分得很均匀啊。每个人的嫌疑都是四分之一，不知道的，还以为他们四个人合谋呢？"常远笑笑。

"四个人合谋？他们有这个胆子吗？"徐逸不信邪。

瑾然认真地听他们说话。

"呵呵，我也就随便说说而已。"

"越来越扑朔迷离了。"徐逸垂头丧气起来。

"不要啊，我想看见你推理，像曹芸那次一样，你知不知道当时你把石磊和邓洁指出来的时候，那样子简直帅呆了！"瑾然作为徐逸的女友和头号粉丝，每次只要提及他的"壮举"，她就会滔滔不绝，眼神里闪着星光。

"这个案子和上次那个案子不一样。"徐逸说。

"怎么不一样啦？"瑾然问。

"上次分进房间注射和出去丢证物两个阶段。而这次则是要找出钱乐被杀的时间段。两个案子侧重点不一样。"

"哦。"瑾然回答。

"钱乐醉酒后一直趴着，谁也不知道他到底是死了还是睡着了。正是这迷惑了所有人，让大家都判断不出来。"常远补充。

"对，他睡着了，大家也认为他睡着了；他死了，大家也认为他睡着了。因为他恰好正在睡觉，又坐在一个偏僻的夹角，所以根本没人会注意到他。"徐逸分析着。

"所以我才要确定那只气球是什么时候放上去的，以此来确定他遇害的时间段，是属于谁的时间段。"徐逸又说。

"我突然想到一个可能，会不会凶手先杀了人，后放气球，杀人和放气球的时间段不一样？"常远灵机一动。

"所以我才会问他们，两两在一起的时候有谁离开过，留另外一个人在房间，一方面是想确认是否还有其他的时间段杀人，另一方面也想知道他们任何一个人单独留在包房的时间是否还有空隙。"

听徐逸这么一说，大家瞬间都沉默了。

三人一起安静地吃着汉堡和鸡翅。

"怎么也不给我喝一点饮料?"常远口很干,满腹牢骚。

"别叫了!我给你榨汁去,你要果汁还是蔬菜汁?"徐逸把汉堡和可乐放回桌上然后起身去厨房。

"果汁。"常远眉开眼笑。

常远对着瑾然做怪腔。瑾然气不打一处来。

72. 请客吃饭

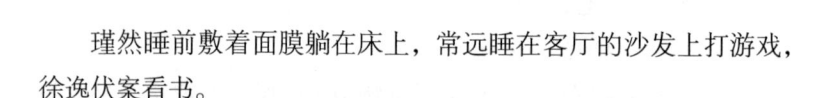

瑾然睡前敷着面膜躺在床上,常远睡在客厅的沙发上打游戏,徐逸伏案看书。

"徐逸,你说,这个案子还能拖多久?"她漫不经心地问他。

"不会拖很久的,案子马上就水落石出了。"

"你怎么就这么肯定?你心里有数了?"

"还没,只知道一半。"

"透露点给我吗?"她不怀好意地对他笑笑。

"不能说。"

"哼,没意思。"她显得很无趣。

他转过头对她笑笑。

"一定会第一时间对你说的,你放心。"

"那要什么时候?"

"肯定是到尾声的时候。"

"哎,有的忙了。"她失意地吐了一口气。

他若有所思。

"你说,要不要请他们到我们家来做客,顺便谈谈案子的问题?"

她一脸的无所谓。

"这事儿也不归我管。"

早上吃早点的时候,徐逸对常远提及此事,常远的态度倒是鲜明。一个字:成!于是徐逸就寻思着联系四人,挑了一个大家都有空的休息日请他们来自己家做客。

"这活儿你是越揽越大啦!"常远有点讽刺徐逸。

"哎,没办法,谁叫遇到了呢,怎么也要查个水落石出吧。"

"随便了,反正和我没关系。"

"怎么就和你没关系啦?我需要你的帮助。"徐逸似乎很想声嘶力竭地叫出声来,来震慑住常远。

常远一脸的无所谓。

"就这么说定了。"徐逸自说自话。

其他两位也没有任何的反应,默不作声吃着猪排饭团。

早饭吃好,那五人答应中午来做客。徐逸和瑾然准备好了中午吃火锅的材料。常远一副懒洋洋的样子,一直躺在沙发上,动也不动,就连徐逸也叫不动他。

"你这样等会儿他们来了就看着你躺沙发上啊?"徐逸对常远非常不满。

"他们来了我就起来呗,反正也不需要其他怎么样的。"常远倒是淡然。

徐逸摇了摇头,倍感无奈。

吴苏诚夫妇先到的。徐逸赶忙来迎接他们,让他们坐在沙发上,瑾然倒了两杯奶茶给他们。吴苏诚夫妇倒是客气,几个人有一搭没一搭地聊天,后来莹萱、陈佳和林元也来了。

这么多人挤在狭窄的客厅里,一边吃零食,一边喝奶茶。

"你今天把我们都请到这里来,不会又是为了案子吧?"吴苏诚打趣地看着徐逸。

徐逸倒也不避讳。

"是啊，你真聪明。"说完，他笑了笑。

"那现在应该有眉目了吧？"陈佳战战兢兢地问。

"不错，的确有眉目了。"徐逸镇定自若地回答。

众人的表情显得十分凝重，都非常紧张地盯着徐逸看。

"那还卖什么关子？说吧。"吴苏诚说。

"急什么？大家先聊些其他的。"

众人的表情总算有所缓和。

到了吃火锅的时候，徐逸和常远将桌子抬出来，把装有羊肉、牛肉、鱼竹轮、蟹肉棒、燕饺、油豆腐、菠菜、鸡鸭血、年糕、金针菇等食材的盘子放好之后，紧接着把电磁炉和锅子放到桌上。

等水沸腾的差不多的时候，所有的人都开始动筷。大家吃得不亦乐乎。而徐逸也开始显露出他真正的目的。

73. 赌本

"好喽，可以吃了。"常远兴奋地说。

大家见此情景，也纷纷动筷。所有人都聚集在一起吃火锅，客厅里洋溢着其乐融融的气氛。

徐逸却开始发挥了。

"如果不出意外，杀死钱乐的人应该是平日里和他比较亲近的人。"

徐逸刚说完，便眼神犀利地盯着大伙儿看。

莹萱有点心虚，陈佳有点害怕，林元面无表情，吴苏诚很淡定,高佳妮显得心事重重。

瑾然也盯着大伙儿看,常远自顾自吃羊肉,喝啤酒。

他注意到了这几个人的表情,感觉手里掌握了赌本。

"陈佳,你觉得凶手是谁啊?"徐逸一边吃,一边问陈佳,眼睛都不抬一下。

陈佳不知所措,不知道该如何回答他,一直战战兢兢,生怕说错了什么。

"我……不知道啊。"她有点哆哆嗦嗦。

"随便说说吗。"徐逸依旧不依不饶。

"我……真……不知道。"陈佳小心翼翼地回答。

徐逸开始转换枪口。

"莹萱,怎么不吃蟹肉棒啊?以前可是你最爱吃的。"徐逸拣了一块蟹肉棒放入她的碗中,马莹萱的表情显得十分怪异,仿佛受到了惊吓。

"哦,谢谢。"她小心翼翼地回答。

"你和钱乐关系好吗?"徐逸的问题很刁钻,把马莹萱给问傻了。

所有的人都盯着莹萱看,徐逸却镇定自若。

当着这么多人的面,马莹萱的眼神开始有所游移,内心忐忑不安,说出来的话也开始打结。徐逸则敏锐地捕捉到了这点。

"挺好的。"她说话的声音轻得像蚊子。

"那就好。"徐逸回答得很利索。

顿时,现场鸦雀无声。马莹萱却开始有所慌乱,她的眼珠子不停地转来转去,紧张得坐立不安。

"林元,你怎么不说话啊?"徐逸盯着林元看。

林元面无表情地看了看他。

"没话好说。"

"说说嘛,你认为凶手是不是应该是男性?"徐逸继续说。

他刚说完,吴苏诚看了一眼林元。

"杀人凶手一般都是男性，这也没什么好说的。"

"哦。"徐逸轻轻地回答了他的话。

"吴苏诚，你赞同林元的说法吗？凶手是男性？"徐逸话锋又转。

吴苏诚很勉强地回答："赞同。"

现场的气氛再度跌到冰点。

每个人都低沉着表情，默不作声。

徐逸却早已心中有数。

等吃完火锅，瑾然和徐逸忙着收拾餐渣，林元说他吃饱了出去散散步，陈佳则说到附近的超市逛逛，吴苏诚、高佳妮和马莹萱还坐在客厅里，莹萱百无聊赖地玩起手机来，后来说上个厕所，手机依然不离手。吴苏诚夫妇则打开大卧室的门，到阳台上一边欣赏风景，一边聊天。

常远啥事也不管，一个人陷在沙发里玩游戏。徐逸擦桌子，瑾然开始洗碗。没多久，高佳妮打开卧室的门，从阳台上回到了客厅，问徐逸需不需要帮忙，徐逸对她笑笑，哪能让客人做事。

徐逸让常远把剩余没喝过的啤酒瓶放回阳台去，却不小心碰到了高佳妮，她正在喝橙汁的玻璃杯瞬间摔落在地，砸个粉碎，她吓得花容失色，急忙要去捡，却被徐逸给制止了。

"常远，把垃圾桶拿过来。"徐逸吩咐常远。

常远随即打开大卧室的门，在电脑桌旁边拎起一只小垃圾桶就过来。吴苏诚看见他们低头捡碎玻璃，就赶紧放下手机走了过来。

"什么事啊？"他问。

"是我不小心碰到了佳妮，把她的玻璃杯打碎了。"徐逸说。

吴苏诚心疼佳妮。

"没事吧？"老公问老婆。

"没事。"老婆回答。

此时，瑾然也听见了声音，过来询问情况。徐逸安慰她没事。

卫生间里抽水马桶的声音响了，莹萱走了出来。
此时，大家也收拾好了。

林元和陈佳还没回来，徐逸、瑾然、常远、莹萱和吴苏诚夫妇愉快地聊起了天。

74. 目的

没过多久，陈佳回来了，徐逸为她开门，她一进门就高高兴兴地炫耀刚才在超市里买了几包内裤，尤其给顾杰买了好几包。

"嘻，几包内裤有啥好炫耀的？"常远讥讽陈佳。

"这你就不懂了，陈佳可是一心向着老公哦。"莹萱面带微笑为陈佳说话。

"嘿嘿，那里有很多东西打折，你也去看看？"陈佳笑着对莹萱说。

大家依旧有说有笑，只是林元一直没回来。

"林元怎么还不回来？"徐逸问。

"和他视频，问问他怎么还不回来？"常远回答。

徐逸正准备和他视频，这时，他倒是来按门铃了，进了门就一副急三火四的样子。

"怎么了？"徐逸好奇地问他。

"淑燕有事找我，我走啦！"林元去拿挎包。

大伙儿都惊奇地盯着他看，默不作声。

等林元走后，大家才开始三三两两说起话来。

"不是我说什么，他迟早毁在郑淑燕的手里。"徐逸第一个发声。

"那也得他听得进你的话啊。"吴苏诚补充。

"还是算了吧,我劝过他,完全没用。"莹萱显得很落寞。

"这女人,谁碰上,谁倒霉。"陈佳不屑一顾。

高佳妮呆呆地盯着大家看。

"顾杰现在是不是知道你的好了?"徐逸一脸坏意地盯着陈佳看。

反倒是陈佳显得很大方,想要与大家一起分享她的幸福。

"没啊,只是,我付出的,一定会有回报。"她倒是干脆利落。

陈佳的这句话倒是让徐逸反复玩味。他开始打量着莹萱。

"付出的,一定会有回报吗?要是你对老公好,老公一样对你不好该怎么办呢?"

谁知原本显得有点为难的莹萱经过思考倒对答如流了。

"自己无愧于心就好。"她回答得很洒脱。

徐逸看着她,他的笑容愈发地诡异。

"怎么才算无愧于心?"

莹萱想了想,她的表情比之前的自然很多,回答也更顺畅。

"只要对得起自己的良心,我不会去计较别人怎么看我。"

徐逸的眼神一直略含深意。对于大家的提问,也全部都结束了。

这次,请他们来吃饭,真正的目的也算达到了。

时间已经来到 3 月中旬,然而案子依旧没多少进展。

星期六下午的时候,徐逸突然接到莹萱的视频。

"刚才郑淑燕打电话过来了,让我明天到她家摊牌。"莹萱的语气透露出些许的无奈。

"摊什么牌?钱乐身后的遗产和她又有什么关系?"徐逸有些气愤。

瑾然和常远都盯着他看。

"我现在也找不到人帮我想办法,只好找你。"莹萱几近哀求着徐逸，请他帮忙。

"那你现在想怎么办？"徐逸问。

"我想明天去她家赴约。"她很平静地说。

"那好，我陪你，看她能搞出什么花样来。"

"那真是谢谢你了。我也实在是想不出其他的办法了，这事一直瞒着家人。"

"没事。你一个人去肯定吃亏，明天我和常远陪你去。"徐逸满口答应。

常远正在玩游戏玩得不亦乐乎，却听见徐逸这么说，便一脸的不悦。

"常远？"徐逸逗他。

常远不太想理他。

"别这样吗？跟我一起去郑淑燕家吧？"徐逸笑着逗他。

"去她家干吗？没事找事，每次游戏都没得玩。"常远有点不高兴。

"反正就是有事，给个面子呗。"

常远也无可奈何，索性应允了。

75. 她死了

那天，天气预报说有雨，事实也是那样。从早上就开始下，徐逸等人带了伞出门。郑淑燕还是住在她借的公寓的二楼。那片小区最高楼层也只有十四层，郑淑燕住的大楼只有十层，属于小高层。徐逸、常远、马莹萱在一楼按门铃，一直无人应门，幸好楼上有人出来，他们也得以进去。大门的左上角即是监控设备，从大门进去正面是楼道的公告栏，右边是通向电梯的过道，再右面即是通向楼上的楼梯。

　　徐逸等人慢慢走向楼梯。但当众人到达二楼往左拐的时候，却赫然发现201室的房门虚掩着，徐逸觉得奇怪，走了过去，把门拉开，却看见一个人横着倒在地上，众人大惊。徐逸把伞递给常远，迅速脱下鞋子，让常远和莹萱待在门口别动。倒在地上的人正是这家的女主人郑淑燕，她穿着绿色羊毛裙、黑色连裤袜和冬季拖鞋，已经没有了呼吸，颈部有很明显的勒痕，徐逸推测是被勒死的，然而她的四周并没有看到有类似细绳之类的东西。另外，旁边的一个小的快递纸盒子已被拆封，护肤品散乱一地。郑淑燕倒下的位置是客厅，只要门一打开，就是房屋的客厅，但是她倒下的位置和门口还是有一点距离的。

　　莹萱吓得花容失色，常远极力安抚她。

　　"怎么说啊？"常远问徐逸。

　　"被人勒死的，但是现场没有找到类似的凶器。"徐逸淡定地说。

　　莹萱一听郑淑燕死了，感到隐隐的不安。

　　"你再到她的其他房间里检查一下。"常远说。

　　于是徐逸不仅去了她的另两间房间，还看了看厨房和卫生间，顺便把客厅也检查了一遍。房屋收拾得很干净，东西也都摆放得井然有序，阳台里的晾衣架上还挂着衣服，充满了浓浓的生活气息。

　　徐逸又回到客厅里仔细检查案发现场。

　　他检查了快递盒的大小，又看了看那些护肤品的生产日期，目测若把那些护肤品放入纸盒中，完全放不下，因为两者体积差异过大。

　　"房间里没问题。"徐逸一边说，一边走了出来，准备穿鞋子。

　　"你现在报警，和莹萱待在门外别动，等警察来。我去调一下这个楼道的监控记录。"徐逸对常远说。

　　常远点了点头。

　　两人开始兵分二路。徐逸在小区里问了几个住户，从他们的口中得知了物业和居委会的位置，然后又去了物业和居委会，知道了整个小区的监控室在郑淑燕楼道斜对面楼道的一楼里，于是又赶忙去了那里调监控。

警察赶来处理善后，而徐逸三人则被请去了警局接受询问，录完口供，三人便回了家。

郑淑燕被杀的消息迅速在朋友圈里传开了。有的人觉得她活该，而有的人则在猜测凶手的真实身份。由于林元平日里就和她走得近，众人便齐齐向他询问，然而林元的反应却异乎寻常地冷静，有些许人说郑淑燕是被他杀死的，然而林元依旧没有任何反应，也不辩驳也不生气。这一反常的举动，让徐逸开始对林元有所揣测。

三个人吃晚饭的时候，还在讨论这件事。

"你也觉得林元很反常是吧？他心心念念的女人就这么死了，他一点反应都没有，太不正常了。"常远说。

"是挺不正常的，按理说应该痛哭流涕吧。"瑾然也在一旁插嘴。

徐逸却一边嚼鱼香肉丝，一边思考问题。

"问题是当别人说郑淑燕是他杀的时候，他的情绪为什么一点都不激动？若他是凶手，应该会很紧张吧。"徐逸适时地提出看法。

"嘻，林元冷血杀手，心理素质不是一般的好，你小看他了。"常远插嘴。

"如果从你这个角度来分析，也并没有说错。只是，之前他们关系这么好，在我家吃火锅的时候，他就急着去见她，怎么才那么丁点儿的时间，他对她就彻底冷淡下来了？"

徐逸的问题提得好，也正好提醒了常远和瑾然。

"是啊，好奇怪啊，之前好好的，没有理由突然就冷下来啊？到底什么原因呢？"瑾然也学着思考问题。

"这有什么好纳闷的？林元因爱生恨所以杀人报复，就这么简单。"常远倒也干脆，接着大口地吃起饭来了。

76. 嫌疑人

"不管凶手是出于什么目的杀人，他的作案思路必然要符合逻辑。你说林元因爱生恨杀人，说起来是很简单，但你是从哪儿得知他们之间产生了矛盾，所以他才痛下杀手？"

常远被徐逸这么一问，一时语塞。

"所以，当下要知道的是，林元和郑淑燕之间是否产生了矛盾，然后再接着往下分析。而且郑淑燕死得太蹊跷，莹萱那天和我们一起去她家摊牌，她就死了，总觉得哪里不对劲。"徐逸对此狐疑。

"会不会问题出在莹萱身上？"常远把莹萱拉了出来。

徐逸仔细分析。

"马莹萱是个谜啊，她身上有太多未知数了。"

大伙儿闷头吃饭，不再说话。

"我还是要选个时间，再去他们四个人家问问。"徐逸说。

"这事和陈佳、吴苏诚就没什么关系吧？"常远说。

"吃好饭，我给你们看看那个视频。"徐逸说。

"就是你调出来的郑淑燕楼道的监控视频啊？"常远问。

"嗯，可能有惊人发现，你在我旁边帮我看看，我是否分析得对。"

"好。"

吃完饭，瑾然就去洗碗了，徐逸把视频拿出来给常远看，两个人一起研究。

"首先，我先找到了我们出现在监控里的时刻，15:15。从黑白画面中，很清晰地可以看到我们三人走了进来，然后上了楼梯。然后，我就以 15:15 分为基准点，往前推进。我从监控中找到了那名嫌疑人，为此还费了我不少时间。我把监控视频的时间往前推，在 14:07 的时候，找到了一个穿雨披、手里捧着一样东西进来的那个人。"

徐逸小心翼翼地把视频放给常远看。

从视频中，常远清晰地看到 14:07 的时候，有个穿着雨衣进大楼的人，他故意用背对着监控，手里还捧着一样东西，那个人经过一楼公告栏凸出来的柱子，拐入过道，往电梯的方向走去。14:19 的时候，他从一楼电梯的过道走出来，手中的东西已经没有了。当进入监控视野的时候，可以很明显地看出他垂下了头，又用右手假意遮挡了面部，好像还戴了眼镜和口罩，监控不是很清楚，有点模糊。自此，这人完全从监控中消失。

"你把他定为嫌疑人，不可能就因为他鬼鬼祟祟吧，应该还有其他的疑点。"常远提问。

"当然，鬼鬼祟祟只是理由之一，重点是他手中的那个东西，出来的时候就没了。"徐逸补充。

"我勘查现场的时候，对散乱在郑淑燕两旁的一只快递盒和众多的护肤品产生了好奇，案发现场这样很容易让我联想是快递员作案。然后我去检查了那只快递盒的大小，又检查了所有护肤品的日期，又模拟把这些护肤品放入纸盒中的情况。你猜我发现了什么？"

"什么？"常远非常好奇。

"首先，这个快递盒，上面没有任何有关快递主人和商品信息的单据粘着，表面已经被撕毁得很干净。而那些护肤品都是用过的，生产日期也不是最近。经过洗脸池的时候，我发现镜子旁边本应该放置一些洗面奶和护肤品的地方空出来很多。所以，我觉得凶手可能是拿郑淑燕的旧物装入自己拿来的快递盒来冒充是快递员作案。"

"果然观察入微。"常远拍手称好。

"她家里很整洁，不像被人翻动过。如是快递员作案，多半是为了财，可是目前看来，却不像，而是凶手故意伪装成是快递员进屋杀人，企图掩人耳目。他知道有监控，所以故意坐电梯来混淆视听,这样就不会有人以为他其实就是到的二楼。"

"他处心积虑要引我们往那方向想,是不是也可以间接地证明,他和郑淑燕是认识的,甚至可能很熟,所以才要诱导我们,往陌生人方面想?"常远开始推理。

77. 分析

"你和我想到一块儿去了。"

"所以吴苏诚和陈佳也应该划到嫌疑人名单里去。"

"你再看看那个嫌疑人的背影还有他走路的姿势,像谁?"徐逸再把视频放给他看。

视频再次重放。

常远目不转睛地看着嫌疑人推开大门,走了进来,背对着监控,那姿势和动作。常远觉得有点熟悉。

"有点像林元。"常远说。

"尽管他试图撇开自己的习惯,改变走路的姿势来误导我们,但是毕竟怎么改也能留下痕迹。是有点像林元,身形也很像。这点,我和你不谋而合。"

"但是,这毕竟不能用来当证据啊。"

"小区内和小区外都有监控,电梯里没监控,警察可以通过调监控来锁定嫌疑人。所以凶手被抓也是迟早的事。"徐逸信誓旦旦。

"这么说,你是想等着看凶手的真面目?"

"怎么会?我还是想亲自来揭晓谜底。"

"那怎么揭晓啊?他头上又没刻字,说自己是林元。"

徐逸也陷入沉思中。

"我现在又在想,钱乐的死和郑淑燕的死是否有什么联系,以及是否系同一人所为?"

这时,瑾然从厨房里走了出来,却看见徐逸和常远已经在分析了,自己帮不了忙很不开心。

"虽然我帮不上什么,但你们也不能这么嫌弃我啊?"她撇着嘴。

"谁嫌弃你了?"徐逸笑着问她。

"你啊,不给我看视频,我多多少少也能出点主意啊。就常远能帮上忙啊?我也能啊!"

徐逸和常远同时笑了出来。

"你来啊,又不是不给你看。"常远对她说。

徐逸把手机给她,她认真地看着视频。

"有什么想说的吗?"徐逸问。

瑾然什么都没看出来,仍旧一副闷闷不乐的样子,可她还是在认真地看。

"他们楼道的那根柱子和我姐姐家一样专门贴通知单的,每次只要水费来了,就会贴到上面,提醒业主水费来了。"瑾然自言自语。

听她这么一说,徐逸触电一般,瞬间灵光乍现。

徐逸马上把手机拿了过来,一遍又一遍地看嫌疑人进门经过那根柱子的视频。

瑾然和常远疑惑不解。

"怎么了?"常远问。

"你看到了吗?嫌疑人经过那根柱子?"徐逸问。

"看到了啊,怎么了?"常远还是不懂。

"那根凸出的柱子上是否贴了什么东西,而那个嫌疑人经过那根柱子的时候,正好落在那个东西这里,不就告诉了我们他的身高了吗?"徐逸为这个新的发现而开心。

瑾然和常远顿时恍然大悟。

"莹萱1.60米，陈佳1.58米，林元1.70米，吴苏诚1.72米。莹萱和陈佳可以去掉，看看是林元和吴苏诚里的谁。"

"但是不要忘了，我们的测算只是大概，而且林元和吴苏诚的身高很接近。当然，凶手如果穿内增高的鞋，就另当别论了。"

"我们吃好晚饭再到那里去看看吧，顺便把卷尺也带去，量一下。"常远异常兴奋。

徐逸和瑾然却疑惑地看着他。

"咦，是谁对这个案子不感兴趣的啊？怎么又来劲啦？"徐逸嘲笑常远。

"嘻，你别再取笑我了，之前是我不对，好了吧？"常远一副缴械投降的样子。

这可乐坏了徐逸，连瑾然也在一旁偷笑他。

"那，说好啦？"

"嗯。"常远、瑾然连连点头。

"如果不是我提醒你，你会这么快有进展吗？我早说过了，我为你的推理是立下汗马功劳的，你不能老是忽视我的存在！"瑾然的嗓门开始大了。

"是啊，你功不可没！"徐逸极力讨好她。

"哎，徐逸啊，徐逸！"常远取笑徐逸怕女友。

78. 最终受益人

三个人吃完晚饭便匆匆赶去郑淑燕家。楼道里的灯已经亮起，瑾然吵着要上楼看看。

"我们是偷偷来的，要是让警察看到了，还以为人是我们杀的呢？"徐逸向瑾然解释。

"那好吧。"瑾然有些失望。

"这里果然贴着水费通知单。"徐逸望向那根凸起的柱子。

"那就以这张水费通知单为指示标记。"

"常远，开始吧。"徐逸嘱咐常远。

常远拉开卷尺，把卷尺根部紧贴着地面，徐逸吩咐瑾然压着，然后常远又把卷尺拉伸至视频中那个嫌疑人大致与柱子上水费通知单相交的地方，徐逸仔细核对并负责读数。

"大概 1.72 米。"徐逸说。

"吴苏诚的身高。"常远说。

"这也只是大概的测量，其实并不怎么特别准确。"

"徐逸，凶手真的是我们自己人？"瑾然不解地问徐逸。

"如果郑淑燕真有快递，她的账户里肯定能查到，警察的信息量比我们大。"徐逸慢慢解释。

"嗯，这也不能盖棺论定，万一他特意为了伪装而故意增高自己的身高呢。"常远也赞同徐逸的说法。

"好了，此地不宜久留，任务已完成，还是回家吧。"徐逸说。

在车上的时候，徐逸还和常远聊案情，是不是应该把钱乐的案子和郑淑燕的案子合并，瑾然则安静地看着朋友圈里的照片。

"郑淑燕老是喜欢炫耀，不是晒包包，就是曝自拍照。"瑾然的言语中对她有几分讥讽。

"她这人不就那个样，现在连命也没了，不用再晒了。"常远倒是光明磊落，也不怕被扣一个侮辱死者的罪名。

"大家都知道这女人的德行，但是这种话我们就不要说了，毕竟人都已经死了。"徐逸适时地说话，反而显得他人品贵重。

"我估计她也是底层出身，可怜的是她的爹妈。"瑾然很瞧不起她。

"差不多吧，父母都是工薪阶层。她为了钱，挤破脑袋去勾搭男人，破坏别人的幸福。如今，也算恶有恶报吧。"徐逸娓娓道来。

"俗话说得好，烂鱼也有臭虾配。钱乐和她也是自食恶果。"

三人到家后，琢磨着日后的侦查方向。

"目前亟待解决的一个问题：杀死钱乐的凶手是否就是杀死郑淑燕的凶手？我一直疑心，这两者之间是否有某种联系？"徐逸思考着。

"那他俩都死了，最终的受益人又是谁？"常远附和他。

当两人开始眼神交汇的时候，他俩同时吐出一个人名。

"马莹萱！"

"对，郑淑燕是钱乐外面的女人，这就是联系。两人之所以被杀，很有可能就是作为原配的马莹萱无法忍受丈夫长期对自己不忠又拳脚相向。"徐逸顺着这思路往下分析。

"那就全说得通了。"常远也赞成。

"有点不对呃。"徐逸想了想，又否定了自己的分析。

"怎么了？"常远问。

瑾然也好奇地盯着徐逸。

"我们都知道，在钱乐被杀那晚，马莹萱并没有作案时间。"

这下，气氛又沉寂下来，思维再度停滞。

"又卡壳了。"徐逸颇感无奈。

"而且也是她支会我们，说和郑淑燕约好摊牌，别是引我们入局，给她做时间证人？"常远猜测着。

"如果真是这样，那么那个披着雨衣的人又会是谁呢？"

三人又开始开动脑筋，琢磨了起来。

"再去拜访一下他们四个人，捋捋他们之间的关系。"

"一起去啊。"常远跃跃欲试。

"还有我。"瑾然也不甘落后。

79. 假设

"你们觉得呢?我没说错吧?马莹萱嫌疑陡增。"

次日三人晚饭后,徐逸等一行前往吴苏诚家拜访。

吴苏诚沉默着,好像在思考问题。高佳妮却显得惴惴不安。

"她应该不会的吧。"高佳妮为马莹萱说话。

"其实我还是蛮信任她的。"

"你这么说,其实也没错。马莹萱确实有杀郑淑燕的嫌疑,但是钱乐之死应该和她没什么关系吧,毕竟她有不在场证明。"吴苏诚说。

"上次在我家里,我问了她一些话,矛头直指她,她好像显得有点慌张,不会是做贼心虚吧?"徐逸继续补充。

"你那么说,谁都会害怕。"高佳妮有点埋怨徐逸。

徐逸觉得有点委屈,自嘲了起来。

"我把她逼到卫生间里去躲我啦?"徐逸还是不想承认自己有点咄咄逼人。

"我们早就知道你把我们请来吃饭是有事要问,她可能也是有什么重要的事情吧。"高佳妮回答他。

"那么目前有证据证明莹萱就是杀害郑淑燕的凶手吗?"吴苏诚问。

"没有,但是她的确可疑。是她通知我说郑淑燕约她,于是我和常远决定陪她去,到的时候郑淑燕已经死了,所以我们怀疑是不是她特意找我们做时间证人。"徐逸娓娓道来。

"他们小区还有楼道里应该有监控的,如果真是她,被抓也是迟早的事,不必担心。"吴苏诚倒显得很淡定。

"林元和郑淑燕的关系最近有不正常吗?"徐逸问吴苏诚夫妇。

"没听他说过啊,看朋友圈还挺正常的,也没听说他们怎么着了。"吴苏诚寻思着。

"他的情绪一直都很平稳。"高佳妮说。

"你们觉得是快递员杀人劫财还是熟人作案?"徐逸问他俩。

"这不好说,钱乐前脚刚死,郑淑燕紧随其后,总觉得有什么事要发生。"吴苏诚说。

"我也不太了解,也不好随意发表什么意见。"高佳妮显得有点怯懦。

瑾然在一旁认真地听着,而常远依旧玩游戏玩得热络,丝毫没有注意到徐逸困惑的表情。

"如果是熟人作案,杀人动机又是什么?"吴苏诚问。

"会不会是陈佳杀的?"徐逸突然之间提出一个荒谬的假设。

吴苏诚夫妇都有点目瞪口呆。

"作案动机呢?"吴苏诚反问他。

"也许我们不知道。"

"陈佳真的就这么清白?"徐逸自问。

"我情愿相信钱乐是陈佳杀的,而郑淑燕是莹萱杀的。"吴苏诚信誓旦旦。

"分工杀人啊?那么陈佳和莹萱是一伙的?"徐逸再次假设。

这话问得吴苏诚夫妇再度尴尬。

"杀手姐妹花,这可能性我忍不住想笑。"吴苏诚真的笑出来了。

徐逸也觉得自己的结论有点可笑,便露出一副无可奈何的表情。

"我自己也觉得有点荒唐,然而真理都建立在最初愚蠢的假设上。"

"反正我们也不会说出去,没人会笑你的。"吴苏诚说。

瑾然看着徐逸,笑得很开心。

"连你也笑我?"徐逸觉得有点委屈。

"没,我可没笑你,我觉得你可爱。"瑾然甜在心里。

徐逸听她这么一说，竟有了想要娶她的冲动。爱情的味道越来越浓，水到渠成，步入婚姻的殿堂也是自然。

"那么，今天就到这儿吧，又来打搅你们了。"徐逸觉得有点不好意思。

"没事，反正也没什么事，人多热闹。"吴苏诚笑脸盈人。

"那我们走了，麻烦了。"徐逸起身，叫上常远，三人向吴苏诚夫妇告辞。

80. 狗咬狗

"莹萱是挺可疑的。她刚一到，郑淑燕就死在那里。"陈佳说。

顾杰还未回来。婷婷还不肯睡觉，爷爷陪着她玩。而婆婆就一直盯着他们四个人。

"反正你也一直怀疑她。"徐逸说。

"说不定钱乐也是她杀的，杀人动机很简单，钱乐出轨郑淑燕，所以莹萱先杀了钱乐，后又杀了郑淑燕。"陈佳信誓旦旦地说，仿佛她亲眼看到了似的。

徐逸想了想。

"杀钱乐她没有作案时间，杀郑淑燕她也不可能。"

"为什么啊？"陈佳觉得不可思议。

"我看过监控，那个披着雨衣的人很明显是个男的，而且莹萱的身高也不够。"

陈佳一下子就泄了气，但莹萱啥事儿也没有，她却很不甘心的样子。

"往下查呗，肯定和她有关。"

"其实吧，不妨告诉你，我觉得凶手不可能是莹萱，应该是一个男的,也许郑淑燕平日里认识的男人。"

"嘻,她男人那么多,我哪知道是谁啊?不是林元吧?"

"林元这么久了情绪还那么平稳,真是沉得住气啊。"

"那人心理素质好着呢,别看他平日里闷声不响,杀起人来可不含糊。"陈佳一副趾高气扬的样子,好像她亲眼看见林元杀人一般。

"你知道得那么清楚?"

"哦,我猜的。越是平日里看起来闷声不响的人,越是可能是凶手。"陈佳倒是一副笃定的样子,好像对这方面很有研究似的。

"你觉得林元和吴苏诚之间谁到底是凶手?"

"呃,你问的到底是杀钱乐的,还是杀郑淑燕的?"陈佳问。

徐逸想了想。

"你觉得钱乐的死和郑淑燕的死之间有联系吗?"

"当然有联系啦。架起这座桥的人就是莹萱呗,她才是最终受益的人。郑淑燕本来还想问她要钱,跟她闹,她一死,不就拜拜了。钱乐的钱还是在她的腰包里,将来人生逍遥自在。"陈佳一边使劲嫉妒莹萱,一边又使劲编排她。

真是人心隔肚皮,知人知面不知心。

徐逸虽然表面上没什么表示,其实心里挺厌恶陈佳当面一套背后一套,但是她的这样对自己的破案也有有利的一面。

"你好像对林元有意见啊?"徐逸笑着看着陈佳。

"没啊,我对他可没意见。"

"能谈谈吴苏诚吗?"

"他啊,挺稳重的一个人。不过,我和他可没什么交情。"

"再说了,郑淑燕这女人一看就不是什么好货色,整天打扮得花枝招展到处勾引男人,死在哪个男人手里还不知道呢。"陈佳也是对郑淑燕嗤之以鼻,人没了也要臭她。

"她有很多情人吗?"

"不知道啊,你要去问林元了,我和她真的不太熟,估计钱乐死后，她闲不住，又给自己找了个靠山。"

徐逸若有所思。

如果有，那么这个男人又会是谁呢？

"你平时有没有听她提到过？"

"我和她没什么来往的，看得最多的就是朋友圈里她炫耀的东西，都是很贵的。钱乐死后，她断了生活来源，消停了一段时间，最近她好像又傍上一个金主了，名牌包包衣服首饰全面上线。哼，天晓得，哪个倒霉货接了盘，最后大概也和钱乐一个下场。"陈佳挤眉弄眼，自顾自说着。

陈佳虽然爱挑事，但她说的一些话还是有意无意提醒了徐逸。

徐逸觉得，有些事情真的有必要弄清楚了。

81. 搭伙杀人

"你为什么不问问他们的不在场证明？"常远有点不解。

三人到家了之后，开始准备就寝。

"我怕打草惊蛇。"徐逸很坚定地说。

"虽然陈佳和莹萱在郑淑燕这个案子上嫌疑很小，但是不可忽视钱乐之死的存在。"他继续说。

"对啊。"

"所以她一死，我总觉得和钱乐的死也脱不了干系，两个案子应该是同一个案子。"徐逸说。

"那么杀死钱乐和郑淑燕的凶手是同一人？"瑾然瞪大眼睛，好奇地问。

"这个难过的坎就是莹萱。如果说凶手是莹萱的话，那么钱乐又是怎么一回事？而且视频里那个穿着雨衣的人很明显是个男人。

1.72 米的男人很多，而 1.72 米的女人却很少，更何况马莹萱只有 1.60 米。"徐逸分析。

"不会是搭伙杀人吧？"常远干笑了几声。

"如果是搭伙杀人的，杀死钱乐是一人，杀死郑淑燕伪装成快递员的又是一人。而杀死郑淑燕的是个男人，那么杀死钱乐的人又是谁？杀手集团成员好多，都来不及杀了。"徐逸嘲讽凶手。

"如果杀死钱乐的凶手也是个男人，那么问题来了，谁同时和他们有过节儿？如果凶手是女的，必是马莹萱，也只有她能从中受益。"常远分析起问题来也是有板有眼。

"那也只有林元了，只有他能说得通。如果杀死钱乐和郑淑燕的人都是林元，那就全说得通了，只有林元和他们有交集。如凶手是马莹萱，那杀死钱乐的人又是谁？互相矛盾。"徐逸很肯定地说。

"首先杀死钱乐的肯定不是马莹萱，而杀死郑淑燕的是个男的，所以从这个角度来分析，马莹萱基本可以排除。"徐逸继续说。

"那也不存在什么搭伙杀人了。"常远小声回应。

"如是林元，他杀死郑淑燕可以理解为因爱生恨，那么钱乐又是怎么一回事？就因为他平日里的为人，他看不惯，所以动了杀心？又或者问他借钱他不肯，所以恨毒了他？"徐逸喃喃自语。

"其实很好分析。凶手如是个男的，就是林元。如是个女的，就是马莹萱。又或者，我有了一个更加大胆的想法，林元和马莹萱合谋杀死了钱乐还有郑淑燕。"常远斩钉截铁。

徐逸听了他的想法，表现得很震惊。

"想法是挺不错的，可是马莹萱会喜欢林元？又或者她会和林元那么亲近？"徐逸越想越觉得不对劲，想起林元问钱乐夫妇借钱的事，他更加想不通了。

"那还是当我没说过吧。"常远有点垂头丧气。

"不要紧的，常远，不要怕别人说你想法愚蠢，再高深的智谋，也是从最愚蠢的猜想开始的。能这么大胆地走出第一步，已经非常好了。至少你敢想，有的人连想都不敢想，你已经比他们有勇气了。"徐逸鼓励常远,让常远受宠若惊,更加坚定了他想要查下去的决心。

"你提到的搭伙杀人,让我想起了石磊和邓洁,但是这个案子比那个案子还要再复杂点,而且整个结构也不一样。"徐逸若有所思。

瑾然和常远也不说话了,而是认真地盯着他看。

"我找个时间联系一下林元,他现在成了本案最关键的人了。什么时候嫌疑的重心转移到了林元身上,天晓得?"徐逸嘀嘀咕咕。

82. 伤心没用

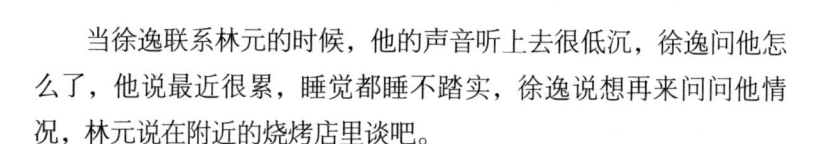

当徐逸联系林元的时候,他的声音听上去很低沉,徐逸问他怎么了,他说最近很累,睡觉都睡不踏实,徐逸说想再来问问他情况,林元说在附近的烧烤店里谈吧。

约好的那天,徐逸三人比他早到,他们还逛了逛附近的便利店,瑾然买了一杯提拉米苏,然后三人在那家店里坐着等他,瑾然毫不客气地吃起了提拉米苏。

"他没跟你提起他睡不好觉的原因是什么啊?"常远问徐逸。

"也许和郑淑燕有关吧,她死了,他伤心吧。"徐逸随口一说。

"如果是这样,那他也没有杀她的理由了。"常远疑惑不解。

"我知道现在还有很多地方说不通,但是不要紧,真相不久便会浮出水面。"徐逸很坚定地说,他的眼神充满了无穷的能量。

正在此时,林元慢吞吞地推开了烧烤店的大门,然后用眼光搜寻着徐逸等人。徐逸看见他吓了一跳,头发都不整理一下,精神萎靡,潦倒失意,这还是林元吗!而且人看上去瘦了一点。就连瑾然和常远也觉得很震惊,怎么才半个月的工夫,林元就成这样啦?

林元看见徐逸便走了过来，有气无力地拉开座椅，神情恍惚，眼神呆滞。

"你们都吃过饭啦？"他说话的声音轻得像蚊子叫一样，像是大病初愈的人。

徐逸等人一直盯着他，不知从何说起。

"嗯，吃过了。"徐逸说。

"那我一个人吃啦？"他说话的声音越来越轻。

感觉他说话完全是对自己说的，声音轻到其他人很难听到。

徐逸等人就这样看着他吃烤肉，吃得慢条斯理，他也不和他们搭话，一个人沉浸在自己的世界里，旁若无人。

"你觉得郑淑燕是被快递员谋财害命的还是我们当中认识的人谋杀？"徐逸一直盯着他看，想要得到答案。

林元依旧有气无力，慢吞吞地吃着烤翅，喝着啤酒，好像完全没有听到徐逸在问他话。过了一会儿，他才有反应。

"都有可能啊，但是钱乐刚死，她后脚就没了，很让人怀疑啊。"林元不紧不慢地说。

徐逸评估他的逻辑思维还蛮清晰的，问话应该没什么问题。

"那你怀疑谁啊？"徐逸继续问。

"她那么多男人，我哪知道是谁啊？说不定是哪个被她骗财骗色的男人，气不过一刀杀了她。"林元不管说什么话，情绪总是平稳，也没见他啥时发过火。

"她是被勒死的。"徐逸补充。

"你觉得吴苏诚可能吗？"徐逸再度地试探。

林元的眼珠子动了动。

"他啊？他和郑淑燕有什么仇？难不成是他外面的女人？"

徐逸仔细揣摩他的话。

"那……你觉得会是谁呢？"

"我真不知道啊，你别问我。"林元气色不好，疲态尽露。

徐逸看他这样，也不想询问太长的时间。

"她死了，你很伤心是吗？"徐逸问的话正好戳中了他的痛处。

林元听完他的话后，整个人仿佛怔住了一样。

"说不爱是假的，说爱也是假的。"林元非常失意地说出这番话来，让徐逸摸不出深意。

"什么意思？"

"意思就是没用，人死了，一切都已经结束了。"徐逸从林元的眼神中看出来哀伤与无奈。其中各种辛酸，恐怕也只有他自己最了解。

83. 重点

林元一个人有气无力地吃着烤蟹肉棒，眼神充满了无尽的烦恼与哀伤，面部尽显疲态。徐逸不明就里，想要探寻表层下隐藏的所有东西。

"你觉得凶手有没有可能是莹萱？"徐逸再度试探他。

"动机是什么？"林元反问。

"当然是钱乐啦。"

"理由是挺不错的。"

"钱乐死后，马莹萱可以继承他所有的遗产，但是郑淑燕却要来搅和这些财产，现在她死了，马莹萱也没有后顾之忧了。"

"看起来似乎合情合理。"林元瞧都不瞧徐逸一眼，一个人神情漠然地咀嚼着。

"怎么了？有什么不对的地方吗？"

"那她干吗非要再去案发现场？"

"当然是要我们给她做时间证人。"

"这样无缘无故把隐藏得好好的自己给抛出去，是瞧不起你徐逸吗?"林元依旧面无表情,淡然自若地喝着啤酒。

徐逸听了他的话之后哈哈大笑。

"你真是瞧得起我啊!"

"马莹萱如果是凶手,简直就是在作死!她已经洗脱了杀死钱乐的嫌疑,还怕自己嫌疑不够大吗?"

徐逸听他这么一说,觉得也有点道理。

"可她毕竟能从钱乐和郑淑燕的死里得到好处。"

"我也不知道啊,反正我是就事论事。"

徐逸认真地盯着他看。

"那你觉得陈佳有没有可能?"

"她啊,动机是什么?"

"也许陈佳是四人当中最没有杀人动机的人。"

"难道她是钱乐的第二个情人?"林元反问。

徐逸听他这么说,瞬间产生了疑惑,这个问题他怎么早没想过。如果陈佳是钱乐的情人,那么她杀死二人以及嫉妒马莹萱就全说得通了。徐逸开始往更深远的地方去想,前方是一片无垠而广阔的去处,放眼望去,找不到最远处的尽头。

"如果非要你说一个,你觉得是谁?"

"我感觉是陈佳,只是感觉而已。"

徐逸三人你看我,我看你,林元旁若无人地喝起啤酒来。

"又来打搅了。"徐逸十分客气地对马莹萱说。

"没关系。"莹萱面带笑容。

钱乐的父母住在亲戚家,就是不想看见莹萱。莹萱的父母在带钱斌。莹萱把徐逸等人拉到大卧室里去谈话。阳台外面夜幕深垂,小区环境静谧,徐逸和莹萱在阳台上谈话,外面的黑暗世界似乎在洞察着两人的心灵。

"郑淑燕死了,你是不是可以松一口气了?"徐逸问莹萱。

马莹萱面无表情,一脸的忧虑。

"她死了,所有的人都开始怀疑我了,好在哪儿?"

"没有啊,大家不都在怀疑林元?"

"那他承认自己杀人了吗?"莹萱有点嘲讽意味。

"怎么可能?哪个凶手会自己承认杀人?"

"那不就好了。他和郑淑燕走得近,因此被人怀疑。我和她也不近,还不是照样被人怀疑?"

徐逸一脸忧虑,想要探究真相。

"有人说你和林元合伙杀了钱乐和郑淑燕?"

"天晓得,我和林元怎么可能?我和他关系又不怎么样,要找人合伙也不会找他啊?"莹萱真情流露,直来直去。

"你别介意,现在的人都这样,一切都只是推测。"

"现在只会有人来落井下石,看我们的笑话,哪儿还会有人来帮我们啊?"她的眼神开始暗淡下来。

"你能说说你有怀疑对象吗?"

"我哪儿有啊,自己都摸不着头脑。"

"一定要你说一个呢?"

"这种话也不能乱说,反正警察肯定会查出来,小区和楼道不是有监控吗?相信很快就会水落石出。郑淑燕平日里就爱招摇,谁知道她还有什么事情我们不知道?"

莹萱随口一说的话,反倒让徐逸起了疑心。

84. 联系

"你再想想,还有没有谁能从郑淑燕的死里得到好处?"徐逸问。

"我真不知道啊,我和她又不熟。"

"那你认为钱乐的死和郑淑燕的死之间是否存在某种联系？"

从她的面部表情来分析，她似乎非常不认可这个说法。

"钱乐的死和郑淑燕的死为什么会有联系？"莹萱非常不解。

"是啊，如果他们之间有联系，那么最大的受益人也就是你了。"

徐逸如此一针见血，反倒让莹萱惊慌失措。

"和我有什么关系？"

"是啊，和你应该没关系。"

"那你觉得杀死钱乐和郑淑燕的凶手是否为同一人？"

莹萱已经不知所措，不知道该如何来回答他。

"这……还真说不准。"

"你到现在都没有明确的怀疑目标吗？任有人这么说你，你是不是也要自证清白，适时地予以还击啊？"

"我和你们一起去的她家，不是可以给我做证吗？"

"有人说那是你的障眼法。"徐逸继续回应。

"谁说的？胡说八道。"莹萱理直气壮。

"那是不是林元所杀？"

"你问我，我也不知道啊。你应该去问林元。"

"我问过他了，他没承认。"

"谁会承认啊？当然一定撇清嫌疑啦。"

"怎么说啊？"徐逸问瑾然和常远。

"凶手当然自己不会承认杀人啦，所以能撇清关系就尽量撇清关系。"常远回答。

"我问的是你们看出什么来了吗？"

瑾然想了想，还是想不出一个所以然来。

"不是，我们为什么一定要从这四个人当中查起？"常远疑惑不解。

"因为我一直疑心钱乐的死和郑淑燕的死其实是同一人所为。"

"你这么说也不无道理。"

"毕竟两起命案时间上离得较近，而且钱乐和郑淑燕又有不正当的男女关系。"

"是啊，如果最大的受益人完全没有嫌疑，那么又有谁从他们的死里收获利益呢？"常远认真地思忖。

"其实嫌疑最大的还是马莹萱和林元，然而他们又不可能搭伙。而最没嫌疑的应该非陈佳和吴苏诚莫属了，如果单从杀人动机来看，这两人的确没有嫌疑。"

"没嫌疑，也只是从表面上来看，或许他们的杀人动机被我们忽略了。"

"问题是我找到现在都没有找到，实在是太不可思议，要是真有什么隐情，早就浮出水面了。"徐逸依然想不通。

"看来还需我来打通你的任督二脉。"

"打通任督二脉有何用？我要的是思维如泉涌。"

"我早就和你说过了，不要老是紧绷着神经，没事也玩玩游戏调剂一下，马上思路就打通了。"常远一副扬扬得意的样子。

徐逸却对此嗤之以鼻，一副不以为然的样子。

"你打游戏就打游戏呗，非要把我拖下水？"

"我不是和你是好兄弟吗？所以要拉你一把啊。"常远也不觉得自己三观有问题。

徐逸无奈地直摇头，仍在为案子犯愁。瑾然微笑着看着徐逸。

85. 寻找线索

徐逸在工作之余也会为案子发愁，只求不要老是加班，能够有足够的时间休息，让大脑放松，然后好好想案子。中午的时候，吃着自己带来的饭菜，生活节奏的加快和压力，有时也会让他有点透不过气,然而徐逸毕竟是徐逸,懂得调节自己,况且又是个聪明的男人,没什么事真的能难倒他。

下班了,如果瑾然没加班,他会去接她。

愉快的一天,又这样过去了。

"我不知道会不会还有第三个受害者出现?"徐逸自言自语。

瑾然在厨房做饭,常远还是打游戏,徐逸一边啃苹果,一边说话。

"警方会调取周围的监控来锁定凶手,其实我们也没必要那么担心。"常远百无聊赖地回答他。

"感觉要大结局了。我可不想等着别人来告诉我真相,我要主动寻找真相。"

徐逸陷入焦虑中。

"吃饭啦!"随着瑾然从厨房里传来的清脆声,徐逸也放松了下来,想要好好享受这一顿美餐。

三菜一汤。

徐逸和常远很早就饿了,开始狼吞虎咽。

"案子进展得怎么样了?"瑾然一边吃饭,一边还在关心着案子。

"徐逸说了,他无能为力,只好宣布失败。"常远揶揄着徐逸,一副很得意的样子。

怎料常远刚说完这句话,徐逸就情绪激动了。

"谁说的?谁说我认输了?我只是在思考罢了,等着我后发制人。"

瑾然听他说得如此信誓旦旦,开始重拾希望。

"但是从什么地方入手呢?"徐逸若有所思。

"是啊,我们都不和她联系,唯一的信息来源大概就是她在朋友圈里发的那些奢侈品了吧。"瑾然随口一说。

这句话无意中提醒了徐逸,他决定认真查看郑淑燕发的那些东西，以此来寻找线索。

吃完晚饭，徐逸就一个人窝在沙发上，仔细查看郑淑燕最近发的东西，如果最近的东西发现不了什么东西，他还会再扩大范围。

看着看着，他发现了一个疑点。

就在星期六莹萱联系自己说郑淑燕约她摊牌的那天，郑淑燕差不多之前一段时间在朋友圈里发了三张照片，都是她一个人的照片，但是徐逸马上就从里面发现了蹊跷。

第一张照片是郑淑燕披着黑色的长卷发，穿着驼色的大衣，站在人行道上的自拍。她化着很浓的妆，笑容甜甜的。角度是斜过来，可以看出她是背对着马路，身后是高架桥，一辆公交车正停着被拍了进去。

第二张照片应该是她在奶茶店里的照片。手拿着一大杯的满满的珍珠奶茶，微笑着面对摄像头，角度也是45度角斜入，身后一堆排队等着买奶茶的人也被拍了进去。

最后一张照片，也就是令徐逸起疑的那张。郑淑燕依然斜角度自拍。照片的左侧是她的斜脸，嘴吸着管子，奶茶已喝了一大半。而右侧拍到了一堆人围着桌子在用餐，而有一个向前走路的女服务员也被拍了进去，她的目光正好落在了郑淑燕那里。

郑淑燕上传照片的时候，正好是莹萱联系自己之前。

郑淑燕一个人去吃饭？她的对桌还有人吗？

这一切都得不到答案。唯有自己抽丝剥茧，解开一个又一个的谜团。

86. 黑科技

"常远，你看看这几张照片。"徐逸把自己的手机给递了过去。

常远就坐在他的旁边打游戏，玩得兴致勃勃，徐逸和他说话，他还有点不乐意，皱着眉头。

"啥事儿啊？"他非常不耐烦。

"你看看这几张照片有什么问题？"

"等我打好游戏。"

"别说我没提醒你啊，线索来了。"

常远一听线索来了，兴头就来了，他接过手机，认真地看着那三张照片，仔细分析着。

"前两张没什么问题，最后一张她应该在吃饭吧，只不过看不出到底是一个人吃还是两个人。"

"你和我想的一样。再看看时间。"

常远又认真查看了郑淑燕上传照片的时间。

"星期六，在莹萱找我们之前？"

"对。"

"你是怎么想的？"

"也许，我说的是也许，也许之前她正好和某个人一起吃饭商量着莹萱的事，但是从这张照片里压根就看不出她的对面是什么人。"

"那就只能用黑科技了。"

"黑科技？什么鬼？"

"把她的瞳孔放大，看看里面是什么人。"

"切，这种东西我们去哪儿找？"

"只要我们能找到这种软件就不成问题。"

徐逸还是觉得常远的话不现实，而且自己已经焦头烂额。

常远仔细琢磨着最后一张照片，他好像看出了门道。

"你看，这张照片里的一位女服务员她的目光正好落在郑淑燕这桌，没准儿这服务员看到了郑淑燕和她对面的人，只要找到这位女服务员让她当面认人就没问题。"

徐逸也知道他说的东西，但是郑淑燕是否与人共餐，目前为止还只是处于假设阶段。而且郑淑燕死得蹊跷，她是否认识那个可疑的穿雨衣的男人，那男的又是否掺和到莹萱的事件中，企图把郑的死嫁祸给莹萱，也不得而知。

"你说的我都知道。"徐逸有些泄气。

常远认真地看着前两张。

"还有你可能不知道的东西。"

徐逸看着常远。

"第一张照片拍到的公交车的数字。"

徐逸把头凑过去。

"公交537路。"

那辆公交车侧面的537赫然醒目。

他马上打开手机，查看公交路线。

"公交537路南起六西门，北至白鲁路开城路，一共25站。"徐逸说。

"那么我们起码可以顺着这条路线一直查下去。"常远说。

"如果她是走路走到那家餐厅的，说不定可以顺藤摸瓜，如果不是，那就惨了。"

"她家不就在那儿附近吗？"

"是啊，她们那儿有什么餐厅，我也不熟啊。"

徐逸继续看第二张照片，希望有所突破。就这样反反复复的，第一张看厌了看第二张，第二张看厌了看第三张，第三张看厌了再看第一张。不厌其烦地看，焦急着寻找突破口。

此时，瑾然已经忙完了，从厨房里走了出来，看见徐逸和常远又在讨论，知道又有东西可忙了。

"需不需要我帮忙啊？"她走了过来。

"你倒是帮帮我啊。"徐逸焦急万分。

随后他把手机给她，让她看看那三张照片，然后提出看法。

"她喝的是米泥奶茶吧？我也很喜欢喝啊。"瑾然百无聊赖地说。

结果，没人理她。

"吃的好像是烧烤哦。"

还是没人理她。

瑾然看着看着，也越觉无趣。

"我都发表意见了，你们倒是理一下我啊。"

徐逸看了她一眼，没有反应，继续思考状。

"你说的都是些没用的东西。"常远轻描淡写。

不料却惹怒了瑾然。

"我怎么没用了？徐逸都说了，往往就是那些看起来不起眼的东西，却是破案的关键。"

徐逸本来也没有任何的兴致了，却被她说的话给提起了兴趣。他好像想到了什么，又继续看着那几张照片。突然，灵光乍现。

87. 推理

"你们都过来看。"

常远和瑾然把头凑了过来。

"第一张被拍到的公交车是537路，路线已经查出来了，如果从第一张照片走到第三张照片里的那家餐厅的话，那就有迹可循了。"

徐逸接着说。

"到了第二张照片，很明显是个奶茶店，米泥奶茶，她面带微笑，手拿一杯刚刚买好的大杯奶茶，身后一群排队的人也被拍了进去。注意到队伍里那位穿着校服的女孩了吗？大概十四五岁的模样，她穿的校服是附近上华附中的校服。"

两人也把目光投向那位穿着深蓝色校服的初中生女孩。

"为什么你这么肯定这是上华附中的校服？"常远问徐逸。

"今年开学季，新闻里曾经采访过他们学校，我看他们穿的也是这身校服。上华附中挺有名的，不就是郑淑燕那个区的吗？"徐逸娓娓道来。

常远和瑾然也觉得有理有据。

"再接着往下看。"

"第二张照片里她买了一杯大杯奶茶，而到了第三张奶茶已经被喝了一大半。其实可以从侧面来推断，这家餐厅其实离她买奶茶的地方并不会太远。"

常远和瑾然也认真地看着。

"因为一般人买了一杯奶茶，按常理半小时内肯定喝完，特殊情况不计，比如这个人喝得慢，或是其他什么情况。"

"嗯，说得挺有道理的。"常远附和。

"我最怕她坐了一辆公交车，在车上奶茶都没怎么动，等到了地方再慢慢喝，这时候已经是千里之外了。"徐逸有点担心。

"那这附近有什么大型商厦或者餐饮集中点吗？"常远问。

"哦，我知道，她那里我去过，有兴隆百货公司，1—3层卖百货，最高层都是餐厅。"瑾然跃跃欲试。

"那不就对了吗？郑淑燕应该是在那里的某家餐厅用餐。"

"但也不只有百货公司里有餐厅啊？沿路什么地方都可能有啊？"徐逸还是适时地提出看法，该反驳就予以反驳，证据必须强有力，有理有据，有说服力。

"你觉得像郑淑燕这样喜欢标榜自己又爱慕虚荣的女人，会到杂牌的小餐厅去用餐吗？"瑾然反问。

"瑾然这次说得有理，我赞同。"常远予以肯定。

谁知，瑾然却白了他一眼。

"我以前也一直很有用啊，什么叫这次？"

"那我们就去一次那家百货公司吧。找到那家餐厅，找到那个女服务员，带好林元和吴苏诚的照片让她辨认。"徐逸说。

三人一拍即合。

"等等，服务性行业一般都是做一休一的。那位女服务员也不知道她是做一休一还是上串班，所以我决定连着两天都去。"

"嗯。"常远和瑾然点了点头。

"还有，也应该做好凶手不在林元和吴苏诚里的准备。"

"你怎么又自相矛盾了？"常远疑问。

"到现在为止，还没有最有力的证据能够表明凶手一定在林元和吴苏诚当中，一切的一切都只是我们的推断。"

"嗯。"

"我们在推理的时候，经常会遇到一些自相矛盾的地方，而往往这些矛盾的地方就是问题的症结所在。用嫌疑人的走路姿势和背影我们不能就说林元就是凶手，用测量出来的 1.72 米的身高我们也不能就说吴苏诚就是凶手。因为这不是最有力最无可辩驳的证据。只要那位女服务员能辨认出来，问题就全都解决了。"

"嗯。"两人聚精会神地听。

"我要去！我要去！"瑾然自告奋勇。

"我们周六去。"徐逸说。

88. 一波三折

瑾然这天正好有个聚会推也推不掉，于是含恨催促着徐逸一回来就告诉她结果。

临近 4 月份，不再像严冬那么寒冷，但是空气中还是弥漫着湿湿的冷气。徐逸、常远一行便衣，穿得很单薄，关键是他们耐寒，根本不怕冷。

两人站在兴隆百货正门，抬头仰视那巍然屹立的高大建筑，然而心里却空荡荡的,没底。

"也许今天仍旧没什么收获。"徐逸还没应战却打起了退堂鼓。

"你是不是老了?整天垂头丧气,唉声叹气自己不行啦?"常远讥讽徐逸。

徐逸不知道该说什么才好,只好露出一副特别无辜和无奈的样子。

"说正题。"

"我们一起到四楼看看。"

"好。"

于是两人进大门找电梯,一路来到四楼,果然是餐厅林立。

"我们分头找,全部逛完在这里会合,照片你有,按照照片里的餐桌和环境。"徐逸说。

"好。"

于是两人分头寻找。

大约十分钟后,两人会合。

"有一个地方挺像的,但我还不是特别确定。"常远对徐逸说。

"走,去看看。"徐逸说。

站在那家烧烤店门口,徐逸仔细端详着里面的环境,觉得和照片里拍到的餐厅环境的确很像,于是便走了进去。中午时分,餐厅空荡荡的,正适合盘问。两人刚一进去,迎面便走来一个男服务员。

徐逸赶紧把照片拿出来,让他辨认里面的女服务员是否为他们餐厅的员工,可是该男服务员却矢口否认:"我不认识她,她不是我们这里的。"

这下,徐逸和常远傻了。

徐逸也一直想,哪有那么好的事,凶手就让自己给逮着了。果然是一波三折。

"怎么办啊?"常远问。

"最怕就是根本不是兴隆百货。"徐逸一副很忧虑的样子。

"可是按照我们那样推，也完全没错啊！"常远还是不能相信。

"我现在也不知道该怎么办，回去再研究吧。"

"照片上的环境和这里的不是很接近吗？难道附近有分店？"常远自言自语。

这下可提醒了徐逸。

"去问问。"

过了一会儿，两人垂头丧气地从餐厅里走出来。

"哎，这可如何是好？"常远有点泄气。

"附近再看看吧。"

最后，两人往这一带的餐厅都逛了一大圈还是没有找到。

"还没吃饭了吧？好饿啊。"常远饥肠辘辘。

徐逸却根本没有心思吃饭。

"不吃饭啦？"常远盯着徐逸看。

"吃。"

于是两人找了一家拉面馆，常远请客。

常远用筷子把面夹了起来，他们吃的是羊肉面。

"我说，你也别担心了，兴许刚才我们没有找错。"常远一边吃，一边说。

"你说的是那家烧烤店？"徐逸问。

"对啊，有可能那小伙子新来的，或者那个女员工在他之前已经辞职了。"常远不经意地一说。

"郑淑燕拍照那天是星期六啊，我怎么没想到，如果做一休一的话，她应该今天休息，明天上班。"

"那明天再来吧。"

回到家后，瑾然已经回来了，瞪着个大眼睛询问他们结果，结果徐逸却说没找到，不禁失望万分。

"我就想吗？哪有那么顺的？"瑾然唉声叹气。

"别急，我们明天还会再去。"徐逸安慰她。

"今天的聚会怎么样啦?"徐逸又问。

"玩得挺高兴,明天我们一起去吧。"瑾然说。

"好。"

89. 凶手真容

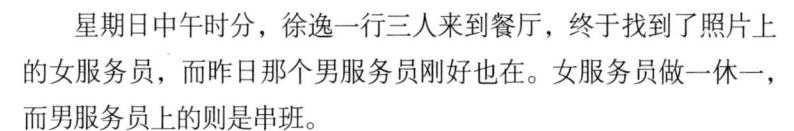

星期日中午时分,徐逸一行三人来到餐厅,终于找到了照片上的女服务员,而昨日那个男服务员刚好也在。女服务员做一休一,而男服务员上的则是串班。

"我昨天第一天上班,所以不认识她。"男服务员自嘲地说。

徐逸编了一个谎言,没说自己调查案子,只说请她帮个忙来认一认人。他把林元还有吴苏诚的照片拿出来给她辨认,她一眼就认出了照片上的那个男人。

三人心事重重。

徐逸开着车,往他的家驶去。当他把车停在小区里的时候,瑾然和常远也要上去,却被徐逸给劝了下来。

"还是我去吧,人多不太好。"徐逸对两人说。

瑾然和常远互相看了看,也没说什么。

十几分钟后,徐逸下楼了,这一切也验证了他的猜测。

林元已被公安机关逮捕。

"案子终于了结了,林元就是杀害郑淑燕的凶手,但是他的杀人动机是什么?"瑾然一个人自言自语。

徐逸没说话,他有点心事重重。

"动机呢？"常远问她。

"因爱生恨。"瑾然回答。

"你从哪儿看出林元恨郑淑燕来着？什么都不知道，都在那儿瞎猜。"常远斜着眼看着瑾然。

"要不然他为什么要杀她？我实在想不出理由来。"瑾然想不通。

"你说，杀害钱乐的凶手会不会也是林元？"瑾然问徐逸。

"动机呢？"徐逸问。

"他不肯借钱是一，还有郑淑燕是二。"

"嗯，这倒是个不错的理由。"

结果，两人都不理她，她也觉得没意思，自己吃东西去了。

徐逸还是照样上下班，然而他心底的一个疑问始终没有解开，他不停地问自己，真相是这样的吗？然而心底却没有声音来回响，还是空荡荡的。

不久，他接到警局的电话。

再后来，他把瑾然的那副在钱乐被杀那天戴过的手套作为证物交给警方保留。

最后，马莹萱和吴苏诚被正式批捕。

"这怎么一回事啊？怎么一下子抓了三个人啊？"常远也觉得不可思议。

"是啊，死了两个，抓了三个。到底怎么回事啊？"瑾然也弄不懂。

徐逸在一旁，一句话也不说。

"你怎么也不说话？每次都抢在前面说，这几天怎么变哑巴了？"常远好奇。

"我有几件事没弄懂，找一下高佳妮就全明白了。"

看见高佳妮的时候，她满脸悲伤，不禁失声痛哭起来。

"要是早知道是这样，一定给他生个宝宝。"

"这一切是不是和你有关？"

"我会等他的，等他出来。"

高佳妮去看守所见过吴苏诚之后，他便把所有的事都告诉了她。而现在，她又将这些事告诉了徐逸。

所有的一切，和他想的差不多。

徐逸从吴家出来的时候，一脸的疲惫，满脸愁容，知道了所有的一切未必就是好事，有的时候，什么都不知道，也许心里会安慰许多。

瑾然和常远已经做好了准备，听徐逸娓娓道来。

而徐逸又开始讲故事了，而每次，他的神色总是如此凝重，仿佛有一段不愿被提及的隐情，重新又把它推了上来。

90. 破解迷局1

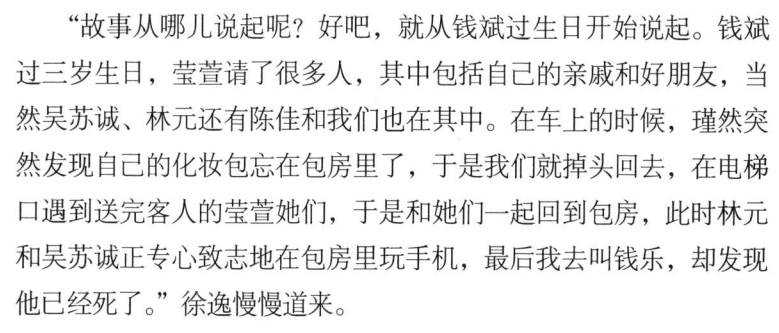

"故事从哪儿说起呢？好吧，就从钱斌过生日开始说起。钱斌过三岁生日，莹萱请了很多人，其中包括自己的亲戚和好朋友，当然吴苏诚、林元还有陈佳和我们也在其中。在车上的时候，瑾然突然发现自己的化妆包忘在包房里了，于是我们就掉头回去，在电梯口遇到送完客人的莹萱她们，于是和她们一起回到包房，此时林元和吴苏诚正专心致志地在包房里玩手机，最后我去叫钱乐，却发现他已经死了。"徐逸慢慢道来。

而此时此刻的瑾然与常远，正聚精会神地听徐逸把整个故事给讲完。

"最后我们推出三个嫌疑人，而莹萱则是因为没有作案时间，所以被我给排除了。"

"我注意到现场有几个十分可疑的地方，就是在尸体的附近找不到一丁点儿的血迹，无论墙壁上还是地毯上，而且也不知道凶器是什么东西，后来又藏匿到了哪儿，凶手杀了钱乐后，身上肯定也会被溅到血迹，他是如何隐藏起来的？直到后来，警方替我找到了答案。凶手用黄柄螺丝刀捅死钱乐后，把刀扔到毛血旺的汤里了，那汤颜色深红，正好可以掩盖血迹。而当时现场所有嫌疑人的衣服几乎都是中性色，没有深色作为保护色可以掩盖血迹，除了马莹萱和陈佳的黑色大衣。恰恰正是这黑色大衣，颜色深黑，又离钱乐的座位较近，于是被狡猾的凶手拿来作为掩护。他反穿马莹萱的黑色大衣，捅了钱乐，藏完凶器，便脱下大衣，放回原处，若无其事地坐回原来的座位。这当中还有一个环节，就是手套，凶手当时是戴着手套握着螺丝刀杀人的。我曾经考虑过一个问题，就是不戴手套捅刺和戴手套捅刺发的力大小不一啊。即戴着手套可能会有点阻碍，比不戴手套发的力可能会小点。当然啦，凶手必须戴手套，否则自己的手上可能就会沾到鲜血，如果被检测出来了，就不好了。这手套也是精挑细选的黑色，用来掩盖血迹的。我说到这里，你们有什么想法吗？"

常远和瑾然你看我，我看你。

"好巧啊，莹萱的大衣和手套为什么都是黑色的？"瑾然问。

"问得好！不过你别问我，你得问马莹萱。"徐逸笑笑。

"还有，你还提过，钱乐穿着黑色的高领羊毛衫，却配了一件淡色的西装，非常不协调。"

"是啊。"

"但是是马莹萱叫他穿这件衣服的。"徐逸煞有介事地笑着看着瑾然。

"我们都知道马莹萱是凶手啊，只是不知道她和吴苏诚是怎么配合起来的。"

"吴苏诚是非常聪明非常狡猾的男人，他知道，如果钱乐死了，马莹萱必是第一嫌疑人,所以他给她安排了非常完美、完美到无懈可击的不在场证明。整个杀人过程,她一点儿都没有参与,全是他自己一人完成的。"

"是啊,我们谁都没有想到马莹萱居然会和吴苏诚联合起来。起初,他俩给我的感觉就不像是一伙的,而是敌对的,没想到……伪装得真好。"常远竟也佩服起他们的伪装术了。

"整个杀人过程,只需把马莹萱支开便可大功告成,顺便再让林元和陈佳这两人趟点浑水,自己的嫌疑就不会那么大了。"徐逸说。

"吴苏诚真是狡猾又聪明,林元并没有说错。"常远也自叹弗如。

"好了,我接着说。吴苏诚趁林元在走廊里和朋友聊天的时候,他迅速拿出瑾然放在化妆包里的手套,同时又在外面套了马莹萱的黑色手套,这样双保险。然后反穿马莹萱的黑色大衣,用原本就准备好的黄柄螺丝刀趁钱乐熟睡之际捅入其后背,完事后,他处理好螺丝刀,放回衣服与手套,再放回瑾然的手套,若无其事地坐回自己的位子上继续淡定地玩手机。林元回来后,什么都没有发现。两人就这样陪伴在尸体左右。"

91. 破解迷局2

"哟,好吓人啊。"瑾然脸上露出惊恐的表情。

"是啊,挺恐怖的。"常远说。

"哦,还有,吴苏诚什么时候注意到我丢了的包啊?"瑾然问。

"大概就是我们那时要走,你急匆匆地去拿包。他那时候正好离你的那个位子很近,也许他看到了你丢的包,于是拉开来看了看，不巧看到了那双手套，心想之后也许有用。不可能是林元，他那时候正出来送我们。"

"他还真是仔细。"瑾然咕哝着。

"对了，你是从哪儿知道吴苏诚拿了瑾然的手套？"常远很好奇。

"指甲贴啊？你记不记得我约他们那天吃火锅和烧烤，陈佳谈到要不要做美甲，瑾然马上就说美甲对指甲不好，这时候吴苏诚插了一句话，他说了什么呢？他说干脆贴指甲贴吧。"

"我很好奇，他怎么会提起指甲贴，也许，那天在你的化妆包里看见了指甲贴，所以就不由自主地脱口而出了。"徐逸的思路还是很清晰的。

瑾然顿时恍然大悟。

"哦，原来如此啊。要不是他看过我的包，怎么会对指甲贴这么记忆深刻？"

"接下来，继续由陈佳和林元在里面搅局，反正钱乐一直趴着，也看不出来到底是睡着了还是死了，他们两人可以帮自己分散一点嫌疑，最后由莹萱和我回来，来见证钱乐的死亡，这样马莹萱谋杀钱乐的嫌疑就不会再有人怀疑了。两人搭伙杀人，分工明确，男的作案，女的制造不在场证明。此计甚妙！"

"我想不通啊，马莹萱怎么会和吴苏诚搞在一起？他们俩什么时候好的？"常远不解。

"这个故事要从很久以前说起，当然还要再涉及一个人。"徐逸继续卖关子。

"谁啊？"常远问。

"高佳妮。"徐逸回答。

瑾然和常远想不通了。

"这件事和她有什么关系？"

"所以我才要说，要从很久以前说起。高佳妮告诉我，她在大学期间认识了一个男人，他们爱得很深，可是那个男人伤害了她，最后无情地抛弃了她。而那个男人就是钱乐。"

顿时，瑾然和常远嘴巴都张大了，觉得不可思议。

"钱乐花心是出了名的，抛弃高佳妮也不是没这个可能。高佳妮因此在感情上受到了很严重的创伤，后来她遇到了吴苏诚，他们结了婚，可是心底的阴影依然存在。这也正是吴苏诚杀钱乐的动机之一，替自己老婆报仇。"

两人神色凝重。

"没人知道这段过往，钱乐现在的朋友基本上都是大学毕业之后认识的。"常远说。

"那，另外一个动机呢？"瑾然问徐逸。

"吴苏诚心里的女人并不是高佳妮，而是马莹萱。他从很久以前就喜欢她，但是似乎马莹萱对他没兴趣。后来，他知道她过得不好，钱乐动辄打骂她，外面还有女人，他怜惜她，旧情复燃，于是两人就在一起商量着怎么杀死钱乐。"

"没想到他们还有这一出，你听谁说的？"常远好奇地问徐逸。

"高佳妮，其实她什么都知道，他以为她不知道，她一直都在替他隐瞒所有人，包括在我们家吃饭的那一次。"

两人似乎都没有听懂。

"马莹萱上厕所前被我问到一些敏感问题后显得神色慌张，而当她上完厕所后我再对她施加压力，她可以说比之前应付自如了。你们怎么说呢？"

两人还是听不懂。

"原因在于她上厕所期间在阳台的吴苏诚发消息给她，大意让她保持镇定，不管我问什么样刁钻的问题，她都不能慌乱，让我看出什么。"

两人恍然大悟。

"所以高佳妮才会故意摔碎玻璃杯，为的就是阻止常远开卧室的门会看见吴苏诚可能正在给马莹萱发消息！"

"哦，我说呢？怎么那么不小心？我要去卧室了，它就碎了。

原来唱的是这一出啊。"

"而当我提到马莹萱躲到卫生间的时候，高佳妮的回答，耐人寻味。她说，她可能有什么重要的事情吧。她随口一说的话，已经告诉了我，马莹萱在卫生间里正在处理棘手的事。"

"真是国民好老婆，不仅维护自己的老公，还维护老公的情人。那么她知道吴苏诚和马莹萱杀了钱乐吗？"

"我只能说，她可能怀疑这件事是他俩做的。但是吴苏诚并不知道，他并不知道他的枕边人什么都知道却在他面前装做什么都不知道。"

"吴苏诚也有马失前蹄的时候。"

92. 破解迷局3

"是啊，那郑淑燕的案子又是怎么一回事？我本来还以为马莹萱杀了郑淑燕后，故意制造让我们当第一个到案发现场的时间证人。"常远说。

"这也没什么，我也曾经怀疑过，但是后来否定了。"徐逸说。

"那郑淑燕就是林元一人所杀？没有同伙？"常远又问。

"嗯，没有同伙。"

"动机呢？他不是很爱她的吗？"

"我也很疑惑，但是当我去了他的家之后，我就什么都明白了。林元借了高利贷，高利贷的人上门讨债，还用红漆写在他家旁边的墙壁上，连大门都被泼了漆。"

"他为什么要去借高利贷？"瑾然觉得不可思议。

"当然是为了满足郑淑燕贪婪的欲望了。"徐逸说。

"所以，她一再要挟他给钱，他没钱，就去借高利贷，最后把自己逼上了绝路，然而郑淑燕却只是利用他而已，所以他恼羞成怒杀了她。"常远根据这线索推测。

"差不多吧，大概就是这样，所以那天他吃烧烤时的那番话就都能对上了。而且他那天约我们出来吃饭，大概就是不想让我们看见或者知道高利贷的人上过门吧。"

这时，所有的人都恍然大悟。

"他是怎么杀郑淑燕的，我们大家都知道，重点就在郑淑燕约莹萱之前，林元就和她一起吃烧烤。也许那天林元提议给马莹萱打个电话摊牌，就是为了明天杀了郑淑燕把罪名栽赃给马莹萱。"

"林元真是有心计啊。"常远说。

"警察肯定是用监控来锁定林元的。"徐逸又说。

"哦，那么案子也都告一段落了。"瑾然总算松了一口气。

徐逸神秘地笑了笑。

"然而案子却并没有告一段落。"

"啊？"瑾然和常远一脸的吃惊。

"从哪儿说起呢？还是说说钱乐面前的那只气球吧。我听女服务员说，她们来包房收拾餐具的时候，林元和吴苏诚都在，那时钱乐的面前并没有摆放着这只气球，这是怎么一回事呢？根据时间和口供，这时候应该是马莹萱在电梯口送客人，而陈佳还没有从洗手间里出来的时候。此时，吴苏诚已经杀死了钱乐，林元并不知晓。二人和尸体共处一个房间。但是林元却不小心碰洒了餐渣，他低头去捡，撩起了桌布，看见了瑾然椅子底下的那个化妆包，所以他百思不得其解，因为他之前把钱斌的气球藏在桌子底下的时候，桌子底下是空的，怎么无缘无故多出个化妆包来了呢？因为之前瑾然匆忙走后不小心掉在桌子底下的化妆包被吴苏诚捡了之后藏了起来，用里面的手套杀好人之后，吴苏诚又把包给放回原处了。"

"原来如此，难怪林元怀疑吴苏诚。"常远想事情的经过完全符合之前林元对吴苏诚的态度。

"我也在想呢，他干吗老跟他过不去。"常远又说。

徐逸刻意停顿了一会儿，为的就是希望常远能找到关键点，不过常远也并没有让他失望。

"哎，那只气球是谁放的？不是吴苏诚？"常远问。

徐逸笑了笑，这个案子另一半的关键点出现了。

"那只气球是林元放的。"

二人呆若木鸡。

"林元放的？他掩护吴苏诚啊？不对啊？"常远越想越觉得说不通。

"他们不可能是一伙的。"

"林元的确和吴苏诚不是一伙的，因为吴苏诚和马莹萱是一伙的。"徐逸说。

"对啊，我们都知道啊，那怎么那么诡异？"

93. 破解迷局4

"因为林元也是杀害钱乐的凶手。"徐逸神情严肃地说道。

他刚一说完，二人不约而同都震惊了。

"钱乐不是马莹萱和吴苏诚合谋杀死的吗？怎么林元也变成凶手了？"常远十分震惊。

瑾然也十分震惊。

"是，没错，吴苏诚的确从背后捅了钱乐，但是钱乐并没有死，而林元才是致命的一刀。"徐逸的眼中放出冷光。

"这我就听不懂了，是你猜测的吧。"常远想不通。

"在事实的基础上进行猜测，但是八九不离十。"徐逸面无表情。

"那你的意思就是说，林元知道吴苏诚杀人，但是他不动声色没有声张，后来和钱乐单独在一起的时候，发现他居然还活着，最后补刀？"

"对，差不多就这样。"

"那简直太神奇了！林元单凭化妆包怎么就知道吴苏诚杀人了？是不是太不可思议了？"常远惊呼。

"那就能解释那只气球的事了。吴苏诚杀完人后，并没有放气球，气球是后来放上去的，是林元杀完人后放上去的，为的就是掩饰钱乐的死状。"

"徐逸，有没有可能是吴苏诚放上去的？"常远想不通。

"如果是他放的，且先不说，万一有人注意到那就穿帮了。之后，陈佳出去，林元放上去，后来吴苏诚回来，只要林元不说，陈佳和吴苏诚都不会知道这气球是谁放的。当然，这个证据也不是最关键的。最关键的证据就是，指纹。林元和钱斌玩的时候，指纹沾到气球上了，如果吴苏诚再碰，这气球肯定会沾上他的指纹。而所有的人都知道，吴苏诚今天根本没有碰过气球，这就是最大的疑点。当然，如果吴苏诚没有注意到这点，我还是有证据证明气球不是他放的。"

"什么证据？"常远问。

"这气球只能是林元放上去的。只有他不怕吴苏诚，因为他知道吴苏诚杀了钱乐，即使有人注意到，可以栽赃给吴苏诚，而他则是隐藏在马莹萱和吴苏诚背后真正的凶手，只要有这两个人给他当替死鬼，他根本就不用愁自己会暴露。"

"没想到钱乐之死的背后真相竟会如此复杂，我们都以为凶手只有一人，没想到有三个。"瑾然惊呼。

"是啊，我也没想到。"常远也感叹。

"不只你们，刚开始的时候，我也以为凶手只有一个，还想快点破案，没想到郑淑燕又死了，这案子成了案中案。"徐逸说。

"的确是案中案，一环扣着一环。"常远说。

"林元是不是也太神奇了？怎么就知道人是吴苏诚杀的呢？而

且好像也知道马莹萱和他是一伙的，不然你问话的时候，他也不会故意暗示马和吴可疑，是凶手啦。因为他早就知道了呗。"常远提出疑问。

"你提的问题没错，林元的确没这么神奇，他根本不是钱斌生日那天才知道的，他已经知道很久了，但是他没有声张。"徐逸回答。

这下，瑾然和常远都犯愁了。

"常远，你记不记得瑾然有次吃醋说，我和莹萱有一腿？"

"对啊，是有这么一回事，那次我们一起去的莹萱家。"

"那她是怎么知道的？"

常远想了想。

"她……偷听到了你和莹萱的话。"

随后，常远越想越不对。

"哦，我知道了，林元肯定在莹萱家阳台下面偷听到了莹萱的话。"

"那天晚上，林元去马莹萱家借钱，正好莹萱和吴苏诚在阳台上大概在谈怎么杀死钱乐的事吧，正好被林元偷听到，于是将计就计，马莹萱家住二楼，阳台边正好是过道，又栽有浓密的树木，天一黑，谁从那面路过都不会看到。"

94. 破解谜局5

"啊，林元早知道他们的计谋，竟然不动声色，没有声张，钱乐如愿被杀后，他以为这件事就这么了结了，却没有想到钱乐居然还活着，于是他补了一刀，也就是这一刀，是最致命的，直接导致了钱乐的死亡。"常远继续推。

"应该说他栽赃到了吴苏诚的身上。林元知道了吴苏诚所有详细的计划,知道黑色手套,知道黑色大衣,当然也知道黄柄螺丝刀,而瑾然的那副手套却在计划外,他也是到现场才知道。当他藏斌斌气球的时候,桌子底下什么都没有,而当他碰洒了餐渣去捡的时候,他发现原本桌底空无一物的地方突然又多出来一个化妆包,他当然疑心这个包和吴苏诚之间肯定有什么千丝万缕的关系。他首先打开化妆包,发现里面只是些化妆用品和指甲贴什么的,还有一副手套,所以他大概想,吴苏诚是想套两副手套,这样指纹什么的就保险检测不到了吧。当他发现钱乐还活着的时候,于是他从毛血旺的汤里把螺丝刀捡了出来,用湿面巾擦干净,先套上瑾然的手套,最后又套了马莹萱为吴苏诚准备好的手套,朝钱乐的背后又补了一刀,完事后,再次把螺丝刀扔回原处,黑色手套和黑色大衣放回原处,同样把瑾然的手套也放回原处,把气球放在钱乐的面前,安心地把杀人的罪名栽赃给吴苏诚。而吴苏诚则浑然不知,其实他杀钱乐的时候,钱乐并没有死,被抓之后,大概也会了解这一切,却没有想到会替林元把所有的一切都揽了。"

"好计谋啊,真是惊心动魄!"常远惊呼。

"真是完全没想到这高深的套路。"连瑾然也跟着惊叹。

"这一场谋杀案牵连到了三个凶手,注定一波三折,丝丝入扣。"徐逸长呼一口气。

"钱乐到死都没有想到吧,竟然有三个人意图要害他,而且他还被捅了两刀。"常远感慨起来。

"我还没说完呢。"

"当吴苏诚提到指甲贴的时候,林元在一旁附和,我就能判断他肯定也翻过瑾然的包,不然瑾然回来取包,包怎么就在他身上。这里面需要提到几个细节。当我在包房现场问吴苏诚有没有看见谁接近过钱乐时,他的眼神不自觉地看向林元,而同时林元也在看他。这是怎么一回事呢?吴苏诚在包庇林元,之后我询问吴苏诚话的时候，他再次包庇他。你肯定会问我，吴苏诚和林元不是一伙的，他干吗要包庇他？真相就是，即使他不想包庇，他也要包庇。你肯定又会听糊涂了。明明不是一伙的，干吗要这么义无反顾？他当然要义无反顾了，因为帮他就是帮自己。吴苏诚抽好烟回到包房，他看见了林元在钱乐那桌翻瑾然的包，我猜林元可能正在把手套藏回去，所以吴苏诚很害怕，因为他就是套着瑾然的手套杀的钱乐。如果他说出他看见的一切，警察自然会把疑点集中在林元身上，当然也不会放过那只化妆包，所以他当然没那么傻，自然会一辈子包庇着林元，这下就没人知道化妆包的故事了。"

"天呐，真是惊心动魄啊！这个杀人案拍成电影肯定能轰动，案中有案。"常远惊呼。

95. 破解迷局6

"我每次问吴苏诚怀疑对象，他总说马莹萱，一方面可以和她形成对立，撇清和她的关系，另一方面我们都知道马莹萱没有作案时间。他总是这么把她抛出来，只会更加洗清她的嫌疑，一旦不在场证明坐实了，以后就不会有人再怀疑她了。这肯定是吴苏诚想出来的主意，为的就是如果出了事，一切都由自己顶着。老实说，我觉得他挺有担当的。"徐逸侃侃而谈。

"再有担当不也坐牢了吗？"常远问。

"他那一刀不是致命的，钱乐并没有死，但是故意杀人罪肯定逃不了。"

"好可惜哦。两个人就这么完了。佳妮还要为他守活寡，他出来后，还能生宝宝吗？"瑾然露出一副惋惜的样子。

"他出来后，还会不会和马莹萱在一起还是个问题。"常远说。

"纠缠不清的男女关系。"徐逸说。

"而林元，也希望水越搅越混，所以说出他回包房的时候，看见陈佳在翻莹萱的包。之前，他替她隐瞒，而我当时在钱乐被杀的现场问林元话时，陈佳非常警惕地盯着我们看，也许怕林元说出他看到的一切吧。至于陈佳，这个案子从头到尾和她一点关系都没有。她只是嫉妒马莹萱过得好罢了，就像她说的，穿得好，吃得好，用得好，她心理不平衡，手脚不干净，偷了她的一点东西而已。而她嫉妒她的另一重要的原因就是马莹萱生了个儿子，自己则是个女儿，所以婆婆对她不满意，丈夫也经常晚归，自己在家中地位也不稳，不然也不会每次都点赞钱斌的照片。她心里的苦大概只有她自己知道。但是这次马莹萱出了事，我看她似乎很得意啊。终于可以明目张胆地猖狂了。"徐逸又说。

"你要说吴苏诚和人搭伙，想想也只有马莹萱了。林元有郑淑燕，陈佳又这么爱顾杰，还给他买内裤。而马莹萱和吴苏诚关系如果不好，也不至于跑她家里，结果被林元偷听到了他们的谈话，你们说是吧？"

"聪明反被聪明误，棋差一招。"常远说。

"而当我查郑淑燕之死的时候，吴苏诚则说钱乐是林元杀的，而郑淑燕则是马莹萱杀的。他非常狡猾和聪明，他明明就知道郑淑燕不可能是马莹萱杀的，他这么一说，还是把她给抛出来，一旦证实她无罪，她就最先洗白了，用的还是杀钱乐那一招。"徐逸继续说。

"是啊，但是他做梦也没想到，钱乐最终是林元杀的，自己则成了他的保护伞和挡箭牌。"常远说。

瑾然却有些闷闷不乐。

"你怎么了？"徐逸问她。

"好难过啊。"瑾然心情沉重。

"那也没办法，毕竟我们没有力量阻止犯罪。"徐逸安慰她。

"但是每次看见你把案子给破了,我就特别开心,徐逸你好棒啊!"突然之间,瑾然兴致高昂,又对徐逸崇拜得五体投地。

而徐逸也不知该如何回应,尴尬地笑了笑。常远再次嗤笑瑾然,瑾然不开心,找徐逸来理论。

整个家,又恢复到往日的氛围了。

谜中谜

MI ZHONG MI

最后的留言

1. 生活依旧

4月份瑾然生日那天，常远请他们俩到酒店的自助餐厅用餐，享受巧克力蛋糕和烟熏三文鱼的美味。

"这里的牛排一点儿也不好吃，薯条勉强。"徐逸抱怨。

"饮料就是碳酸饮料，鸡翅还行。"瑾然接下去说。

"我说，你们行了没有？人均260元，钱是我出的，你们别扫兴好吗？"常远不高兴了。

"看得出来，常远对你是真爱。"徐逸对着瑾然窃笑。

瑾然无动于衷。

"大家朋友一场，平日里有什么磕磕绊绊的，也是正常，今天当我赔礼道歉。"常远难得一本正经的样子。

瑾然故作姿态，也不发表言论。

徐逸在吃生蚝。

"话我就不多说了，瑾然生日快乐。"

瑾然的面前放着一只巧克力蛋糕，她暗自高兴。

"把这杯干了，就是兄弟。"徐逸说。

"好！"常远一口饮尽。

夜幕深垂，三人用完餐后，徐逸、瑾然和常远告别，两辆车向不同方向奔去。

钱乐和郑淑燕的案子结案之后，常远就回到自己的住处了。

徐逸也开始了新的生活，和瑾然蜗居在小小而又温馨的家。

其间，王智也曾发来消息，徐逸、王智两人也一直保持着比较好的关系，话题自然离不开尤熙梦，王智说她现在几乎已经把他当自己人了，即使没有完全接受，做个备胎他也心甘情愿。徐逸还是笑他，沉迷于美色，不务正业，几年来如一日地爱她。每次王智总是打趣地说，你不是有瑾然吗？徐逸总是甜在心里，说那个小姑娘长不大，和她在一起全靠哄，任性撒娇脾气大，偶尔作作。王智回复他，不是挺好的吗？说明她在意你，小作怡情。然后两个人都哈哈大笑。兄弟俩每次在一起，都交流感情心得，早已当对方是自己人。

徐逸正常上下班，如果有空，他下厨做饭给瑾然吃，因为瑾然老早就抱怨了：为什么每次都是我做饭给你吃？像个老妈子，手都变皱了。

生活就这么慢慢地过去，转眼之间，已经 5 月份了。

徐逸住的六层普通建筑，一层两户，01 和 02 室正好对门，没有电梯，一楼有绿色的大门和门禁系统，电表在一楼。徐逸借的是 402 室。

这一片区域的房子在 20 世纪 90 年代建成，如今很多原有住户早已搬离，剩下的房子全都出租，所以小区人员混杂。

徐逸这一栋楼，只有 401 室、501 室、502 室是原有业主，其他的早已出租。

徐逸对门的 401 室是一对 80 岁的高龄老夫妇，501 室是一对 60 多岁的老夫妇，502 室住着一位老爷爷。那位老爷爷叫孙守昌，84 岁，有点文化，家中有电脑，也有藏书，平日里没事做，要么上棋牌室搓搓麻将，要么在家里看看书喝喝茶，打发一下老年时光。他有两个女儿一个儿子，平日里也会来看他，外孙早已成家，偶尔带着儿子来看太外公。

徐逸和街坊邻居的关系都搞得很好。一些老年人在一起谈话，他也会过去听，并且插个嘴。

402 室是在右手边，进门后，最先看到的是一间很小的客厅，一张正方形的桌子和几个椅子，对面就是一张长长的沙发，门口右面就是一间狭小的厨房。再往里走，往右拐，客厅的左侧是一间正方形大小的卫生间，客厅通向一间比较宽敞的卧室，一进门靠左手墙壁就是一张大床，床边是床头柜，床头柜旁边林立着一个大衣橱，电视柜正对着客厅，电脑桌在卧室的右侧。再往里走，便是一条窄窄的阳台，阳台左侧最里面是徐逸的小书橱。晒衣架不像现在都是收缩的，老旧式的晒衣架，长长的延伸出去，还要吊着固定好，长年累月，已经有点被腐蚀了。

2. 世界名著

周六的时候，徐逸闲着无聊在小区里闲逛，瑾然去参加聚会了，逛着逛着，走到棋牌室的窗口了。徐逸往里看，看见了孙守昌，老爷子搓麻将玩得不亦乐乎。他正想继续走的时候，孙老爷子看见了他，赶忙招呼他进来。

"徐逸，来，进来看看。"孙老爷爷招了招手，徐逸也就不客气了。

棋牌室里都是一些上了年纪的中老年人在搓麻将，三五六桌，一些中年男人抽着烟，房间里烟雾腾腾的，徐逸感觉不适，咳了几下。

正好这局结束，孙爷爷也不打了，把徐逸拉到一边，坐在沙发上，两个人闲聊。

孙爷爷1.72米，皮肤黝黑，大鹅蛋脸，白发苍苍，有些微秃。

"你上次的案子，还没给我讲完呢。"孙爷爷笑呵呵地看着徐逸。

"我希望身边这种案子越少越好，总觉得自己离死神很近。"徐逸却不敢苟同。

没想到孙爷爷却笑到牙齿露出来，大门牙又黄又脏，还掉了一颗牙。

"要么作为交换条件，我借给你几本书？"

"什么书啊？"

"文学方面的。"

"我有啊，有很多啊。"

"说来听听。"

"罗曼·罗兰、茨威格、雨果还有大小仲马，等等。"

"哦，你是喜欢批判现实主义还是浪漫主义啊？"

老爷子这么一问，徐逸也不知道该怎么回答，他对世界文学的流派并不是特别了解。

"我看的最多的批判现实主义是莫泊桑的短篇小说吧，浪漫主义是雨果的《笑面人》。"

"为什么不看《悲惨世界》？"

"电影我看过，小说没看过。连姆·尼森饰演的冉阿让震撼到了我。"

"你看的应该是新版的吧？"

"嗯，旧版的看过一点点，形象方面没有尼森好。连姆·尼森高大威猛，相貌英俊，很适合冉阿让光辉的形象。"

"成就世界名著的作家也不止这几位。"

"嗯，法国的福楼拜、英国的王尔德、美国的杰克·伦敦、德国的施托姆、俄国的契诃夫、日本的芥川龙之介，各有千秋。"徐逸笑得很开心。

"中国古典著作喜欢吗？我可以借你几本古书。"

"这……"徐逸犹豫了一会儿了，其实他更喜欢推理类小说和科幻类小说，或者军事类和历史类的读物。

"您有《官场现形记》和《铁道游击队》吗？"徐逸问。

只见孙守昌露出一副不可思议的样子。

"好小子，喜欢这类书！有！我一直都在家，你要来敲我家门就行。"

"好。孙爷爷,您对科技类的还有心理学方面的书感兴趣吗?我这里有很多,要不我也借你几本?"

孙爷爷想了想。

"好啊,我们交换着看,你到我家,我还能听你继续把案子说完。"

两个人笑得乐呵呵的,一拍即合。

瑾然的聚会下午就结束了,回到家后,两个人依偎在一起,聊聊天,徐逸拨弄着她漆黑如夜的秀发,她就趴在他的大腿上,像个小猫一样享受着他的爱抚。

两个人懒洋洋地粘在一起。

"晚上吃什么啊?"瑾然百无聊赖地说。

"你就知道吃,都快变成白胖糕了。"徐逸逗她。

没想到瑾然一下子直起身子来了。

"啊?我胖啦?"

"没,只是提醒你别老惦记着吃的东西。"

"你想去旅游吗?我们抽空一起去?"

"好啊。"

"改天我带你去楼上孙爷爷家吧,你没事也挑几本书看看吧。"

"你不是有很多书吗?我都不想看。"

"他那里都是老古董,我特别感兴趣。"

"新的书不感兴趣,喜欢旧的?"瑾然想不明白。

"书越旧越有价值,你不懂的。"徐逸毫不客气地说了她一句。

没想到瑾然真的生气了。

"我怎么不懂啦?你觉得我没文化啦?"

她觉得自己很委屈。

"他那里都是中国古典文化著作,修身养性的,你应该多品品,才能提高自己的层次。"

没想到瑾然埋怨了他几句。

"说来说去，就是嫌弃我，嫌弃我层次低。"

"我哪有啊？我是觉得女孩子除了穿衣打扮，吃喝玩乐，精神世界也要充实。多读点书，总是好的。"

"好了，好了，我听你的。"

"孙爷爷为人和蔼，你们会成为好邻居的。"

徐逸继续抚摸她柔软顺滑的发丝，两人打情骂俏，甜蜜情话，滔滔不绝。

3. 潘多拉的魔盒

"你居然能看出邓洁和石磊是一伙的？"孙守昌有些赞赏地看着徐逸。

"其实也没什么，只是他俩说的话吻合度很高，看着就像搭档来着。"徐逸回答。

"从尤熙梦的眼神推出她关于石磊有难言之隐，你也是很棒的。"

"当时，只是我问她话的时候，她正好看了看石磊，我当时就觉得很蹊跷，这个问题和石磊又有什么关系？直到后来，案情慢慢明朗化，我才大胆推测卸妆液是石磊放的，为的就是栽赃陆文彦。"

"哦，然后你又从瑾然在楼下偷听到了你和马莹萱的对话，从而推测出林元来借钱的时候也正好偷听到了马莹萱和吴苏诚的全盘计划！而吴苏诚之所以隐瞒林元翻过瑾然化妆包的实情，也是为了不想让人注意到化妆包内藏着他作案用过的手套。哦，真是让我长见识了。徐逸，好样的。"

孙爷爷这么夸徐逸,徐逸不好意思地笑了起来。
而瑾然却在阳台里望着那些古书一筹莫展。徐逸走了过去。
"你倒是挑啊?怎么一动不动地看着?"他催促她快点。
谁知瑾然却噘起了嘴。
"都是旧书,我不感兴趣。"她倒是实诚。
没想到徐逸又数落起她来。
"让你多读点书,你就犯死相。"
瑾然却生气了。
"你老是这么说我!我只是不喜欢这类书罢了,我只喜欢看言情小说。"
"没有言情小说,挑些国学的书看看,陶冶一下情操也好。"
"我不喜欢。"她显得有些为难。
随后,他和她一起回到大卧室里。
孙爷爷的书桌上放着徐逸借给他的科技类和心理学方面的书籍。而徐逸借走了《官场现形记》和《铁道游击队》。
"谢谢你啊,孙爷爷,我们走啦。"
"啊,不要紧,以后常来啊。"
热心肠的孙爷爷把徐逸和瑾然送到门口。
两人从五楼走回自己家所在的四楼。

午后的阳台更加温暖,阳光中的尘埃仿佛在跳舞般欢呼雀跃。徐逸和瑾然在爱的小巢里努力耕耘着自己的爱情。
小区里一片生机勃勃的生活气息。
而徐逸也对未来充满了信心。

时间很快来到 6 月下旬。
徐逸和瑾然依旧如胶似漆。两人有事没事一起散步逛街,时常相拥坐在沙发上说着肉麻的情话,或者睡觉的时候脸对脸抱在一起甜蜜地亲吻。

甜美的爱情，山盟海誓，仿佛让人看到了永远。然而，黑暗中的死神却一直如影随形。

自从徐逸打开了潘多拉的魔盒，身边的死亡就一直接二连三地发生。

凌晨两点，孙守昌做了一个梦突然惊醒，觉得有尿意，于是起身去卫生间排尿。他睡眼蒙眬，但听力还算正常。在卫生间的时候就仿佛听到外面有一阵骚动，因为卫生间靠顶的边上有个小窗户正好对着五楼的走廊。他也不知道发生了什么事情，于是从大门猫眼里往外面张望了一下。

突然，他神色惊慌起来。

第二天，正好休息日，常远来找徐逸玩，三人一起逛附近的商场，商量着午饭吃些什么。孙守昌心情低落了好长时间，一直担心焦虑，不知道该怎么办才好，当他犹豫不决的时候，正好在阳台上看到了徐逸三人结伴而行，他决定要去找徐逸，把事情和盘托出。

他的表情越来越惊恐，感觉后面有什么人在追他似的。他在徐逸后面一直叫着他的名字，可是距离太远，徐逸和二人有说有笑，根本听不到他在后面叫什么。孙老爷爷的心跳开始加快，血压急速升高，他的呼吸频率越来越快，开始气喘吁吁。

4. 死亡信息

一辆货车在马路上疾驶而来。

孙老爷子也顾不得那么多，他还没来得及左顾右盼，一心只想快点让徐逸听到自己在叫他，他有重要的事要告诉他。

只差一条马路了，过去了，就能追上徐逸。

绿灯要开始跳转到红灯了。

大货车准备加速闯过去。

孙老爷爷的注意力只在前方的徐逸这边。

他过马路。

死神如影随形，摆脱不了，亦无力摆脱。

准备闯灯的大货车把孙老爷爷"嘣"的一声撞倒在地。

徐逸三人才刚意识到身后有人出了交通事故，好管闲事地跑过去看了看，却发现孙爷爷倒在血泊中。徐逸很震惊，他蹲下身子，孙爷爷却口吐鲜血，颤抖的手一直在比画什么，嘴唇微微翕动，仿佛要告诉他什么。可是徐逸不管这些，他只想怎么救老爷子，赶忙让常远打120，瑾然打110。

"孙爷爷，不要说话，救护车马上就来了！"

可是孙守昌根本就不听他的，还是一边大口吐血，一边变化着嘴型，场面很血腥很惨烈。

徐逸听不清楚他在说什么，把耳朵凑过去仔细地听。

"红……与……黑……"

红与黑？当徐逸终于听清楚是"红与黑"的时候，孙爷爷已经气绝身亡了。

闯了祸的货车司机也没逃逸，已经从车厢里出来，积极配合调查。

而徐逸想起刚才孙爷爷那惊慌失措拼了命也要吐出的死亡信息，一头雾水。

他觉得很奇怪，孙爷爷应该是急着来找他，没注意到要闯灯的货车而被撞身亡的吧，而他口中吐露的死亡信息到底暗藏了什么真相？

徐逸不得而知。

救护车赶来正好收了孙爷爷的尸，货车司机也被警察带回去调查。孙爷爷的家人已经联系到了，他们一面为他安排后事，一面和货车司机打官司并商量赔偿事宜。

只是一起交通意外。

孙爷爷走后，每天徐逸都这么安慰自己，这是一起交通意外。可是天性多疑又爱管闲事的徐逸始终不能用这么一个漏洞百出的理由来让自己信服。

这只是一起简单的交通意外。

这只是一起简简单单的交通意外吗？

从刚开始不愿接受，到后来的逐渐质疑，徐逸不住地想，孙爷爷到底有什么急事，非要追到大马路上来告诉自己？当他快死的时候，他的表情，他一直比画着的手，他不停翕动的嘴唇，徐逸直觉，这里面肯定有什么问题。

孙爷爷拼死也要和他说的话，肯定是什么大事。

而目前掌握的唯一线索。

只有"红与黑"。

一向酷爱文学的孙爷爷平日里谈论《红与黑》倒没什么奇怪，为何临终也要吐露这三个字，到底隐藏了什么秘密？

徐逸摸不着头脑。

《红与黑》是法国批判现实主义作家司汤达最著名的作品。而这本书和孙爷爷要告诉自己的话之间又有什么联系？

一头雾水，始终茫然的徐逸，觉得前方一片迷茫，迷雾重重，看不清前面的路。

而想要知道真相，唯有揭开一个又一个谜团。

摆在他面前的事，似乎又是和以前一样的任务，过五关斩六将，才能定乾坤。

而经历了三起命案的徐逸，又是否能接招，并且很顺利地过关呢？

常远今天被徐逸强行留了下来，徐逸又逼迫他给他灵感，可是常远似乎对破案的事始终不感兴趣，如果有什么特别吸引他眼球的东西，他也许会插一脚。

"你有没有觉得孙爷爷的死很诡异？"徐逸煞有介事地说。

"别再疑神疑鬼的啦！他确实是被撞死的，是个交通事故，不是被谋杀的，你不要老是觉得有人死就一定是被谋杀的！"常远吃不消徐逸。

就连瑾然对孙爷爷的死也没疑问，觉得常远的话没问题，不禁有点心疼徐逸，心疼他老是神经紧绷着。

"瑾然，你快去安慰你男人，他需要你的关心，不然早晚会出问题。"常远觉得徐逸有问题。

"乍看之下，他的死是没有什么疑问，但是我老觉得……"徐逸依旧谨慎和多疑。

"徐逸，我做百合绿豆汤给你喝吧？"瑾然对徐逸笑笑。

"可以，给他压压惊，看他现在这样，每天生活在高压之下，不垮才怪。"常远说。

可是徐逸始终坚持自己的观点，觉得孙爷爷的死很有问题。

瑾然安慰他，让他多休息。

尽管如此，徐逸觉得如果是个疑问，那他就一定要把这个疑问给解开才能安心。

5. 司汤达

餐桌上，徐逸仍在琢磨这个问题，"红与黑"到底是什么意思？

"不会指的是司汤达吧？"常远一边喝绿豆汤，一边回答他。

"那凶手是司汤达？"徐逸反问。

"那……我就不知道了。"

"瑾然？"徐逸问瑾然。

"我不知道啊，也许凶手是司汤达吧。"瑾然说。

"笑话！早入土为安的法国文豪怎么就成了凶手？"

"这我就真不知道了，也许孙爷爷是另有所指吧。"瑾然回答。

刚说完，她就喝了一口，觉得实在清新爽口，不禁佩服起自己的厨艺来。

"你们有在听我问话吗？"徐逸显得心烦意乱。

"有啊。"常远很随意地回答。

"帮我想想吗？"徐逸哀求着。

"我实在无能为力啊，仅仅凭着司汤达，实在想不出什么东西来。"

这下，徐逸有点失望了。

等到了孙守昌家人给他办丧礼这天，徐逸和常远拿出了1000元白钱给对方儿女，这下才得以进了家门，以及可以喝白事酒。

"这探个案价格够贵的！"常远有点牢骚。

"你不给钱，人家能让你进家门？"徐逸反问常远。

两人借口来还书，站在阳台上，看着那些旧书。徐逸开始思考问题。

"这些书里面肯定有《红与黑》。"徐逸振振有词。

"那就一起找吧。"常远说。

两个人假模假样地站在阳台上找书看，实则在找证据。然而一边找，一边眼神还要瞥瞥里面，看看有没有人注意着他们俩，怕惹出动静来，不敢动作太大。

"没有啊？"常远有点疑惑。

徐逸也没找到，有点急了。

"怎么会没有？再找！"

两人又开始忙活。

"真是没有！我感觉我们上套了。"常远有点怀疑。

"上了孙爷爷的套啊？他都走了，套我们干吗？"徐逸不相信。

"那怎么会没有这本书？"

徐逸想了想。

"不必找《红与黑》，找司汤达。虽然我并不知道他为什么不直接告诉我他要告诉我的东西，但是《红与黑》是司汤达写的，两者之间有非常紧密的联系。也许，虽然我不知道原因，我猜他也许不方便告诉我司汤达，所以拐了个弯，说'红与黑'。现在把这书橱里所有司汤达写的书都找出来。"

两人又开始翻找起来。

"奇了怪了，有很多世界名著，还有中国的一些古典文学，法国作家有很多，但是偏偏没有司汤达，这怎么回事啊？"

徐逸想不通了。不仅连徐逸想不通，常远也想不通。

"你要是觉得累，去卧室里坐坐吧，顺便给我打打掩护，我还要再找找，今天如果找不到线索，以后我就找不到借口来他家了。"

"好。"常远应允。

于是常远若无其事地回到卧室坐到电脑椅上了，徐逸则继续心急火燎地找书。

突然，他看见一本绿皮书，拿出来看了看。

《世界文学家大辞典》，1988年1月第一版。

他马上就来了灵感，心想这里面也许会有司汤达，于是他翻了翻，终于翻到第100页法国作家那一栏，试图从所有法国作家名单里找到司汤达，但是一遍又一遍，一次又一次，最终失落起来。

1988年版的文学辞典不可能不收录司汤达这个大文豪！但是为什么就是没有？徐逸不禁焦急起来。

原本以为进入孙爷爷家就能找到线索，现在却被困于思维的死胡同。徐逸问他们借了这本书，下次又有借口还书再去他家寻找真相。

"瑾然，帮帮我呀！"徐逸很烦恼。

"哎，我也想帮你，但是……我脑子不够用啊。"瑾然觉得心有余而力不足。

"常远？"

"别来问我，我也不知道。"常远正一门心思玩游戏。

"我是让你来玩游戏的吗？我是让你帮我想办法，我们之前已经合作多次了，你要像以前一样给我灵感，懂吗？"徐逸有点咆哮的样子。

可是常远压根就不在意他，一副无所谓的样子。

徐逸也拿常远的厚脸皮没办法，只能言归正传。

"我发现一件很奇怪的事，这本绿皮书里根本就没有收录司汤达这个蜚声世界的大文豪，你们有没有觉得很不可思议啊？"

"这有什么不可思议的？这本辞典老了。"常远满不在乎地回答。

"老了？1988年的辞典根本不可能不收录的好吧？司汤达是19世纪的法国作家好吧？"

"确实不应该啊，对于这么一位著名的作家，是不是有其他什么理由啊？"瑾然也跟着思考问题。

"你百度一下吧，看看有什么线索吗？去看看他的百科，也许会有线索。"常远给了建议。

徐逸觉得说得有道理，于是就上网查看百科，以及看看有没有其他的什么线索，结果，忙活了半天，依然毫无收获。

"算了，现在养精蓄锐，让我再想想，过几天再战。"徐逸有点泄气地说。

6. 译名

下班回到家，徐逸又打开电脑，查询有关司汤达的信息。

"你说会不会是翻译的问题?"徐逸问常远。

"有可能,80年代和现在的翻译水平不一样。"

徐逸想了想,从书架上拿出一本1995年版的蓝皮现代汉语词典,他拿出了纸和笔,开始查阅了起来。

他用心地用笔记录,过了一会儿,徐逸把纸拿给常远看。

斯汤达。思汤达。丝汤达。

"我想了想,有可能有这三个译名。"徐逸很淡然地说。

然而常远的注意力全都集中在那本老旧的现代汉语词典上面。

"哇,1995年的?老古董啦?"常远一脸吃惊的模样。

"哎,你别管老古董不老古董,你说我说得对吗?"

"对,绝对有道理。现代汉语词典不断地再版,是否会有新字被收录?"

"会有新词,但绝对不会有新字。文化再怎么更新换代,文字传统总要保留。"

然后,徐逸笑呵呵地又打开那本绿皮书,找寻有可能的三个名字,结果却大失所望。

"还是没有吗?"常远问。

徐逸又焦虑起来。

"哎,我已经经不起折腾了。"

这时候,瑾然洗好碗从厨房里走了出来,手里拿着一盘切好的西瓜瓤,上面插着牙签。

"吃西瓜喽!"她还吆喝着。

可是常远和徐逸根本就没心思,还在研究着译名。

"怎么了?"她问。

"我们还在研究,到底是不是翻译的问题?"徐逸随口一说,头也没抬起来。

"翻译的问题?香奈儿2004年的时候翻译为夏奈儿,也许的确是翻译的问题。"那年还在读书也关心时尚的瑾然对这一译名印象深刻。

她这么无心地一说，反倒让徐逸有了新思路。

"是啊，的确，翻译的问题。"徐逸自言自语。

他又开始上网查阅司汤达的百科和其他资料。

突然，他有了新的发现。

"有了！司汤达，又译斯丹达尔。瑾然没有说错，完全是翻译的问题。80年代翻译为斯丹达尔，而之后才译为司汤达。"

徐逸异常兴奋，开始查阅词典。

"找到了！"

"102页法国作家栏，斯丹达尔。翻到1546页。"

三人头凑到一起。

等徐逸翻到1546页的时候，看到那页下方赫然出现一行用蓝色圆珠笔写出来的字。

"从我写字桌正下方那只抽屉里找到一只蓝色外壳的优盘，然后打开它。"

三人一下子就傻了。

"也许没那么简单，不然他也不会拼了命要找我，我现在反而感觉到事态的严重性。"

瑾然不可思议地看着徐逸。

"我这么说当然是有理由的。他有什么事情不能直接说，偏偏要这样故弄玄虚，所以我才会怀疑。"

两人听他这么说，也觉得说得很有道理。

"楼上还有人吗？"徐逸问常远。

"不知道啊，他女儿哭得可伤心啦，这几天大概都有人守夜吧。"常远回答。

"那我们上去看看，找到那只蓝色壳子的优盘？"

"好。"

"瑾然，你在家等我们。"

7. 优盘

两人走到四楼半，常远用力蹬地，希望能触发五楼的感应灯，但是灯根本没亮。

"现在的物业都只收钱不干活。"常远抱怨了两句。

"这有什么？楼下也有。"徐逸回答。

徐逸和常远借口来还书，和孙守昌大女儿大女婿打了个招呼，于是到大卧室里去了。常远为徐逸打掩护。

"我听说家里办丧事，这厨房的方位也是有讲究的。"

孙爷爷的女儿和女婿被常远唬住了，三人走到厨房里去了。徐逸迅速打开大抽屉，从里面找到了那只蓝色壳子的优盘。

就在常远使出浑身解数糊弄两人的时候，徐逸走到厨房里。

"你是研究风水的？"徐逸虔诚地问常远。

"这房屋的风水是有讲究的，你就不懂了。"常远一脸认真。

"给孙爷爷上炷香吧，书我放好了。"

于是两人先后给孙爷爷上完了香就下楼了。

在家里打开优盘的时候，徐逸看到里面有两个文件夹，一个放置了孙爷爷平日里写的文学评论和散文，还有一个文件夹里面有个文字文档，打开来看，却是空的。徐逸疑惑了起来。

"怎么会这样？怎么是空的？"常远问。

徐逸也非常地疑惑，他想了一会儿，看了一下那个文档的最后修改日期。

"这个空白的文档最后修改日期是他出事的那天早上。那就没问题了，这个文档里面一定隐藏了东西。"徐逸说。

"空白的，怎么隐藏啊？"常远不明就里。

"就是因为它是白的，所以好隐藏啊，黑的，不就藏不起来了吗？"瑾然插嘴。

"好，我懂了。"徐逸回答。

瑾然的意思，徐逸很好理解。就因为白色太干净了，所以没办法隐藏东西。那么，哪个人看到这文档是空白的，也就死心了。而徐逸听见瑾然这么说，想到了暗面隐藏在明面里，而白色的对比色则是黑色。

Ctrl+A 全选，然后字体颜色选黑色自动。

文档里赫然出现了一行字。

"今天半夜，听见门外有很大的争吵声，一个男的说要杀死一个女的，另外还有一个女的，后来就没动静了。我听见他们上楼的声音，但并不确定到底是 601 还是 602。我在考虑要不要报警。如果我有什么意外，徐逸，你帮我查明真相。"

孙守昌早就料到自己布置的机关会被徐逸识破，徐逸也会跟着他的线索一步一步找到真相。

"又是一起谋杀案。"常远神神道道的。

"徐逸，你任务艰巨啊。"常远继续嘲笑徐逸。

然而徐逸却根本笑不出来。

"又死人了，有什么可高兴的？而且现在也还没弄清楚就说是谋杀未免太武断了。"徐逸思维依旧清晰。

"你之前不是说孙爷爷的死很蹊跷吗？"常远问。

"他的死我们都看到的，没有任何值得怀疑的地方，我指的是他不顾生命危险要传递给我的消息，这里面一定有什么隐情，如今，总算有点眉目了。"

"那，我们查不查？"常远一听见谋杀案，浑身就兴奋起来。

"算上我！算上我！"瑾然也跃跃欲试。

"查案是我们男人的事，你一个女孩子整天整这些东西干吗？"常远对瑾然呼喝。

没想到瑾然却很不服气。

"你们每次能顺利破案，就是我一直在旁边提醒你们，我功不可没！"

"对，对，你说得很有道理。没你，我们不行。"徐逸对瑾然笑笑。

"我可是魏瑾然女侦探，和徐逸是男女搭档。"

瑾然得意起来，常远却嗤之以鼻。

徐逸看她可爱俏皮的模样，甜在心里。

8. 了解情况

这天，星期六，三个人在家里聊天。

"徐逸，你打算怎么调查？"常远问徐逸。

"先要问问隔壁还有501室，对601和602有什么了解？"徐逸回答。

"你不认识他们啊？"

"那两家房子都是出租的，一直换人，所以我也不太清楚。"

瑾然却显得很兴奋。

"又可以破案了。"她笑得美滋滋的。

"和你又有什么关系？又不是你破案！"常远当面泼了她一脸的冷水。

"怎么没关系啊？我也能帮上忙啊！"瑾然显得很委屈。

"什么啊？总是小瞧我？我可是对你们大有助益的。"瑾然气呼呼的。

"我知道你功劳大，谁敢说你没用啊？"徐逸哄她。

"这样吧，我们出去逛逛吧，我需要点灵感，回来之后，我们开始行动。"徐逸说。

"好。"常远和他一拍即合。

三个人刚下楼,打开防盗门走出楼道的时候,正好有个快递员拿着装文件和合同大小的快递按了门铃。

"谁啊?"一个年轻女孩的声音。

"快递!"男快递员回答。

"你搞错了,我们没快递。"女孩没好气地回答。

"602室黎小帆。"男快递员很不耐烦地回答。

对方那边先是沉默了一会儿,随后放行让男快递员上楼送货。

三个人正好路过听见,徐逸却警觉了起来。

"咚咚咚———"

徐逸三人正在敲对门401室的房门。

过了一会儿,一个老妇人来应门。老妇人虽然白发苍苍,但却精神矍铄。

"啊?徐逸,有事啊?"老妇人看见徐逸,眼睛笑起来眯成一条线。

"朱阿婆,打扰了,问你一件事啊!现在楼上601和602住的都是些什么人啊?"

"楼上601和602?"朱阿婆努力回想着。

这时候,她的老伴也走了出来,同样也是一个白发苍苍,走路腿不太方便的老人。

"601和602都是借给别人的,两家人家一前一后,最近才搬过来的。601室是一个小姑娘,602室是一对年轻夫妻。"

"哦。"徐逸仔细地听他们讲解,心里总算是有点数了。

501室60多岁的老阿姨开了门。

"我也不知道啊,老孙出事的那几天,我们俩正在外地旅游。"

徐逸感到事情有点棘手了。

"那,你对601和602里面的人了解吗?"

"601 就一个 S 城本地小姑娘,哦哟,上次我正好带外孙女出门,我外孙女不小心踩到她的鞋子了,她话就开始多了起来,不就是一双绿色的凉鞋吗?好像她鞋子是金子做的。"501 室的老阿姨一提起这件事就窝火。

"602 室不太了解,好像是一对小夫妻。"

大致了解情况后,徐逸决定和常远亲自去 601 和 602 摸摸底。

"我也要去!"瑾然自告奋勇。

"太危险了,你一个女孩子还是待在家里,把门锁好。我是有钥匙的,绝对不会让你开门。不管谁敲门,你在猫眼里看看,不认识的,千万不要开门。"徐逸提醒瑾然。

"哦。"瑾然很勉强地答应。

"肚子饿了。我们先吃好午饭,就上去了。"徐逸说。

"好,那我去做。"

9. 调查

徐逸和常远一边上楼,一边有说有笑,完全不像深入虎穴一探究竟的人。两个人走到五楼半的时候停了下来。

六楼一片肃静,两家人房门紧闭。601 室门口紧靠栏杆的地方,放置了一个鞋柜。

徐逸和常远走了上去。

这时候,601 室的门正好打开,冷气隐约还有点,有个扎着丸子头的矮瘦女孩穿着黑色蕾丝包臀裙和一只大拖鞋走了出来。两个人马上故作姿态,把手机拿出来做掩护。

"他人到底在不在家啊?"徐逸假装问常远。

"不知道啊,你敲门啊。"常远假意回答他。

"刚才微信上他怎么说的?"徐逸问。

"要不再等等?他大概马上就回来了吧?"常远回答。

两个人配合得天衣无缝。

那个女孩大概1.55米的个儿,拎着白色的链条包,细腰肥臀,惹得常远一直不停地偷瞄。她身上散发的浓烈刺鼻的香水味,害得徐逸打了几个喷嚏。她穿着大拖鞋走到外面的垫子上,从鞋柜里取出一双白色花朵的凉鞋穿上。徐逸偷偷瞄了瞄那个鞋柜,不仅有夏季凉鞋,而且还有布鞋,平底皮鞋等,琳琅满目的,不过,都是旧的。

等那个女孩下楼后,徐逸不禁感叹。

"有些女人啊,就算一辈子不吃不喝,也要省钱买衣服打扮自己。"

"你家那位不也是吗?"常远不正经地说,他随手拿起一双凉鞋和一双布鞋。

徐逸看了看。

"我赚的钱,都被她花完了。"

"你自己不也乐意的吗?"

"是啊,谁叫我离不开她呢?"

"我跟你说哦,刚才那女人肯定有过很多男人,我闻到了她身上男人的味道。"

"哎,你是阅人无数啊。"

"你去问问猫,怎么知道老鼠的味道?"

说完之后,两人开始干正经事了。徐逸敲了敲602室的门。

一个年轻女孩来应门。

"你们找谁啊?"女孩一脸敌意,很不客气地问他们。典型的本地女孩的泼辣。

门一开,扑面而来的冷气让他俩不禁打了个冷战。

"我想问一下，502室的那位老爷爷你认识吗？"徐逸不安好心地问。

谁知，那个女孩脸色马上就变了。

"不认识！你认错人了吧。"她一脸怒意，急忙关门。

"哎，等等。"徐逸立刻制止。

"砰——"门狠狠地被关上。

"谁啊？"602室里的一个男人很大声地问那个女孩。

"谁知道啊？骗子！"女孩很不客气地回答。

然后就听不到声音了。

徐逸和常远在门外听见她这么说他们，无可奈何。

常远本来想在过道里问徐逸的，但是被徐逸制止了。

"怎么说啊？"回到家里，瑾然问他们收获。

"说不上来的感觉。601暂时没什么问题，但是602室问题可大了。"徐逸仔细分析着。

"是啊，那个女人凶巴巴的，一听到502室的名字，脸色都变了。一定有问题。徐逸，我们就查602吧。孙爷爷都说了，一男一女，601就一个女人啊。"常远怂恿着徐逸。

徐逸谨慎地思考着。

"现在两家人还看不出什么来，601室还是不能轻易忽略。"

"还查什么啊？那女孩最多骚点，杀人案和她有什么关系？"常远的声音有点大。

"常远，你有没有想过一个问题？我想你一直都没想过这个问题吧。孙爷爷说六楼杀人，那，那具尸体哪去了？你有看见他们把尸体藏在哪儿吗？况且，尸体应该没被发现，否则警察早就找上门了。而且，我到现在都不知道，死的人到底是不是个女的？"徐逸分析得不错。

他的话提醒了常远。

"是啊，假设他们在楼道里杀了那个女人，那尸体藏到哪儿去了？"

常远也觉得不可理解，瑾然在一旁认真地听。

10. 捡垃圾

"常远，这两天你留意着，把他们两家的垃圾捡回来，我要检查。"徐逸对常远说。

谁知，常远却露出了不可思议和鄙夷的表情。

"有没有搞错啊？捡垃圾回来干吗？你查案怎么查垃圾了？"

"你别管那么多，捡回来再说，我查看后没问题再扔掉。"

"我不干！"常远很倔强的样子。

"到底干不干？"徐逸反问他。

"不干！"

"不干是吧？我们绝交！"徐逸的样子很坚定。

"你敢？"

"我就敢！你不捡我就敢！"

"很恶心的！"

"恶心也要捡！我们两个都要上班的！"

"我就知道你把我叫来不安好心。"

"那……到底捡不捡？"

"好吧。"常远缴械投降。

次日，徐逸和瑾然晚上回到家中，常远勉为其难地把两包垃圾拿给他们看。

"恶心至极！你自己看吧，我都不想看，只想吐。"常远说。

"我上楼看过了，两户人家门口摆放着垃圾袋。黄色垃圾袋是

601的，602是白色垃圾袋。"

"你确定没有捡错？"徐逸问。

"你这么说就没意思了。"常远很不耐烦地说。

"好。"

徐逸先检查了601的垃圾袋。里面有许多卫生巾，卫生巾上面的血迹显示血液流量适中。除此之外，都是些生活垃圾，其他并没有什么可疑的地方。

而602的垃圾袋里除了生活垃圾外，还有一张快递的单子和结婚请柬。快递上明确送达给黎小帆，邀请她参加这个星期日的婚宴。没错，是她！可是快递单和请柬都已经被撕碎了。另外让徐逸感兴趣的是一张三甲医院的药品明细表，以及琥珀酸亚铁片的包装盒和药壳，已经被剪成碎片了。患者是黎小帆，前几个月就诊。

徐逸寻思着这里面的奥妙。

"发现了什么？"瑾然在一旁凑过头小声地问他。

"暂时还没有。"

"常远，这几天不寝不食也要帮我盯紧了这两户人家！"徐逸下死命令了。

"有什么问题啊？"常远问。

"我以后会告诉你。"

"别这样对我呀，害得我游戏都不能打！"

"只是让你帮我捡垃圾而已，怎么就不能打游戏啦？"

"楼上两户人家好像是无业游民，感觉都不用上班的。再说，这女人的东西多恶心，还捡回来？不怕晦气啊？"常远说。

"以后你就会知道，这都是好东西。"

"还好东西？你自己怎么不捡？"

"我不是说了吗？我要上班，不然我就去捡了。"徐逸很淡定地说。

谁知，常远充满鄙视的眼神望着他，然而徐逸并不介意。

第二天的垃圾，602还是些生活垃圾，而601一样还是女性的卫生巾，而且看起来似乎少了些。

到了第三天，601的卫生巾变成了护垫，而602开始出现了卫生巾，但是经血流量的痕迹却非常少。

一连几天。

到601已经完全没有了卫生巾时，602才刚刚开始用护垫。

常远和瑾然始终搞不懂徐逸到底在研究什么，怎么对垃圾还有卫生巾感兴趣？问他，他也不解释，每次都说以后会告诉他们的，一直在吊他们的胃口。

而怪事也开始发生了。

601室又开始有卫生巾了，而且流量还特别大，过了几天，又变成了护垫。

常远和瑾然完全摸不着头脑，不知道徐逸在忙活些什么，每天就是研究垃圾和卫生巾。

到了星期六下午的时候，徐逸在阳台上看见602室的那个女的，之前的那个男的，就是她老公，两个人各自拎着一包东西回来，一边喝饮料，一边要拐弯往楼道的方向走来。徐逸一直盯着他们看。过了一会儿，楼上有滴水。徐逸抬头张望，看见602室把衣服都拿出来晒了。男女的衣服都有。

"常远，明天晚上和我去一次楼上。"徐逸对常远说。

"还去啊?!"常远很不情愿。

"谁能把你怎么样？况且我们两个男人怕什么？"

"好吧，好吧。"

"我要去!"瑾然自告奋勇。

"待家里!"徐逸很严肃地对她说。

瑾然却露出一副很不满意的表情。

"我也是为了你好，这件事很危险的。你放心，如果有可能，肯定会让你参与进来的。我是考虑你的安全。"

瑾然无可奈何,但是想想徐逸也是关心她,也就不再执着了。

天已经垂下了夜幕,大约19点钟,三人已经吃好了晚饭,瑾然留在家中,徐逸和常远上楼去。

刚到五楼半,徐逸狠狠地蹬了一下地面,感应灯亮了。两人走到602室门口,601室门打开了。那个矮个美女穿着性感撩人地走了出来。里面一群男人,凶神恶煞的,不是平头短发,就是文身,袒胸露臂,姿态豪放,大口饮酒,大口吃菜,也有一些人在吞云吐雾。

徐逸闻到一股浓烈的烟味,顿时咳了几下。

"马上就买来,你们先吃。"矮个大胸美女笑着对里面的粗壮男人们说。

"多买点酒!"有人回答。

"我告诉你,当时要不是你拦着,我非拿酒瓶砸烂他的头!"一个醉醺醺的男人说。

"他再不还钱,喷他们油漆,拿房子来做抵押!"男人的咒骂声和叫喊声混杂在一起,此起彼落的。

徐逸和常远感到后背发凉,赶忙把头转了过来,敲602的门。

11. 兵不厌诈

"怎么又是你?你要老是骚扰我,我报警了!"602室的女孩说话依旧不客气。

"哦,是这样的,我是402的,找不到螺丝刀,问问你们有没有?可不可以借我一把?"徐逸笑着说。

常远在旁边也赔笑着。

那个女孩皱着眉头打量着两人。

正在这时,一个长发、个头粗壮、穿着夏季背心的英俊男人出现在徐逸和常远面前。

"谁啊?"他问。

"楼下邻居借螺丝刀的。"她面无表情地回答。

长发男人打量着徐逸二人。

"在厨房里,我去拿。"

门还是开着。

长发男人找到螺丝刀然后递给了徐逸。

"哦,我用完今天就可以还给你们了。"徐逸假模假样地说。

男人和女孩都没有答应就关上了门。

"上次是他们两个吗?"关上门后,长发男人警觉地问女孩。

"嗯。"

"看来我们是被他们盯上了啊!"长发男人开始忧虑起来。

"那怎么办?"女孩焦急地问。

"看看再说,以后他们再来敲门,你别开!别去理他们。"长发男人提醒女孩。

常远下楼的时候,就一直在笑。

当徐逸把门钥匙插上并转动的时候,常远说:"你真够奸诈的。"

"这叫作兵不厌诈。"徐逸也狡黠地笑了起来。

两人默契十足,心照不宣。

后来徐逸故作姿态,特意在20点钟的时候去还螺丝刀,两人依旧还在,他假模假样地感谢他们,而他们却依旧没有表情,脸上还密布着淡淡的阴影。

第二天徐逸上班，经过一楼的时候，特意看了两家人的电表。601 的电表转得很快，而 602 的更快。

下班回来，常远没玩游戏，在沙发上睡觉，空调温度开得很低。

"本来是玩游戏的，现在又改睡觉了。你真是会享受啊！在家里越闲越懒，还是找份工作吧。"

"工作经验有，学历低呗。"常远百无聊赖地说。

瑾然披着长卷发，穿着黑色的吊带裙，化着妆，脱掉黑色的凉鞋后，到卫生间里去卸妆。

"那就继续深造呗。"徐逸给他忠告。

"目前我有这个打算，再看看吧。"常远觉得心烦。

"什么再看看，成人高考专升本，九十月份报名，你一定要去报名。"

"到时候再说吧。"常远觉得压力大，又有心事了。

"你抓到他们什么把柄了？"常远问徐逸。

"证据还不够，要是够了，我就报警抓他们了。"

"抓他们？哪个他们啊？602 还是 601？"常远反问。

"到时候你就会知道了。"

"别卖关子啊！你一卖关子，我就受不了！为什么不能痛痛快快地说出来？好烦啊！"常远露出一副痛苦的表情来。

"别啊，没证据瞎说，丢面子事小，失节事大。"

"我的天哪！你算哪门子失节啊？"常远已经无法忍受他了。

"今晚吃什么啊？"常远问。

"东西多着呢，你要啥有啥。"徐逸回答。

"鸡翅有吗？"

"还没拿出来解冻呢，明天吧。"

"我想喝酒。"

"那就喝吧，红酒还是啤酒？"

"烈酒！"

"不嫌胃会烧起来啊？"

"没下酒菜啊！"

徐逸到厨房里打开冰箱看了看。

"你早一点怎么不说？现在只有豆腐肉糜，还有一点花生，怎么样？"

"好。"常远愉快地答应了。

12. 裙子

早晨起来，三个人一起吃早餐。常远很明显没有睡好，一副懒洋洋的样子。

"今天还捡垃圾啊？"他眼睛肿肿的。

"对啊。"徐逸笑着回答。

"无聊。"

徐逸笑了笑。

"走啦！"他用纸巾擦了擦嘴。

常远露出一副埋怨的表情，可爱极了。

后几天，徐逸一直在分析案情，试图把所有的点都连接上，虽进展缓慢，但他也是极其耐心，他相信，必定会迎来曙光。

星期六的时候，他正好休息，瑾然在收拾房间，而常远依旧玩游戏。

"无聊死了，出去逛逛好吗？"徐逸对两人说。

"等我，我马上就好了。"瑾然回答。

常远还是心无旁骛地玩游戏。

"和你说话呢!"徐逸说得很大声。

"我在听啊。"

"怎么说?"

"中午吃什么?"

"你就想着吃。"

"你不知道我是饿死鬼投胎的啊?"常远笑得无耻极了。

他们来到宝山中心地带的一家大型购物商厦。附近的马路宽敞而干净,车来车往,街上人头攒动,很多人都往大商厦的方向走去。

瑾然在一楼一家大品牌里面试穿一件墨绿色的连衣裙,看来看去,又拿不定主意。

"这条裙子不是挺好看的吗?"徐逸说。

可是瑾然却十分犹豫。

"是不是太大了?"

"刚才那条呢?"

"好像太小了。"

徐逸要昏过去了。

"就刚才那条不错啊。"

"那我再去试试。"

瑾然拿着那条小的又进去试衣间试衣服了。

"嘻,某些女人啊,除了花钱,还浪费时间,她们什么时候能做一些有意义的事情?"常远在旁边感叹。

"你还不是一样玩游戏?说谁呢?"徐逸讽刺他。

常远瞪了他一眼,也就没再说话。

徐逸闲着无聊,东张西望,突然发现601室的那个矮个美女搂着一个老男人的腰,好像也在挑选衣服。两个人交头接耳,神情愉悦，看起来相谈甚欢。这个老男人是她男朋友吗？

徐逸一直盯着他们看，矮个美女好像看中了一件斜肩上衣，问旁边的老男人好不好看。

徐逸立刻有了主意，给常远使了个眼色。

"瞧，这是谁啊？真是踏破铁鞋无觅处，得来全不费工夫。走，会会她。"徐逸对常远说。

徐逸拿起瑾然刚才试过的那件大的墨绿色连衣裙，两人逐渐向矮个美女靠近。

"你好，我们见过面，我是楼下402的，能不能帮我看一下这条裙子穿在1.63米的女孩身上会不会大啊？"徐逸假模假样。

常远站在他旁边望风。

矮个美女先是看了他一眼。她旁边的老男人有点疑惑，轻轻问她这人是谁，她说不认识，好像是楼下邻居。

"我没见过那人，比画不出，不过听你说的话，这条裙子明显有点偏大。"

"哦，你的眼力真好，一定是做服装生意的吧。"徐逸恭维了她一顿。

"我在网上卖衣服。"美女回答。

徐逸逮到机会了。

"你等我一下。"

徐逸扭过头去，又找了墨绿色裙子旁边一件颜色与它有点接近的裙子来给矮个美女做比对。

"这两条裙子哪一条看起来更鲜艳一点啊？"徐逸故意试探她。

矮个美女先是目不转睛，随后眼睛眯了起来，一直不停地眨眼睛，最后不得不揉了揉眼睛。

徐逸的眼神冒光了。

"那条墨绿的有点暗了，而深绿色有点亮。"

她刚说完，徐逸笑得更加得意了。

常远在旁边完全没看明白。

最后那两人离开了此地，去别的地方挑衣服。

而这时，瑾然也正好试完衣服出来，正四处找他俩。

"跑哪儿去啦？你和 601 的那个女的说什么呢？"

"有事呗。"徐逸得意扬扬。

"嗯，我还是买这件吧。"她终于下定决心。

"好。"

13. 收获

"常远，看出什么来了吗？"

等徐逸付完钱拎着纸袋走出店面的时候，面带微笑地问常远。

"我可什么都没有看出来，等着你告诉我。"

"回家再说。"

"又卖关子？"常远无可奈何直摇头。

"饿了吗？"徐逸问瑾然。

"有点。"

"到楼上看看有没有什么好吃的？"

"嗯。"

"我想吃烧烤，或者寿司。"瑾然有点馋了。

"好。"徐逸回答。

当他们刚乘电梯到四楼的时候，眼尖的徐逸马上就从杂乱的人群中认出了 602 室的那对小夫妻，他们拿着手机，在炸鸡店门口窃窃私语，好像在商量着吃什么，然后他们就进店里了。

徐逸当然不会放弃这大好的机会，也拉着瑾然和常远一起进去。

"不是说好吃烧烤的吗?"瑾然向他抱怨。

"以后再吃呀,我看到602室的那对小夫妻了。"

"切,他们吃饭和我们又有什么关系?"常远斜着眼说话。

"哎呀,进去看看吗?下次我肯定请你们吃烧烤。"他信誓旦旦地保证。

这下,瑾然和常远放弃抵抗了。

小夫妻俩点了两杯中可乐,两只蛋挞,两份薯条,一个鸡腿汉堡,一只原味鸡,两份鸡翅,和两份巧克力冰激凌。

他们点完餐,就找了两个座位坐了下来。

徐逸一直盯着他们,让常远和瑾然点餐。常远用微信支付了全部费用,他们三人也找了座位坐了下来。

然而徐逸的眼睛却一直不安分地直盯着他们两个,就连他们谈话的表情和肢体动作,他都不放过。

602室的那个女的,本来长相就一般,还要化很浓的妆,脖子上戴着一根项链,和老公聊得眉飞色舞的。

他们一边吃,一边聊。她却一不小心碰洒了可乐,手上沾得到处都是。他们大概在聊那根项链,应该是老公买给她的吧,她说特别喜欢,他也很高兴,说那根项链非常配她,她笑眯眯的,用手摸了摸那根项链,在他面前炫耀着,像个被宠坏的小公主,徜徉在爱情幸福的海洋中。

徐逸觉得时机成熟,他放下可乐,朝他们走了过去。

瑾然和常远不明就里地看着他。

当徐逸朝他们走来的时候,602室的女孩正好看到他,脸色马上就变了。

"你好啊,没想到在这里也能碰到你。"徐逸笑嘻嘻地说。

可是那两个人似乎并不想理他。

"你这根项链很漂亮啊!请问在哪里买的啊?我也想给女朋友买一根。"徐逸笑容可掬。

两个人没好脸色给他看。

"在她店里。"长发男人很不客气地说。

"她店里?"

"S 城所有的金店不都能买吗?"

"哦,原来她是在金店里工作的啊,我正好要和女朋友买一对银戒指,怕天天戴着,容易氧化和变暗,而且现在又是夏天,不知道银的东西怎么保养,能不能向你求教?"徐逸又假模假样。

女孩白了他一眼,没好气地说:"银的东西更加要天天戴着,身上的油脂可以让它产生光泽。你不想戴了,大不了,拿水冲冲,用布擦干净放好。"

"哦。我那是银的,你脖子上这根项链肯定是铂金的,要不然也不会这么亮。"徐逸极力地吹捧她。

女孩被他这么一恭维,扬扬得意起来。

"是啊,是铂金的,还挺贵的。"说完,她朝老公笑笑。

徐逸打了声招呼,转过身向瑾然和常远的位置走去。

"怎么说啊?"常远问徐逸。

"大丰收。"徐逸扬扬得意。

"我要听!我要听!"瑾然跃跃欲试。

"回家再说。"

两人听后垂头丧气。

14. 单身狗

今天天气炎热,天空清澈而干净,在街道上行走,迎面便是烫人的热风。也许在夏季街头最适合欣赏的就是美女穿着各式各样时髦的裙子,她们从自己面前走过,顿时让人眼前一亮。

三人买了三杯奶茶,徐逸紧紧牵着瑾然的手。瑾然扎了个花苞头，穿着青色的包臀裙，化着精美的妆容，优雅身姿，更显风韵。

"我们去买对戒怎么样？"徐逸提议。

"好啊，我早就想买了，之前看见吴苏诚他们的戒指，心里就痒痒的。"瑾然有点开心。

"好，等这事儿办完了，我们就去买。"

"你还没说今天的事呢？"常远催促着。

"到家里再说。"

常远又不高兴了。

反正这地方离家也近，玩的地方也多，徐逸想干脆逛到下午再回去。三个人一直在附近闲逛，便利店去去，寿司买买，饭团买买。家用电器店逛逛，看看有没有最新式的手机。大型超市里走走，看看有没有什么价廉物美的东西，自然是还要去生鲜区看看，有没有好吃的三文鱼。

直到下午三点，徐逸觉得差不多了，三个人才高高兴兴地回家。

吃晚饭的时候，常远一个人嘀嘀咕咕。

"让你说，你老是卖关子，我也没兴趣了。"

"别啊，少了你，这案子就不精彩了。"

"哪回少了我，案子还不是一样精彩？最重要的是，案子又不是我破的。"

听见常远这么说自己，徐逸也觉得过意不去。不过，目前，他尚不确定，所以，如果和盘托出，失颜面事小，他不允许自己的失败，哪怕一次也不行，因此，怎么样也要等大结局的时候再公布。

"我跟你说啊，我想回去住一段时间，案子要是有进展，你再叫我回来。"常远咀嚼着米饭，面无表情地说。

"别啊，你还要继续帮我捡垃圾呢？"谁知，徐逸却嘲笑起常远来。

"去你的！我回去养养精神，老在这儿当电灯泡不合适。"

他刚说完，瑾然朝他看了一眼。

"怎么不合适啦？"徐逸想让他留下来。

"你老是催我找工作，我都被催烦了，而且我是单身狗呀，你们老是在我面前撒狗粮秀恩爱，让我怎么活？"

常远说得在情在理，徐逸也不好强求他，于是同意他回去住几天，要是案情再有突破，一定会再请他来。

吃完饭，瑾然去洗碗，常远看了一会儿电视后就说要走，徐逸送他。

小区附近的公交站有公交可以换乘到他家。

那时候，差不多快20点了。

深邃的夜空，幽美而宁静。住户人家都已经打开了灯，把小区映照得更加光亮夺目。今天夜空没有星星，然而徐逸的心还是亮的。

老小区停车位紧张，每次常远来都是坐公交，他不想把他的战车开过来，这会引得路人频频驻足。

徐逸送他走出楼道，转弯后直接引入通往小区外的大路时，迎面遇上了刚刚回家的602室的那对小夫妻。

那两人看了徐逸一眼。

常远拎着一包衣物，瑾然早已帮他洗干净了。

"到家了，发个消息给我。"徐逸反复叮嘱。

"知道了，我一个大男人，就算丢了也没什么关系。"常远嫌烦。

今天晚上天气十分闷热。徐逸的头上都冒着汗，常远看在眼里，直心疼。

"回去吧，不用陪我，车子马上就来了。"说着，常远还拿出他的苹果手机在他面前摇晃着。

软件显示还有几分钟车子就会到达。

"那好吧。"徐逸想想也没什么事,于是和他打好招呼,回头就走了。

15. 常远神助攻

徐逸一个人走在昏暗的小区道路上,正当他要拐弯往自家楼道那排走去的时候,黑暗中突然晃出两个人影来,他定睛一看,原来是602那对年轻夫妻。

"什么意思啊?老是盯着我们?"长发男子一副很嚣张又恶狠狠的样子。

那女的也充满敌意地盯着徐逸。

徐逸觉得情况有点糟糕,但是常远已经不在自己身边了。

"没什么,大家交个朋友。"徐逸看情况不太对,随时准备溜,说话的时候还有些颤颤巍巍。

"哦,是吗?说来听听,为什么要交朋友呢?"长发男子非常不客气。

常远无聊地站在站头上,时不时会看看手机。他忽然想起来了,刚刚洗完澡换了裤子,钥匙好像忘在徐逸家了,于是扭过头回去拿。

"说啊,到底什么居心?把话说清楚!"长发男子恶狠狠地瞪着徐逸。

徐逸心里盘算,一对二打得过吗?

常远走着走着,脚步加快,在拐弯的地方正好听见他们威胁徐逸的对话。常远想了想。

"今天不把话说清楚就别想走了!"长发男子越来越狠。

眼看形势就要对徐逸不利了。

"哦，你在这儿？你老是盯着人家女朋友干吗？人家是有老公的，不怕被人家老公打死吧？你也不看看人家老公是谁，你打得过吗？"

徐逸一脸茫然和惊讶地看着边走边喊的常远。

那两人朝他们看了看，就走了。

常远看见他们走了，一下子笑了出来。

"不是走了吗？怎么又回来了？"徐逸问。

"钥匙忘记了。"

两个人勾肩搭背地走。

"幸亏有你啊。"徐逸感叹。

"这点事儿算什么？小意思。"常远觉得不足挂齿。

常远在徐逸的劝说下，还是放弃回家住几天。而徐逸此时也坐在沙发上，玩手机 App 上的一个颜色敏感度的测试，他通过了 26 关，接着他又在光线昏暗和光线明亮的地方进行测试，得出来的结果却大相径庭。

"你在玩什么？"瑾然问徐逸。

"测一下颜色敏感度。"

"哦，我最好的纪录是过了 23 关。"

"常远 30 关随便过过的。"

"你玩这个干吗？"

"当然是派用处啦。"

"你还没和我说案子的情况呢？"

"以后再说吧，有的是时间。"

常远还在大卧室里玩游戏玩得酣畅淋漓。

黑夜静谧，热风滚滚。六楼一片肃静，鸦雀无声。

"那男人看来是盯上我们了？"一个男人站在阳台上，他的脸陷在黑暗中。

"他得意不了多久的。"一个女人在卧室里对他说,她的表情看上去很阴险。

"呵呵。"男人同样阴险地笑了出来。

之后,他回到卧室,彻底地隐没在黑暗中。

这几天,徐逸依然密切留意着六楼两户人家。上班下班的时候,经过一楼,偶尔会瞥一下他们的电表。601室用电量很大,602室更大。

休息日他一个人无聊地待在阳台上看风景,又看见602室的那对夫妇拎着两包东西回来,过了一会儿,楼上又开始滴水了,徐逸抬头看了看。他敲了敲501室的门,确认了情况,跑到601室的门口,找到了那双绿色的凉鞋。

徐逸此刻终于什么都明白了,于是他打电话报警。

他把瑾然和常远一齐叫到楼下等警察来。警察接到报警,冲到601室的家里,把原住户,那个本地女孩给解救了出来,逮捕了房间里的那个矮个美女和那个老男人。同时另一拨人冲到602室房里,在卫生间的浴缸里发现了一具女尸,并同时逮捕了长发男子和那个女孩。

案子告一段落。

徐逸终于可以祭奠孙守昌的亡灵。

16. 解开谜团

"故事从哪儿开始说起呢?"徐逸开始讲故事了。

瑾然和常远认真地听着。

"就从孙爷爷告诉我们那晚的真相开始吧。六楼有人杀人,不知死者是谁，凶手有可能是一男一女，但是601室的那个女孩也有男朋友啊，不过他们是放高利贷的，而且那女的也不是本地人，因为501室阿姨无意中告诉我，601室的女住户是本地女孩，有一天阿姨的外孙女不小心踩到她了，她用本地方言抱怨，不然怎么知道她是本地女孩？那么你肯定会问我，原来的住户去哪儿了？那么我回答你，她被绑架了，没死，还在601室里，绑架原因不明，不然也不会前后出现两次月经，而且流量还不一样。"

"那肯定是那个骚女人被男人搞多了大出血也不一定啊！"常远一脸色相，不正经地又开始暴露自己的色心。

"你能不能正经一点？"徐逸朝常远呼喝。

常远这下收敛了起来。

"还有最关键的证据，鞋子。"

"我第一次见到那个矮个美女的时候，她打开房门正要出去，我和常远正好在找602室，我看见她穿着一双很大的拖鞋，这时候，我总觉得哪里不对，但又无法确定到底是哪里不对，喜欢穿大的鞋子也没必要买那么大的啊？原601室女孩的绿色凉鞋是38码的，而矮个美女穿的是35码的小鞋，而且我看过鞋柜，35码的鞋子和38码的鞋子混在一起，开始让我生疑。后来她对我说，她是网上卖衣服的，我就纳闷了，我怎么从来没有看过她进货和出货啊？而且我同时拿一件墨绿色的裙子和深绿色的裙子给她做比对，她的视觉出现了偏差，也就是对两种接近的颜色完全无法分辨，所以我才怀疑她是否真是网上卖衣服的。当然，卖衣服的，也没强行规定一定要对颜色敏感对吧？"

瑾然和常远听得很认真。

"说完了601室，再来说说602室吧。这才到了重点。"

"被杀的女孩应该叫黎小帆，大家记得吗？有一次我们正好下楼遇到送快递，但是对方却说他们没快递，快递员明确说出了602室黎小帆，她很明显犹豫了一会儿，那个女的是个冒牌货，杀死黎小帆之后，她冒名顶替她，和那个长发男子出双入对，所有的人都以为她才是黎小帆，然而真正的黎小帆早已死了，尸体搁在卫生间的浴缸里，所以我才经常看见他两个外出洗澡回来晾衣服，因为浴缸里有具尸体，根本不能洗澡呗，而且夏天那么热，尸体肯定腐烂得快，所以空调要开得大，开得冷。"

"哦，原来如此。"常远恍然大悟。

"还有，我从602室的垃圾袋里看见了琥珀酸亚铁片，那是一种治疗缺铁性贫血的药，通常患者是因为月经流量过大导致大量失铁引起缺铁性贫血，但是602室的月经流量还不足以大到缺铁，患者黎小帆前几个月刚就诊，她就急着把药还有明细单给扔了，让我非常看不懂，而且她还扔了那张喜帖，我就在想，如果不是平日里非常要好的人，人家也不会请你出席婚宴，而她居然把喜帖给扔了。我和常远故意在她朋友婚宴的那晚拜访她家，借口借螺丝刀，就是看她有没有出席婚宴，之后我去还的时候，她和她男人都还在。我们在炸鸡店里遇到的时候，我看见她用沾着可乐的手去碰铂金项链，她男人还跟我说她是在金店里工作的，可乐是含酸的液体，她居然拿它去碰铂金项链，难道这点常识都没有的吗？我借口问怎么保养银饰，她的回答一点破绽也没有，当然，稍微有点生活常识的人，知道这点也不足以奇怪。真正在金店里工作的应该是黎小帆吧，她冒名顶替她，还伪装得非常像，但的确是漏洞百出，不然我也不会看穿。"

"很好，很精彩。"常远听得很过瘾。

"好在案子已经结束了。"徐逸松了一口气。

"是啊，我也该回家了。"常远说。

"嗯，有空常来玩。"徐逸笑着看着常远。

常远同样温情地回望着徐逸。

17. 尾声

　　石丽丽是邓忠明外面的女人。那天，邓忠明的妻子黎小帆下班出去唱歌吃夜宵，回来得很晚，回到家后，就看见两个人在床上，她立刻火冒三丈，和二人扭打了起来，之后又奔门而出，邓忠明在 5 楼掐死了她，把她的尸体搁在浴缸里先藏着，以后再想办法搬运，因为考虑到小区有监控，所以迟迟不敢下手，一直拖着。

　　那天，孙守昌下楼准备告诉徐逸真相，不巧迎面撞上了邓和石二人，孙守昌顿时吓得惊慌失措，引起了二人的怀疑，邓想不会在 5 楼下手的时候被孙瞧见了吧，于是一路跟随着他，孙守昌一边赶着见徐逸，一边还要摆脱跟踪他的二人，一时惊慌没注意，这才酿成了大祸，还没来得及告诉徐逸这事儿，就把自己的命也搭进去了。

　　而 601 室的原住户 S 城本地女孩杨芬之所以被绑，则是因为她的男朋友借了高利贷还不出，自己一个人逃走了，被放高利贷的人追杀，逼得太紧，出卖自己的女朋友，把她的新住址告诉了放高利贷的人。放高利贷的人让她替男朋友还钱，她说没钱，惹恼了他们，他们绑了她，顺便威胁她男朋友。

　　徐逸和瑾然到金店里去买银戒指。
　　"我说过，我会买一对的。"徐逸深情地凝视着瑾然。
　　瑾然甜蜜地笑着。
　　"我能承诺的只有一件事，那就是我一定会对你好。"
　　徐逸把一只银戒指套在她的中指上，瑾然笑得更加甜了。
　　两个依偎在一起，不需要什么山盟海誓。

　　2017 年 10 月、11 月，徐逸和常远分别过完了自己 29 岁的生日。

马上就要 12 月份了，整整一年了。

时间又回到了曹芸案子的原点。

而此时，王智约众人聚餐。

寒冷而寂寥的冬夜，行人来去匆匆，空气中弥漫着人们呼出来的二氧化碳，所有的人都已换上厚重的冬装。

深蓝色的夜空总是那么辽阔和寂静，所有的往事都已消散，人们的心中只有对未来的期许和希冀。

包房里一片欢腾热闹。

大家吃得玩得聊得很开心。

而王智也借此机会宣布了一个好消息。

"熙梦已经答应做我的女朋友了。"

说的时候，王智笑得很开心，徐逸从来没有看见王智如此开心过，守得云开见月明，他得到幸福是应该的。说完，王智还害羞地瞥了尤熙梦一眼，尤熙梦同样柔情地回望着他。

真好。阴霾过去，迎来了光明。

王智和尤熙梦如愿走到了一起，也是缘分注定。他守护了她这么久，看着她受伤和难过，如今，也算是修成正果。

徐逸非常大方地祝福二人。

两个人又开始聊了起来。

"你和你的那位什么时候啊？"王智自己幸福了，也不忘好兄弟。

"什么什么时候啊？"徐逸搞不懂他在说什么。

"装什么蒜？你和瑾然什么时候结婚？"

徐逸瞥了一眼瑾然，她正和尤熙梦聊得火热。常远一个人盯着手机看。陆文彦和刘子恒两个人挨着很近，一边看手机，一边聊天。

"你都没结婚，我结什么婚啊？"徐逸说。

"我们想结就结,你呢?老大不小了,也该稳定稳定了,找个女人好好收收你放浪形骸的心。"王智果然了解徐逸浪子本色。

"瞧你说的,有那么严重吗?"

"不然的话,她可是会和别人走的哦!"王智给他一个善意的忠告。

徐逸若有所思,朝瑾然的方向望去,只见她穿着粉色的低领羊毛衫,笑得像花儿一样甜美,徐逸不禁心动,回忆仿佛回到了他们相识的那一刻。

她还是那么美。

徐逸笑着望着瑾然,情不自禁地摸了摸他左手中指的银戒指。

图书在版编目(CIP)数据

谜中谜 / 林敏美著. -- 上海 : 上海社会科学院出版社, 2024. -- ISBN 978-7-5520-4547-5
Ⅰ.I247.5
中国国家版本馆 CIP 数据核字第 2024F3H016 号

谜中谜

著　　者：林敏美
责任编辑：邱爱园
封面设计：周清华
出版发行：上海社会科学院出版社
　　　　　上海顺昌路 622 号　邮编 200025
　　　　　电话总机 021 - 63315947　销售热线 021 - 53063735
　　　　　https://cbs.sass.org.cn　E-mail：sassp@sassp.cn
照　　排：南京理工出版信息技术有限公司
印　　刷：上海昌鑫龙印务有限公司
开　　本：890 毫米×1240 毫米　1/32
印　　张：14.75
插　　页：1
字　　数：405 千
版　　次：2024 年 11 月第 1 版　2024 年 11 月第 1 次印刷

ISBN 978 - 7 - 5520 - 4547 - 5/I • 554　　　　　　　　　定价：78.00 元

版权所有　翻印必究

MYSTERY
OF MYSTERIES